民國文化與文學研究文叢

十五編

李 怡 主編

第 6 冊

四川方言視野中的四川現代小說研究

陳 羲 著

國家圖書館出版品預行編目資料

四川方言視野中的四川現代小說研究／陳羲 著 -- 初版 -- 新
北市：花木蘭文化事業有限公司，2022〔民 111〕
序 4+ 目 4+208 面；19×26 公分
（民國文化與文學研究文叢 十五編；第 6 冊）
ISBN 978-986-518-964-8（精裝）
1.CST：中國小說 2.CST：現代小說 3.CST：文學評論
4.CST：四川省
820.9   111009882

特邀編委（以姓氏筆畫為序）：

丁　帆	王德威	宋如珊
岩佐昌暲	奚　密	張中良
張堂錡	張福貴	須文蔚
馮　鐵	劉秀美	

ISBN-978-986-518-964-8

9 789865 189648

民國文化與文學研究文叢
十五編 第六冊   ISBN：978-986-518-964-8

四川方言視野中的四川現代小說研究

作　　者 陳　羲
主　　編 李　怡
企　　劃 四川大學中國詩歌研究院
總 編 輯 杜潔祥
副總編輯 楊嘉樂
編輯主任 許郁翎
編　　輯 張雅淋、潘玟靜、劉子瑄　美術編輯　陳逸婷
出　　版 花木蘭文化事業有限公司
發 行 人 高小娟
聯絡地址 235 新北市中和區中安街七二號十三樓
　　　　　電話：02-2923-1455 ／傳真：02-2923-1452
網　　址 http://www.huamulan.tw 信箱 service@huamulans.com
印　　刷 普羅文化出版廣告事業
初　　版 2022 年 9 月
定　　價 十五編 21 冊（精裝）新台幣 55,000 元

四川方言視野中的四川現代小說研究

陳羲　著

作者簡介

陳羲，女，1990 年生，四川眉山人，四川大學文學與新聞學院中國現當代文學專業博士畢業，主要從事中國現當代作家研究，已在《當代文壇》《現代中國文化與文學》《郭沫若學刊》《名作欣賞》等發表研究郭沫若、巴金、艾蕪等現代作家的文章多篇。

提　　要

　　「五四」以後，李劼人、巴金、沙汀、艾蕪等重要川籍作家鄉音不改，將「四川話」「講」在文學作品中，獨具魅力的四川方言運用為增強小說藝術感染力起了重要作用。本書以方言學、文學語言學、文學心理學以及民俗學、文化學作為理論視點，通過對四川現代小說中的四川方言現象進行全面系統的研究，進一步發掘四川現代小說的地域內涵與藝術價值，以期能為當下地域文學以至現代中國文學語言的創新帶來啟示。

　　本書分緒論、正文、結語三個部分。緒論部分主要論述方言與文學的關係以及四川方言寫作的發展，明確本文的研究視角、研究方法和理論體系。

　　正文總分四章，是對四川方言寫作現象由宏觀到微觀、從形式到內容的階梯式深入探索過程。第一章歷時性透視四川方言寫作的演進歷程，重點闡述不同語境下四川方言與四川現代小說相互生發、相互支撐的聯結關係。第二章從語言技巧層面考察四川方言寫作的文本範式，分析方言三要素進入小說的書寫形態及表達效果，以及四川方言為突破地域侷限融入共同語寫作的表現策略。第三章在文學藝術審美層面，從小說人物塑造、川味敘事、作家個性化運用三個方面，探討四川方言的創造性運用對四川現代小說藝術建構的影響。第四章從文學文化價值層面，追溯四川現代小說文化意涵產生根源，探究四川方言書寫的地域文化表現，進而揭示其民間文化立場。

　　結語部分重點闡釋四川現代小說方言寫作在文學史、漢語史和文化史方面的重要意義，同時也對四川方言寫作中存在的侷限與不足進行了一定的思考。

從地方文學、區域文學到地方路徑
——《民國文化與文學研究文叢‧十五編》引言

李　怡

　　2020 年，我在《成都與中國現代文學發生的地方路徑問題》中，以內陸腹地的成都為例，考察了李劼人、郭沫若等「與京滬主流有異」的知識分子的個人趣味、思維特點，提出這裡存在另外一種近現代嬗變的地方特色。這一走向現代的「地方路徑」值得剖析，它與多姿多彩的「上海路徑」「北平路徑」一起，繪製出中國文學走向現代的豐富性。沿著這一方向，我們有望打開現代文學研究的新的可能。〔註1〕同年 1 月，《當代文壇》開始推出我主持的「地方路徑與文學中國」的學術專欄，邀請國內名家對這一問題展開多方位的討論，到 2021 年年中，共發表論文 33 篇，涉及四川、貴州、昆明、武漢、安徽、內蒙古、青海、江南、華南、晉察冀、京津冀、綏遠、粵港澳大灣區等各種不同的「地方」觀察，也有對作為方法論的「地方路徑」的探討。2020 年 9 月，中國作協創研部、四川省作協、中國人民大學書報資料中心、《當代文壇》雜誌社還聯合舉行了「地方路徑與文學中國」學術研討會，國內知名學者與專家濟濟一堂，就這一主題的問題深入切磋，到會學者包括阿來、白燁、程光煒、吳俊、孟繁華、張清華、賀仲明、洪治綱、張永清、張潔宇、謝有順等等。〔註2〕2021 年 10 月，中國現代文學理事會在成都召開，會

〔註1〕李怡：《成都與中國現代文學發生的地方路徑問題》，《文學評論》2020 年 4 期。

〔註2〕研討會情況參見劉小波：《地方路徑與文學中國——「2020 中國文藝理論前沿峰會暨四川青年作家研討會」會議綜述》，《當代文壇》2021 年 1 期。

議主題也確定為「地方路徑與中國現代文學」，線上線下與會學者 100 餘人繼續就「地方路徑」作為學術方法的諸多話題廣泛研討，值得一提的是，這一主題會議還得到了第一次設立的國家社科基金「學術社團主題學術活動資助」。

經過了連續兩年的醞釀和傳播，「地方路徑」的命題無論是作為理論方法還是文學闡述的實踐都已經產生了重要的影響，在這個時候，需要我們繼續推進的工作恰恰可能是更加冷靜和理性的反思，以及在更大範圍內開展的文學批評嘗試。就像任何一種理論範式的使用都不得不經受「有限性」的警戒一樣，「地方路徑」作為新的文學研究方式究竟緣何而來，又當保持怎樣的審慎，需要我們進一步辨析；同時，這種重審「地方」的思維還可以推及什麼領域，帶給我們什麼啟發，我們也可以在更多的方向上加以嘗試。

一

「名不正，則言不順」，這是《論語》的古訓，20 世紀 50 年代以來，西方史學發現了「概念」之於歷史事實的重要意義，開啟了「概念史」（conceptual history）的研究。這是我們進一步推進學術思考的基礎。

在這裡，其實存在著一系列相互聯繫卻又頗具差異的概念。地方文學、地域文學、區域文學、文學地理學以及我所強調的地方路徑，它們絕不是同一問題的隨機性表達，而是我們對相近的文學與文化現象的不同的關注和提問方式。

雖然「地方」這一名詞因為「地方性知識」的出現而變得內涵豐富起來，但是在我們的實際使用當中，「地方文學」卻首先是一個出版界的現象而非嚴格的概念，就是說它本身一直缺乏認真的界定。地方文學的編撰出版在 1990 年代以後逐漸升溫，但凡人們感到大中國的文學描述無法涵蓋某一個局部的文學或文化現象之時，就會自然而然地將它放置在「地方」的範疇之中，因為這樣一來，那些分量不足以列入「中國文學」代表的作家作品就有了鄭重出場、載入史冊的理由。近年來，在大中國文學史著撰寫相對平靜的時代，各地大量湧現了以各自省市為單位的地方文學史，不過，這種編撰和出版的行為常常都與當地政府倡導的「文化工程」有關，所以其內在的「地方認同」或「地方邏輯」往往不甚清晰，不時給人留下了質疑的理由。

這種質疑很容易讓我們聯想到「區域文學」與「地域文學」的分歧。學

界一般認為,「地域文學」就是在語言、民俗、宗教等方面的相互認同的基礎上形成的文學共同體形態,這種地區內的文學共同體一般說來歷史較為久遠、淵源較為深厚,例如江左文學、江南文學、江西詩派等等;「區域文學」也是一種地區性的文學概念,不過這樣的地區卻主要是特定時期行政規劃或文化政治的設計結果,如內蒙古文學、粵港澳大灣區文學、京津冀文學等等,其內在的精神認同感明顯少於地域文學。「『地域』內部的文化特徵是相對一致的,這種相對一致性是不同的文化特徵長期交流、碰撞、融合、沉澱的結果,不是行政或其他外部作用所能短期奏效的。而『區域』內部的文化特徵往往是異質的,尤其是那種由於行政或者其他原因而經常變動、很難維持長期穩定的區域,其文化特徵的異質性更明顯。」〔註3〕在這個意義上,值得縱深挖掘的區域文學必須以區域內的歷史久遠的地域認同為核心,否則,所謂的區域文學史就很可能淪為各種不同的作家作品的無機堆砌,被一些評論者批評為「邏輯荒謬的省籍區域文學史」,「實際上不但割裂了而且扭曲了文化的真實存在形態」。〔註4〕1995年,湖南教育出版社開始推出嚴家炎先生主編的《二十世紀中國文學與區域文化》叢書,涉及東北文學、三晉文學、齊魯文學、巴蜀文學、西藏雪域文學等等,歷經近二十年的沉澱,這套叢書在今天看來總體上還是成功的,因為它雖然以「區域」命名,卻實則以「地域文學」的精神流變為魂,以挖掘區域當中的地域精神的流變為主體。相反,前面所述的「地方文學」如果缺乏嚴格的精神的挖掘和融通,同樣可能抽空「地方性」的血脈,徒有行政單位的「地方」空殼,最終讓精神性的文學現象僅僅就是大雜燴式的文學「政績」的整合,從而大大地降低了原本暗含著的歷史價值。

中國傳統文化其實也一直關注和記錄著地域風俗的社會文化意義,《詩經》與《楚辭》的差異早就為人們所注目,《禹貢》早已有清晰明確的地域之論,《漢書》《隋書》更專列「地理志」,以各地山川形勝、風土人情為記敘的內容,由此開啟了中國文化綿邈深遠的「地理意識」。新時期以後,中國文學研究以古代文學為領軍,率先以「文學地理」的概念再寫歷史,顯然就是對這一傳統的自覺承襲,至新世紀以降,文學地理學的理論建構日臻自覺,似有一統江山,整合各種理論概念之勢──包括先前的地域文學、區域文學。有學者總結認為:「文學地理學是由中國本土學者提出並發展起來的一門學

〔註3〕曾大興:《「地域文學」的內涵及其研究方法》,《東北師大學報》2016年5期。
〔註4〕方維保:《邏輯荒謬的省籍區域文學史》,《揚子江評論》2012年2期。

科，也是由中國本土學者提出與發展起來的一種新的文學批評方法。」〔註5〕
這也是特別看重了這一理論建構與中國傳統文化的深刻聯繫。

當然，也正如另外有學者所考證的那樣，西方思想史其實同樣誕生了「文學地理學」的概念，並且這一概念也伴隨著晚清「西學東漸」進入中國，成為近代中國文學地理思想興起的重要來源：「文學地理學是18世紀中葉康德在他的《自然地理學》中提出的一個地理學概念，由於康德的自然地理學理論蘊涵著豐富的人文地理學和地域美學思想，在西方美學和文學批評中產生了深遠的影響。清末民初，在西學東漸和強國新民的歷史大潮中，梁啟超、章太炎、劉師培等人將康德的『文學地理學』和那特碢的『政治學』用於中國古代文學藝術南北差異的研究，開創了中國文學地理學的學科歷史。」〔註6〕認真勘察，我們不難發現西方淵源的文學地理學依然與我們有別：「在康德的眼裏，文學地理學是地理學的一個分支學科而不是文學的分支學科」〔註7〕，後來陸續興起的文化地理學，也將地理學思維和方法引入文學研究，改變了傳統文學研究感性主導色彩，使之走向科學、定量和系統性，而興起於後殖民時代的地理批評以「空間」意識的探究為中心，強調作品空間所體現的權力、性別、族群、階級等意識，地理空間在他們那裡常常體現為某種的隱喻之義，現代環境主義與生態批評概念中的「地方」首先是作為「感知價值的中心」而非地理景觀，用文化地理學家邁克・克朗的話來說就是：「文學作品不能被視為地理景觀的簡單描述，許多時候是文學作品幫助塑造了這些景觀。」〔註8〕較之於這些來自域外的文學地理批評，中國自己的研究可能一直保持了對地方風土的深情，並沒有簡單隨域外思潮起舞，雖然在宏觀層面上，我們還是承認，現當代中國的文學地理學是對外開放、中西會通的結果。

「地方路徑」一說是在以上這些基本概念早已經暢行於世之後才出現的，於是，我們難免會問：新的概念是不是那些舊術語的隨機性表達？或者，是不是某種標新立異的標題招牌？

這是我們今天必須回答的。

〔註5〕鄒建軍：《文學地理學：批評和創作的雙重空間》，《臨沂大學學報》2017年1期。

〔註6〕鍾仕倫：《概念、學科與方法：文學地理學略論》，《文學評論》2014年4期。

〔註7〕鍾仕倫：《概念、學科與方法：文學地理學略論》，《文學評論》2014年4期。

〔註8〕【英】邁克・克朗（Mike Crang）：《文化地理學》，楊淑華、宋慧敏譯，南京大學出版社2003年版，第55頁。

二

在現代中國討論「地方路徑」，容易引起的聯想是，我們是不是要重提中國文學在各個地方的發展問題？也就是說，是不是要繼續「深描」各個區域的文學發展以完整中國文學的整體版圖？

我們當然關注現代中國文學的一系列共同性的問題，而不是試圖將自己侷限在大版圖的某一局部，為失落在地方的文學現象拾遺補缺，從這個意義上來說，跨出地方的有限性，進入區域整合的視野甚至民族國家的視野乃題中之義。但是，這樣的嘗試卻又在根本上有別於我們曾經的區域文學研究。

在中國，區域文學與文化研究集中出現在 1990 年代中期，本質上是 1980 年代以來「走向世界」的改革開放思潮的一種延續。嚴家炎先生主編的《二十世紀中國文學與區域文化》叢書最早在 1995 年推出，作為領命撰寫四川現代文學與巴蜀文化的首批作者，我深深地浸潤於那樣的學術氛圍，感受和表達過那種從區域文化的角度推進文學現代化進程的執著和熱誠。在急需打破思想封閉、融入現代世界的那種焦慮當中，我們以外來文化為樣本引領中國文學與文化的渴望無疑是真誠的，至今依然閃耀著歷史道義的光輝，但是，心態的焦慮也在自覺不自覺中遮蔽了某些歷史和文化的細節，讓自我改變的激情淹沒了理性的真相。例如，我們很容易就陷入了對歷史的本質主義的假想，認為歷史的意義首先是由一些巨大的統攝性的「總體性質」所決定的，先有了宏大的整體的定性才有了局部的意義，中國文化的現代化進程也是如此，先有了整個國家和民族的現代觀念，才逐步推廣到了不同區域、不同地方的思想文化活動之中，也就是說，少數先知先覺的知識分子對西方現代化文化的接受、吸收，在少數先進城市率先實踐，形成了中國現代文化的「總體藍圖」，然後又通過一代又一代的艱苦努力，傳播到更為內陸、更為偏遠的其他區域，最終完成了全中國的現代文化建設。雖然區域文學現象中理所當然地涵容著歷史文化的深刻印記，但是作為「現代文學」的歷史進程的重要環節，我們的主導性目標還是考察這一歷史如何「走向世界」、完成「現代化」的任務，所以在事實上，當時中國文學的區域研究的落腳點還是講述不同區域的地方文化如何自我改造、接受和匯入現代中國精神大潮的故事。這些故事當然並非憑空捏造，它就是中國文化在近現代與外來文化交流、溝通的基本事實，然而，在另外一方面的也許是更主要的事實卻可能被我們有所忽略，那就是文化的自我發展歸根到底並不是移植或者模仿的結果，而是自我的一

種演進和生長，也就是說，是主體基於自身內在結構的一種新的變化和調整，這裡的主體性和內源性是不可或缺的基礎。如果說現代中國文學最終表現出了一種不容迴避的「現代性」，那麼也必定是不同的「地方」都出現了適應這個時代的新的精神的變遷，而不是少數知識分子為中國先建構起了一個大的現代的文化，然後又設法將這一文化從中心輸送到了各個地方，說服地方接受了這個新創建的文化。在這個意義上，地方的發展彙集成了整體的變化，是局部的改變最後讓全局的調整成為了現實。所謂的「地方路徑」並非是偏狹、個別、特殊的代名詞，在通往「現代」的征途上，它同時就是全面、整體和普遍，因為它最後形成的輻射性效應並不偏於一隅，而是全局性的、整體性的，只不過，不同「地方」對全局改變所產生的角度與方向有所不同，帶有鮮明的具體場景的體驗和色彩。從這裡，我們可以得出結論：在現代中國文學的學術史上，我們曾經有過的區域文化研究其實還是國家民族的大視角，區域和地方不過是國家民族文學的局部表現；而地方路徑的提出則是還原「地方」作為歷史主體性的意義，名為「地方」，實則一個全局性的民族文化精神嬗變的來源和基礎，可謂是以「地方」為方法，以民族文化整體為目的。

「地方」以這種歷史主體的方式出場，在「全球化」深化的今天，已經得到了深刻的證明。

在當今，全球化依然是時代的主題。然而，越來越多的人都開始意識到一個重要的問題：全球化是不是對體現於「地方」的個性的覆蓋和取消呢？事實可能很明顯，全球化不僅沒有消融原本就存在的地方性，而且林林種種的地方色彩常常還借助「反全球化」的浪潮繼續凸顯自己，在一個相當長的時期內，全球化和地方性都會保持著一種糾纏不清的關係，有矛盾衝突，但也會彼此生發。

文學與地方的關係也是如此。現代中國的文學一方面以「走向世界」為旗幟，但走向外部世界的同時卻也不斷返回故土，反觀地方。這裡，其實存在一個經由「地方路徑」通達「現代中國」的重要問題。

何謂「現代中國」？長期以來，我們預設了一些宏大的主題——中國社會文化是什麼？中國文學有什麼歷史使命、時代特點？不同的作家如何領悟和體現這樣的歷史主題？主流作家在少數「中心城市」如何完成了文學的總體建構？然而，文學的發生歸根到底是具體的、個人的，人的文學行為與包裹著他的生存環境具有更加清晰的對話關係，也就是說，文學人首先具有切

實的地方體驗，他的文學表達是當時當地社會文化的有機組成部分，文學的存在首先是一種個人路徑，然後形成特定的地方路徑，許許多多的「地方路徑」，不斷充實和調整著作為民族生存共同體的「中國經驗」，當然，中國整體經驗的成熟也會形成一種影響，作用於地方、區域乃至個體的大傳統，但是必須看到，地方經驗始終存在並具有某種持續生成的力量，而更大的整體的「大傳統」卻不是一成不變的，「大傳統」的更新和改變顯然與地方經驗的不斷生成關係緊密。正是在這個意義上，我們認為，並不是大中國的文化經驗「向下」傳輸逐漸構成了「地方」，「地方」同樣不斷凝聚和交融，構成了跨越區域的「中國經驗」。「地方經驗」如何最終形成「中國經驗」，這與作為民族共同體的「中國」如何降落為地方性的表徵同等重要！在現代中國文學發展的過程之中，不僅有「文學中國」的新經驗沉澱到了天南地北，更有天南地北的「地方路徑」最後匯集成了「文學中國」的寬闊大道。〔註9〕

這樣，我們的思維就與曾經的區域文學研究有所不同了。

在另外一方面，地方路徑的提出也意味著我們將有意識超越「地域文學」或者「地方文學」的方式，實現我們聯結民族、溝通人類的文學理想。

如前所述，我們對區域文學研究「總體藍圖」的質疑僅僅是否定這樣一種思維：在對「地方」缺乏足夠理解和認知的前提下奢談「走向世界」，在缺乏「地方體驗」的基礎上空論「全球一體化」，但是，這卻並不意味著我們要固守在「地方」之一隅，或者專注於地方經驗的打撈來迴避民族與人類的共同問題，排斥現代前進的節奏。與「區域文學」「地方文學」的相對靜止的歷史描述不同，「地方路徑」文學研究的重心之一是「路徑」，也就是追蹤和挖掘現代中國文學如何嘗試現代之路的歷史經驗，探索中國文學介入世界進程的方式。換句話說，「路徑」意味著一種歷史過程的動態意義，昭示了自我開放的學術面相，它絕不是重新返回到固步自封的時代，而是對「走向世界」的全新的闡發和理解。

同樣，我們也與「文學地理學」的理論企圖有所不同，建構一種系統的文學研究方法並非我們的主要目的，從根本上看，我們還是為了描述和探討中國文學從傳統進入現代，建設現代文學的過程和其中所遭遇的問題，是對現代中國文學的「現象學研究」，而不是文藝學的提升和哲學性的概括。當然，包括中外文學地理學的視角、方法都可能成為我們的學術基礎和重要借鑒。

〔註9〕參見李怡：《「地方路徑」如何通達「現代中國」》，《當代文壇》2020年1期。

三

　　現代中國文學的「地方路徑」研究當然也有自己的方法論背景，有著自己的理論基礎的檢討和追問。

　　「地方路徑」的提出首先是對文學與文化研究「空間意識」的深化。

　　傳統的文學研究，幾乎都是基於對「時間神話」的迷信和依賴。也就是說，我們大抵都相信歷史的現象是伴隨著一個時間的流逝而漸次產生的，而時間的流逝則是由一個遙遠的過去不斷滑向不可知的未來的勻速的過程，時間的這種不以人的意志為轉移的勻速前進方式成為了我們認知、觀察世界事物的某種依靠，在很多的時候，我們都是站在時間之軸上敘述空間景物的異樣。但是，二十世紀的天體物理學卻告訴我們，世界上並沒有恒定可靠的時間，時間恰恰是依憑空間的不同而變化多端。例如愛因斯坦、霍金等人的宇宙觀恰恰給予了我們更為豐富的「相對」性的啟示：沒有絕對的時間，也沒有絕對的空間，時間總是與空間聯繫在一起，不同的空間有不同的時間。「相對論迫使我們從根本上改變了我們的時間和空間觀念。我們必須接受，時間不能完全脫離開和獨立於空間，而必須和空間結合在一起形成所謂的時空的客體。」〔註 10〕二十世紀以後尤其是 1970 年代以後，西方思想包括文學研究在內出現了眾所周知的「空間轉向」，傳統觀念中的對歷史進程的依賴讓位於對空間存在的體驗和觀察，這些理念一時間獲得了廣泛的共識：「當今的時代或許應是空間的紀元……我們時代的焦慮與空間有著根本的關係，比之與時間的關係更甚。」〔註 11〕「在日常生活裏，我們的心理經驗及文化語言都已經讓空間的範疇、而非時間的範疇支配著。」〔註 12〕「一方面，我們的行為和思想塑造著我們周遭的空間，但與此同時，我們生活於其中的集體性或社會性生產出了更大的空間與場所，而人類的空間性則是人類動機和環境或語境構成的產物。」〔註 13〕有法國空間理論家列斐伏爾等人的倡導，經由福柯、

〔註 10〕【英】霍金：《時間簡史》，吳忠超譯，湖南科學技術出版社 2002 年版，第 22 頁。

〔註 11〕【法】福柯：《不同空間的正文與上下文》，陳志悟譯，見包亞明主編：《後現代性與地理學的政治》，上海教育出版社 2001 年版，第 18 頁、20 頁。

〔註 12〕【美】詹明信：《晚期資本主義文化的邏輯：詹明信批評理論文選》，陳清僑等譯，三聯書店 1997 年版，第 450 頁。

〔註 13〕愛德華·索亞語，見包亞明：《後大都市與文化研究·前言：第三空間、後大都市與文化研究》，上海教育出版社 2005 年版，第 1 頁。

詹姆遜、哈維、索雅等人的不斷開拓，文學的空間批評得到了前所未有的長足發展，文本中的空間不再只是故事發生的背景，而是作為一種象徵系統和指涉系統，直接參與到了主題與敘事之中，空間因素融入傳統的社會歷史批評、文化批評、性別批評、精神批評等，激活了這些傳統文學研究的生命力，它又對後現代性境遇下人們的精神遭際有著獨到的觀察和解讀，從而切合了時代的演變和發展。

如同地理批評遠遠超出了地方風俗的文學意義而直達感知層面的空間關係一樣，西方文學界的空間批評更側重於資本主義成熟年代的各種權力關係的挖掘和洞察，「空間」隱含的主要是現實社會中的制度、秩序和個人對社會關係的心理感受。

在中國現代文學的研究中，我們長期堅信西方「進化論」思想的傳入是驚醒國人的主要力量，從嚴復的「天演公例」到梁啟超的「新民說」、魯迅的「國民性改造」，中國文學的歷史巨變有賴於時間緊迫感的喚起，這固然道出了一些重要的事實，然而，人都是生存於具體而微的「空間」之中的，是這一特殊「地方」的人生和情感的體驗真實地催動了各自思想變化，文學的現代之變，更應該落實到中國作家「在地方」的空間意識裏。近現代中國知識分子，同樣生成了自己的「空間意識」：

> 中國近現代知識分子是在一種極為特殊的條件下形成自己的時空觀念的。不是時間觀念的變化帶來了他們空間觀念的變化，而是空間觀念的變化帶來了他們時間觀念的變化。我們知道，正是由於鴉片戰爭之後中國的知識分子發現了一個「西方世界」，發現了一個新的空間，他們的整個宇宙觀才逐漸發生了與中國古代知識分子截然不同的變化。

> 中國現代知識分子的「地理大發現」，發現的卻是一個無法統一起來的世界，一個造成了空間割裂感的事實。這種空間割裂感是由於人的不同而造成的。

> 我們既不能把西方世界完全納入到我們的世界中來，成為我們這個世界的一個有機組成部分，我們也不願把我們的世界納入到西方世界中去，成為西方世界的一個有機組成部分。二者的接近發生的不是自然的融合，而是彼此的碰撞。

> 上帝管不了中國，孔子管不了西方，兩個空間結構都變成了兩

個具有實體性的結構，二者之間的衝撞正在發生著。一個統一的沒
有隙縫的空間觀念在關心著民族命運的中國近現代知識分子的意
識中可悲地喪失了。這不是一個他們願意不願意的問題，而是一個
不能不如此的問題；不是一個比中國古代知識分子「先進」了或
「落後」了的問題，而是一個他們眼前呈現的世界到底是一個什麼
樣子的問題。正是這種空間觀念的變化，帶來了他們時間觀念的變
化。〔註14〕

　　近現代中國知識分子同樣在「空間」感受中體驗了現實社會中的制度與
秩序，覺悟了各種不平等的權力關係，但是，與西方不同的在於，我們在「空
間」中的發現主要還不是存在於普遍人類世界中的隱蔽的命運，它就是赤裸
裸的國家民族的困境，主要不是個人的特異發現，而是民族群體的整體事實，
它既是現實的、風俗的，又是精神的、象徵的，既在個人「地方感」之中，又
直陳於自然社會之上。從總體上看，近現代中國的空間意識不會像西方的空
間批評那樣公開拒絕地方風土的現實「反映」，而是融現實體驗與個人精神感
受於一爐。我覺得這就為「地方路徑」的觀察留下了更為廣闊的可能。

　　「地方路徑」的提出也是對域外中國學研究動向的一種回應。

　　海外的中國學研究，尤其是美國漢學界對現代中國的觀察，深受費正清
「衝擊／反應」模式的影響，自覺不自覺地站在西方中心的立場上，以西歐
社會的現代化模式來觀察東方和中國，認定中國社會的現代化不可能源自本
土，只能是對西方衝擊的一種回應。不過，在 1930、40 年代以後，這樣的
思維開始遭受到了漢學界內部的質疑，以柯文為代表的「中國中心觀」試圖
重新觀察中國社會演變的事實，在中國自己的歷史邏輯中梳理現代化的線
索。伴隨著這樣一些新的學術思想的動態，西方漢學界正在發生著引人矚目
的變化：從宏大的歷史概括轉為區域問題考察，從整體的國家民族定義走向
對中國內部各「地方」的再發現，一種著眼於「地方」的文學現代進程的研
究正越來越多地顯示著自己的價值，已經有中國學者敏銳地指出，這些以
「地方」研究為重心的域外的方法革新值得我們借鑒：「從時間與空間起源
上，探究這些地區如何在大時代的激蕩中形成具有現代意義的文學觀念、
如何生發具有地域特色的文學文本，考察文學與非文學、本土與異域、沿海

〔註14〕王富仁：《時間‧空間‧人（一）》，《魯迅研究月刊》2000 年 1 期。

與內地、中心與邊緣之間的多元關係，便不失為中國現代文學研究的一種新路徑。」〔註15〕

當然，必須指出的是，中國學者對「地方路徑」問題的發現在根本上說還是一種自我發現或者說自我認知深化的結果，是創立中國學術主體性的積極體現。以我個人的研究為例，是探尋近現代白話文學發生的過程中，接觸到了李劼人的成都寫作，又借助李劼人的地方經驗體驗到了一種近代化的演變曾經在中國的地方發生，隨著對李劼人「周邊」的摸索和勘察，我們不斷積累著「地方」如何自我演變的豐富事實，又深深地體悟到這些事實已經不再能納入到西方—中國先進區域—偏遠內陸這樣一個傳播鏈條來加以解釋了。與「中國中心觀」的相遇也出現在這個時候，但是，卻不是「中國中心觀」的輸入改變了我們的認識，而是雙方的發現構成了有益的對話。這裡的啟示可能更應該做這樣的描述：在我們力求更有效地擺脫「西方中心」觀的壓迫性影響、從「被描寫」的尷尬中嘗試自我解放、重新獲得思想主體性的時候，是西方學者對他們學術傳統的批判加強了這一自我尋找的進程，在中國人自己表述自己的方向上，我們和某些西方漢學家不期而遇，這裡當然可以握手，可以彼此對話和交流，但是卻並不存在一種理論上的「惠賜」，也再不可能出現那種喪失自我的「拜謝」，因為，「地方路徑」的發現本身就是自我覺醒的結果。這裡的「地方」不是指那種退縮式的地方自戀，而是自我從地方出發邁向未來的堅強意志。在思考人類共同命運和現代性命題的方向上我們原本就可以而且也能夠相互平等對話，嚴肅溝通，當我們真正自覺於自我意識、自覺於地方經驗的時候，一系列精神性的話題反而在東西方之間有了認同的基礎，有了交談的同一性，或者說，在這個時候，地方才真正通達了中國，又聯通了世界。在這個時候，在學術深層對話的基礎上，主體性的完成已經不需要以「民族道路的獨特性」來炫示，它同時也成為了文學世界性，或者說屬於真正的「人類命運共同體」的有機組成部分。

上世紀20年代，詩人聞一多也陷入過時代發展與「地方性」彰顯的緊張思考，他曾經激賞郭沫若《女神》的時代精神，又對其中可能存在的「地方色彩」的缺失而深懷憂慮，他這樣表達過民族與世界、地方與時代的理想關係：「真要建設一個好的世界文學，只有各國文學充分發展其地方色彩，同時又

〔註15〕張鴻聲、李明剛：《美國「中國學」的「地方」取向與中國現代文學研究——以中國現代文學研究的區域問題為例》，《中國現代文學論叢》2018年13輯。

貫以一種共同的時代精神，然後並而觀之，各種色料雖互相差異，卻又互相調和」〔註16〕。在某種意義上，這可以被我們視作中國現代文學沿「地方路徑」前行的主導方向，也是我們提出「地方路徑」研究的基本原則。

〔註16〕聞一多：《〈女神〉之地方色彩》，《創造週報》第 5 號，1923 年 6 月 10 日。

序：「學術理想」很重要——寫在陳羲博士論文在臺灣出版之際

曾紹義

　　得知我的「編外學生」〔註1〕陳羲據其同名博士論文修訂而成的書稿《四川方言視野中的四川現代小說研究》（下稱《研究》）被著名學者、四川大學文學與新聞學院院長李怡教授納入他主編的《民國文化與文學論叢》，將在中國臺灣省花木蘭文化出版社出版，十分高興，因為主編告知這套文叢「收入國內中青年學者和優秀博士畢業研究生的有分量的專著，已出 200 多種」，這就再次肯定了陳羲博士論文的學術價值，對作者無疑是更大的鼓勵和鞭策，於我這個見證了該論文從選題到定稿全過程的「編外」教師來說，也倍感欣慰！

　　不消說，李怡教授對《研究》的肯定是有充分理由的，稱它「有分量」也可以從五位外審專家對《研究》的「盲審」〔註2〕結果（「總體評價」均為 A 級，評分最高為 92 分）得到印證。這裡不妨從他們的評語中摘錄幾段：

　　　　在各種方言與中國現當代文學寫作的關係中，四川方言與文學寫作之間的關係無疑是其中非常突出、取得過極大成就的典型代表之一。博士學位論文《四川方言與四川現代小說研究》（按：為論文原題，答辯時依據老師們建議改為現題）相當全面系統地全方位梳

〔註1〕2012 年冬，退休後的我為幾名考研學生補習專業課《文學評論寫作》，陳羲是其中之一。

〔註2〕「盲審」，指外審專家看到的博士論文只有論文標題，作者姓名及所在學校等均被刪去。

理了這種關係。從選題角度說，這個選題本身具有非常明顯的價值，顯示了論文作者敏銳的學術眼光。論文作者在收集、甄別、梳理、挑選相關的文本例證中下足了工夫，材料取捨得當，文本分析細緻深入，具有說服力。論文整體構架上從四川方言寫作的演進歷程、地方文化意涵四個方面，逐層闡釋了四川方言與四川現代小說之間密切又複雜的聯結關係，有其內在的邏輯嚴密性。整篇論文行文乾淨，格式規範。總體而言，這是一篇較為優秀的博士學位論文。

這位外審專家給予了 90 分，另一位給予 89 分的外審專家即從「尤其在當下提倡講中國故事的文學風尚裏，研究方言寫作……更具現實意義」的角度出發，認定「這篇論文的選題很有價值」，指出「論文的優點，或者說創新點主要有以下幾個：其一是體系的完備與思慮的周詳」，「其二是對四川現代小說的文本解讀很有新意」，「其三是論文第四章的文化關照視野開闊」——

總體而言，論文材料豐富、論述周密、方法多元，反映了論者較好的學術素養，已完全達到了博士學位論文的水平！

還有一位給分最高（92 分）的專家則認為該論文「體現了跨學科（語言學和文學相結合）視野的研究」，而「這樣系統性地從方言學的角度來研究某一地域文學的研究，目前尚不多見」，因此「論文選題具有較大的創新性」，又特別指出「論文用三章的篇幅，分別對四川方言在四川現代小說中的語言、文學、文化表現及意義進行了詳細的呈現與概括」——

這樣歷時性的文化語境呈現與共時性的文學闡釋相結合的研究，既是系統學術研究的正途，也體現了作者較為清晰的寫作思路。此外，從論文引述的詞條和數據來看，作者對四川方言和四川現代小說都有著較為全面、深刻的把握，體現出了作者較為淵博的學識水平和嚴謹的寫作態度。

外審專家們所言當然都有理有據，但從論文選題到完成初稿，到最後定稿交付外審、通過答辯的全過程看，我更多注意的是作者對學術理想的堅持，因為一篇好的博士論文完成一定是有作者的學術理想支撐始終的！這幾位外審專家在評語中所提到的「較好的學術素養」、「嚴謹的寫作態度」，其實都是作者學術理想的具體體現。

對於陳羲，這種具體體現的例子還很多，茲再列舉一二吧。《研究》的寫作之路並不平坦，在開始選題時就遇到了阻力。作者是根據有關政策，提前

一年結束碩士學位課程學習，直接進入攻讀博士學位階段的，而且又是從應用語言學轉到中國現當代文學專業，撰寫博士論文當然只能選擇後者為研究對象，但作者自覺對語言學興趣似乎更大，對文學研究相對陌生，因此面對「寫什麼」顯得有些茫然。這時候，我便想起她在上我「文學評論寫作」這門考研必考專業課時的表現，如學習認真、悟性亦強等優點，並用這些優點來開導她、鼓勵她，給她講既然「文學是語言的藝術」，那麼有了碩士階段所學的語言學知識，再來研究文學作品的語言運用及其特色，應該是「順理成章」之事。當她明白了這些道理後，我又建議她研究巴金這位大作家，理由有三，一是巴金小說影響大，又大都寫川人川事；二是巴金是四川人，小說中有四川話；三是對巴金小說中的四川方言尚無專題研究論者出現。這樣，我要求她首先要把巴金的全部小說讀完，找出其中所有的四川方言詞彙，一條也不遺漏，並記下其具體數目。這樣便使她邁出了直接搜集資料這一學術研究必不可少的第一步，她也由此初步瞭解作家研究必先從細讀作品開始的重要性。接著，又讓她搜集閱讀研究巴金小說的重要論文和專著，以及多種巴金傳記。當她完成這些任務後，我再建議她從讀過的全部著作中去尋找其他論著尚未發現或者存疑的問題，然後再去設法予以解決。在這裡，對於陳羲，已不單是搜集研究資料，而是一種新的人生之路的探求了，因為必須找到一種最大的動力，才能推動自己不斷前行，這種動力便是「學術理想」。所以每次交談我都在向她強調，既要甘於吃苦，又要細心研讀，還要一絲不苟地寫作、修改。可以說陳羲近四年的寫作過程，每一步都是「學術理想」散發的熱力所致，沒有這種熱力，她會寸步難行。這不，幾易其稿才寫成的初稿，預答辯時卻未通過，這對從未寫過一二十萬字長文的陳羲來說，無疑是巨大的打擊，一來只有半年修改時間，二來也因前面的寫作極為艱辛，體力消耗實在太大，以至在當年夏天一向身體尚好的她卻常常發生乾嘔現象……這時候，她似乎有些撐不住了，見到我時顯得有些沮喪，我只有硬著心腸，再次請出她秉持的「學術理想」開導說：當初我就給你講過，走這條路要吃許多苦，甚至要經受大苦大難的磨煉，你說不管多大的苦都願意走下去。越是困難，越要堅持才行，不是常說「堅持就是勝利」麼，何況眼下只是將初稿的架構形式改換一下，比起前面每寫一段我需要給你將寫的好的片段與不大好的段落進行比較分析，現在的困難不知少了多少哦！經過這番開導，陳羲的「學術理想」更加堅定了，於是稍事修整後不到半年即完成了如現在「模樣」的最後定稿，

而且得到外省專家們的一致好評，最後順利通過論文答辯……

　　看著陳羲的迅速成長，又讓我想起我曾指導過的碩士研究生們，他們有的已成為大學裏的二級教授，有的成為社科院的研究骨幹，他們當中近一半都只是中專畢業後通過「自考」而成為我的學生的，無論是堅持不懈的奮鬥精神、還是勇於攻堅的頑強意志，都可以歸結為一句話：「學術理想」很重要！

　　最後，再祝陳羲同學百尺竿頭，如她在本書《後記》中所說：「我一定繼續努力，堅持學術理想，不負老師和家人們的期望！」

二〇二二年三月十日晨六時

於成都錦江畔

目

次

緒　論

　　方言寫作古已有之，即使秦代「書同文」實現書面語言的統一，方言也
累見歷代文學作品，四大名著亦無例外。四川方言被納入文學，依然源遠流
長，為巴蜀文化的發展做出了重要貢獻，《方言》（揚雄）、《蜀語》（李實）、
《蜀方言》（張慎儀）以及《四川方言詞典》（張一舟、王文虎等）、《成都方言
詞典》（梁德曼、黃尚軍）的出版，都是明證。到了「五四」以後，李劼人、
巴金、沙汀、艾蕪等重要作家都鄉音不改，將「四川話」「講」在自己的作品
中，為增強作品的藝術感染力起了重要作用，即如現代文學研究專家李怡教
授所說：「現代四川文學（特別是現代四川小說）常因其獨具魅力的方言土語
而為人稱道。」〔註1〕但是，迄今為止並無「四川現代小說中的方言現象」相
關的研究專著，只有在一些作家個體研究中涉及此類問題（如李劼人、沙汀
等），本書擬做這種嘗試，以四川現代小說中的四川方言現象為研究對象，從
中揭示四川方言書寫的整體風貌、審美特徵、文化意義及歷史價值。

一、方言與方言寫作

　　方言，顧名思義，即一方之言，它是因地域差異而形成的一種活躍在民
間的話語形態。方言的價值是既是語言學上的、又是文學上的問題。文學是
語言的藝術，方言因其獨特的語調、構詞、造字和表意方式而有著特殊的文
學審美品質。作家在文學創作中有選擇地使用作為地域生活語言的方言，可
以更好地凸顯地方韻味，塑造具有區域性格的典型人物形象，以達到增強小
說藝術表現力的目的。

〔註1〕李怡：《四川現代文學的巴蜀文化闡釋》，湖南教育出版社1997年版，第230頁。

　　我國一直都有運用方言寫作的文學傳統,「方言寫作」「方言文學」等詞也由來已久,但到目前為止,理論學界對此還沒有非常準確、嚴格的定義。就文學創作的文本來看,廣義的「方言文學」可分兩類:一是全面運用方言寫作的文學作品,以方言來構思,並貫穿整個文學敘事的結構和語言表現,呈現出極其濃厚、純正的地方色彩,但此種方言文學作品在傳播中存在著不同程度的地域侷限;二是在運用共同語書寫的過程中,有意識地借鑒、選擇一些方言的語彙,或模擬某些方言的語氣,方言口語經書面加工後既不失原味,又創造了特殊的地方風情。此第二種方言寫作的形式,在中國現當代文學創作中廣泛存在,有學者稱之為「泛方言寫作」〔註2〕。本書所論的「四川方言寫作」,並不指完全採用純正四川方言進行創作,而主要是這種「泛方言寫作」的形式,具體地說,就是四川現代小說作家在共同語寫作中較多地使用了四川方言元素,不僅從方言詞彙,還從特殊的方音、語法及其創造的語氣、語調,甚至從方言思維和方言文化等各個方面都採擷四川方言資源進入小說文本,從而創造出獨具地方審美意蘊,且充分體現了巴蜀民俗文化和差異性的區域體驗的文學作品。

　　漢語方言寫作傳統源遠流長,最早如《詩經》「國風」中彙集的各地民歌民謠,就用各地的方言記錄了。秦朝「書同文」實現了書面語的統一,文言文形成,文學語言開始與口語分離,但在後來的詞賦、詩歌創作中,仍不乏方言語詞的使用和方音押韻的現象。隨著唐宋民間通俗文學如說唱、平話小說的發展,方言在明清時期大量進入文學創作,許多作品都在文本中夾用了一些方言,如《水滸傳》《金瓶梅》中的人物對話,雜用山東方言,《西遊記》偶用江蘇淮安話,《儒林外史》中夾有安徽全椒話,《紅樓夢》則主要是北京話和南京、揚州一帶的下江官話的夾雜使用。到了晚清,「京語文學」和「吳語文學」還出現了純粹用方言寫作的小說,比如文康的《兒女英雄傳》、石玉昆的《七俠五義》和松友梅的《小額》等,就完全採用地道的北京話寫成,韓邦慶的《海上花列傳》、李伯元的《海天鴻雪記》等則敘事用官話,對話擬地道蘇白。此外還有鄒必顯的《飛跎子傳》和張南莊的《何典》,敘述語言和人物語言都用吳語。值得一提的是,張春帆以青樓女子的生活為中心創作的長篇小說《九尾龜》,敘述語言用官話,人物的對話則按身份嚴格區分,倌人操蘇白,嫖客說官話。這樣的方言出場方式頗有意味,「蘇白已成了一種有特殊

〔註2〕董正宇:《方言視域中的文學湘軍》,中國社會科學出版社2008年版,第7頁。

內涵的文化符號，它代表著作家心目中理想妓女的音容笑貌、言談舉止乃至身段姿勢」〔註3〕。方言不只用於渲染氛圍或刻畫人物，作家更是深入到文化層面來理解和處理蘇白，比之前人的運用大為拓展。

　　明清以來白話小說多用方言土語的傳統，在「五四」白話文運動中有了新的發展機遇。在白話運動初期，胡適就提出：「國語不過是最優勝的一種方言；今日的國語文學在多少年前都不過是方言的文學。……國語的文學從方言的文學裏出來，仍須要向方言的文學裏去尋它的新材料，新血液，新生命。」〔註4〕追求「言文一致」的現代白話文表達方式和相應文體需吸取民間話語資源發展自身，因而作為民間地方語言形態的方言口語，很早就得到了新文學開創者的大力支持和提倡。繼新文學運動後，歌謠運動與《歌謠》週刊的創刊，更是將國語運動與新文學運動連接，方言文學的價值日益浮出歷史地表。20 世紀 20 年代鄉土文學中，對地方色彩和鄉土文化表現需藉重方言土語才能更好實現，更多的地方語言引入了新文學創作，特別是魯迅、許欽文、王魯彥、彭家煌等鄉土小說作家在方言寫作中的藝術表現力令人矚目。20 世紀 30 年代左翼文學順應建立大眾文藝的需求，提出改造「五四」以來日益歐化的白話文學語言，用方言來完成革命任務的策略問題。隨著抗戰的爆發，文學深入不同方言地區的情況日益展開，地方性問題愈演愈烈，從而在 40 年代引發了關於「民間語言」的討論。雖「五四」以來形成的白話特徵的現代書面語成為現代統一國家的「普通語言」，已通過小學教材和報刊雜誌廣為流行，但在遠離文化中心的廣大農村地區，民眾仍習慣於使用較小範圍通行的方言，因此運用土語方言創作地方劇目、曲調、街頭詩等，成為抗戰時期的一種大文學現象。此時，各地的方言小說寫作也形成一股潮流，湧現了《邊城》《我這一輩子》《淘金記》《死水微瀾》《暴風驟雨》《李有才板話》《小二黑結婚》等大量膾炙人口的作品。新中國的成立雖實現了政治統一，但毛澤東提出的「中國作風」與「中國氣派」的文藝局面尚未真正實現。方言的存在在文學多樣性和生動性方面予以了大力的支持，在「十七年」中，老舍、沙汀、柳青、歐陽山、趙樹理、周立波、孫犁、西戎、劉紹棠等老一代作家和新進作家，

〔註3〕陳平原：《中國現代小說的起點——清末民初小說研究》，北京大學出版社 2010 年版，第 169 頁。

〔註4〕胡適：《〈吳歌甲集〉序》，《京報副刊・國語週刊》1925 年 10 月 4 日第 17 期。

都繼續以方言俗語的文學寫作實踐，從不同的層面來表現「為中國老百姓所喜聞樂見的中國作風和中國氣派」。此後一直到「文化大革命」結束，百廢待興，文學迎來它的「新時期」。隨著社會觀念和個性意識的轉變，文學進入一個更加自由和多元的時期，方言寫作又一次成了許多作家有意識採用的創作手段，湧現了一系列獨具地方語言特色的小說作品。全面復蘇的「京味小說」，新興崛起的「文學湘軍」「文學陝軍」「文學晉軍」，以及備受讀者喜愛的「海味小說」「津味小說」「漢味小說」「蘇味小說」等，都表現出鮮明的方言創作傾向。

殊方異語的方言在時代共音中始終存有一席之地，方言寫作在中國文學發展歷史上也一直有著舉足輕重的地位，鄉音鄉韻、俗言俚語豐富了漢語文學表達的形式和內蘊，為中國現代文學發展增添了新的光彩，提供了新的經驗。但從整體語言環境來看，方言敘述仍有著嚴重的生產危機，回顧現代國家的建構歷程，規範與建立一種統一的民族共同語一直是每個語言學者、社會學家共同理想，而方言土語一直是被視為改造與超越的對象。再從中國文學由古至今的發展歷程看，雖然一直有方言入文的強大潮流，運用方言寫作的作品也有其獨特而恒久的文學審美品質，但在漢語白話文學的整體發展中，方言書寫並非主流，小說中的方言現象也未受到主流學界的充分關注，而是超越方言的、包含了民族共同語文化邏輯的現代書面語支配了中國現代文學語言的建構歷程。還由於受現代文學政治文化的影響，方言一直被意識形態的理論所包裝，僅被視為實現文學普及的語言工具，而方言作為文學語言的純粹意義在文學理論中未得到充分的理解和探討。此外，新時期以來的全球一體化浪潮和國家語言政策的強制措施，對地方文化、方言寫作以及整個民族文學都產生了較大影響，方言的使用和傳承面臨嚴重的生態危機。加之方言在文化商業大潮中淺嘗輒止的運用，使方言藝術在某種程度上已經淪為一種噱頭，僅因陌生化和鄉土化色彩成為城市文化的參照對象，僅在兩種文化潛在的相互嘲諷中增添了一種喜劇性的效果。因此，方言的生存危機及方言文學的困境是當今研究者必須面臨的一個實際問題，關注和研究方言不應只是方言學家的興趣。本書選擇從方言的角度對一個地域的文學進行研究，既是研究視角的一個創新，其中也蘊含著一份人文知識分子的責任感與焦慮感。

二、四川方言與四川文學

　　漢民族歷史悠久，幅員遼闊，人口眾多，方言現象較為複雜。漢語分為七大方言區，即北方方言（官話方言）、吳方言、湘方言、贛方言、客家方言、閩方言和粵方言。其中，北方方言地域分布最廣，使用人數最多，在方言區內部還可再分出若干地點方言。漢語方言之間最顯著的差別在於字音，其次是詞語，再次是語法，這些差別有時大到可以阻隔相互的交流，這在世界語言中也是不常見的。正如語言學家戴昭銘所說，「漢語方言之複雜大概可以稱得上世界之最」〔註5〕，在西方學者看來，「漢語更像一個語系，而不像有幾種方言的單一語言，漢語方言的複雜程度很像歐洲的羅馬語系」〔註6〕。

　　在全國各行政區劃中，四川省內的各種方言具有因地理、歷史等因素造就的獨特性和複雜性。四川古稱「巴蜀」，「巴」和「蜀」是先秦時期少數民族古巴人和古蜀人建立的地方自治政權名稱，主要在今四川、重慶境內，東部為巴國，西部為蜀國。古老的巴蜀語言便是巴族和蜀族的生活語言，與當時中原地區的華夏語言分屬不同的語言體系。如《文選》卷四載左思《蜀都賦》，劉逵注引揚雄《蜀王本紀》的記載：「蜀王之先，名蠶叢、柏濩、魚鳧、蒲澤、開明。是時人萌椎髻左言，不曉文字，未有禮樂。」「左言」一詞相對於官方通用語言「雅言」而言，表明當時蜀地人的方言與中原正音有很大不同。秦滅巴、蜀後，置巴郡和蜀郡，大批秦人遷到巴蜀地區，劉逵注《蜀都賦》中引用了《地理志》的一種說法：「是時，蜀人始通中國，言語頗與華同。」可見遠古時期巴蜀地域的「左言」，在秦代發生了很大變化，開始融入華夏語言，成為漢語的一種地域變體，可視為「巴蜀方言」。西漢末期，揚雄所寫的《方言》多次將「梁益」（今陝西漢中和四川地區）與「秦晉」並舉，秦晉方言以都城長安為主體，是「通語」的基礎方言，表明漢代梁益的巴蜀方言可能與當時的「通語」相接近。秦漢至元初，持續不斷的北民南遷給巴蜀地區的語言帶來深遠影響，使其一直處於與北方話的接觸與融合中。加之元末明初、明末清初兩次大規模戰亂，四川人口銳減，大批湖廣人特別是湖北、湖南人「避亂入蜀」或「避兵入蜀」，移民攜帶的語言與當地語言相互融合，四川現代方言便開始孕育形成。如今四川境內的漢語方言，占主導地位的仍是官話方言，另外還有小範圍使用的客家方言、湘方言和閩方言。在官話方言中，

〔註5〕戴昭銘：《文化語言學導論》，語文出版社1996年版，第242頁。
〔註6〕〔美〕羅傑瑞：《漢語概說》，張惠英譯，語文出版社1995年版，第165頁。

除了主體的西南官話外，還有其他官話方言如安徽話、河南話。〔註7〕本書中談及的「四川方言」專指通行於四川地區〔註8〕的漢語西南官話方言，屬漢語北方方言的一支，也稱「四川話」或「四川官話」。通行區域遍及四川省的絕大部分地區包括民族雜居地區，使用人口超過一億，其內部具有較高的一致性，從下川東的萬州到川西的雅安，從川北的廣元到川南的瀘州，通話基本沒有問題。

歷代巴蜀文人對自己的母語方言都有著特別的關注。中國現存最早的漢語方言詞彙著作即是蜀人楊雄所著的《方言》；明末清初李實的《蜀語》，是中國現存第一部「斷域為書」的方言詞彙書，該書除了對蜀方言詞釋義、注音、考證出處外，還徵引了許多詩歌、史傳和筆記小說中的屬方言詞例；清末民初，英國傳教士鍾秀芝與四川基督教徒合編《西蜀方言》、張慎儀著《蜀方言》、傅崇矩寫《成都通覽》、唐樞和林皋合寫《蜀籍》，都系統記錄並保留下了大量蜀方言詞語；至當代，王文虎、張一舟、周家筠合編《四川方言詞典》，梁德曼、黃尚軍合編《成都方言詞典》，曾曉渝編《重慶方言詞解》，蔣宗福編《四川方言詞語考釋》等，更就四川方言俗語進行了全面的搜集、整理與詮釋工作。除了語言學家，生於斯長於斯的巴蜀文學也早已認識到四川方言的魅力，從司馬相如開始就有不少文學家積極地將川語詞彙用於創作中。如李白詩中平聲與去聲通押的特殊情況，有專家指出「是受到了李白自己的方音的影響」，「李白詩的用韻反映八世紀中葉漢語的語音系統，其中也反映一些四川、吳楚、山東等地的方音，特別是他的家鄉話」〔註9〕。蘇軾在許多作品中也運用蜀方言，如詩作《遊徑山》有一句：「問龍乞水歸洗眼，欲看細字銷殘年。」詩句中的「問」一詞即是四川方言，在《四川方言詞典》中被解釋為介調詞，「向」的意思，如「問某人借東西」。蘇軾以方言入詩的特點也引起了詩人陸游的關注，陸游《老學庵筆記》卷八言：「東坡《牡丹》詩云：『一朵妖紅翠欲流。』初不曉『翠欲流』為何語。及遊成都，過木行街，有大署市肆曰：『郭家鮮翠紅紫鋪。』問土人，乃知蜀語鮮翠猶言鮮明也。東坡蓋用鄉語云。」〔註10〕此外，清代學者李調元對方言頗有研究，他編撰《方言藻》

〔註7〕崔榮昌：《四川方言與巴蜀文化》，四川大學出版社1996年，第1頁。

〔註8〕本文中的「四川」「四川地區」和「四川省」，通常指1997年重慶成為直轄市之前的四川省，即今川渝地區。

〔註9〕鮑明煒：《李白詩的韻系》，《南京大學學報》1957年第1期。

〔註10〕陸遊：《老學庵筆記》，《陸放翁全集》（上冊），中國書店1986年版，第51頁。

一書專門考訂古今詩詞中所用的方言，並在前言中明確指出：「方言不可以言文，而文非方言，則又不能曲折以盡意，故不知方言者，不可以言文也。」〔註11〕這是將文學創作中方言的功能提到相當高的水平了。李調元在詩歌創作中也常用到四川方言，比如《嚙嚕曲》中的「嚙嚕」一詞即是四川民間對嗜賭之徒的稱呼，還有「黃鱔」「線雞」「黑錢」「紅錢」等方言詞都是賭博者之間的隱語。晚清時，四川中江文人劉省三編纂一部擬話本小說《躋春臺》，在其中更是廣泛地使用了地道、鮮活的四川方言俗語。

　　四川現代小說伴隨著「五四」新文學起步，在 20 世紀 20 年代的探索中緩慢發展，異軍突起於 30、40 年代的現代文壇，常因其獨具魅力的四川方言運用而為人所知，鮮明的「川味」語言風格在文學史中獨樹一幟。一方面，由於四川方言屬於北方方言系統，各語言要素與普通話有較整齊的對應關係，語音相近，語法結構相似，大部分詞彙都相通，外地人從四川方言字面上就能大致理解它的含義，這為四川方言作品的傳播提供了便利。另一方面，相對偏遠封閉的自然地理環境，也限制了語言之間的接觸與融合，四川方言得以保留其固有的「純潔性」，其生動形象、凝練含蓄、詼諧幽默、粗野質樸、俗中見雅等語言特質，能帶給外地人所能感知的新異也包括難以品味的妙處。這種獨特的川音川語，作為巴蜀地區孕育而來的一種極具活力的文化因素，是四川人尤其引以為豪，他們對自己母語方言的篤愛與陶醉，或許只有北京人對於京腔京韻的癡迷相媲。四川作家將這份方言情感帶入創作中，通過有意識地調用方言土語，使四川方言成為中國現代文學最具影響力的地方語言之一。老舍是北京方言寫作的集大成者，他以京腔韻白創作了具有極高藝術性的京味小說，當時的「京味」幾乎就等同於「老舍味」，以此奠定了北京方言在現代文學中強勢語言的地位。四川方言的寫作則不同，四川現代小說作家是以集團衝鋒的態勢突現於現代文壇，他們共同採擷著生長於民間大地上的母語方言資源，靈活運用各種語言策略，將同樣的「川味」調製出各自不同的「鮮香麻辣」。經作家精心提煉的方言土語自由出入於四川現代小說文本中，不僅彰顯著鮮明的地方特色，而且孕育了獨特的四川方言寫作風格。以李劼人、沙汀、艾蕪、巴金、周文、羅淑、王余杞等為代表的作家，以《死水微瀾》《淘金記》《豐饒的原野》《家》《煙苗季》《生人妻》《自流井》等為代表的文本，都清楚地表明四川現代小說作家在方言寫作中所創造的豐富多樣的

〔註11〕李調元：《方言藻·序》，《方言藻》，商務印書館 1937 年版，第 1 頁。

表達形態，因此全面、深入地研究四川方言與四川現代文學、四川現代文化之間的密切關係是十分必要和重要的。

三、研究現狀

學界對四川現代小說中的四川方言現象相關問題早有關注，不少方言詞典、學術專著和論文都有論及。筆者總結學界的相關研究成果，分四種情況進行綜述：

（一）對四川現代小說中方言語彙的收集與釋義

現代語言學家對四川方言進行了科學化、體系化的研究，其中有關方言詞彙的研究成果顯著，四川方言詞典和詞彙研究專著層出不窮，不僅全面搜集整理了四川方言語彙，還對其進行準確詳細的標音、釋義和語法說明，其中不少方言語彙用例都是從四川現代文學作品中篩選採集而來。如王文虎、張一舟、周家筠合編的《四川方言詞典》（四川人民出版社 2014 年版），彙集了四川方言常用的詞語七千餘條，注音準確，注釋精準，例句主要援引四川現代文學作品中的方言用法。張一舟、張清源、鄧英樹合著的《成都方言語法研究》（巴蜀書社 2001 年版）和鄧英樹、張一舟合寫的《四川方言詞彙研究》（中國社會科學出版社 2009 年版），都是運用共時描寫和對比分析的方法，對成都方言語法和四川方言詞彙進行了比較全面系統的研究，兩書在分析一些方言現象時引用的也是巴金、李劼人、沙汀、艾蕪等作家小說中的詞彙和句式。四川省地方志編纂委員會還組織編寫了《四川省志·方言志》（方志出版社 2013 年版），在大量的文獻整理和田野調查的基礎上，梳理了四川方言形成、發展和演變的全部歷史，對其中的語音、詞彙、語法等基本語言特徵進行了全面描寫，附錄一的例釋中還收錄四川方言常用詞語包括方言俗語共一千餘條。

結合地理、歷史、人文來研究四川方言的形成發展，崔榮昌《四川方言與巴蜀文化》（四川大學出版 1996 年版）是一部很有影響的著作，此書將語言研究擴展及文化，開拓了四川方言研究的新領域。在該書第九章「方言·文藝·民俗」中，作者談到了對艾蕪、巴金、沙汀和李劼人運用四川方言寫作的認識，不僅發現了艾蕪提出的大眾語即西南官話流行區域的結論與方言學家結論基本相同的事實，還通過分析巴金作品中的四川方言詞，認為巴金「在對四川話的提煉、加工，對四川方言詞的選擇和運用方面，亦為我們作出了

表率」。而對於沙汀和李劼人作品中使用到的四川方言詞，作者只進行了簡要舉例。且志宇《四川方言與文化》（中國國際廣播出版社 2015 年版）也是從四川方言與區域文化的緊密關係著手的研究，該書第六章「四川方言與書面文學」中，作者將四川作家創作的詩賦、詞曲、對聯和小說中的方言詞彙進行條分縷析的說明，解讀了四川方言詞彙的文化內涵。張紹誠的《巴蜀方言淺說》（巴蜀書社 2005 年版）、孫和平的《四川方言文化──民間符號與地方性知識》（巴蜀書社 2007 年版）和黃尚軍的《四川方言與民俗》（四川民族出版社 2014 年版），三部專著都是將四川方言與巴蜀文化結合起來研究，注重發掘方言詞語的民俗文化內涵，並引用了巴金、李劼人、沙汀、艾蕪和其他一些四川作家小說中的方言詞進行用法說明和語境分析。

方言在語言學界的研究已經相當成氣候，其中對四川方言研究也比較充分，以上雖主要是語言學、方言學領域的研究成果，也是本書開展的重要依託。對四川方言詞條的分類描寫和解釋、四川方言要素和特點的本體研究、四川方言語源及方言文化意蘊的探究等，都為本書展開對四川現代小說中方言現象的進一步研究提供了豐富的語料資源和相關理論基礎。

（二）地域文化視野中的四川現代小說研究

隨著對作家作品的社會學、文化學觀照的深入，研究者地域體認的加強，現代作家作品和地域文化的關係研討在 20 世紀 90 年代以後漸成氣候。作為全國範圍內此課題的總體成果，是嚴家炎教授主編的《二十世紀中國文學與區域文化叢書》共十冊，由湖南教育出版社於 1995 年至 1997 年間陸續出版，這些著作大致以省為單位，從區域文化的角度進入文學研究，且相當重視文學作品中的方言使用現象，並將其重要性提到了一定的高度，大多設有專章或專節來討論地域方言與文學的關係。植根於四川地區歷史悠久的四川方言，因其深厚的巴蜀文化內蘊而在漢語方言中獨具特色，不僅是當今四川人重要的交際工具，也成為折射川人價值觀念和的文化精神一面鏡子。因而在研究巴蜀文化與四川現代文學的關係問題時，四川方言常被作為地域文化的組成部分而納入討論範圍。李怡《四川現代文學的巴蜀文化闡釋》（湖南教育出版社 1995 年版）是研究最早、影響最大的一部專著，此書重點探討了四川現代文學對巴蜀文化傳統的繼承和創化，其中設專節「從好文雕鏤到方言的啟用」，從「啟用即創化」「川語滋味」「川語文化」和「川語意識」四個方面考察了四川現代文學中的方言運用現象，通過對四川方言寫作和北京方言寫作

進行對比研究，認為四川現代作家運用方言土語進行小說創作，「是對四川文學傳統的又一次創造性轉化」，意在展示巴蜀特有的「初民文化」風貌，總結了四川方言寫作所呈現的形象生動性、粗直的野味和詼諧幽默的「川語滋味」，並將四川方言寫作的成功源於作家自覺提煉方言文化的「川語意識」。

鄧經武的《二十世紀巴蜀文學》（電子科技大學出版社 1999 年版）以宏大的歷史視野詳細梳理了整個二十世紀巴蜀地區文學的發展演變脈絡，作者不僅把時代和環境與作家作品聯繫考察，還把作家作品同巴蜀文化傳承聯繫起來進行深層次的闡釋，揭示出四川現代小說中對巴蜀語風的自覺營造，是作家地域意識和文化精神的顯現，也是對巴蜀習風、生活形態的密切觀照。鄧經武后又出版《大盆地生命的記憶——巴蜀文化與文學》（電子科技大學出版社 2005 年版），同樣運用文化分析的方法對古代至現代的巴蜀文學進行了全面的敘述。書中重新定義了「巴蜀文學」，即「蜀人寫蜀事，記蜀言，體蜀風」。作者特別指出其中的「蜀言」，「不僅僅是強調四川方言在構詞、句子結構方式上所表現的語言特徵，更主要地是一種『川語思維』，一種在藝術形象塑造過程中的形象思維」。這樣的認識打開了四川方言寫作的研究視野，深入到了藝術思維和文化心理的層面。

其他從地域文化的視角研究四川作家和四川文學的成果還有：譚興國《蜀中文章冠天下——巴蜀文學史稿》（四川人民出版社 2001 年版），李怡、肖偉勝《中國現代文學的巴蜀視野》（巴蜀書社 2006 年版），張建峰《現代巴蜀的文學風景》（中國戲劇出版社 2007 年版），李凱《巴蜀文藝思想史論——一種區域文化視域下的考察》（商務印書館 2016 年版），沈瓊竹《袍哥文化與四川現代小說研究》（西南師範大學出版社 2017 年版），張瑞英《地域文化與現代鄉土小說生命主題研究》（山東師範大學博士學位論文 2007 年）等等。這些專著和論文在研究四川文學與巴蜀文化的關係時，都關注到四川現代小說中的方言運用現象，並將其視作呈現地方色彩和彰顯地域文化的一種藝術手段進行了簡要敘述。

（三）有關具體四川作家、作品的方言運用研究

由於現代文學史上的四川作家群成員較多，作品中的方言使用情況較複雜，因此鮮有專門的著作和學位論文從整體上、綜合性地研究四川現代小說中的方言現象，多數研究者主要是從單一作家或單篇方言小說入手，做窄而精的研究。

　　第一類相關研究是語言學上的描述與解釋。如王浩《自貢方言研究與社會應用》（西南交通大學出版社 2016 年版）中第六章「自貢方言與文學藝術」，專門收集了王余杞小說《自流井》的方言詞彙，並進行了詳細釋義。曾志中、尤德彥《李劼人說成都》（四川文藝出版社 2011 年版）的「說方言」一章，龔友福《〈艾蕪全集〉第 10 卷的新都方言》（《艾蕪研究》第一輯，四川大學出版社 2017 年版），林立《巴金語言詞典》（四川辭書出版社 1990 年版）以及一些語言學專業學位論文等，基本上都是以一位作家的創作或單篇作品為研究對象，採用語言學描寫和分析比較的方法，對小說中的四川方言詞進行了分類和釋義，有的還在文本分析的基礎上，結合巴蜀地方文化闡釋文本中四川方言的內涵。

　　第二類側重研究四川方言寫作的藝術特點和審美效應。與此相關的研究成果較多，代表性的如艾蘆《李劼人語言藝術初探》（《當代文壇》1991 年第 3 期），秦弓《李劼人歷史小說與川味敘事的獨創性》（《西南師範大學學報》2002 年第 1 期），謝應光《張力與遮蔽之間——談〈死水微瀾〉的語言問題》（《李劼人研究：2011》，四川文藝出版社 2011 年版）等，這些成果主要論及李劼人小說鮮明濃厚的川味語言特徵，李劼人方言寫作具有的市井民俗意味，以及李劼人方言運用的藝術效果等問題。李慶信《沙汀小說藝術探微》（四川省社會科學院出版社 1987 年版），左人《論〈淘金記〉的語言藝術》（《中國現代文學研究叢刊》1984 年第 4 期），官晉東《結構與語言風格的最初建構——沙汀抗戰前小說創作兩面觀》（《社會科學研究》1988 年第 5 期）等，都論及了沙汀四川方言寫作所呈現出的精練含蓄、質樸粗直、幽默諷刺的風格特點。馬學永《沙汀對現實主義小說的多元探索》（南京師範大學博士學位論文 2013 年）在對沙汀小說的「現實主義」品格分析的基礎上，認為沙汀小說中堅持四川方言書寫是鄉土本位傾向的體現，沙汀對於川西北方言土語的再現或模仿反映了巴蜀文化狀態下人物的真實感受，達到了尋找文化歸屬感的目的。王曉文《中國邊地小說研究》（山東師範大學博士學位論文 2009 年）將艾蕪的「南行」小說置放在整個現代中國「邊地小說」的視域中進行審視，指出《南行記》中鄉間話語的廣泛運用，大有巴蜀民眾的語言風格，並映像了邊地流浪者的生存狀態和精神結構，邊地文化的內涵也蘊藏其間。李怡在《文學的區域特色如何成為可能——以巴金與巴蜀關係為例》（《社會科學研究》2010 年第 5 期）一文中首次談到巴金抗戰返鄉時對

故鄉的書寫，是有意識地挑選鄙俗方言傳達對故土粗俗醜陋人生世態的強烈厭惡和深刻批判，作者認為這樣的方言寫作形態表現出巴金作為巴蜀文化「異鄉人」的姿態，巴金是站在超越故土之上的精神高度和視野廣度中來觀照和書寫鄉土。另外還有一些論文零散論及林如稷、周文、羅淑、劉盛亞、巴波等作家的四川方言寫作，其中主要還是對方言語彙的列舉，僅粗略談及方言運用的文學審美效果。

第三類是四川方言寫作現象的綜合性研究。目前僅有王中《方言與 20 世紀中國文學》（安徽教育出版社 2015 年版）一書的第五章「方言與川味小說」，從整體上論述了四川方言與川味小說的歷史關係，並以沙汀的四川方言寫作為例具體分析了四川方言的藝術特色，以及方言思維和方言聲音在文本中的呈現形態。此文的研究相對來說更加綜合與深入，但在研究的全面性、系統性以及方言文本解讀的深刻性等方面尚且不夠。

（四）關於方言寫作實踐與理論的研究

20 世紀「語言學轉向」的背景下，從俄國形式主義到英美「新批評」，從結構主義到解構主義，西方文藝理論和文學批評開始重視文學形式特別是文學語言的研究。關注語言研究的熱潮也對新時期中國文學批評產生了影響，方言寫作自然進入研究者的關注視域，北京方言、湖南方言作和陝西方言的創作實踐都有專門的研究專著問世。趙園的《北京：城與人》（上海人民出版社 1991 年版）是國內地域文學和文化研究的開拓之作，該書「京味小說與北京文化」一章從地域文化的角度深入分析了京味小說中的方言運用現象，將方言文化視作「京味小說中北京文化的重要部分」。董正宇《方言視域中的文學湘軍》（中國社會科學出版社 2008 年版）是方言文學研究的新創獲，此文以湘方言文學為研究對象，首次提出「泛方言寫作」的概念，對現代湘籍作家泛方言寫作的動因、形式、價值和代表性作家作品等方面都進行了較為全面和系統的探索，由此揭示了湘方言作為文學語言形式所呈現的特殊審美效果，闡定作家與地域的根性聯繫和湘方言寫作的文化內涵。王素《讓文學語言重歸生活大地：論方言寫作——以陳忠實為中心》（中國社會科學出版社 2017 年版）主要研究的是，陳忠實積極吸納當代關中方言進行文學書寫的實踐及其藝術成就，同時還將其與陝西方言在當代作家路遙、賈平凹文學創作中的存在樣態進行了對比探討，並在陝西作家方言寫作的動因和策略的考察中，揭示出陝西方言運用表現出的「異量之美」。顏同林《方言與中國現代新詩》

（中國社會科學出版社 2008 年版）則對方言入詩的現象進行了詩學考察，重審方言對中國現代新詩發生、轉軌甚至演變的全過程所起到的作用，全面論述方言入詩的社會文化背景和文學語言的背景，方言入詩的審美效果和社會效應，方言進入新詩文本和新詩去方言化之間的張力的形成，及其實質淵源等相關論域。此外，吳方言寫作也有一些具有代表性的論文：姚玳玫《語言寓意·結構寓意·空間寓意——吳語本〈海上花列傳〉的敘事》（《文學評論》2012 年第 5 期），項靜《方言、生命與韻致——讀金宇澄〈繁花〉》（《中國現代文學研究叢刊》2014 年第 8 期），劉進才《俗話雅說、滬語改良與聲音呈現——金宇澄〈繁花〉的文本閱讀與語言考察》（《中國文學研究》2019 年第 3 期）等。

　　在方言寫作實踐的帶動下，方言寫作的理論研究也備受關注。田中陽發表的《論方言在當代小說中的修辭功能》（《中國文學研究》1995 年第 3 期）和《論方言在當代小說中的敘述功能》（《求索》1996 年第 1 期），是國內較早從學理上對方言之於小說的敘述、修辭功能進行論述的文章，肯定方言的文學價值。何錫章、王中《方言與中國現代文學初論》（《文學評論》2006 年第 1 期）將方言寫作放在中國現代文學發展的進程中，側重於論述方言的地域文化力量，及其本真性、個體性等審美品質。文章認為：「方言作為此種規範之外的話語形式和文學語言資源，是對漢語寫作特定性和普遍性的消解。它以語言的自由態勢對邏輯語法權勢及各種語言定規以衝擊，為我們帶來耳目一新的審美感覺；同時它作為人類最鮮活最本己的聲音，是對遮蔽存在本真的所謂『文明之音』的解蔽。以方言為語言形式，無疑是文學傾聽大地、回到本原的一條便捷之徑。」與此論題相關的文章還很多，具代表性的有：張衛中、江南《新時期文學創作中方言使用的新特點》（《學術研究》2002 年第 1 期），張新穎《行將失傳的方言和它的世界——從這個角度看〈醜行或浪漫〉》（《上海文學》2003 年第 12 期），李勝梅《方言的語用特徵與文學作品語言的地域特徵》，（《福建師範大學學報》2004 年第 5 期），董正宇、孫葉林《民間話語資源的採擷與運用——論文學方言、方言文學以及當下「方言寫作」》（《湖南社會科學》2005 年第 4 期），劉進才《從「文學的國語」到方言創作》（《文學評論》2006 年第 4 期），張延國、王豔《方言文學與母語寫作》（《小說評論》2011 年第 5 期），葛紅兵、宋桂林：《小說：作為地方性語言和知識的可能——現代漢語小說的語言學問題》（《中國現代文學研究叢刊》2011 年第 10 期），

張紅娟《方言進入小說的策略——小說中方言注釋現象論析》(《揚子江評論》2017 年第 4 期)，等等。這些研究成果都積極為方言寫作發聲，各有側重地從理論上對方言之於小說文本的藝術表現、方言寫作與作家的精神聯繫，方言寫作與整個中國現代文學的關聯性等方面展開論述。總之，前輩學人的探索創造為本書的構思帶來許多啟發性的思索，也為論文的論證闡釋提供了可資借鑒的理論資源。

四、思路、方法與框架

目前學界對四川現代小說的研究成果是很豐富的，視角也很多元，有的論者從社會歷史的角度考察四川現代小說的發生、發展和演化路徑，有的從地域文化角度分析四川現代小說的藝術表現和思想內涵，有的從比較研究角度探析四川現代小說與中國文學的某種同步性，還有一些從原型批評以及敘事學角度出發的分析文章，這些研究大都偏重「文化」角度的考察，從社會文化和地域文化的方方面面，來透析四川現代作家小說創作的藝術形式、思想意蘊和發展傳播。然而，從方言學及方言文化的視角切入，對四川現代小說中一以貫之的吸納方言資源入文的現象展開全面系統的研究，卻還是有待填補的學術空白。譬如，四川方言是如何被納入到現代白話小說語言系統中去的？四川方言在四川現代小說的發生、發展過程中扮演著怎樣的角色？發揮著怎樣的作用？四川方言寫作創造了哪些藝術審美形態、具有哪些文化價值？……要解決這些問題都需要對四川方言與四川現代小說之間密切又複雜的聯繫進行一次系統、深入的研究。

通過文獻綜述還可以看出，目前學界關於四川現代小說中方言現象的研究比較單一，研究內容較為零散。在已有的研究成果中，有的是單純的方言本體研究，將小說文本中的四川方言語詞僅僅作為語言史的文獻記錄和方言學研究的語料；有的研究將四川方言視為巴蜀文化的體現，以此進入四川現代小說與地域文化關係的考察；還有的研究從單個作家或單篇作品入手，分析四川方言的文本表現和審美效果，這樣的研究較為表層，缺乏對大的社會文化語境或深層的作家主體精神等方面與方言寫作之間聯繫的探討。另外，目前四川方言寫作的研究主要集中於知名度較高的李劼人、沙汀、艾蕪三位作家，而佔據「魯郭茅巴老曹」排位之一席的巴金，作為四川作家的重要代表，其四川方言寫作的特殊審美品質並未引起研究者的足夠重視，至今沒有

一篇專門研究巴金四川方言寫作的論文。其他四川小說作家如曾蘭、李開先、林如稷、周文、羅淑、王余杞、巴波、劉盛亞等的方言創作，也未得到應有的關注與重視。總之，目前學界對於四川方言與四川現代小說的研究不全面、不深入也不細緻，留有很大的研究空間。

　　四川現代作家對於四川方言的採用與整個現代中國知識分子挖掘民間文化、大眾文化的過程是相一致的，四川方言寫作本是一項頗為豐富且複雜的文學實踐，本書在借鑒前輩學人研究成果的基礎上，擬對四川現代小說中的方言現象進行一次全面、系統，且細緻、深入的探討，主要內容有以下兩個方面：一是從四川方言寫作的演進歷程、文本範式、審美特點和文化價值四個方面，探討四川方言對四川現代小說研究的影響及其在四川現代小說中的具體表現，整體提煉四川方言寫作的特點經驗，藉此展現四川現代小說方言寫作在文學史上較完整的面貌。二是在不同方面的討論中，同時關注四川方言寫作生成機制的研究，把握作家主體的個性化實踐，揭示四川方言寫作的內部差異性。總的來說，本書試圖系統性、綜合性地考察四川方言與四川現代小說的聯結關係，從方言這一新的視角來重新發掘四川現代小說的藝術性與文化性，以期填補四川文學和現代小說研究中的一個空白，並能為當下地域文學以至現代漢語文學的語言創新帶來新的啟示。

　　從這一目標出發，筆者在本書的寫作過程中，堅持以小說文本為基礎的基本研究立場，主要採用了文學闡釋與語言學描述相結合，文本細讀與社會文化研究相結合的方法。在全面閱讀現有文學史有記載的全部四川現代小說文本的基礎上，窮盡搜集其中的方言語彙、方言句子和語段，總計近二十萬條，然後依據四川方言辭書對語料進行整理、歸納和分析，繼而綜合運用方言學、文學語言學、文化語言學以及民俗學、心理學等有關理論，描述和闡釋方言要素在文本中的表現形態和文本意蘊，從文學審美的角度分析四川方言產生的藝術效力，並從地域文化的角度探究四川方言寫作的歷史文化價值。

　　本書由緒論、正文和結語組成。緒論是對研究背景的概述，相關研究現狀的綜述，對論文研究思路和方法的說明。正文總共四章，是對四川方言寫作由宏觀到微觀、從形式到內容的階梯式深入探索過程。第一章「時代語境與四川現代小說方言寫作的演進」，從文學史的宏觀視角對四川方言寫作的演進歷程作一全面審視，重點闡述不同語境下四川方言與四川現代小說相互生

發、相互支撐的聯結關係，歷時性透視四川方言寫作的內容主題和藝術特質的流變趨向，以期對四川方言寫作的發展態勢和階段性特徵有較為全面的認識。第二章「四川方言入文與四川現代小說的語言形態」，從語言技巧層面考察四川方言寫作的文本範式，分析方言三要素——語音、語彙和句式進入小說的書寫形態和表達效果，以及四川方言為突破地域侷限融入共同語寫作的語言策略。第三章「四川方言運用與四川現代小說的藝術建構」，在文學藝術審美層面，從小說人物塑造、川味敘事、作家個性化寫作三個方面，探討四川方言的創造性運用對四川現代小說藝術建構的重要影響，分析其產生的審美效力。第四章「四川方言書寫與四川現代小說的文化觀照」，從文學文化價值層面，追溯四川現代小說文化意涵的產生根源，探究四川方言書寫的地域文化表現，進而揭示四川現代小說的民間文化立場。結語部分是全文的總結和思考，重點闡釋四川現代小說方言寫作的藝術價值及歷史意義，並對四川現代小說方言寫作中存在的問題做了一定的思考。

第一章　時代語境與四川現代小說
方言寫作的演進

　　文學與時俱變，一時代有一時代的文學，如《文心雕龍》中所說，「夫設文之體有常，變文之數無方」。文學樣式固然有其自身的屬性特徵，但隨著時代語境的變遷更迭，文學的具體面貌也會發生流變，呈現出不同的風格。文學的流變，不僅涵蓋了文學內容的各個要素，而且涵蓋了文學形式的各個要素。語言，作為文學藝術的構成材料，呈現出文學作品的物質表象，時代語境的變遷自然會直接影響並規約著文學語言形式的演變。

　　社會歷史的變遷影響文學的流變，社會歷史的各要素對文學都產生著或直接或間接的影響。比如，不同社會的經濟基礎決定著不相同的社會生活內容，從而間接影響著對其進行反映的文學；而作為社會意識形態的文化、政治、道德等因素，則對文學內容和語言形式都起著更加直接和深遠的影響。有學者將這種「影響語言變化的特定時代總體文化氛圍，包括時代精神、知識範型、價值體系等」統稱為「文化語境」，指出其功能是「產生一種特殊需要或壓力，規定著一般語言的角色」，因此作家對語言的選擇和運用並非完全自主的，還受制於特定時代的文化語境，因而主張在討論文學語言時，「不是僅僅在文學內部談論語言，而是從文化語境狀況去說明一般語言狀況進而闡釋文學語言狀況」。〔註1〕

　　由此觀照四川現代小說的語言演變狀況，作家對於四川方言的選擇與書寫

〔註1〕王一川：《近五十年文學語言研究箚記》，《文學評論》1999 年第 4 期。

莫不與時代文化語境的「壓力」緊密相關。從晚清白話文學潮流興起，到「五四」新文學和鄉土小說的倡導，再到 20 世紀 30、40 年代文學大眾化思潮興盛，四川現代小說深受不斷延續、更替的時代文化語境的影響，對四川方言的運用既呈現出階段性特徵，也體現出承續性意圖。本章將對四川現代小說中方言運用的演進歷程做一全面的審視，重點闡述不同時代的文化語境對四川方言寫作的影響，歷時性地透視四川方言寫作的內容主旨、藝術特質的變化，以期對四川方言寫作的發展態勢和階段性特徵有較為整體性的認識。

第一節　晚清白話文學潮流與四川方言的啟用

在晚清民初語言文字的改革中，以「言文合一」為目標的白話文運動開展得很快，並與幾乎同時期進行的國語運動表現出互動與合流，隨著歐化改革的白話及以北方方言為主體的通用語的逐漸建立，文學語言形式有了新的統一標準。但另一方面，由於方言和口語之間的天然聯繫，追求「言文一致」的現代白話文的表達和相應文體實際上不能迴避各地的方言口語，國語文學還要從民間資源中提取自身，因而白話文的滔滔大浪中始終有一條支流，即民眾文學與語言（方言）。關注白話是如何容納方言形式的口語，方言又是怎樣在與傳統文學決裂的過程中發揮作用，以幫助現代小說從舊的形式中脫胎出來的，這些都是追溯現代白話小說的發生問題不可或缺的重要因素。晚清時期偏居西南的四川小說作家也不可避免文學變革潮流的影響，他們攜帶著具有巴蜀地方特色的白話語言參與進現代小說的建設歷程，在以《娛閒錄》為代表的四川近代報刊上的「新小說」創作已顯示出文言向白話過渡的趨向，尤其是李劼人小說創作的四川方言實踐，具有開創現代白話小說之功。

一、現代白話文學發生與方言寫作初試

晚清以降，面對國家衰落、王朝腐朽的現實，文化界的有識之士意識到普及知識、開啟民智的重要性，積極倡導「言文一致」的白話文運動，將白話文視為「維新之本」〔註2〕，從而打破了封建傳統內部維續了千年的文言與

〔註2〕裘廷梁於 1897 年在《蘇報》上發表著名文章《論白話為維新之本》，鮮明提出「崇白話而廢文言」的主張，把白話文地位提得很高，視之為「維新之本」，認為「愚天下之工具，莫文言若」，「智天下之工具，莫白話若」。見郭紹虞主編：《中國歷代文論選》（第 4 冊），上海古籍出版社 2001 年，第 168～172 頁。

白話的雅俗之分，語言等級觀念遭到徹底顛覆。順應此白話潮流，黃遵憲、梁啟超等維新人士開啟了文學各界的革新運動，其中影響最大的當屬「小說界革命」，改革先是在思想內容、敘事技巧方面進行，逐漸語言變革成為重中之重，最終演變為一場文學語言改良運動。維新運動的先驅者大多來自不同的方言地區，語言的根性意識頗為自覺，他們對文學變革和社會革新中白話語言的作用有著非常明確的認識。例如，來自客家方言區的黃遵憲早在 1887年就提出了語言和文字合一的問題，他在充分肯定「小說家言」價值的基礎上，認為：「語言與文字離，則通文者少，語言與文字合，則通文者多，其勢然也。……若小說家言，更有直用方言以筆之於書者，則語言文字幾幾乎復合矣。余又烏知夫他日者不更變一文體為適用於今、通行於俗者乎？」〔註3〕黃遵憲從實現漢語言文一致的角度出發，提出小說語言要適今、通俗，提倡直接使用方言寫作。他還從小說創作的角度談到：「小說所以難作者，非舉今日社會中所有情態一一飽嘗爛熟出於紙上，而又將方言諺語一一驅遣，無不如意，未足以稱絕妙之文。」〔註4〕將不能洞察社會情態和不能靈活使用方言諺語，同視為作不出好小說的原因，並認為所有「譬喻語」「形容語」「解頤語」等通行俗諺，都是培植出絕妙白話小說的藝術土壤。黃遵憲言文一致的主張，得到來自粵語區的梁啟超的響應，梁啟超在 1902 年 11 月創刊的《新小說》上發表《論小說與群治之關係》一文，不僅第一次確立了「小說為文學之最上乘」的重要地位，而且從小說「改良群治」的社會作用出發，提倡平易暢達的文體，「今語」「俗語」「俚語」等都是他在論述小說變革理論中常用的術語。在梁啟超看來，文學進化的一大關鍵即是「由古語之文學，變為俗語之文學是也」，而且「小說者，決非以古語之文體而能工者也」〔註5〕。小說作為「俗語之文學」，必須採用與口語相一致的白話文來寫作，其傳遞的思想才可能被民眾理解接受，進而對社會變革產生影響。

　　中國現代文學的發生與現代媒體的發展密切相關，維新運動前後，意在以白話語言甚至以方言土白向普通民眾傳遞新的信息、新的知識的白話報刊，

〔註3〕黃遵憲：《日本國志·學術志二·文字》，郭紹虞主編：《中國歷代文論選》（第4 冊），上海古籍出版社 2001 年版，第 117 頁。

〔註4〕黃遵憲：《致梁啟超函》，陳錚編：《黃遵憲全集》（上），中華書局 2005 年版，第 442 頁。

〔註5〕梁啟超等：《小說叢話》，陳平原、夏曉虹編：《二十世紀中國小說理論資料 1897～1916》（第 1 卷），北京大學出版社 1989 年版，第 65～66 頁。

在中國各地競相出現。白話文學的試驗也借勢開展，在「三界」革命之後，誕生了用白話寫作的「新小說」「新體詩」和「新散文」，將白話文運動從理論推向了文學實踐。「小說界革命」這一文學運動的實績就是「新小說」的誕生，1902 年，梁啟超於日本橫濱創立了《新小說》雜誌，為「新小說」的理論討論和創作實踐提供了重要的陣地，從那以後，刊載和出版「新小說」的雜誌、書局層出不窮，「新小說」創作發展蔚為大觀。如 1903 年創辦的《繡像小說》、1904 年創辦的《新新小說》等影響力較大的幾家刊物，都是促進「新小說」發展的重要力量。「新小說」作為由傳統小說向現代小說過渡的一種文體形式，仍不離唐人傳奇的格式，為追求通俗的語言表達和更廣泛的影響，在語言、形式方面仍繼承話本小說和章回小說，但同時也開始了借鑒學習西方小說的主題思想和敘事技巧。「新小說」的創作者仍然是文人階層，雖然「小說界革命」變革的對象是舊小說，實際上針對的是傳統文人，「新小說」創作亟需文人階層革新語言系統，改變舊有的文言寫作傳統，轉化為符合普通民眾接受能力的文學形式。為此，「新小說」作家們做了很多探索，最主要的就是嘗試將白話和俗語啟用入文，呈現出「新小說」中文言與俗語互雜的現象。後來還產生了一種刻意模仿說書的「新說書小說」，即文人作家向說書人學習語言表達的方式和技巧，通過廣泛採納白話和各地方言來編寫新的說書故事，以此進行新思想、新知識的傳播。由此可見，從俗語入文到土白入文，是推動文白一致的有益嘗試，晚清民初的「新小說」通過吸納包容著少量方言俗語的白話語言，一方面沖刷刺激著老化的文言書面體系，另一方面更加速了現代白話小說的發生。

事實上，中國傳統文學早已注意到方言的獨特屬性，方言入文的現象在明清白話小說中已具有普遍性，晚清民初的作家和理論家們從普及教育、地方色彩和文學審美等多方面認識到白方言俗語的價值，但多是點到即止，沒有展開系統深入的論述，對方言的啟用主要是出於宣傳教育的需要。將方言作為一種正式的文學寫作方式還是「五四」新文學的首倡，「五四」白話文運動在某種程度上分享並延續了晚清白話文運動「言文一致」的思想流脈，但更有著與晚清白話文運動中的「白話」名雖同而實殊異的本質特徵。晚清白話文運動提出的白話是片面的，針對的是不懂文言的底層大眾，目的是宣傳維新、開啟民智，知識階層之間的書面往來仍使用被視作「天地間至善至美」的文言，因而晚清白話是傳統文學語言的內部修整，主要發揮的是工具改良的

作用；而「五四」後的白話文改革運動，卻是基本上徹底推翻了傳統文言，進而重新建立了一種思維方式、語法結構和邏輯秩序都完全不同的語言形式，可謂是文學語言的根本性變革。

經過「五四」時期廢文言、興白話的變革，現代白話作為一種新的語言形式和思想本體得以確立起其主體地位。「五四」白話文運動大力支持方言進入新文學，以方言為存在形式的民間口語不僅被視作國語建設的一部分，而且成為現代小說的重要語言資源。胡適是「五四」白話文運動的理論開拓者，他大力提倡「言文一致」的文學語言，即「有什麼話，說什麼話；話怎麼說，就怎麼說」，「要說我自己的話，別說別人的話」〔註6〕。胡適還進一步倡導方言文學，鼓勵作家進行白話寫作時「不避俗字俗語」〔註7〕，大膽地採用各地方言土語，並把方言作為推翻「言文分離」的文言寫作的有力「武器」。胡適也寫了許多文章，專門討論方言與方言寫作，如《〈吳歌甲集〉序》《〈海上花列傳〉序》《〈兒女英雄傳〉序》《建設的文學革命論》《答黃覺僧君〈折衷的文學革新論〉》等，不斷闡述方言的獨特文學價值，及其對於文學轉型和國語建設的重要作用。除胡適之外，傅斯年也強調「從說話裏學作白話文」〔註8〕，繼新文學運動後不久逐漸開展的歌謠運動中，周作人還積極提倡方言調查，認為方言調查的成果「於國語及新文學的發達上一定有不小的影響」〔註9〕。歌謠收集與方言調查都為方言文學的發展提供了新的動力，方言口語的價值日漸浮出歷史地表。

二、「新小說」創作中四川方言的啟用

傳統巴蜀文學一直以詩文為宗，直到晚清的白話文運動和「小說界革命」的興起，四川文壇詩文居首、小說殿後的格局才逐漸發生轉變，四川現代小說得以應運而生。傳統四川文學創作更多的應歸屬於雅文學行列，巴蜀文人一直追求華麗文辭，司馬相如、王褒、揚雄等出自川籍的文學家走的都是語言雅化、文人化的道路，講究雅致文辭的漢賦作家也大多來自川籍。唐代的陳子昂、李白、花間派詞人、宋代的三蘇等，也都追求優美的辭藻和整飭的形式。傳統的巴蜀文人也會不時地從民間的話語中汲取資源，如在創作詩文時

〔註6〕胡適：《建設的文學革命論》，《新青年》1918年第4卷第4期。
〔註7〕胡適：《文學改良芻議》，《新青年》1917年第2卷第5號。
〔註8〕傅斯年：《怎樣做白話文？》，《新潮》1919年2月第1卷第2號。
〔註9〕周作人：《歌謠與方言調查》，《歌謠週刊》1923年11月4日第31號。

以家鄉的方音押韻，或者啟用單獨的川語詞語和句式，清代四川詩人李調元更是在《方言藻》一書中稱：「方言不可以言文，而文非方言，則又不能曲折以盡意。故不知方言者，不可以言文也。」〔註 10〕可謂把方言的文學功能提升到了相當高的水平。然而，傳統四川文學中的方言運用多為偶然之舉，從總的趨勢看，傳統四川文學還是朝著追求詩性雅潔的方向發展的。由於四川市民文化不發達，一直沒有形成適合白話小說誕生的環境，整個明清時期的小說興盛期，四川也沒有出現一位有影響力的小說家，也沒有產生一部影響深遠的作品。直到 20 世紀以後，伴隨著白話文學運動和大眾文學的時代語境，四川方言土語才逐漸引起四川作家的關注，並由「街談巷語、道聽途說者之所造」的更具通俗性和流行性的小說文體來承載。

受晚清「小說界革命」的影響，四川地區應運而生的近代報刊雜誌大量刊載「新小說」創作和翻譯，積極參與進「新小說」的發展。1903 年創辦的《廣益叢報》、1905 年創辦的《重慶商會報》、四川留日學生創辦於 1906 年的《鵑聲》和成立於 1907 年的《四川》，在從事時事議論之外也刊載「新小說」創作和翻譯，1912 年創刊的成都《晨鐘報》、1914 年創刊的《四川公報》副刊《休閒錄》和 1919 年創刊的《文藝報》等則是專門研究文學藝術的刊物。這些川地的報刊雜誌都是推動「新小說」發展的重要陣地，新興思想文化在四川地區傳播很大程度上又是通過這些「新小說」的影響逐漸生發的。在眾多報刊雜誌中，《娛閒錄》秉承不拒新、也不拒舊的方針，對各種思想潮流海納百川，成為了成都當時最具社會影響力的一份綜合性刊物。《娛閒錄》由昌福公司的老闆樊孔周於 1914 年 7 月創辦，它的出版標誌著近代四川報刊中有了專門的文藝副刊，當時四川文化界的許多名人如吳虞、覺奴（劉長述）、李劼人等，都在上面撰稿發文，抨擊時弊，宣傳新派思想。與新聞報紙的時效性、準確性相比，《娛閒錄》更加注重發文的深度和「地域趣味」，其辦刊理念和審美傾向使它更易成為「私人空間」的一部分。

《娛閒錄》內容雜蕪，涉及古今中外，欄目多樣，有「插畫」「小說」「遊戲文」「劇談」「筆記」「名勝志」「異聞錄」「雜俎」「文苑（詩詞）」「劇本」「雜說」等等，各種文藝體裁應有盡有。從每期欄目的排序來看，「小說」欄目每期設有，在所有欄目中僅次於「插畫」排第二位，而詩文則排在最後一個「劇本」或「雜錄」欄目前。「小說」欄目占刊物篇幅也最多，主筆幾乎都涉筆

〔註 10〕李調元：《方言藻·序》，《方言藻》，商務印書館 1937 年版，第 1 頁。

「新小說」的創作和翻譯。李劼人一直是《娛閒錄》編輯兼主筆，1915 年 4 月，《娛閒錄》被合併入《四川群報》作為副刊，1915 年至 1916 年，李劼人再次擔任《四川群報》副刊的主編兼主筆，以「老懶」的筆名在上面發表了《兒時影》《夾壩》《盜志》（《盜志》名目下的小說多達四十多篇）《做人難》等小說百餘篇。吳虞也是得力寫稿人之一，《吳虞日記》中多處記載了他與妻子曾蘭同《娛閒錄》的交往，曾蘭的主要小說創作也都發表在《娛閒錄》上。另一主筆覺奴，也在《娛閒錄》上創作並翻譯了大量「新小說」，粗略統計目前收錄的《娛閒錄》共二十七期中，覺奴發表的短篇小說多達五十多篇，長篇小說連載近十篇。通過《娛閒錄》中小說創作所佔的數量和質量可以看出，四川文學的整體格局在「五四」前後已發生根本轉變，小說文體在四川文學中的地位極大提升，西方小說和中國傳統小說合力影響下的「新小說」在思想內容和語言形式方面都發生著變革，顯示出四川現代白話小說成熟的趨向。在內容題旨方面，《娛閒錄》「新小說」多關注社會現實，反映出對西方民主和自由的嚮往、對專制制度的反抗，以及一定程度上對傳統道德的嘲諷；在敘事技巧方面，借鑒了西方小說的倒敘、插敘的敘事方式，側重對話描寫和橫切面的場景描寫，更多採用第一人稱視角敘事；還有語文工具的顯著改革，「新小說」語言由文白雜陳的狀態逐步過渡到通篇創作以白話為主，兼容四川方言表達。可以說，《娛閒錄》是追溯四川現代小說最初誕生的重要一環，下面即以《娛閒錄》刊文中最具代表性的覺奴、曾蘭和李劼人三位作家的小說創作為例，具體考察在現代白話小說發生期，四川方言運用所呈現的歷史特點。

（一）文白並用

《娛閒錄》刊載的「新小說」創作受晚清白話文運動的影響，有意識地改用白話語言進行寫作，但仍留有文言的影子，呈現出「文白並用」的過渡時期特點。「新小說」作家大都有著深厚的文言基礎和極高的文字修養，他們在白話文創作中有意無意地使用若干文言詞句是不足為怪的，文學語言系統的變革也非一蹴而就，關鍵在於小說作家能否將精通的文言和那個時代的口語鎔鑄一起而不顯生硬拼湊的痕跡。

覺奴的小說表現對象從底層百姓到知識分子、官場人物都有，旨在通過描寫眾生百態來揭露國民劣根性和政權腐敗性，向國人指明內憂外患的頹敗時局。在藝術形式方面，覺奴借鑒了對讀者有吸引力的四川「龍門陣」的

散點透視方法和傳統說書人的敘述技巧，並轉換自己的文人語言而採用貼近人民大眾的白話口語來寫作。例如《娛閒錄》第一冊刊載的短篇小說《門》就通篇採用白話，第二冊刊載的《夫人血淚記》是文白雜陳的語言形式，此之後的小說基本都以白話為主了。再如《娛閒錄》第三期刊載的《官話》，其中描寫了一個厚顏無恥的貪官在酒席上自吹自擂：

> ……有錢人吸鴉片煙，拿著重重的罰，少少的報。還有一等大款，就是他們說的「煙包袱」，這到手續簡單，不過換了真土，弄些糖灰麵，當眾燒毀，多少有點煙味，誰來管你。至於田土、婚姻、債賬各案，不過零星一點罷了。說到上頭，止要公事敷衍，勤快些，叫你辦一件事，你就說已經開辦或是正在開辦，不過一道公文、幾張表紙就搪塞過去。〔註11〕

這段口語色彩濃厚的自述帶有強烈的諷喻意味，人物在獨白中自我表現、自我揭露。白話語言中夾雜了「煙包袱」（假禁煙的貪污款）、「糖灰麵」（摻糖的麵粉）、「上頭」（上級）等四川方言詞，簡明鮮活，通俗易懂，同時也吸收了文言表達的諸多特點，多用短小整齊的句式。

女作家曾蘭作為新文化的開拓者，早在 1912 年就於《女界報》發表了《今語有益於教育論》一文，明確主張推行「今語」白話文，指出「中國文字深奧得很，與語言相去甚遠」，限制了大眾對教育的接受，阻礙了社會文明的進步，只有「廣為扶持傳播」現代白話文而「莫笑文字淺顯鄙俚」，才「大有益乎國家社會」，「也就是中華民國前途的大幸事」。這些有關語言與社會變革的思想極具前瞻性，展現了巴蜀巾幗敢為天下先的豪氣和建構新文化的膽識。曾蘭精通中學，西學也頗具造詣，在《娛閒錄》上發表的歷史小說《鐵血宰相俾士麥夫人傳》，以及多幕劇《經國美談第一部》，均採用的白話語言。1914 年在《娛閒錄》第七、八、九期上連載小說《孽緣》，採用白話雜以少量方言土白的語言形式，揭示了封建勢力籠罩的女性婚姻悲劇，小說的語言和思想都初露現代性特質。小說主人公味辛是位天生麗質、聰慧過人的知識女性，但不能自主的婚姻讓她的生活變得陰沉不堪，因丈夫的魯鈍、婆婆的勢利、公公的儒弱以及妾的撥弄是非、內親的煽風添火等一系列造成的壓抑最終讓她病入膏肓，鬱鬱而終。小說的白話語言自然流暢，如家人絮語，有的語彙直接來自日常口語，親切感人，俗而有味。比如小說對田芋在外尋歡作樂後的心理描寫：

〔註11〕覺奴：《官話》，《娛閒錄·四川公報增刊》1914 年第 3 期，第 6 頁。

> 田芋前時被他父親管著，未嘗知道外邊的情趣，終年在米桶內
>
> 過活，如今一陣捲進了花天酒地的漩渦，那一種手舞足蹈的情形，
>
> 猶如監生中舉一般，真有個意外遭逢，樂不思蜀的光景。〔註12〕

「終年在米桶內過活」寫出了田芋生活的狹隘單調，「監生中舉」的形象比喻則暗諷其心態的劇變，這樣的描寫語言貼近生活，契合田芋農家子弟的身份和性格。再如小說中寫到田芋明明在城裏花天酒地，卻欺瞞自己的老父藉口說在教書做學問，作家由此生發聯想，筆鋒一轉議論起當地官吏的欺詐與無能：

> 就像如今上司，據各縣知事報來一治匪禁煙的表冊，說是煙淨
>
> 匪衰，他便信以為真，嘉賞他的成績，那曉得鄉壩里正是匪徒橫行，
>
> 煙魁得勢哩！〔註13〕

這些口語化的敘述使枯燥的議論變得輕鬆幽默，與小說整體語言風格保持一致。不過在以上兩段引文中，仍可以看到作家文言習慣的遺留，比如密集使用的四字表達，如「花天酒地」「手舞足蹈」「監生中舉」「意外遭逢」「樂不思蜀」「治匪禁煙」「煙淨匪衰」「信以為真」「匪徒橫行」「煙魁得勢」等，雖文字雅潔且節奏齊整，但過多地使用也不利於語言的通俗易解。

《娛閒錄》第二卷的第一至三期連載了李劼人1915年創作的小說《兒時影》，著名現代文學研究專家楊義先生認為：「《兒時影》作為受話本小說和林譯小說雙重影響的作品，代表著我國傳統小說向『五四』時期新小說過渡的中間形態，在這個新舊文學的嬗變期中，李劼人是佔有特殊的早行者的歷史地位的。」〔註14〕李劼人作為四川現代小說的早行者，在新文學運動尚未登上歷史舞臺之際便已率先開始了現代白話小說的大量嘗試，「五四」前的小說創作除《夾壩》是文言小說之外，其他均是運用白話寫作的，還呈現出川味語言特徵。1912年創作的第一篇白話小說《遊園會》發表在成都的《晨鐘報》（惜已遺失），作者曾回憶當年的情形：「我又跑到街上掛報紙的地方，看看讀報的人多不多，一看，有七八個人，有的看樣子還很欣賞，這一下就給了我勇氣，認為群眾批准了。」〔註15〕這一細節透露了李劼人鮮明的報刊意識，

〔註12〕吳香祖：《小說月報（上海1910）》1915年第6卷第10期，第44頁。

〔註13〕吳香祖：《小說月報（上海1910）》1915年第6卷第10期，第44頁。

〔註14〕楊義：《中國現代小說史》，《楊義文存》（第2卷·中），人民出版社1998年版，第435頁。

〔註15〕李劼人：《談創作經驗》，《李劼人全集》（第9卷），四川文藝出版社2011年版，第245頁。

以及對讀者閱讀期待的重視，因而在創作之初就盡力剔除從小習得的文言文影響，而直接運用新穎靈動的白話文進行寫作。譬如描寫兒時私塾生活、揭露封建教育的陳腐愚昧的小說《兒時影》，開篇便這樣寫道：

> 啊呀，打五更了！急忙睜眼一看，紙窗上已微微有些白色，心想尚早尚早，隔壁靈官廟裏還不曾打早鐘！再睡一刻尚不為遲，復把眼皮合上。朦朧之間，忽又驚醒，再舉眼向窗紙一看，覺得比適才又光明了許多，果然天已大明！接著靈官廟裏鐘聲已鏜鏜嗒嗒敲了起來，簷角上的麻雀也吱吱咯咯鬧個不了。媽媽在床上醒了，便喚著我道：「虎兒，虎兒，是時候了快點起來，上學去罷！」〔註16〕

短短一段白話描寫，充分調動了視覺、聽覺和心理的感覺，真實細緻地展現了一個孩子睡意朦朧時的內心活動，渲染出川地的濃郁生活氛圍，無疑是一種令人耳目一新的文學筆墨。但由於作者當時的文學修養尚不足，白話寫作仍留有較為明顯的文言色彩，比如小說描述主人公在假期中驚醒的情景：「次日，曉夢方回，陡聞靈官廟晨鐘幾杵，不禁大吃一驚，心想完了完了，今天太遲了，老師定然起來多時，急忙翻身起坐。」還有對私塾破舊混亂環境的描寫：「……挾了書包，幾跳幾跳，便跳進學堂。掀門一看，老師尚未起來，只見眾同學的桌凳，七高八矮，七長八短，七歪八倒，縱橫一地。」小說語言在大量四川白話中國中夾雜少量文言，配合以古雅的四字句式，並講究用詞和形式的整飭，連音節上也有押韻痕跡。但如此一來，長於概括寫意的文言詞句似乎無益於小說場景的細緻描繪與渲染，也不宜於生動表現普通市民的市井生活。

（二）四川方言啟用

《娛閒錄》的「新小說」創作還有一個顯著的特點，就是在白話文書寫中夾用四川方言土白，由此帶入方言的革命性力量，為僵化的文學語言注入新鮮的生命活力，呈現小說的地方色彩。由於「五四」之前的小說語言尚處在自身的變革中，四川作家不能接觸到更多成熟的白話語言範本，他們便選擇從自己最親近、最熟悉的母語中採擷語言資源，將巴蜀民眾口語中經常使用的方言、俗語、口頭禪融入小說創作。可見對四川方言的啟用既隱含著作家

〔註16〕李劼人：《兒時影》，《李劼人全集》（第6卷），四川文藝出版社2011年版，第2頁。

對故鄉語言的認同與熱愛，也是他們對剛從文言文藩籬中衝出的白話文運用不那麼得心應手的結果。

從上一小節的幾個例子中已經可以看到現代小說創作中四川方言的運用，這裡再舉一些例子進行文本分析，以進一步體味四川小說語言的地方韻味。譬如，覺奴發表在《娛閒錄》十五期的短篇小說《春陽曝虱錄》，描寫了乞丐老張和王老三之間的一場精彩逗趣的川味「龍門陣」：

> （王老三）道：「老張，咱們不久要大發達了！我聽人說，昌福公司出的小說報，叫什麼《娛閒錄》的，使勁在吹叫化子的好處。你不會知道報紙的效力，說人的好歹力量不小，我和你不是要出頭了嗎？」
>
> 老張道：「一個人呢，再窮無非是討口不死，那總是要出頭的，這話豈有錯的嗎？我問你，有朝一日時運轉，你想幹件什麼事？」
>
> 老三想了半天道：「當娛閒錄的主筆！」
>
> 老張道：「吓！你倒認真信了他們的吹，他們不過提起筆來，沒的說法，恭維大些兒的，他們不幹，罵呢，人家不依，他們沒法才說到我們身上來。覺奴的《乞丐日記》我也打聽來，何曾有這件事，你也別說我不知道那小說報的事，人家《娛閒錄》報執牛耳的南傑君已經發下大令，從十六期起不准再說我們的事，你還高興，還想去當主筆呢！」〔註17〕

作家充分借助民間想像和民間語言表達，通過模擬底層人物鮮活的方言話語，在幽默詼諧、內容豐富的巴蜀「龍門陣」擺談中，引出《娛閒錄》因乞丐題材而來的社會風波，藉此吐露言禁之下辦刊的苦楚，表達對社會時局的不滿，對乞丐群體的困頓生活的描寫還引發了民眾對現實黑暗的關注。在新舊文學轉型時期，覺奴的短篇小說以富含四川方言韻味的白話語言，以及四川人信手拈來的詼諧調笑的「龍門陣」敘事方式，為現代白話小說的創作實踐做出了表率。

曾蘭也在其小說創作中運用進不少四川方言俗語，如文本中的「鬼眉鬼眼」（面部裝出怪模樣）、「曉得」（知道）、「鄉壩」（鄉下）、「小九九算盤」（心計）等眾多表達都是地道的四川方言，特別是《孽緣》中描寫梁氏的刻薄與田芋的魯鈍：

〔註17〕覺奴：《春陽曝虱錄》，《娛閒錄‧四川公報增刊》1915 年第 15 期，第 13 頁。

> 田林的妻子梁氏，性情刻薄乖張，蠢得來一點知識沒有，倒是
> 壓制男子的手段，卻與河東君差不多，⋯⋯梁氏單生一子，名叫田
> 芊，與女士年紀相若，姿貌平庸，性質魯鈍，不但自頂至踵，全無
> 雅骨，那一種黃腔頂板，紅苕氣味，尤覺咄咄逼人。〔註18〕

其中「蠢得來一點知識沒有」完全是當地方言口語的表達，寫出梁氏的極度
愚蠢與刻薄，方言詞「黃腔頂板」「紅苕氣味」則是形容田芊的愚鈍與土氣。
在小說白話敘述中嵌進貼切的四川方言表達，既生動有趣地表現了人物性格，
也增添了小說的地域鄉土氣息。

　　李劼人在創作之初便不受語言階級觀念的束縛，傾向於通俗化、平民化
的文學實踐，其早期小說已彰顯出濃郁的巴蜀韻味。為了最大程度貼近生活
的真實，李劼人採用的是接近口語的現代白話，還運用進了不少四川方言詞
彙，如「悖時」（倒楣）、「仗火」（打仗）、「瞅睬」（理睬）、「牽頭」（領頭、負
責）、「湊趣」（投合）、「硬錚」（剛強、過硬）、「神光」（眼神）、「打磨旋」（逗
留盤旋）、「拉肥豬」（綁架）、「張眉詫眼」（驚惶不安）、「道黑說白」（妄加評
論）、「活搖活甩」（搖來晃去）、「打敲邊鼓」（從旁幫腔）、「空口白舌」（打胡
亂說）、「精赤條條」（全身赤裸）、「四馬攢蹄」（兩手兩腳捆在一起）等等，舉
不勝舉。特別是在小說《兒時影》中，鮮活生動的四川方言口語用於敘事寫
人，天真活潑的學生和迂腐兇惡的老師形象形成鮮明對照，增添了小說諷刺、
鞭撻的力量。如賣湯圓的張麼哥打趣「我」道：「小學生好勤學，恁早就上學
了！明年科場，怕不搶個大頂子戴到頭上？」兩個十七八歲的大學生呵斥
「我」和「哭生」說：「噫！又是你兩個早來！怎不讀書，卻鬼鬼祟祟的嚼些
什麼？」私塾老師見來趕早學的學生寥寥無幾，便大發雷霆：「恁遲了，怎還
不曾來齊！讀書人三更燈火、五更雞，舉人進士，豈是晏起遲眠做得到的？」
風趣親切的張麼哥、傲慢驕橫的大齡學生和粗暴兇狠的老師形象，都通過方
言化的性格語言躍然紙上。小說還將四川方言用於場景和細節描寫中，如：

> 老師登時怒氣滿臉，伸手把我臉皮一擰道：「心到哪裏去了？」
> 隨又抓起一柄尺許長的木戒尺，嗍一聲便打在我腦袋上。當時我又
> 急又怕，又覺腦殼上火燒火痛，不由的兩行痛淚，紛紛流下。〔註19〕

〔註18〕吳香祖：《小說月報（上海1910）》1915年第6卷第10期，第42頁。
〔註19〕李劼人：《兒時影》，《李劼人全集》（第6卷），四川文藝出版社2011年版，
　　　　第6頁。

　　……我一聽見老師的笑聲，兩耳根轟的一響，腦袋上好似頂了
一爐火的光景，身上雞皮皺起得寒毛子根根倒豎，神志昏昏。但聽
得老師的咆哮聲，板子敲肉聲，眾學生吃打的號痛聲，似乎我也吃
了一頓痛打，又都罰了兩根長香的跪。〔註20〕

這兩小段描寫通過「我」一個蜀地小孩的視角和口吻，展現了蠻子老師對待
學生的兇惡態度，以及「我」異常驚恐害怕的心理以及挨打後的感受。這些
語言表達都已接近現代白話，並且帶有鮮明的地方特色，如「登時」（立馬）、
「臉皮」（臉蛋）、「腦殼」（腦袋）、「火燒火痛」（火燒火燎）、「雞皮皺」（雞皮
疙瘩）、「寒毛子」（寒毛）、「吃打」（挨打）等一系列日常四川方言詞的使用。
此外，小說還出現了一些與川西民俗事象相關的方言表達，如四川舊年「出
天方」的習俗，元宵節有「燒龍燈」「看花燈」的民俗，「火燒門錢紙，開門作
生理」的民謠，還有「涼粉」「豆花」「抄手」「素面」等川味小食，以及「雞
公車」「溜溜馬」等地方交通工具。《兒時影》雖不寫鄉村農耕之事，表現的卻
是地道的民俗風情，地方性知識通過白話敘事和四川方言語彙得以生動展示，
大大增添了小說的地方色彩和民間情趣，讓讀者倍感親切有趣。

　　另外值得注意的是，在晚清白話文運動後，文學界主要流行兩種白話語
言形式：一種白話是由說書體轉變而成的白話小說語言，真正地接近口語，
中間夾用個別文言詞句；另外一種白話是當時的維新人士在「新文體」中經
常使用的半文半白的語言，即梁啟超在《清代學術概論》中所說的「務為平
易暢達，時雜以偶語、韻語及外國語法，縱筆所至不檢束」。四川「新小說」
創作的語言傾向於第一種語言形式，是接近於民間口語的白話，其間根據其
表達的需要選擇了一些文言詞句。有學者將這種語言形式的運用又具體分為
兩種情況：「一是可以夾用的有生命的文言詞句，正像目前的作品中也仍然夾
用某些文言詞句一樣；二是人物性格的需要，生活真實的需要，不夾用文言
詞句反而是藝術失誤。」〔註21〕在揭露官場亂象的四川「新小說」創作中，
為了切合人物的身份和性格，運用文白雜陳的語言來刻畫人物形象是常用
的手法。如《續做人難》就採用第一人稱敘事視角，小說的敘述語言也帶上

〔註20〕李劼人：《兒時影》，《李劼人全集》（第6卷），四川文藝出版社2011年版，
　　　　第22頁。
〔註21〕李士文：《李劼人的生平和創作》，四川省社會科學院出版社1986年版，第81
　　　　頁。

主人公內熱翁的口吻，文中寫到他被軍官雷時若召見時的情形：「會面之下，他老哥自然不比從前那樣謙恭，昂其頭，而高其眼。我是個精通世故之人，自然也卑其身，而下其氣。」內熱翁在寫信中仍使用「久違鴻儀，不勝蟻慕」這樣的文言表達。再如《盜志》中黃及蔭在決定出賣姚紫卿時說出的一番話，白話口語中仍夾用不少「焉能」「復有」「安能」「再而」「若就」「設或」等文言詞彙，頗能顯示當時政治動盪和思想混亂導致的官場和知識界中語言混用的現象。當黃課長聽了縣官黃及蔭關於抓捕亂黨的計謀，連連誇他為智多星，黃及蔭則得意地說道：「吳用我何敢比，拼命三郎，卻未敢多讓！」這些典型的文白融合的表達是清末官場語言狀況的真實再現，完全契合人物的身份和性格，同時也增添了詼諧幽默的因素。

覺奴曾深感自身作為知識人士在小說創作中文白言語轉化的矛盾，於是借反映四川保路運動的長篇小說《松崗小史》〔註22〕來對此發表一番議論。小說中有一處情節：黃光外出瀏覽，遇上飽學詩書中的山中隱士史文濤，兩人相見，一拍即合，十分投緣，黃光邀請史文濤替代自己主政松岡市，分手時，兩人胸中還有很多話想說，卻又不知從何說起。這時作家插入一段感慨：「他們分手的可憐，著書的倒很喜歡。好好一部白話小說，照例問答要用俗話的，不過，遇著吐詞文雅的朋友，他們既那麼敘說，實的小說豈能替人家改作白話。所以不免有些文縐縐的話兒。又加以著書的不會文語，直介吃力不小，他們分別怎不喜歡。」此話折射了「新小說」作家普遍遭遇的文白轉換的文化困境，面對如此困境，四川小說作家的做法是遵從特殊時代的語言現實，採用文白並用的白話文寫作，實現文白融合。既保留下文言相對精練含蓄的表達，更積極採納通俗易懂、善於鋪成描繪的四川方言白話，逐步實現向現代白話語言的自然轉化。

總之，由於晚清民初四川地區的小說藝術土壤相對貧瘠，白話文寫作尚處於草創和試驗階段。以《娛閒錄》為代表的四川近代報刊的小說創作，實踐著社會寫實的文學理想與普通民眾的讀者定位，並嘗試啟用方言白話入文，這些都暗合著即將來到的「五四」「平民文學」的倡導。在四川文學從傳統向現代的蛻變中，文白並用的小說語言就像一座橋樑，連通著文言、白話與四川方言，具有一定的過渡性，顯示出白話小說語言成熟的趨向。尤其是四川

〔註22〕覺奴氏：《松崗小史》，成都昌福公司 1915 年版。

方言的大膽啟用，帶來小說語言形式、思想內容和藝術技巧等方面的現代轉變，由此拉開了四川現代小說的序幕，並在一定程度上助推著現代白話小說的整體發展。

第二節　「五四」鄉土小說與四川方言的自發運用

方言在以話本為主的明清小說中佔據著重要位置，實際上是官話與方言的融合，晚清時還出現了如《海上花列傳》《何典》《兒女英雄傳》等完全用方言寫作的小說。晚清民初的「新小說」作家也通過在創作中吸納進一定數量的方言口語以實現小說語言由文言向白話過渡。然而，接踵而來的「五四」白話文運動卻中斷了這明清以來的方言小說傳統，以一種偏於歐化的語體替代了文白雜陳的語體。雖然在「五四」時期方言問題也屢被文論家提及，但其目的主要是作為發展國語文學的一種語言策略，討論也多在理論上進行，缺乏文學創作的實踐。直到「五四」之後蔚然成風的鄉土文學，才為方言寫作提供了新的發展契機，運用方言土語成為增加小說地方色彩、實現語言民族化的重要途徑。受此文化語境的影響，20 世紀 20 年代的四川鄉土小說創作也普遍採納四川方言土語，客觀真實表現出巴蜀鄉土風貌，推動四川現代小說向本土化、地方化方向發展。

一、鄉土文學倡導與方言寫作的興起

「五四」新文學運動經過一系列大刀闊斧的變革，最終確立了白話文的主導地位，明確了現代漢語書面語體系的三個來源：方言口語、翻譯語、文言文，並以「歐化」和「口語化」為白話文寫作的兩大語言策略，即如胡適所說，「白話文學的傾向是一面大膽的歐化，一面又大膽的方言化，就使白話文更豐富了」〔註 23〕。事實上，新文學運動倡議的真正實踐者只是一小部分的知識分子，真正的受眾也主要是經過教育的知識分子群體，因此在建設「平民文學」的設想上沒能走得更遠，徹底改用口語寫作實現言文一致的作家也很少，相反，經過歐化改革的書面白話逐漸成為了文學語言的正宗，「五四」文學革命後盛行的「問題小說」和「自敘傳小說」呈現的都是以歐化白話

〔註 23〕胡適：《中國新文學大系·建設理論集·導言》，胡適選編：《中國新文學大系·建設理論集》，上海良友圖書印刷公司 1935 年版，第 24 頁。

為主的語言面貌。20 年代早期，儘管方言文學理論的倡導如火如荼，方言的寫作實踐卻缺乏良好的經驗，無論胡適、劉半農、錢玄同、周作人等理論先驅如何強調方言在表現人物和地域神味方面的優勝之處，如何積極挖掘方言文學如民間歌謠的獨特意蘊等，方言創作的實踐仍遭遇了一定的壓力與冷落。「五四」時期文學很少以方言入文，詩歌如此，小說亦然，這種狀況一直持續到 1924 年前後鄉土文學風尚在小說創作領域興起才有所改觀。

　　由於方言與地域鄉土有著千絲萬縷的聯繫，鄉土小說能最大程度地容納下地方語言，因而鄉土文學倡導者都非常重視方言問題。魯迅和周作人以民俗學的視角來觀照文學，把文學和民間文化有機聯繫起來，成為 20 世紀早期研究民俗文化與新文學的傑出代表。周作人是溝通《歌謠》週刊和鄉土小說的重要人物，他非常關注民俗研究與文學的重要關係，以及方言對國語和國語文學建設的意義，提出了「鄉土藝術」的概念，倡導中國新文學要表現出「風土的力」，「須得跳到地面上來，把土氣息泥滋味透過了他的脈搏，表現在文字上，這才是真實的思想與文藝。這不限於描寫地方生活的『鄉土藝術』，一切的文藝都是如此。」〔註 24〕把「土氣息」「泥滋味」表現在文字上，即是提倡帶有地方色彩的文學創作，這要求客觀真實地表現出鄉土風貌與文化，當然就包括最能體現鄉土氣韻的地方語言。茅盾與鄭振鐸也提倡鄉土文學，在理論論述中他們有時也稱之為「農民文學」或「文學上的地方色彩」，正是在他們的努力下，《小說月報》《文學週報》等刊物成為發展鄉土文學的有力陣地。「鄉土文學」這一概念的正式提出是在 20 世紀 30 年代中期，魯迅在《中國新文學大系・小說二集》的導言中談到：「凡在北京用筆寫出他的胸臆來的人們，無論他自稱為用主觀或客觀，其實往往是鄉土文學，從北京這方面說，則是僑寓文學的作者。但這又非如勃蘭兌斯（G・Brandes）所說的『僑民文學』，僑寓的只是作者自己，卻不是這作者所寫的文章，因此也只見隱現著鄉愁，很難有異域情調來開拓讀者的心胸，或者炫耀他的眼界。」〔註 25〕其中的「僑寓」「鄉愁」和「異域情調」這三個關鍵詞，分別標識著「五四」鄉土文學在創作主體和文本層面的特點，「異域情調」即指地方性色彩。魯迅不僅是鄉土小說的理論倡導者，他在寫作實踐中也自覺地運用方言來表現

〔註 24〕周作人：《地方與文藝》，《談龍集》，河北教育出版社 2002 年版，第 12～13 頁。
〔註 25〕魯迅：《中國新文學大系・小說二集・導言》，魯迅選編：《中國新文學大系・小說二集》，上海良友圖書印刷公司 1935 年版，第 9 頁。

鄉土社會，《故鄉》《風波》《祝福》《離婚》等小說都是鄉土文學的經典作品。
早在1924年，就有讀者說：「《吶喊》底鄉土色彩是很重的，所以我雖是甌江系
貼鄰的太湖系人，還有些不大瞭解。」〔註26〕這裡所說的「不大瞭解」既指風
俗民情方面的，同時也包括語言方面的。早期研究魯迅的張定璜也評論說，
魯迅的作品「滿薰著中國的土氣」，而魯迅「是眼前我們唯一的鄉土藝術家」
〔註27〕。然而，對於鄉土小說是否採用方言的問題，文學界對此也有不同的看
法。比如蘇雪林就認為：「要知道文學應具『普遍性』應使多數讀者感到興趣和
滿足，不能以一鄉一土為限。鄉土文學範圍本甚隘狹，用土白則範圍更小。這
類文藝本土人讀之固可以感到三倍的興趣和滿足，外鄉人便將瞠目而不知所
謂，豈不失了文學的大部分功用？」〔註28〕可以看出，蘇雪林是應著「五四」
新文化運動思想啟蒙的需要，從文學的普及性角度排斥方言土白，而胡適、周
作人等人則更多地從文學的地方化、個性化和民族化的角度提倡方言入文的。
事實上，這兩種方式並非截然相對，問題關鍵是如何在文本中利用好「一鄉一
土」的語言，將新鮮活潑的方言形式轉換為具有「普遍性」的文學語言，使其
保留了地方的色彩和性格魅力，同時也不會造成外鄉人閱讀上的阻礙。當然，
這是對作家語言能力的一大考驗，但也不可低估讀者的審美接受能力。

　　隨著歌謠運動的深入和鄉土文藝理論的倡導，方言寫作的觀念逐漸深入
人心。魯迅、茅盾等鄉土文學的倡導者在其鄉土題材的小說創作中，也有選
擇地運用進不少地方口語來描繪鄉土風俗人情，展示鄉村生活細節。後來者
如彭家煌、臺靜農、許傑、魯彥、蹇先艾等眾多鄉土小說作家，更是嘗試把大
量方言土白引入小說文本，特別是用於人物對話中，從而大大增強了作品的
地方色彩，也使歐風美雨中催生起來的白話文學開始深深扎根於民族文化
土壤之中。像彭家煌所寫的農村人物，說的就是湘方言，臺靜農所寫的農村
人物用的是安徽方言，許傑、魯彥描寫的農村人物，則使用浙江話，蹇先艾

〔註26〕正廠：《魯迅之小說》，中國社會科學院文學研究所魯迅研究室編：《1913～
　　　　1983 魯迅研究學術論著資料彙編》（第 1 卷），中國文聯出版公司 1985 年版，
　　　　第 51 頁。

〔註27〕張定璜：《魯迅先生》，中國社會科學院文學研究所魯迅研究室編：《1913～
　　　　1983 魯迅研究學術論著資料彙編》（第 1 卷），中國文聯出版公司 1985 年版，
　　　　第 87 頁。

〔註28〕蘇雪林：《〈阿 Q 正傳〉及魯迅創作的藝術》，中國社會科學院文學研究所魯
　　　　迅研究室編：《1913～1983 魯迅研究學術論著資料彙編》（第 1 卷），中國文
　　　　聯出版公司 1985 年版，第 1044 頁。

筆下的農村人物用貴州話，等等，這些作家方言寫作的寶貴經驗都是後來的鄉土文學可資借鑒的。由此觀照一直被眾多文學史忽略的 20 世紀 20 年代的四川作家群，雖然他們算不上嚴格意義上的鄉土小說作家，但他們都有意識地選取四川鄉土的社會人生作為觀照的對象，並在藝術上努力營造一種「川味」語風，同樣呈現出鮮明的鄉土氣息和地方色彩。

二、早期四川鄉土小說中方言運用的寫實追求

「五四」時期四川主要的小說作家如李劼人、林如稷、陳煒謨、李開先、高世華、黃鵬基和陳銓等，都曾求學北京、上海，或僑寓法國、德國，受到過啟蒙主義、自然主義、現實主義等現代思想和文學觀念的影響，同時他們又都不約而同地將目光折回故鄉，調取關於故鄉的記憶和地方經驗進行鄉土題材的小說創作。20 世紀 20 年代說得上是四川現代鄉土小說的發軔期，除了「五四」啟蒙文化外，鄉土生活語境也對 20 年代四川小說創作產生著多方面的重要影響。當時的四川正處於軍閥混戰、兵匪橫行、民不聊生的血腥黑暗年代，竭力揭示辛亥革命前後到北伐年間四川社會的動盪混亂和底層百姓的生死掙扎，成為小說作家鄉土敘事的主要內容，同時在鄉村苦難敘事中也寄寓了作家感時憂世的鄉愁情結，表現出鮮明獨特的地方色彩。

（一）從題材和主題看，20 世紀 20 年代的四川鄉土小說從多層面、多角度表現「蜀中的受難之早」的現實，呈現出灰色、黯淡、悲慘的生活基調。除了一般的鄉村破敗、貧窮饑渴和蠻風陋習的苦難敘事之外，20 年代的四川鄉土小說還用更多的筆墨來描寫多年的動盪不安和兵災匪禍對四川鄉間造成的殘暴淒烈之事，反映了四川鄉土社會如中世紀般的野蠻與晦暗。「淺草─沉鐘社」被魯迅稱讚為「中國最堅韌、最誠實、掙扎得最久的團體」，由幾個在京的川籍作家如林如稷、陳煒謨、陳翔鶴等為骨幹組織起來的，這一群川籍青年團體順應個性解放時代的思潮，也深受他們熟悉的巴蜀生活現實的影響，因而在他們的小說中「為藝術」和「為人生」兩種創作傾向並存。如魯迅談到「淺草─沉鐘社」時所說：「此外的許多作品，就往往『春非我春，秋非我秋』，玄髮朱顏，低唱著飽經憂患的不欲言明的斷腸之曲⋯⋯凡這些，似乎多出於蜀中的作者，蜀中的受難之早，也即此可以想見了。」〔註29〕林如稷 1920 年底

〔註29〕魯迅：《中國新文學大系‧小說二集‧導言》，魯迅選編：《中國新文學大系‧小說二集》，上海良友圖書印刷公司 1935 年版，第 6 頁。

尚在北京讀書時就在《晨報副刊》上發表了四川最早的鄉土小說《伊的母親》，之後還發表過多篇鄉土小說《死後的懺悔》（1921）、《太平鎮》（1923）、《葵堇》（1923）、《慈母》（1925）和《故鄉的唱道情者》（1925），從不同方面反映了四川鄉土社會的沉重現實。陳煒謨的小說也是以追求自我表現為基礎，逐漸走向對故土人生的如實敘寫，其短篇小說《烽火嘹喨》（1923）、《狼筅將軍》（1925）、《寨堡》（1926）、《夜》（1926）和《舊時代中的幾幅新畫像》（1926）都直接取材於四川農村，反映了當時的兵匪禍害給川南鄉土社會帶來的巨大災難，並對軍閥暴政給各階級人物造成的精神傷害和心理扭曲進行了深刻揭露。陳銓很早就離開四川，長期異國他鄉的求學生活讓他更加愛念家鄉，1926 年發表於《清華文藝》上的短篇小說《漱成》，即以川滇軍閥混戰為背景，長篇鄉土小說《天問》的故事背景也設置在家鄉富順。陳銓在四川軍閥混戰的地方經驗書寫中，不乏對川南縣城山水風土民情的細緻描寫，更在小說中深刻地反思了戰爭和人性之間的複雜關係。當年《天問》出版時，吳宓就對此書讚不絕口，其中一個極力肯定的點是，「此書雖寫鵬運慧林雲章等數人數家之事，而實以民國元年至十二年之四川省富順縣為全書之背景（setting）……而中國政治世界潮流之大變遷，亦淡淡焉現於其後方」〔註30〕，可見《天問》的地域價值和史詩意義。李劼人曾在 1919 年至 1924 年赴法國勤工儉學，深受法國自然主義文學的薰染，深度共鳴「左拉學派的長處，就是能利用實驗科學的方法，不顧閱者的心理，不怕社會的非難，敢於把那黑暗的底面，赤裸裸的揭示出來」〔註31〕的創作觀念，回國後創作了十多篇短篇小說，如《好人家》（1925）、《大防》（1925）、《「只有這一條路！」》（1925）、《對門》（1926）、《兵大伯陳振武的樂譜》（1927）等都體現了相當深厚的人文關懷，雖然他仍以川西壩子殘酷的鄉土苦難為題材，但深入到了對人性的挖掘與國民性的批判。總之，20 世紀 20 年代四川的鄉土小說，以沉痛的寫實筆觸，從不同的層面和角度描繪了軍閥混戰時期四川鄉土社會的恐怖局面和鄉民反抗的掙扎，真實呈現了蜀地風情民俗，並深入到人物內在的精神心理。

〔註30〕餘生（吳宓）：《評陳銓天問》，《大公報‧文學副刊》（天津），1928 年 11 月 19 日第 46 期。
〔註31〕李劼人：《法蘭西自然主義以後的小說及其作家》，《李劼人全集》（第 9 卷），四川文藝出版社 2011 年版，第 145 頁。

　　（二）從小說的語言上看，為了最大限度地貼近鄉土的真實與地方的現實，20 年代四川鄉土小說傾向於寫實的鄉土語言。20 世紀 20 年代早期，「淺草社」的成員李開先發表短篇小說《埂子上的一夜》(《小說月報》13 卷 3 號)，突破描寫學生生活與戀愛關係的流行主題，以自身經歷為素材，從第一人稱的視角講述了四川「棒老二」綁架敲詐的故事，並運用進豐富地道的袍哥和土匪行話，如「出差」(搶劫)、「提薑」(把人拖走藉以搶錢)、「一錢銀子」(土匪團體中的一人)、「挖黃絲」(抽煙)、「埂子」(山上)、「燈籠」(指眼睛)、「醋酕子」(讀書人)、「窯基」(房子)等等，體現了鮮明的地方色彩和時代特徵。小說一發表就受到茅盾特別的關注，充分肯定小說「用進了不少的『黑話』，這是努力想表現『異樣情調』的」，「也用了吻合『人物』身份的活生生的對話——這在當時也是很難得的」，而且認為李開先「頗有說明那產生『棒老二』的四川的特殊社會背景的企圖」〔註32〕。李劼人 20 年代的鄉土小說語言更加通俗和口語化，「五四」之前的文白夾雜的語言，在此時期完全被四川鄉土腔調的白話語言所取代。對四川方言的運用更加靈活自如，方言語彙的數量明顯增多，比如「理落」(料理解決)、「孤拐」(腳踝)、「二簸簸」(半弔子)、「撒脫」(利索)、「零碎錢」(零花錢)、「打磨旋」(猶豫徘徊)，以及「面紅筋漲」(形容髮急或發怒時面部紅脹，青筋暴起的樣子)、「口歪鼻塌」(形容臉部傷勢嚴重)、「消消停停」(不慌不忙)、「砍砍截截」(直截了當)等成都民眾的日常用語遍布其小說文本中。此外還有一些獨具特色的官語、行語也融入到小說裏，如：「袍皮鬧」(袍哥)、「麼滿十排」(袍哥組織中居末位的老么)、「通方」(通達)、「連槽」(連續發射的駁殼槍)、「拉肥豬」(綁架)、「打啟發」(軍隊對百姓的劫掠)等。另外，「淺草—沉鐘」時期的林如稷、陳翔鶴、陳煒謨等作家滿懷青春的感傷和情愫進入文壇，繼承巴蜀傳統華美文風的同時致力於嘗試現代心理表現技巧。當他們轉入現實主義鄉土小說的創作時，仍使用典範的漢語書面語寫作，流佈於小說文本中的是偏於詩性雅潔的語言和富有邏輯性的敘述。然而，在整體的歐化行文中，作家時有借助方言話語來點染鄉土社會的日常情狀、凸顯地域真實感的現象，特別是四川方言土語用於人物語言便是其醒目的存在。

〔註32〕茅盾：《中國新文學大系・小說一集・導言》，茅盾選編：《中國新文學大系・小說一集》，上海良友圖書印刷公司 1935 年版，第 14～15 頁。

　　具體分析 20 世紀 20 年代四川鄉土小說中的方言運用情況，主要表現在對於四川方言語彙的直接調用，根據其指稱的內容可以分為以下兩類：

　　第一類，四川方言語彙作為一種地方性符號，具有當地命名特徵，即運用特定的四川方言表達來指稱鄉土社會的人、事和物。如李劼人小說中稱新兵為「新毛猴」，稱只轉租土地而不從事勞動的中小糧戶為「二簸簸糧戶」，姓余呼為「老擺」，沒有菜的飯叫「白眼飯」；李開先《埂子上的一頁》中把土匪叫做「大哥」或「老二」，搶劫用的槍叫「炮兜子」；黃鵬基小說集《荊棘》中形容打扮漂亮為「蘇氣」，說吸煙為「吃煙」，喝酒是「吃酒」；劉漣清小說集《黑屋》中俗稱吃肉為「打牙祭」，用「場夥」「紅寶」來指稱賭博；林如稷小說裏稱土匪強盜為「棒客」，稱瘸子為「蹁子」，還形容人莽撞為「莽」；陳煒謨小說中的方言詞「淘氣」意思是煩神，「未必」意思是難道表反問，「凶」意思是嚴重形容程度深，「開紅路」指大肆殺人，「推口」指推諉。除了指稱功用，「五四」鄉土小說中的四川方言運用還表現為一種人物口中的地方性氣韻，引用當地的俗語民諺保留地方表達習慣。例如，劉漣清小說《我們在地獄》中引用「賊過如梳，兵過如篦」的俗語來揭示四川地區軍閥官兵害民比盜賊更甚的社會現實，小說集《黑屋》中也有民間俗語「鱉魚眨眼地翻身」，形象表現一個人的境遇發生翻天覆地的改變。陳銓小說《天問》中的主要人物說話都略帶學生腔，倒是描寫的市井小人物，滿口方言土話更見傳神，如主人公雲章詢問一位賭徒朋友何三賭運怎麼樣，何三靠搖頭歎氣道：「不用說了罷！前些天捉著一個毛子，燙得真痛快。打了十二圈牌，敲了他五十多塊錢。第二天，他娘的，約來了一位排長，約老子們再打四圈，咱們又敲了他們三十多塊。……龜兒子，真不客氣，一頓拳頭腳尖，把錢通通搶回去，連前晚五十多塊也拿回去了。……要是老子們那天手裏有傢伙，怕不同那王八拼個你死我活，跟他一個白刀子進，紅刀子出來。」這段話是地地道道的四川鄉土話語，由於何三是靠賭博為生的市儈人物，語言中不免充斥著大量方言和行話，如「毛子」（欺騙或敲詐對象）、「燙」（欺騙）、「怕」（恐怕）、「白刀子進、紅刀子出」（殺人見血），以及一些充狠的話語如「龜兒子」「老子們」「王八」等等，體現出運用地方口語摹寫的真實生動。李劼人小說人物的語言更是四川方言的集中體現，如《失運以後的兵》中的師長破口大罵地方團總：「放屁！！總之，我要錢！」「狗娘養的！講理！民國時候是講理的？」鄉鎮紳士還慫恿師長向百姓徵款，理由竟是：「這些東西，總不宜好看待的！生成貓兒

心性，拔一根毛也喵一聲，一把毛也喵一聲！」每一句話都透露出十足的蠻橫和狂妄，掠奪的意願被師長和鄉紳這樣理直氣壯地表達出來，四川方言粗野、俗辣的韻味得以淋漓盡致的體現。不僅人物語言引入方言表達，小說的敘述也調用了大量四川方言俗語，如《好人家》中的趙麼糧戶「操」袍哥之後，「因為他是一步登天的白棚大爺，何況又是糧戶，照規矩，他就得『叫花子穿草席——滿圍！』」歇後語「叫化子穿草席——滿圍」形容恭維袍哥大爺趙麼糧戶的弟兄很多；還如小說寫到，「這情形一直演到軍事巡警總監陸軍中將楊維的力量充實了，一張告示貼出，不准辦公口！⋯⋯恩拜兄們才各自收刀檢卦，躲回去咬自家的豆芽，不再打攪他了！」其中「白棚大爺」（靠暴富一步登天的袍哥大爺）、「收刀檢卦」（停止胡作非為）、「打攪」（麻煩）、「躲回去咬自家的豆芽」（自顧自）等民間口語表達，自然融入敘述語言中，李劼人這個時期的小說敘事也充溢著濃郁的鄉土氣息。

　　第二類，20世紀20年代四川方言的語彙運用突出表現為一種地方思緒，與當地民俗緊密相連。鄉土文學的重要貢獻之一就是對民風習俗的實地描繪和記錄，而民風習俗的形成與傳承則需要一定的語言形式，需要指稱與說明民俗事象的一套特定詞，這套詞就成了當地語言的一部分，並隨民俗習風的流傳而普及、沿用下來。20年代的四川鄉土小說雖然重在巴蜀苦難經驗的表達，但也在其中穿插了不少獨特的鄉土民風的描繪，借著與民俗事象緊密相關的四川方言的運用，渲染了四川農村生活氣氛，賦予小說強烈的地域真實感和時代感。隨著社會的發展，不少民俗逐漸淡化消失，而這些反映民俗的方言詞卻在一定程度上保存下這些民俗信息。例如林如稷以1911年四川保路運動大潮為背景創作的短篇小說《太平鎮》，以一個衰老、落魄的江湖藝人為生計投機「革命」的故事作為突破口，寫出了保路運動在當時四川整個城鎮社會引起的巨大風波。小說語言頗具四川地方特色，特別是文本中「趕場」（趕集）、「扯謊壩子」（中下游民的遊戲場）小說《太平鎮》、「吃觀音素」（一種佛教儀式）、「起更」（打更）、「吃喜」（某人遇到了意外驚喜，請大家吃飯喝酒沾點喜氣兒，不收禮金）、「禹王廟」等方言詞的使用，不僅凸顯了地域真實性，還透露出豐富的巴蜀民俗信息。「扯謊壩子」也是典型的四川方言，指在縣鎮或鄉鎮上集聚江湖醫生和各種民間藝人供他們進行算命、賣藥、表演等活動，同時也用作民眾的娛樂場的大塊平地，這些算命人或江湖醫生大都說些誇張不實的話，因而老百姓戲稱他們為「扯謊的」，這一塊大平地也就

被叫做「扯謊壩兒」。小說主人公白教師的出場環境即在扯謊壩，作家以白教師的視角呈現了扯謊壩「趕場」的熱鬧情形，同時也交代了白教師的身世與職業，為下文其投機「革命」埋下伏筆。小說《故鄉的唱道情者》中則細緻描寫了四川鄉鎮人「坐茶鋪」的習俗和「唱道情」的民風，「昏過不多時，茶鋪內來的人很多，一直到二更巡鑼敲過才漸漸各自散去。……來客漸集時，我聽見街上遠遠有人擊著道情竹筒的聲音，這是很尋常的事，因為僻鄉中以唱道情為職業的人是很多的，所唱，也不過翻來覆去幾種陳舊含有迷信或粗俚的歌詞，就中雖也有採取歷史事蹟或膾炙人口的兒女英雄種種故事，但仍掉不了俗調。」陳銓在《天問》中將富順的西湖、少湖、第一山、馬腦山等真實地點設置為小說的故事背景，還寫到富順地區的一項結婚禮俗「吃新人粑」，「新娘子進門的第三天，照例要到廚下去煮一頓飯，作一籠『粑』，請幾位至親的親戚來家裏吃一頓飯」，這便是「吃新人粑」的風俗。陳煒謨的鄉土小說中還寫到不少四川地方蔬菜小食，如「折耳根」「豆苗」「香油豆腐筋」「泡粑」「渾水粑」「黃糕粑」「麥粑」「葉子煙」等等。總之這些方言語彙和民俗內容是四川鄉土小說創作的藝術旨趣所在，折射了當時四川鄉土社會最真實的風土人情。

20 世紀 20 年代的四川鄉土小說，或多或少都使用了四川方言俗語來敘事寫人，客觀呈現了四川鄉土的真實面貌，同時也應看到，這個時期四川鄉土小說的方言寫作還處於探索發展階段，多數情況下對方言土語的使用是自發性的、零星的。一方面，作家運用四川方言寫作的小說數量和作品中使用的四川方言數量都不算多，方言詞彙也只零散地點綴在鄉土人物的語言中，是一種缺乏理論自覺的方言寫作。由於陳腐的文言已被歷史所淘汰，外來的歐化語尚且不能完全滿足文學表達的需要，方言母語作為作家最熟悉最便捷的文學工具，便被直接調用入文。但 20 世紀 20 年代的四川小說作家從主觀上並不想採用過多方言土語，文本中的方言大多是由於沒有可以替代的白話而保留下來，因此四川方言的入文在那時具有一些無奈的性質，甚至是一種下意識之舉，顯示了 20 年代鄉土小說創作中四川方言運用的一種自發狀態。另一方面，作家又試圖用四川方言來增強小說的鄉土性，而在實際創作中，鄉土的民風民俗與文化積澱在文本中並不多見。這種方言運用的自發狀態，反映了作家對語言潮流的順應以及對待方言的謹慎態度。「五四」白話文運動使白話地位得到提高的同時，也使方言受到一定程度的壓抑，雖然有過方言寫作的倡導和方言調查的開展，但主要目的還是彌補白話文過度歐化的弊端，

創造出一種通行全國的國語。方言要成為國語和國語文學的語言資源，就需要對其進行剔選改造，而改造之後的方言話語通常會在很大程度上失去其原有的地方韻味。這個時期的四川鄉土小說不可避免受到「五四」文學語言歐化表達的整體趨勢的影響，四川方言被包裹在大面積的歐化的、被詬之為「新文藝腔」的敘述中，並不能充分呈現出土氣息、泥滋味，敘述歐化語言與人物方言口語的分離，又使小說所要竭力呈現的巴蜀地域性特徵並不那麼完整和豐滿，小說的鄉土韻味和地方色彩主要還是通過採用歐化的白話語言對地方風景和鄉俗民情進行描寫實現的，四川方言土語所承載的鄉村經驗、地方性集體記憶與生命意識等文化內涵都趨於遮蔽之中。

由此可以看出，20 世紀 20 年代四川鄉土小說對四川方言的自發使用，更多的是為了適應筆下表現的對象，並以此達到一種現實主義的修辭效果，主要是從工具性的功能層次考慮，而對於四川方言在文學書寫價值層面的意義，還有待於作家在大眾化語境下對方言話語的深入體認和整合運用。但不可否認的是，正是一部分原汁原味的四川方言土語的採擷入文，凸顯了 20 年代四川小說的地方色彩，從而克服了新文學語言單調、抽象化的弊端，實際上這也是一種向大眾化和生活化邁進的文學語言。

第三節　文學大眾化語境與四川方言寫作的自覺意識

文學大眾化是對中國現代文學發展影響最為深遠的一場文化思潮，上承「五四」新文化運動，下啟新中國文學，更是直接對 20 世紀 30、40 年代的現代文學的大眾化產生了重要影響。「五四」白話文運動算得上中國現代文學史上的第一次語言大眾化運動，雖然沒有打起「大眾化」的旗幟，但其歷史功績是推倒數千年橫亙在貴族與民眾之間的語言障礙，將文學普及到大眾中去。30 年代左翼文學興起以後，「語言大眾化」作為一個口號被正式提出並得到進一步提倡。相比於「五四」時期，此時的「大眾化」的內涵已發生了非常大的變化。到 1937 年抗戰爆發，民族救亡成了壓倒一切的任務，文學大眾化和語言大眾化的要求更是被推到了高潮。四川現代小說也迎合上「五四」以來文學大眾化潮流，異軍突起於 20 世紀 30 年代和 40 年代，對四川方言口語的青睞與自覺採用成為了四川現代小說作家實踐文學大眾化的重要語言策略。

一、「大眾語」討論與「民族形式」論爭：方言入文依據的確立

　　20 世紀 30 年代起，伴隨「五四」啟蒙文學的落潮，西方文學在中國現代文學中的影響從強到弱，一場由「革命文學」倡導的文藝大眾化成為了主流話語，其中涉及到創作者、創作對象和接受者的全面大眾化。「五四」新文學雖然在一定程度上體現了民眾對於文藝的需求，但由於受歷史條件的限制，最終的普及程度並不高，也沒有深入到文化水平較低的工農群眾中去。30 年代隨著革命事業深入發展，迫切需要文藝與革命相結合，特別是工農群眾要求有自己的文藝。因而文藝實現大眾化是新文學繼續走向群眾的應有之意，文藝大眾化的要求一開始便與階級意識的訴求同聲相應。

　　文藝要實現大眾化，首當其衝的就是解決文學書寫的問題。為了使大眾讀懂和看懂文學作品，許多左翼作家對文學語言問題十分重視，不僅把語言作為文學工具和載體，更是強調語言大眾化的意識形態功能。1931 年 11 月中國左翼作家聯盟執行委員會的決議中就明確寫到：「作品的文字組織，必須簡明易解，必須用工人農民所聽得懂以及他們接近的語言文字；在必要時容許使用方言。因此，作家必須竭力排除智識分子式的句法，而去研究工農大眾言語的表現法。……我們更負有創造新的言語表現語的使命，以豐富提高工人農民言語的表現能力，正和在思想意識方面一樣。」〔註 33〕文藝大眾化同時也是對「五四」以來日益歐化的白話文的糾偏，如瞿秋白、周揚、陽翰笙等左翼人士所指出的，「五四」產生的非驢非馬的白話是一種「新式文言」，同舊文言文一樣是普通民眾所看不懂的，因而必須要用勞苦大眾的語言來創作革命的大眾文藝，才能實現新文藝「化大眾」的價值使命。瞿秋白甚至將語言問題提升到了政治的高度，即「為什麼人服務」，他強調「不注意普洛文藝和一切文章用什麼話來寫的問題，這事實上是投降資產階級，是一種機會主義的表現，是拒絕對於大眾的服務」，鑒於普通話在全國範圍內尚未正式形成，瞿秋白還倡導在創作大眾文學時，「要用現在人的普通話來寫。——有特別必要的時候，這要用現在人的土話來寫（方言文學）。」〔註 34〕陽翰笙也對此表示贊同，主張採用「大多數的工農大眾所說的普通話」，並且強調在必要時用

〔註 33〕馮雪峰：《中國無產階級革命文學的新任務》，《中國新文學大系 1927～1937·文學理論集一》（第 1 集），上海文藝出版社 1987 年版，第 421～422 頁。

〔註 34〕史鐵兒（瞿秋白）：《普洛大眾文藝的現實問題》，文振庭編：《文藝大眾化問題討論資料》，上海文藝出版社 1987 年版，第 39、40 頁。

方言來寫作。〔註35〕1934年，陳子展、陳望道、胡愈之等文藝大眾化運動的核心人物還發起有關文學「大眾語」的討論，更多的是討論了方言的運用問題。然而，對於採用方言的主張，沈起予在《北斗》雜誌社關於大眾文學的徵文中提出了相反看法，認為：「除了專為朗讀與某特殊地方的人而作的作品外，決不宜用土語來寫。」〔註36〕魏猛克也說，「土話是原始的，沒有進步性的語言」，一篇文章使用方言土話，並不會收到什麼文學效果。〔註37〕對此，司馬疵則從革命形勢的需求進行反駁，強調說為了滿足當前人民的需要，方言土語是極應採用的。〔註38〕可見，當時左翼文藝界並沒有就文學語言方言化的問題完全達成共識。但從白話文學發展的歷程來看，「大眾語」討論確實使之前往往僅停留在口號上的白話語言情況得以改善，將「五四」期間旨在使人們掌握語言工具的目標向前邁進一大步。「五四」白話文的對象是各階層民眾，而「大眾語」是指向革命大眾和無產階級大眾的語言形式，如胡適說的「大眾語」應該被解釋為「代表大眾意識的語言」〔註39〕，「大眾語」這種語言工具被灌注了更多政治性、革命性的需求。

還值得注意的是，不只是語言問題引起文界的關注，也涉及到大眾文學的語體風格。如鄭伯奇針對新文學早期流行一時的硬生直譯西洋文體進行了批評，他認為這對啟蒙運動的深入和廣泛影響都不利，因為在文學風格技巧上，「大眾所愛好的是平易，是真實，是簡單明瞭」，「愛好自己所慣用的言語」，而「智識分子所耽溺的眩奇的表現和複雜的樣式」則是大眾無法理解的。〔註40〕葉以群還認為，在實行文藝大眾化時，不僅要用「當地工農大眾的土語」進行寫作，還要通過「句法的大眾化」來實現「句法的簡單化、普通化；絕對避去煩累冗長的用語，務使誦讀起來，非常順口，而且誰都聽得懂。

〔註35〕寒生（陽翰笙）：《文藝大眾化與大眾文藝》，文振庭編：《文藝大眾化問題討論資料》，上海文藝出版社1987年版，第86、87頁。

〔註36〕沈起予等：《〈北斗〉雜誌社文學大眾化問題徵文》，文振庭編：《文藝大眾化問題討論資料》，上海文藝出版社1987年版，第86、87頁。

〔註37〕魏猛克：《普通話與「大眾語」》，文振庭編：《文藝大眾化問題討論資料》，上海文藝出版社1987年版，第240頁。

〔註38〕司馬疵：《內容與形式》，文振庭編：《文藝大眾化問題討論資料》，上海文藝出版社1987年版，第265～266頁。

〔註39〕胡適：《關於大眾語文》，《申報·自由談》1934年6月30日。

〔註40〕鄭伯奇：《關於文學大眾化的問題》，文振庭編：《文藝大眾化問題討論資料》，上海文藝出版社1987年版，第14～15頁。

第二是來寫作品，以供當地的工農大眾讀，這樣才能使他們懂，引起他們的興趣」〔註41〕。同時還指出，作家要實現文學大眾化，就必須深入到大眾的生活中去，這樣才能理解大眾，並適應大眾的要求。

如果說「大眾語」討論仍停留於理論探討，那麼真正把文藝大眾化問題和方言土語進行深入討論並用於實際創作中，則是1939年前後延續近四年的關於「民族形式」的論爭。在這一討論中，「民族形式」被認為是實現文學大眾化表達的一個有效途徑，文學創作所涉及的方言話語也被視為走向大眾化的語言形式來建設。在全民抗戰的時代語境中，文學的大眾化、民族化成為文化主流，在通俗文學觀念的作用下還走向了「口語化」文學時代，通過採用方言俗語使文學走向大眾、服務大眾成為了文藝界的共識。但同時也強調批判地運用方言土語，因為「土話大部分是落後，蕪雜的，不講求語法的。經過選擇，洗煉，重新創造，它在文藝上才有意義」〔註42〕，才能使民族特色從地方色彩裏表現出來。1942年，毛澤東在延安舉行的文藝座談會上進一步明確了文藝的工農兵方向，提出要創造「中國作風」和「中國氣派」的民族文藝新形態，在語言形式上「應從學習群眾的言語開始」〔註43〕。經此，「政黨對文藝直接干預的政治之力、『大眾』訴求基礎的轉變與對象的明確、知識分子大眾化維度的增加」〔註44〕，使文學大眾化的要求得到真正的實現，而方言土語在文學創作中的重要作用就在於，它是以實現中國老百姓喜聞樂見的中國作風和中國氣派的語言形式來定位的。

在文學大眾化和民族化的時代語境下，方言土語尋找到立身的根據，其作為體現地方色彩的重要因素和民族風格的一個有機部分，受到越來越多作家的青睞。方言在此期間的創作中，不僅表現為文字句法的排列，更表現出方言運用的藝術旨趣和文化精神。比如老舍、蕭幹以京味小說傳遞了北京話的神韻，寫盡了北平三教九流和古都風俗；湖南作家沈從文、周立波在小說中流露湘語情致，展現湖湘文化精神；還有趙樹理小說中的山西腔調和李劼人、

〔註41〕華蒂（葉以群）等：《〈北斗〉雜誌社文學大眾化問題徵文》，文振庭編：《文藝大眾化問題討論資料》，上海文藝出版社1987年版，第149頁。
〔註42〕黃繩：《民族形式與語言問題》，徐迺翔編：《文學的「民族形式」討論資料》，知識產權出版社2010年版，第106頁。
〔註43〕毛澤東：《在延安文藝座談會上的講話》，《解放日報》1943年10月19日。
〔註44〕石鳳珍：《左翼文藝大眾化與延安文藝大眾化運動》，《文學評論》2007年第3期。

沙汀、艾蕪等川籍作家筆下的川言川味。在《邊城》《我這一輩子》《暴風驟雨》《小二黑結婚》《李有才板話》《死水微瀾》《淘金記》《春天》等一大批小說經典力作中，作為民間話語形態的方言土語都得以淋漓盡致地書寫，方言寫作在 20 世紀 30、40 年代的中國文壇形成了一股極富影響力的小說創作風潮。在這一創作實績的鼓舞下，各地的方言文學也不斷受到推崇，如 1947 年在華南地區興起的方言文學運動，1948 年中華全國文藝協會設立了香港分會方言文學研究會，發起了討論和推廣方言文學的運動，發表了一系列粵語小說、詩歌和雜文等。方言的運用已成為大眾文學的主要內容和重要標誌，在意識形態的干預影響下，方言土語名正言順進入了文學創作，語言大眾化的問題悄然轉變為語言政治的問題，從而在 20 世紀相當長的時期內，文學語言大眾化一直支配規約著中國小說語言的使用和發展。

二、文學大眾化語境中「川味小說」的文化自覺

在文學大眾化的時代語境中，四川現代小說對方言的青睞與書寫成為順理成章的選擇，在小說創作中選用和炮製四川方言俗語成為有意識的文學實踐。富有表現力的四川方言成分在 20 世紀 30 年代和 40 年代的四川小說文本中大量湧現，創造了現代文學中獨具特色的「川味小說」，自覺運用方言寫作的李劼人、沙汀、艾蕪、巴金、周文、羅淑等作家，也先後在文壇確立自己的地位。

在現代中國各區域的文學創作中，四川作家群算得上是對地域題材最鍾情的一批，雖然有些作家並沒有完全侷限於自己的區域感受，但無疑四川地區在 30、40 年代專注於故土描寫的作家是相當多的。這些四川作家大多是「左聯」成員，或與「左聯」有著密切的聯繫，因而主流意識形態化的「革命文學」標準不能不規範著他們小說創作的主題和表達，但他們沒有將革命、階級、政治的訴求做絕對化和簡單化的理解。細讀這個時期的四川小說，文本中更多的還是對巴蜀民間生活的藝術化展現以及地方語言的創造性使用。四川小說作家如沙汀、艾蕪、周文、羅淑、陽翰笙、王余杞、蕭蔓若等，都是在文學的大眾化語境中開始創作小說的，他們把革命思想、政治意識和地域文化體驗有機統一於作品之中。比如作為四川現代小說開拓者的李劼人，繼續秉承通俗化大眾化的文學觀念在新的語境下探索實踐，而在 20 年代傾向於在創作中直抒胸臆的陳翔鶴、巴金等作家，也都在大眾化語境中逐漸轉向

現實主義創作。1937 年全面抗戰爆發，寓居京滬的川籍作家相繼回到故里，成為 40 年代大後方文學的主要力量，除了老作家的一大批精品小說應運而生，還有一批年輕進步作家如劉盛亞、巴波、木斧等，他們在民族獨立運動中以筆作武器登上文壇。20 世紀 30 年代和 40 年代的四川小說無論在語言、句法還是語體上，與「五四」鄉土小說相比都有很大的變化，最顯著的即是歐化語句的減少，敘述語言和對話語言更加簡潔明瞭，大量四川方言俗語被引用進小說文本中，從而更加貼近於民眾日常的語言原貌。

　　1929 年，沙汀從四川地域文化圈中走出，來到上海後在魯迅的影響下，懷著「企圖較好地反映當時的現實生活，以期有助於黨所領導的革命鬥爭」〔註45〕的目標開始從事文學創作。蘇俄革命作家和早期普羅小說對沙汀有很大的影響，他在早期的創作中有意識地滲透進政治意識與革命思想，小說主題積極鮮明，語言上也不由自主地模仿翻譯文學和歐化白話，魯迅、契訶夫、普希金、托爾斯泰、果戈理等大師的語言風格，都在沙汀小說中留下痕跡。事實上沙汀對這類題材並不十分熟悉，也缺乏革命親身經歷，因而不少場面和人物的描寫都只著眼於印象，語言則在生硬模仿「五四」白話文學中用進了不少枯燥晦澀的暗示、象徵等歐化表達。因此魯迅對早期沙汀習作的評價是，「顧影自憐，有廢名氣」〔註46〕，茅盾也評價說：「他的描寫，或許有人覺得不很明快。」〔註47〕雖然這個時期沙汀在小說人物對話中也使用進一些四川方言語彙，但依舊缺乏生活的現實感，方言母語與生活體驗之間的精神阻隔，使得四川方言與歐化語言碰撞而來的生硬感十分明顯。文本中充溢著為配合革命鬥爭的時代精神，但地域的存在感卻模糊不清，鄉村背景是建立在對中國一般情況的整體認識之上的。隨著左翼革命的發展，沙汀對革命現實主義精神實質的理解也不斷深入，他放棄了創作之初帶有概念化的小說寫法，把寫作的重點轉移到自己長期生活並十分熟悉的川西北偏遠鄉鎮，《丁跛公》和《某鎮紀事》即是「轉換風格」的作品。1935 年冬末的故鄉之行進一步促成了他的轉變，生活與藝術的重新連通鎔鑄而成創作的素材，小說語言

〔註45〕沙汀：《我的傳略》，黃曼君、馬光裕編：《沙汀研究資料》，中國社會科學出版社 1986 年版，第 49 頁。

〔註46〕沙汀：《學習魯迅〈關於小說題材的通信〉書後》，《沙汀文集》（第 7 卷），四川文藝出版社 2017 年版，第 97 頁。

〔註47〕茅盾：《法律外的航線》，黃曼君、馬光裕編：《沙汀研究資料》，中國社會科學出版社 1986 年版，第 303 頁。

也順勢發生轉變，四川方言成為其看重的寫作語言。1939 年，沙汀參加了
「民族形式」的論爭，他對「民族形式」的理解是：「在一方面它是指作家應
該站在人民大眾的立場，民族的立場，用民間活的語言來描寫他們的實際生
活，他們的苦樂和希望，這是第一；其次，在另一方面，它是指對於長久地、
廣泛地存在於民間的，曾反映了民族生活的某一方面的舊作品形式的利用。」
〔註48〕沙汀對「人民大眾的立場」和「民間活的語言」充分肯定，對舊形式
的利用問題則持更加理性的態度，他認為對「民族形式」的追求，不應簡單
地吸收以往的舊形式，「決定一篇作品的價值和意義的主要因素到底是內容，
是作者的觀點和精神」〔註49〕，因而要用民間語言來表現廣大群眾的實際生
活。這個時期的沙汀有了更自覺的方言意識，不僅將四川方言用於真實地表
現地方生活，還盡力呈現方言話語背後所蘊含的文化內涵和深層心理。從《代
理縣長》《龔老法團》《在其香居茶館裏》以及長篇「三記」《淘金記》《困獸
記》《還鄉記》等成熟之作來看，沙汀在描寫和敘述中對四川方言話語驅遣自
如，人物語言的口語化、地方化特徵更加鮮明，沙汀的四川方言敘事逐步形
成簡潔、洗煉和形象的風格。沙汀能夠站在大眾民間的立場親近筆下的鄉土，
採用四川方言進行冷靜、客觀的地域寫實，同時也持有革命的理性眼光，對
方言背後的某些文化指向如實力崇拜、封建迷信、官本位、保守盲從等諸多
非理性成分進行批判。沙汀認為，抗戰「在其本質上無疑的是一個民族自身
的改造運動」〔註50〕，他把對民族劣根性的批判深入到大眾的習慣思維和日
常行為層面，如果沒有對方言母語的自覺書寫和方言文化的深入挖掘，沙汀
就不可能把地域鄉土世界的民眾和社會心理展現得如此淋漓盡致。

　　身為左翼作家的艾蕪也積極響應「革命文學」的大眾化思潮，「決定從
事文藝工作來為革命效力」，通過運用通俗的方言口語描寫民眾熟悉的生活，
以期激發他們的革命精神。艾蕪提出的文藝大眾化的理想標準是：「在內容
上，拋棄王孫公子，公主佳人的描寫，讓赤腳泥腿，襤褸污穢的人物，也得
成為作品中的主要角色。在文字方面，務使文化水準較低的群眾，都能懂得。

〔註48〕沙汀：《民族形式問題》，《沙汀文集》（第 7 卷），四川文藝出版社 2017 年版，
　　　　第 254 頁。

〔註49〕沙汀：《民族形式問題》，《沙汀文集》（第 7 卷），四川文藝出版社 2017 年版，
　　　　第 254 頁。

〔註50〕沙汀：《這三年來我的創作活動》，《沙汀文集》（第 7 卷），四川文藝出版社
　　　　2017 年版，第 11 頁。

而且喜歡閱讀。若是不認識字呢，也該在念出的時候，一聽就能明白。」〔註51〕對於「民族形式」問題，他認為要以大眾為中心，「也不單是在於因襲舊的形式這一點上，而是採取原有，吸收外來，重新創造新的。至於創造的文學形式，到底好不好，亦須拿大眾能不能懂來衡量它。」〔註52〕可見艾蕪對文學大眾化問題的重視。他還將為大眾服務、向民眾靠攏作為自己小說創作的首要原則，這種原則在創作中最直接的體現，即是利用語言渠道加強作品的大眾化特色，做到「一要表現真實，活潑有生氣；一要懂的人多、推行得遠」〔註53〕。在艾蕪看來，採用大多數人常常說在口上的語言，是豐富文學用語的唯一要路，也是向文學大眾化走去的一條大道。他注意到「在流行普通話的地方，還有一種大同小異的方言」〔註54〕，適度調用這類相對特殊的方言土語能夠強化作品的地方色彩，使人物語言逼真生動。艾蕪所謂的「普通話」與我們現在通識的「普通話」（現代漢民族共同語）有別，而特指在四川、湖南南部、桂林以及北方一些地域都普遍通行的西南官話方言，在流行這種「普通話」的地方存在的「大同小異的方言」，指的就是各個地域特有的一些方言土話。艾蕪是一位被稱為「墨水瓶掛在頸子上寫作」的作家，曾經選擇了自由流浪的生活，在坎坷艱辛的「南行」途中，仍不遺餘力地描寫了一些見過的人和事，記錄下不少頗有韻味的方言和山歌。在抗日戰爭中，艾蕪從抗戰前線的上海輾轉流離於大後方的湖北、湖南、廣西、重慶等地，一路接觸了與四川方言或類似或不同的民間大眾的豐富語言，他帶著小本子隨時隨地做一些有意識的收集工作，記錄了這些地方民眾的生動活潑的話語。比如在湖南寧遠避難的時候，他的足跡遍布湘南窮鄉僻地，除了對湖南普通農民的生活習俗和風俗人情有了深刻瞭解，還收集了很多方言俚語和民歌，他還從一位廣西的老婆子口中記錄下了幾十首珍貴的歌謠，這些都成為他小說創作的素材來源和語言資源。當擇取異鄉方言進入小說創作時，艾蕪總是以熟稔於心的母語四川話為基礎，通過比較看看哪些語彙是與四川方言通用的，從而

〔註51〕 艾蕪：《文學中國化及民族形式的主要東西是什麼》，《艾蕪全集》（第14卷），四川文藝出版社2014年版，第85頁。

〔註52〕 艾蕪：《文學中國化及民族形式的主要東西是什麼》，《艾蕪全集》（第14卷），四川文藝出版社2014年版，第86頁。

〔註53〕 艾蕪：《文學的主要工具是什麼》，《艾蕪全集》（第14卷），四川文藝出版社2014年版，第20、21頁。

〔註54〕 艾蕪：《文學的主要工具是什麼》，《艾蕪全集》（第14卷），四川文藝出版社2014年版，第20頁。

提煉出普遍通行於西南地區甚至更廣大地域的民眾熟悉的語言作為文學創作的語言，這是艾蕪對文學大眾化的獨特語言實踐，同時也是艾蕪的「南行」系列小說和其他非故鄉題材小說中仍隨處可見四川方言的原因。大量鮮活生動的日常口語和民間俗語的運用鮮明地展現了西南地域的社會生活，營造了小說濃郁的地方色彩和生活氣息，起到了吸引更多民眾閱讀的作用。特別是30年代中後期，艾蕪小說創作轉向鄉土寫實，把筆觸由西南邊陲返回西南內陸農村。當追懷自己深情眷戀的故鄉和故鄉生活時，他對四川方言的運用更加熟練自如，創作出了一批寫實的鄉土題材小說，如中篇小說《春天》《端陽節》《江上行》，長篇小說《故鄉》《山野》，短篇小說《榮歸》《夜景》《遙遠的後方》《春天的原野》《秋收》等。周立波曾評價《春天》是「南國田舍的新歌，是平靜的農村裏面並不平靜的農民心理的申告，作者用了他所深深熟悉的南方的土話和農民慣用的戲謔。」〔註55〕其實不只《春天》，其他鄉土小說也是如此，這時的艾蕪對勞苦大眾和鄉村生活有切身的接觸與體驗，小說的語言質感相比於「南行」時期也發生了顯著變化，如《秋收》中的一段描寫：

> 還不到明天，天就落起雨來了。別人家是上午割，下午收的，倒沒什麼要緊，只有姜老太婆家，因上午糧子替她割得太多，下午做的時候，沒有讓糧子繼續幫忙，就沒有做完，剩了好些稻把子在田裏。這給雨淋著，不但要半天才曬得乾，而且，如果下得太久了，就會發黴生芽的，比不得那些沒有割倒的。〔註56〕

> 媳婦又一言不發地，腳跟腳走了過去，抱起稻草把子，就在桶邊上，硔統硔統地打了起來。她這時感到，只有著實下力工作，才能消除心中的痛苦。她便不顧熱，不顧汗水，不顧稻毛刺人，只一味使勁打著。〔註57〕

鄉土真正的本質意味著一種艱辛的實地勞作，與前期描寫「南行」經歷的偏重歐化的表達相比，這種質樸的、富有方言色彩的通俗描述才是一種感受和體驗過了的鄉土語言。當艾蕪將四川方言融入小說的敘述中，而不僅僅在人物

〔註55〕周立波：《論〈春天〉》，毛文、黃莉如編：《艾蕪研究專集》，四川文藝出版社1986年版，第414頁。

〔註56〕艾蕪：《秋收》，《艾蕪全集》（第8卷），四川文藝出版社2014年版，第66頁。

〔註57〕艾蕪：《秋收》，《艾蕪全集》（第8卷），四川文藝出版社2014年版，第74頁。

語言中使用時，其筆下的地域風情就不再是那種浪漫、空靈的，而是顯示出作家真正具有了一種農民情懷和民間大眾的立場。

　　周文是在參加革命並加入「左聯」後才真正開始從事文學創作，他的小說創作顯然離不開 1930 年代的文藝大眾化這一特定文化語境。周文也是大眾化文藝理論的積極推動者和實踐者，他在 30 年代早期就積極參與「大眾語」討論，僅 1934 年 7 月，就發表了《建設「大眾語」並不反對白話文》《內容與形式》《「什麼是大眾語？」》等八篇關於「大眾語」問題的文章，直到 40 年代仍在繼續文藝大眾化相關的探討，提出了很多建設性的意見。周文對大眾化語言的問題十分重視，他明確地對「大眾語」範圍進行了說明：「所謂『大眾語』是不要『文言』的成分和『歐化』的成分的一種，就是要大眾『看的懂，說得出，聽得慣，寫得來』的話。是現代的普通話。是工廠發達，交通便利地方漸漸在相同的話。」〔註58〕他認為，「大眾語」實際上是在白話的基礎上，為群眾所聽得懂、看得懂、說得出的一種語言，它一方面與歐化白話文有區別，另一方面又不同於純粹的土話方言，進而又提出了文學語言的四個原則：第一要通俗，要熟悉群眾的口語；第二，在通俗的基礎上提高，要注意普遍性；第三，清洗、純潔語言，避免使用文言和舊白話；第四，發展。〔註59〕周文在積極推動和實踐大眾語言的同時，還極力主張方言文學的建立，他說：「我們的文學要真正的深入大眾，必然是方言文學的確立。方言文學可以創造新形式，……今天的『舊形式利用』的問題，實際就是『地方文學革新』的問題。」〔註60〕提出用於文學的方言，是群眾的日常生活中常用的口語、諺語，甚至是土語都應做到合理地使用。在這一理論的主張下，周文小說創作的地方色彩相當明顯，多以揭露和諷刺川康邊地的軍閥官吏的醜惡嘴臉為題材，小說的語言富有川語特色，極少用歐化句子，隨處可見的是符合大眾敘述習慣的語彙和句式，正如王瑤先生所說：「他有在軍隊中的生活經驗，又善於描寫川邊的地方色彩，筆調樸實細緻，文字也接近口語，因此寫來頗真實動人。」〔註61〕周文小說中使用的比喻修辭通常是用民間常見事物來做喻體，

〔註58〕周文：《「什麼是大眾語」》，《周文文集》（第 3 卷），作家出版社 2011 年版，第 54 頁。

〔註59〕周文：《文化大眾化實踐當中的意見》，《中國文化》1940 年第 2 卷第 4 期。

〔註60〕周文：《唱本‧地方文學的革新》，《周文文集》（第 3 卷），作家出版社 2011 年版，第 229 頁。

〔註61〕王瑤：《中國新文學史稿》（上冊），上海文藝出版社 1982 年版，第 289 頁。

如「蠶豆大一點的黑鬍子」、「眼角魚尾巴似的皺紋」、「雞蛋圓的銅門鈕」、「臉皺得像一隻風乾了的香橙」，魏老太婆被炸斷了的小腿「好像刮了毛的豬蹄子」，荀福全過足癮後翻跟斗「像一條伸懶腰的拱背貓」。敘述描寫語言也是符合大眾話語習慣的，如「房子是長三間，當中是客堂，客堂左邊住著房東，我就住右邊」，「一群歸林的亂鴉好像誰撒的一把胡麻似的，在那霞彩之下掠了過去。青蛙們則在咯咯地唱著輓歌」等等。周文有意識地運用川藏邊境、西康高原和大涼山一帶的方言口語，使小說富有濃厚的地方色彩，貼近民眾生活，同時這些川味十足的方言土話經作家的選擇提煉後書寫入文，四川地區外的讀者也能明白。比如《煙苗季》中出現的「龜兒子」「人家」「大龍門」「腿幹子都刮脫一網皮」「說破的鬼不咬人」「叫花子丟了棍子，要遭狗咬」「貓兒耍耗子」；《父子之間》所用「幹不得」「嚼舌根」「牙巴」；《雪地》裏的「冬水田」「足板」；《我的一段故事》裏的「街沿上」「麼店子」「老表」「挨攏」；其他還有「張花理石」「鐵鐵實實」「樹椏」「精打光」「拐肘」「一網皮」「揩檯子」「面紅筋脹」「打閃閃」「一潮水，一潮魚」「你我弟兄，前世（錢世）弟兄」「寡婦進房，家破人亡」等等，這樣的四川方言語彙舉不勝數，讓人感受到濃濃地方氣息的同時也並不晦澀難懂。對周文而言，母語方言載著其刻骨銘心的邊地生命體驗，通過四川方言的書寫不僅實現了文藝的大眾化，同時也為方言文學的建立和發展做出了重要貢獻。

在「大眾語」討論和「民族形式」論爭的推動下，蓬勃發展的四川方言寫作不僅體現了更加濃郁的地方韻味，還凸顯出方言書寫背後深厚的文化意涵，顯示出四川現代小說對地域文化負載的自覺。「語言是文學的材料……但是，我們還須認識到，語言……是人的創造物，故帶有某一語種的文化傳統。」[註62]方言的獨特性和差異性彰顯了文化的個性，只有掌握了這一語言的豐富和微妙之處，才能真實生動地再現生活並構造出文學的地域個性。針對30年代的「大眾語」討論和方言寫作，著名學者趙園認為：「使用口語被理解為文藝『大眾化』的具體表現，方言的運用在『大眾化』的總意圖下，缺少負載地域文化的自覺（儘管方言本身即『地域文化』），也難得被自覺作為構造語言個性的材料。」[註63]20世紀30、40年代的四川小說作家則不同，

〔註62〕〔美〕勒內·韋勒克、奧斯汀·沃倫：《文學理論》，劉象愚等譯，浙江人民出版社2017年版，第10頁。
〔註63〕趙園：《北京：城與人》，北京大學出版社2014年版，第146頁。

無論是沙汀、艾蕪、王余杞、周文、蕭蔓若等左翼作家，還是李劼人、巴金、劉盛亞、巴波、木斧等進步作家，都積極進行著大眾化的文學創作實踐。這些數量眾多、形式豐富的四川方言在他們的小說文本中，不僅表現為字詞句排列的文本語言形態，更體現為一種整體的語言策略和方言自覺意識，在發揮增強地方色彩、塑造人物形象的功用的同時，也生動真實地再現了四川地區的民俗風物和歷史文化。因此，四川方言入文在文學大眾化的語境中，既發揮了溝通勞苦大眾的語言工具作用，更是凸顯了四川方言寫作的美學價值和文化意蘊。

綜上所述，四川現代小說的方言寫作現象，深受不斷更替和變化的時代文化的影響，既呈現了階段性特徵，也體現了承續的意圖。研究表明，四川現代小說方言寫作呈現出三個歷史階段的發展特點：第一階段，在晚清民初的白話文學潮流中，方言土白的啟用是推進「文白一致」的有益嘗試；四川地區以《娛閒錄》為代表的近代報刊創作了文白並用的「新小說」，並啟用四川方言入文，以此帶入方言的革命性力量，為僵化的文學語言注入了新鮮的生命活力，使小說呈現出巴蜀地方色彩。特別是李劼人初期小說的四川方言寫作實驗，更是具有開創現代白話小說之功。第二階段，在 20 世紀 20 年代的鄉土文學倡導中，運用方言土語是增添小說地方色彩、實現語言民族化的重要方式；這個時期的四川鄉土小說在內容主題上主要表現「蜀中的受難之早」的現實，在語言上傾向於寫實的鄉土語言，但對方言土語的運用處於一種自發的狀態，四川方言夾雜在大面積歐化的表達中，主要起到了方言的現實主義修辭功能，以客觀地展現四川鄉土的真實風貌。第三階段，20 世紀 30、40 年代的「大眾語」討論和「民族形式」論爭確立了方言寫作的依據；四川現代小說迎合上大眾化、民族化的文學潮流異軍突起於現代文壇，對四川方言口語的青睞與自覺運用是四川現代小說作家實踐文學大眾化的重要途徑，有意識地對四川方言資源進行創造性使用，不僅小說中四川方言俗語數量增多，形式更加豐富，作家還深入發掘方言背後深厚的文化意涵，顯示出「川味小說」負載地域文化的自覺。

第二章 四川方言入文與四川現代小說的語言形態

　　中國方塊漢字是聲音和意義的統一體，也是中國文學在長期歷史中形成並沿用至今的一種書寫工具。作為口語形態存在的四川方言，要進入四川現代小說文本，首先面臨的是語言形態轉換和文字書寫的難題。一是，如何真實、準確、傳神地記錄四川方言語音，用明白易懂的漢字符號相對應，並通過四川方言語彙和句式的書面形態表現出來；二是，如何將四川方言注音文字變成具備流通性、共享性的文學語言，使之既不失方言的魅力，又能普及於世，這都是對四川方言寫作者語言能力的極大考驗。本章即從語言技巧層面，考察四川方言口語的三要素——語音、語彙和句式進入四川現代小說實現書面轉換的方式，分析四川方言在文本中呈現的書寫形態及其表達效果，進而考察四川方言入文的表現方式，論述其為突破地域侷限融入共同語寫作而採取的表現策略及文學意義。

第一節　四川方言進入四川現代小說的書寫形態

一、四川方言語音的原聲實錄

　　「語言之間的差異主要是通過語音形式構成的」〔註1〕，在德語裏，表示方

〔註 1〕〔德〕威廉·馮·洪堡特：《論人類語言結構的差異及其對人類精神發展的影響》，姚小平譯，商務印書館 2009 年版，第 97 頁。

言的詞是 Mundarden，字面上的意思即是「口型」。方言作為語言的地方變體，是一種最為貼近本土生活的語言，它與其他語言的最大不同之處，就在於其音韻系統的地域性特徵。不同地域的人們有著不同的發音方式和發音習慣，從而形成不同的話語聲音，並逐漸固化為地域獨有的能指形式。魯迅就曾以「綿軟的蘇白」與「響亮的京腔」〔註2〕來形容北京話和吳方言的語音腔調的不同。

　　小說語言首先應該是一種聲音語言，雖然讀者閱讀的是視覺文字，同時感受到的也是某種聲音的心理反應，而且這種聲音往往具有地方的韻律特徵，伴隨閱讀帶給讀者以聽覺的享受。四川現代小說寫作中運用的四川方言，首先即以其特有的「聲音」存在於文本中，構成四川方言小說的聲音層面，從而在語言表達中形成一股生動的生活氣流，使文本呈現出濃郁的巴蜀地域風情和韻味。

（一）依音假借呈現川語原聲

　　四川地處中國的西南地區，與北方地區特別是作為北方話代表地的北京，相隔數千里，中間還有地勢的重重阻隔，但是在語言區劃上，四川方言卻屬於北方方言區，這是由四川地區特殊的社會、歷史、文化等諸多因素造成的。四川方言由最初的巴蜀語言脫胎成為漢語言的地域分支，得益於「秦晉方言」的滲入融合，從秦漢到元初，持續不斷的北民南遷使四川方言一直處於與北方話的接觸和融合之中，明清時期的湖廣移民又使四川方言深受湖南、湖北、廣西等多地語言的影響，最終形成了現代四川方言的面貌。四川方言既與北方方言有著較為一致的聲韻調規則，音系簡明，語調抑揚頓挫，同時又兼具南方方言宛轉悠揚的聲音美感。正是由於四川方言的大部分字詞的發音，和以北京語音為標準音的現代漢民族共同語語音相差不大，因而具有較高的跨地區溝通度，易於被學習和接受，尤其是作為四川官話代表的成都話，「語音系統比較簡單，在全國各方言中，成都話可以說最容易學，也最容易懂」〔註3〕。四川現代小說代表作家如李劼人、巴金、艾蕪、沙汀、羅淑等，大多出生並成長於成都或者離成都較近的地區。這裡我們即以四川方言的代表方言——成都話〔註4〕為例，與共同語進行對比說明其語音特點：

〔註2〕魯迅：《南腔北調集·題記》，《魯迅全集》（第4卷），人民文學出版社2005年版，第427頁。

〔註3〕崔榮昌：《四川方言與巴蜀文化》，四川大學出版社1996年版，第129頁。

〔註4〕筆者在這裡無意去探求成都話與四川境內其他地區方言之間語音上的細微差異，而是更加側重它們共通性的討論，將四川西南官話的代表方言——成都話的特徵作為四川方言的整體性特徵來進行研究。

　　首先，從聲母上看，四川方言語音中的聲母比共同語中的聲母少五個，而且捲舌聲母 zh、ch、sh、r 在四川語音中都不捲舌，且無鼻音 n 和邊音 l 的分別，全部讀為邊音；其次，從韻母系統看，四川方言語音沒有共同語中的-eng、-ing 兩種後鼻音韻母，在四川方言中有三個韻母是共同語所沒有的，而在共同語中，也有六種韻母為四川方言所無；最後，從聲調的差異看，四川方言與共同語一樣都有四種聲調，沒有入聲調，變調和輕聲不明顯，有與北京話基本相同的兒化韻，只在調值上略有不同，共同語的四聲調值為陰平 55、陽平 35、上聲 214、去聲 51，而四川方言的四聲調值分別是陰平 55、陽平 21、上聲 53、去聲 213。由此可以看出，相對於吳方言、粵方言和閩方言等南方方言，四川方言語音與共同語語音有著更多的共通性，存在的細微差別也不主要在聲母和韻母拼讀的異質性，而體現在聲調和語調的差別。方言的語音特質除了聲音本體之外，還會受到說話語境與地域文化的影響。如果說以北京語音為標準的共同語的語音特點是清脆高揚、字正腔圓、鏗鏘有力，體現出共同語的權威性和嚴肅性，四川方言則體現出「不北不南」的兼容特色，既能高聲武氣、硬朗豪放，又能嗲聲嗲氣、陰柔婉轉，這樣的聲音特質為四川現代小說帶來了靈動活潑、幽默詼諧的語言品格。

　　相當一部分在人們口頭中流傳的方言表達，僅僅停留於方言語音的層面，沒有匹配該讀音和意義的字形，這就要求作家在引用方言入文的時候，要進行一定的選擇，必要時還要創造方言書寫形式。就四川方言而言，用漢字記錄語音主要有以下辦法：一是創造新字，如形聲字「火巴」（軟）、「嬢」（阿姨）、「踒」（瘸）、「㝩」（蓋住），會意字「奅」（瘦小），「蝨」（植物或衣物上的毛狀刺刺激人的皮膚）等，這些新造的四川方言字不少都得以流傳使用。二是考求方言本字，通過歷代典籍或《說文解字》之類的辭書用法，找到方言本字，語言學家用此種辦法考證出不少四川方言本字，如「晏」（晚）、「儏」（整齊）等。三是因聲求字，即用現行通用的同音字、近音字代替，相比之下，這一方法應用最為普遍。由於四川方言與共同語語音上的相近性，用音同或音近通用漢字表示四川方言，可以記錄下方言的語音，也利於理解與傳播，比如多數人都耳熟能詳的四川方言「背時」（倒楣）、「慣使」（嬌慣）、「曉得」（知道）、「巴適」（舒服、妥帖）等等。

　　四川現代小說作家多採用「拿來主義」的態度，綜合利用已有的語言研究成果，並大膽地自我重新創製，不避生造的方言字詞，諧音的字詞順理成章地

為我所用，通過同音和近音假借的造字方法把四川方言口語按照它的原腔原調忠實地記錄下來，以求無損語言的神韻。且舉一例，李劼人《死水微瀾》第二部分中，劉三金試探羅歪嘴是否會因為其他人與她打情罵俏而吃醋，於是撲倒在羅歪嘴懷裏裝作委屈的樣子，於是羅歪嘴詢問她是怎麼回事，以下是他們之間的對話：

「做啥子，弄成了這般模樣？」

她這才咽咽哽哽的道：「啊！……乾達達，你要跟我作主呀！……我著他欺負了！……乾達達！……」

「好生說罷，著那個欺負了？咋個欺負的？」

「就是天天猴在這裡的那個陸茂林呀！……今天趁你走了，……他硬要，……人家原是不肯的！……他硬把人家按在床邊上！……」

羅歪嘴哈哈笑了起來，把她挽進耳房，向床鋪上一搡，幾乎把她搡了一跤。一面說道：「罷喲！這算啥子！問他要錢就完了！老陸是慳吝鬼，只管有錢，卻只管想佔便宜。以後硬要問他拿現錢，不先跟錢，不幹！那你就不會著他空欺負了！」

劉三金坐在床邊上，茫然看著他道：「你硬是受得！……」

「我早跟你說過，要零賣就正明光大的零賣，不要跟老子做這些過場！」〔註5〕

這是兩個市井人物的談話，作家如現場實錄一般用文字記錄下這段地地道道的方言談話，其中使用了很多四川方言語彙如「啥子」「乾達達」「好生」「那個」「咋個」「猴」「硬」「搡」「慳吝鬼」「只管」「跟錢」「老子」「做過場」，還有方言標誌詞和方言句式如「跟……」（給、替），「著」（被），「硬是」（副詞，真是），「V.＋得」（表示人或事物能力的強弱大小），這些方言口語都是採用同音和近音書寫的方式得以書面呈現。由於四川方言與共同語發音上的相近性，差別僅在音調和語氣方面，因而當讀者閱讀文字腦海中浮現故事場景時，也會不自覺地跟隨四川方音語流，去品味原聲原味的四川方言帶來的閱讀快感。

關於如何將方言口語寫入文本的問題，艾蕪認為最重要的是要使書寫出

〔註5〕李劼人：《死水微瀾》，《李劼人全集》（第1卷），四川文藝出版社2011年版，第46頁。

來的文字讓人一看就明白，總結了兩條記錄方言的辦法：「第一要把音記得正確……竭力找尋適當的字，既能表音，又能切義。像前頭舉的『喊聲』」；「其次，能標音而不能切義的，如四川普通話，有『劈脫』一語，音倒合了，但不加解說，就不容易明白它是『隨便』和『簡便』的意思。」〔註6〕可見，四川方言依音假借造字也必須十分慎重，如果草率待之，隨意造字，往往會造成音、義不符的矛盾，也增加言語理解的困難。比如：

  （1）「我看還是劈蘭罷，這樣更有趣味，」淑華眉飛色舞地搶著說。〔註7〕

  （2）「老子就行市，幹啥喲！——老子不行市，你學徒娃兒還行市嗎！」〔註8〕

  （3）「你曉得啥！牛肉是頂養人的，價錢又比豬肉相因，為啥不吃？」〔註9〕

  （4）「哪怕你把足都『哭』麻了呢，我才懶得張你！」〔註10〕

  （5）「悄悄的！……你們鬧什麼？」老瓜指了一下坐在櫃房打算盤的何先生，「叫他聽見了又會嚕蘇半天！」〔註11〕

  （6）做妻子的便走去屋角，把惡的蚊香草，扇了幾下，使煙子起大一點。〔註12〕

以上例句中的加點方言詞「劈蘭」「行市」「相因」「哭」「張」「嚕蘇」，對應的意思分別是「湊份子」「了不得」「便宜」「理睬」「蹲」「囉嗦」，「惡」是一個相對生僻的四川方言詞，指「先燒起柴草，再蓋上生濕的，不讓其燃出火焰，只冒出煙子」這一系列動作。這些方言詞雖然讀音在共同語語音系統中存在，但方言意義卻不同於對應讀音的共同語意義，這樣用通用漢字書

〔註 6〕艾蕪：《文學的主要工具是什麼》，《艾蕪全集》（第 14 卷），四川文藝出版社 2014 年版，第 21～22 頁。

〔註 7〕巴金：《家》，《巴金全集》（第 2 卷），人民文學出版社 1986 年版，第 16 頁。

〔註 8〕王余杞：《自流井》，《王余杞文集》（上），花山文藝出版社 2017 年版，第 323 頁。

〔註 9〕李劼人：《天魔舞》，《李劼人全集》（第 5 卷），四川文藝出版社 2011 年版，第 152 頁。

〔註 10〕沙汀：《還鄉記》，《沙汀文集》（第 10 卷），四川文藝出版社 2017 年版，第 107 頁。

〔註 11〕羅淑：《地上的一角》，《羅淑選集》，四川人民出版社 1980 年版，第 87 頁。

〔註 12〕艾蕪：《鄉愁》，《艾蕪全集》（第 10 卷），四川文藝出版社 2014 年版，第 107 頁。

寫雖較為真實地記錄了方言原聲，但詞義卻有不透明性，會給非本地域的讀者帶來難以接納的隔閡之感。相反的，四川現代小說中經常使用到的方言詞如「腦殼」「生怕」「焦人」「安逸」「信實」「打譏喳」「打胡亂說」「清風雅靜」等，它們跟共同語語音對應規律明顯，其語素在四川方言和共同語當中有明確的同一性，用通用字書寫既記錄下方言原音，方言詞意義也比較顯豁。

事實上，方言寫作中言文合一的困難一直存在。方塊漢字主要是象形會意文字，而方言本身強化的是口語性而非文字形式，方言聲音因而難以輕鬆地落實到具體字詞得以筆錄和存真。魯迅早已認識到這個困難，他曾說：「若用方言，許多字是寫不出的，即使用別字代出，也只為一處地方人所懂，閱讀的範圍反而收小了。」〔註13〕茅盾雖極力支持發展土語文學，但他也認為「最大的困難是沒有記錄土話的符號——正確而又簡便的符號」〔註14〕。因而如何用方塊漢字忠實記錄下方言原音，如何在文學創作中呈現出方言音韻成為一種高難度的文學實踐。這需要作家進行精心創製，並加以適當解釋，才能讓小說方言寫作在凸顯川語聲音，帶給本地讀者親切熟悉的美感同時，也能帶給外地讀者可以理解接納的「陌生化」審美感受。

（二）方言語氣詞營造川語腔調

語氣詞雖然不具有實際意義，卻是話語的重要組成成分。語氣詞主要附著在句子末尾，也有用於句子開頭和中間，以表示和強化諸如感歎、肯定、疑問、推測、驚訝之類的某種語氣，還可體現出說話人的口吻和神情。在書面語表達中，語氣詞不僅是表達語氣的方式，也往往成為一種語言的語音和腔調的重要表徵。

四川方言有非常豐富的語氣詞系統，能夠表達細微的語氣差別。代表性的比如：「啥」「罷」「囉（羅）」「噻」「喳」「嗦」「嗬」「撒」「嘎」「哈」「兮」「嘛」「哩」「哝」「呵」「哪」「嘍」「唧唧」「呵喲」「啥呵」「得嘛」，等等。這些充滿川語氣息的方言語氣詞大量進入四川現代小說中，既同口語表達所攜帶的語氣和語調一致，又更能把四川地域的唇舌之音原汁原味再現出來。例

〔註13〕魯迅：《文藝的大眾化》，《魯迅全集》（第7卷），人民文學出版社2005年版，第368頁。

〔註14〕止敬（茅盾）：《問題中的大眾文藝》，《中國新文學大系1927～1937·文藝理論集二》（第2集），上海文藝出版社1987年版，第364頁。

如以下從四川現代小說中摘錄的含有四川方言語氣詞的對白語句：

（1）「哼，又來這一套，要是你看得起人啥，我的表兄早出來嘍！」〔註15〕

（2）的老二們，不住的狂笑，並且譏訕著說：「誰叫你們為富不仁，長在家裏享福呵！——大哥！姜娃不走，用炮兜子築嘅！」〔註16〕

（3）「唉！還有人販子在賣丫頭？」黃瀾生大為詫異。〔註17〕

（4）「還早嘞。今天老爺、太太陪外老太太看戲，要到十二點才回來。」〔註18〕

（5）「真是何苦來，」妻子立在他背後憐惜地說。〔註19〕

（6）「你二爸給他盤的錢還盤少了？」老闆娘憤憤地繼續說，「又管得個緊，平常街都不出，深怕被人勾引壞了。呵呵！只等自己眼睛一閉，這個來提一下毛根，那個來提一下，幾提，就提光了！唧、唧，這就是自己不爭氣呀！無怪現在徵得來打哈欠……」〔註20〕

（7）「嚇，親家母，你怎麼耍橫呵！」魏老婆子說，顯然有點生氣。〔註21〕

（8）「不給算咧，」幼宜紅著臉想走開去找春十三。〔註22〕

（9）「呵唷喂！好聽呵！」女的立直了身子指著男的罵道：「你好人！……你狼心狗肺！……你全不要良心的呀！……」〔註23〕

（10）「呸，棉花都紡完了，才讓我來！」

　　　「小鴉，你的棉花喃！」

　　　「讓開！不要亂充狠了；她們還……呵呀，哪個小鬼頭給

〔註15〕黃鵬基：《蛋》，《荊棘》，上海開明書店1926年版，第96頁。

〔註16〕徐開先：《垻子上的一夜》，《小說月報》1922年第13卷第3號，第17頁。

〔註17〕李劼人：《大波·重寫本》，《李劼人全集》（第4卷），四川文藝出版社2011年版，第136頁。

〔註18〕巴金：《憩園》，《巴金全集》（第8卷），人民文學出版社1986年版，第47頁。

〔註19〕巴金：《寒夜》，《巴金全集》（第8卷），人民文學出版社1986年版，第466頁。

〔註20〕沙汀：《淘金記》，《沙汀文集》（第1卷），四川文藝出版社2017年版，第36頁。

〔註21〕沙汀：《獸道》，《沙汀文集》（第4卷），四川文藝出版社2017年版，第283頁。

〔註22〕王余杞：《自流井》，《王余杞文集》（上），花山文藝出版社2017年版，第300頁。

〔註23〕羅淑：《生人妻》，《羅淑選集》，四川人民出版社1980年版，第9頁。

我紡的？粗細不勻哪！」

「你不行！這樣紡出來的線子，哪個肯要嘛！」〔註24〕

由此可以看出，四川現代小說作家將川地日常口語中使用頻率很高的單音節語氣詞，如「啥」「嘍」「呵」「呱」「咹」「喃」「來」和多音節語氣詞「啊喲」「唧唧」「呵呀」「呵唷喂」等大量運用於小說創作中，是一種較為普遍的現象。四川方言語氣詞在模擬小說人物語言中，避免了文句的單調枯燥，在一定程度上改變了敘述節奏和語感，使話語生動、活潑富有變化，從中可以聽出說話人的口氣、語調，人物的神態情貌也歷歷在目，充滿了生活氣息。通過語氣詞還投射出巴蜀地域人們的性格氣質、行為心理的特徵，彰顯出別致的地域風韻與情致。比如，例句（1）中的語氣詞「啥」，四川方言讀作 se，常用在假設複句前一分句末，表示「如果……」，引起下文。小說中的馬二奶奶對張大人的甜言蜜語不屑一顧，她的真實目的在於利用張大人的權力放出被抓的表兄，馬二奶奶在話語中附帶語氣詞「啥」，起到了停頓和舒緩語氣的作用，實則也是在試探張大人的態度，從而引出自己的真實目的，一位風情萬種又頗有心機的姨太太形象躍然紙上。還如例句（5）中的「來」是一個特殊的四川方言語氣詞，常用於句末表示已然發生的事情，並使語義帶有反問、責怪的意味。曾樹生在大街上偶遇因喝醉酒而狼狽不堪的丈夫汪文宣，心生憐憫，責怪他不該如此折磨自己，略帶責備的語氣流露出作為獨立女性的曾樹生對丈夫亦有一片情意。

四川方言的聲音特點還表現在說話的「大聲武氣」上，為了傳達出這份獨屬四川的熱辣、濃烈的語言感受，四川現代小說方言寫作的又一典型特徵便是使用大量的感歎句式。感歎句是表達強烈喜怒哀樂等感情的句子，歎號是其最明顯的句類標記，「單獨的歎詞構成最簡單的感歎句。語氣詞『哪、啊』，表極高量意義的副詞『多、好、太、真』等以及某些特定詞語和結構都能構成感歎句」〔註25〕。雖然四川現代小說整體風格呈現出客觀、冷靜的特點，然而在人物語言中卻使用了非常多表達強烈情感的感歎句式。據筆者粗略統計，在以對話為主的沙汀小說《在其香居茶館裏》中，人物語言共有 185 句，其中感歎句就有 109 句；巴金小說《豬與雞》中，人物語言 161 句，感歎句

〔註24〕艾蕪：《紡車復活的時候》，《艾蕪全集》（第 8 卷），四川文藝出版社 2014 年版，第 83～85 頁。

〔註25〕楊文全：《現代漢語》，重慶大學出版社 2010 年版，第 309 頁。

則佔了一半多；還有羅淑小說《生人妻》中人物語言 172 句，感歎句也有 110 處。在其他四川現代小說中，這種高頻率使用感歎句的現象也普遍存在。這些感歎句多是由單獨的「嚇、啥、唔、唦、噫、啥呵、咦呀，噫唉，啊嚇、呵唦」等方言歎詞構成，有的則是在末尾附加方言語氣詞「哩、羅、噢、咧、哇、麼、呵、嘞」，或在句中使用方言副詞如「未必、該、硬是」等表達強烈情感。此外，沙汀小說還在許多疑問句句尾，也加上感歎號來加強語氣，如《范老老師》中的范老老師打斷裝模作樣讀報的高中生：「我問你，你這是啥意思呢？！」高中生假裝不懂，老老師更生氣地問道：「沒啥意思你又這樣神氣活現地念啥？！」又如《丁跛公》中的鄉約數落自己的內弟道：「你看你那爛眉爛眼的樣子呵！——他是不是才從州里回來的，你都沒帶得有眼睛麼？！」這些感歎用法大大強化了說話者的不滿情緒。

　　感歎句語流急促、語調激昂、聲音響亮，有著特殊的語用功能，特別能渲染情景的氣氛，表達說話人的強烈情感和鮮明態度。有一些本來心平氣和的談話內容，完全可以用陳述句描寫，在四川現代小說中也使用感歎句。例如沙汀小說《在祠堂裏》對一眾人的閒聊「聲音」的真實記錄：

　　「你也是過後興兵呵！」

　　七公公帶著責斥的口氣截斷他，接著又指明道：

　　「老實說，原早就不該讓他兩母子搬來住！常言說，嫁出去的女，潑出去的水！……」

　　經理員嘰咕道：「現在說這些話！」

　　七公公感到內疚似地不響了。但他接著啐了一口，便又拍著膝頭嚷叫起來：「說這些話！我親自聽見她叫我七瘋子哩！她不瘋，養出他媽這樣一個現世寶來。昏頭昏腦的，也不想想，官太太你都惹得起呀？——自己倒跑掉了！」

　　……

　　「這個老姐子呵！……」

　　那個諢名肉電報的寡婦正像呻吟一樣叫了出來，隨又接下去道：

　　「聽說前天已經碰了一鼻子灰，不知道她還要跑去做什麼呵！要是他肯幫忙，他早就該把那個瘟牲安頓下來，也不會鬧出這一場鬼事情了！……」

> 一個啞嗓子女人忙匆匆插了一句：
>
> 「又恰恰碰著那個狐狸精！」〔註26〕

這一群局外人不同於《公道》或《其香居茶館裏》中有激烈矛盾衝突的當事雙方，他們只是冷漠麻木的看客而已，聚在一起只為發一些幸災樂禍、事不關己的議論。但沙汀讓他們一人一句一歎，附帶出強烈的語氣和語調，「閒聊」變成了無謂的嚷吵。不同人的嘴臉和聲音，匯聚成此起彼伏的語流，聲態並作活畫出一種鄉間地域的愚昧、沉悶和土氣。沙汀小說中大量感歎句的刻意使用，是作品人物表達情感的需要，不僅真實再現了人物的聲口與神氣，凸顯人物性情的火辣急躁，更是渲染出一種特有的川語氛圍。

缺乏表情的面容是沒有生機的，缺乏語氣的話語更是死板枯燥的，不同語言的語音差異在語氣詞的運用方面清晰可感，如果將四川現代小說中表達語氣的詞和標點都換掉，無論在聲音層面還是語義層面，都必將大大喪失四川方言寫作所傳達的聲音、意義及韻味，因此大量四川方言語氣詞在小說文本中的使用，一方面記錄下方言原聲，營造逼真的四川方言腔調，體現出川地特有的言語習慣與感覺，另一方面也傳遞出川人獨特的生活經驗和生命體驗，呈現了巴蜀地域的色彩和質地。

（三）語音重疊富有節奏和韻律

疊音是一個音節的完全重疊，通過重疊可以在語音上富於節奏感和韻律美。四川方言中的單音節名詞和名詞性語素大多數都可重疊，重疊後還可以「兒化」，如共同語中指稱事物臨界部分的詞語「邊」，四川口語中說「邊邊」，「蟲」說成「蟲蟲兒」，「杯子」稱作「杯杯兒」。四川方言中的形容詞和副詞疊字尤其多，有許多帶前綴或後綴的形容詞表意生動，能引起視覺、聽覺、觸覺、味覺、嗅覺等多方面感覺體驗，或者以此聯想到事物的程度、性狀等，這些詞被稱為「生動式形容詞」〔註27〕。通過單音節轉換為雙音節，或雙音節中兩個音節各自重疊，一方面可以調整音節，形成和諧悅耳、富有節奏性的語音審美效應，如中國傳統文學中的詩歌、詞賦語言，就非常講究語音的節奏感和和諧感，常採用雙聲疊韻詞、疊音詞和詞的重疊形式。另一

〔註26〕沙汀：《在祠堂裡》，《沙汀文集》（第 4 卷），四川文藝出版社 2017 年版，第288～289 頁。

〔註27〕鄧英樹、張一舟：《四川方言詞匯研究》，中國社會科學出版社 2009 年版，第87 頁。

方面，語言表現的生動形象也得到了加強，語言學家王力認為，通過疊字法來擬聲和繪景能夠「把事物『形容盡致』，這好像在語言裏加上了鮮豔的色彩」〔註28〕。同時又似「小兒用語的成人化用」，說話語氣變得親切、柔和，富於感情色彩。

四川現代小說作家深諳母語方言的音韻節律，並自覺在創作過程中加以吸納運用，方言疊音形式的出現頻率頗高，如單音節重疊：「尾尾」「香香」「毛毛汗」「條條顫」「水飄飄」「活甩甩」「硬錚錚」；雙音節重疊：「死死板板」「伸伸展展」「麻麻眨眨」「鐵鐵實實」；音節間隔重疊：「妖精妖怪」「遠天遠地」「幾七幾八」「麻筋麻肉」，等等。這些重疊方言形式真實地再現了四川方言很強的節奏感和韻律感，而且疊音詞的置入也在一定意義上舒緩了語氣，增加了語言的抑揚感，這也許正是人們感覺四川方言聽上去「陰柔」的一個重要原因。再如：

> （1）浮現於他心上也盡是一些手執「扒扒兒」，身背背篼的撈柴雞婆。〔註29〕
>
> （2）小騾子用手肘碰碰我，斜起眼睛打趣說：「今天不是還在替孩子買衣料嗎？」接著大笑起來：「嚇嚇……酒鬼……嚇嚇，酒鬼。」〔註30〕
>
> （3）這一踏下去，起碼就踹進雪兩尺深，雪就齊斬斬地吞完你的大腿。〔註31〕
>
> （4）「我就是這一個女花花呵！……」〔註32〕
>
> （5）「暖暖和和、大大方方的中國衣裳不穿，要穿那繩捆索綁、薄飛飛的洋裝？」〔註33〕

〔註28〕王力：《中國古文法》，《王力文集》（第3卷），山東教育出版社1985年版，第305頁。

〔註29〕王余杞：《自流井》，《王余杞文集》（上），花山文藝出版社2017年版，第412頁。

〔註30〕艾蕪：《山峽中》，《艾蕪全集》（第1卷），四川文藝出版社2014年版，第125頁。

〔註31〕周文：《雪地》，《周文文集》（第1卷），作家出版社2011年版，第199頁。

〔註32〕沙汀：《在祠堂裡》，《沙汀文集》（第4卷），四川文藝出版社2017年版，第293頁。

〔註33〕李劼人：《大波・重寫本》，《李劼人全集》（第4卷），四川文藝出版社2011年版，第1119頁。

（6）她（張氏）連忙穿起衣服下床來，驚驚惶惶地走到克明身邊去給他捶背。〔註34〕

（7）誰知快要過元宵了，兩小口子依然同半月以前一樣的顛顛倒倒，迷迷糊糊，懶懶散散。同時更察覺兒子對自己一天比一天冷淡，一天比一天不聽話。〔註35〕

（8）他還毫無怨意地回答了她一大堆渣渣草草的問題……〔註36〕

名詞重疊通常具有泛指的含義，例如「人人」一般指每個人，「天天」一般指每天，但在四川方言裏，名詞重疊具有特殊意義。例如（1）所說的「扒扒兒」指的是一種竹製的撈柴工具。例句（4）所說的「女花花」即是「女花」的重疊，指的是女兒，做母親的看著自己的女兒被連長丈夫暴打，放聲痛哭並驚慌失措地呼叫著「女花花」。「扒扒兒」和「女花花」體現了四川方言的特殊意味，表意變得更加生動貼切，也具有重疊往復的節奏感和韻律感。

形容詞的重疊形式比較多，通常具有程度加深或情態突出之意。如例句（3）中的AA式重疊詞「嚇嚇」（此處讀he），是擬聲詞的重疊，將老女人的笑聲模擬得真切，讀者如聞其聲，也如見其人。例句（3）和（5）中的ABB式重疊詞「齊斬斬」「薄飛飛」，BB作為疊音後綴在詞根意義的基礎上增加了形象色彩、感情色彩和音韻美感。用帶有動作意義的「斬」來修飾「齊」，便給人一種力量感，同樣用動作性的「飛」重疊來形容「薄」，更具靈動感和趣味性。四川現代小說中此類方言書寫還有很多，如「黃焦焦」「憨癡癡」「氣吽吽」「青幽幽」「心懸懸」「活鮮鮮」「緊揪揪」「嘴喳喳」「陰悄悄」「灰撲撲」「滿咚咚」「泡酥酥」「油晃晃」「木詘詘」「圓彪彪」「渾濁濁」「神詘詘」「痰呵呵」「嘴括括」「脆繃繃」等等。從語音的角度看，ABB式語音重疊，語音重點在A音節，B音節是次輕音節或輕音節，單音節和雙音節的重疊交錯使用，使語流產生一種「重一輕一輕」的自然的頓挫感，節奏明晰但不單調，富有音樂性。從語義表達角度看，帶疊音後綴的詞和不重疊的主幹詞相比較，語義程度加深，強化和突出了某種情狀神態，更添生動形象的豐富色

〔註34〕巴金：《秋》，《巴金全集》（第3卷），人民文學出版社1986年版，第583頁。

〔註35〕李劼人：《暴風雨前》，《李劼人全集》（第2卷），四川文藝出版社2011年版，第76頁。

〔註36〕沙汀：《呼嚎》，《沙汀文集》（第5卷），四川文藝出版社2017年版，第60頁。

彩。AABB 式也多為形容詞的語音重疊形式，如例句中的「驚驚惶惶」「顛顛倒倒」「迷迷糊糊」「懶懶散散」「渣渣草草」，都是由雙音節形容詞語音重疊而來，重疊後詞義基本不變，但語氣變得舒緩。例句（7）中連用三個疊音詞「顛顛倒倒」「迷迷糊糊」「懶懶散散」，在四川方言中都指神思迷糊錯亂、行為懶惰散漫之意，在語音重疊迴環與富有彈性的節奏感中表現了伍平和伍大嫂小兩口正處於新婚熱戀中的生活情態。例句（8）中的「渣渣草草」在四川方言中指嘮叨絮聒、瑣碎無聊，「渣渣」和「草草」都是以具象的事物比喻形容談話內容的零亂、瑣碎。《呼嚎》中的廖二嫂掛念在前線打仗的丈夫，又沒有收到丈夫的來信，這引發了她一系列的疑惑，便囉嗦又細碎地向著管理信櫃的童大爺問東問西。「渣渣草草」在富有節奏的語音重疊中生動地表現出問話的瑣碎無聊和廖二嫂焦急心情，具有形象的比喻意義。

（四）「子」尾現象再現川語音韻

「子」尾現象主要是指在名詞（也有少數形容詞、動詞、量詞）後添加「子」作為構詞後綴，當然也包括作為構成名詞的實語素「子」，如「原子」「孢子」「男子」中的「子」尾，它們的語音區別在於讀作輕聲與上聲的聲調差異。由於 z 和 i 都是通過合小嘴巴，抬高舌位，由舌尖前部輕聲發音，所以無論「子」尾的前一個音節開口度有多大，「子」尾詞都會對聲音有美化和修飾的作用，一改以北京話為標準的共同語聽覺上的字正腔圓的感覺，音色變得溫婉含蓄，細膩甜美。扁唇動作與 i 音韻母使得「子」尾詞的語音在線性語流中充滿變化靈動之感，避免了語音的呆板凝滯。

與北京話中普遍的「兒」尾現象相對應，「子」尾現象是四川方言詞顯著的語音特徵。「子」尾具有很強的隨意性，組合能力極強，四川現代小說中的方言名詞，相當一部分是附加後綴「子」的方式構詞，這些「子」尾詞成為文本突出的語言標誌，不僅數量龐大，使用頻率也很高。比如巴金小說中有：老頭子、廚子、炮子、枝子、書籤子、法子、鋪子、舟子、星子、藥單子、館子、口子、蟬子、雀子、耗子等；李劼人小說中，也使用了不少「子」尾詞：眼眶子、嘴巴子、臉蛋子、胸脯子、腔子、新娘子、女娃子、男娃子、舵把子、毛子、哥子、料子、攤子、穀子、廳子等；羅淑小說中也有：一會子、麻繩子、石子、腿肚子、螞蟻子、油燈壺子、媳婦子、布卷子、豬食子、販子、樹子、叫花子、筍子等。艾蕪小說中大量採用西南方言口語，其中「子」尾詞則更加豐富，比如：

表示稱呼：光杆子、鹽夫子、黃渾子、老婆子、叫花子、野貓子、禍胎子。

指稱身體部位：眸子、腿子、勁子、腮幫子、耳根子、眼珠子、翅子、皮子。

指稱生活器物：衫子、鐵籤子、帕子、刀子、鐵鍋子、煙泡子、紙撚子、鳥籠子、口哨子、線團子、缸子。

指稱食物及其他：菌子、肉圓子、柑子、稻子、巷子、沖殼子、麼店子、卡子、造粉子。

附加在時間名詞或數量詞後：那年子、今年子、一下子、一點子、一趟子、有回子、這起子人、文明點子。

「子」尾詞是四川方言典型的語言現象，「子」尾的使用範圍普遍比共同語大，一些共同語中不帶「子」的詞，四川方言可帶「子」，如上述例子中的「樹子」「嘴巴子」「媳婦子」「這起子」等。還有一些在共同語中是「兒」尾詞，四川方言中變作了「子」尾詞，比如上述例子中的「老頭子」「一會子」「煙泡子」，共同語分別說成「老頭兒」「一會兒」「煙泡兒」。雖然四川方言中的「兒化」詞也很多，但常常用於口語中，只是語流中的一種習慣性音變現象，在小說文本中並沒有得以文字表示。由此來看四川現代小說中「子」尾現象的如此普遍存在，正是對川語語音的真實書寫與呈現。

從語音上分析，四川方言中的「子」尾現象起到補充音節、協調語氣的重要作用，營造出四川方言陰柔委婉的音韻美感。四川方言「子」尾詞最初源於群眾口語，使用最多也是在日常生活中和民間說唱文學中，使用「子」尾詞多的作品往往貼近民眾生活，能真實反映普通百姓的生活原貌，具有濃郁的生活氣息。「子」尾現象不只是一個語音現象，它與詞彙和語法也密切相關，能分別詞義、詞性，並表現情感態度。四川現代小說中異常豐富的四川方言「子」尾詞的巧妙運用，取得了特殊的語音審美效果和語義表現力：一方面對音節可以產生「溫婉含蓄」的修飾美化的語音審美效果，極富川語韻味；另一方面流露出明顯的感情傾向，不乏親昵、欣悅的情緒流變，呈現出微少、細小和可愛的意味。例如：

（1）他又把我引到金魚缸那兒去。缸子裏水很髒，有浮萍，有蝦子，有蟲。……我們又走回到桂花樹底下。爹仰起頭看桂花。雀

子在樹上打架，掉了好些花下來。〔註37〕

「缸子」「蝦子」「雀子」等「子」尾詞均帶有細小、可愛之意，表達出一個孩子輕鬆活潑、天真溫婉的語氣及其喜愛的感情色彩，極富口語色彩和生活氣息，自然地將讀者帶入楊家小孩對美好回憶的敘述中，同時語音上給人一種細膩甜美之感。

（2）「媳婦子，」她（老太婆）親昵地叫道。「你說我們老年人見事還會有差嗎？你的當家人本來不打銀簪，虧我再三不答應，我心想像你那樣人家還有銀簪別過來……」〔註38〕

「媳婦子」是四川方言中對兒媳婦的稱呼，老太婆一張嘴，一聲呼叫，就表達出對這位「生人妻」的滿意與親昵，輕聲柔和的語音中飽含可愛又可憐之情。

（3）在他（老頭子）以為小的槍，聲響一定很小的，隨即舉起雙手亂抓著頭髮，一面走一面抱怨：

「簡直是個禍胎子！簡直是個禍胎子！」

「罵什麼人，都不是由你這老不死惹出來的麼？」

老婆子打算著著實實這樣抵塞他，但是他惱成那樣，也就只得閉著嘴了。〔註39〕

四川方言稱呼「老頭子」「老婆子」沒有通常的輕視嫌棄之意，後面加上「子」反而更顯親切之情。「禍胎子」是老頭子張三爹罵兒子的話，實際也非真的咒罵，更多是不滿情緒的發洩，「子」尾的添加減弱了詈語粗野惡毒的意味，反而顯示出父親對兒子的擔心，讀來親切感人，富於口語色彩。

「每一件文學作品首先是一個聲音的系列，從這個聲音的系列再生出意義。在某些作品中，這個聲音層面的重要性被減弱到了最低程度，可以說變成了透明的層面，如在大部分小說中，情形就是如此。但是即使在小說中，語音的層面仍舊是產生意義的必不可少的先決條件。……聲音的層面引起了人們的注意，構成了作品審美效果不可分割的一個部分。」〔註40〕當四川方

〔註37〕巴金：《憩園》，《巴金全集》（第8卷），人民文學出版社1986年版，第113頁。

〔註38〕羅淑：《生人妻》，《羅淑選集》，四川人民出版社1980年版，第15頁。

〔註39〕艾蕪：《兒子歸來的時候》，《艾蕪全集》（第7卷），四川文藝出版社2014年版，第135頁。

〔註40〕〔美〕勒內·韋勒克、奧斯汀·沃倫：《文學理論》，劉象愚等譯，浙江人民出版社2017年版，第146頁。

言「聲音」也在創作主體的巧妙利用下成功地實現表情達意時，其本身就會
展現出豐富的美學特質。

二、四川方言語彙的直接入文

四川方言語彙是四川方言入文的基礎。語彙是一種語言中的詞和固定短語
的集合，作為能夠獨立運用的最小語言單位，語彙可以與其他詞或短語根據特
定的語義和語法規則組合成一個句子，進而形成文學文本。因此可以認為，語
彙是表現文本意義的一種基本單元。與方言語音相比，方言語彙處於具有更深
的層次，反映了地域人群對待世界的不同認知和不同看法。在四川方言要素中，
也是四川方言語彙與巴蜀地域文化的關係最為密切，四川方言寫作的意涵主要
反映在語彙中。為了營造小說濃郁的地域氛圍、彰顯獨特的川語韻味，最直接
有效的方式便是將大量四川方言語彙以最接近自然言語的形式引用入文。

（一）方言詞彙的原生態出場

雖然共同語從語言系統的各個方面影響著四川方言，語彙系統也不例外，
但四川方言語彙還是保留了相當的完整性和自足性。四川現代小說中大部分
方言語彙是四川方言特徵詞〔註41〕，作為四川方言的精髓所在，充分體現出
四川方言寫作的語言質感；還有一部分方言語彙是與共同語說法一致，但語
義卻有所差別，由此形成四川方言寫作的張力感。正是形式多樣、意蘊豐富
的方言詞彙和熟語的直接入文，成為四川方言寫作最顯著的標識，也是讀者
識別並體味川語滋味的最直接的介質。

沙汀熱衷於在小說創作中直接調用原生態的四川方言詞彙，繪製出川西
北鄉間的風土人情圖。這些富有濃厚鄉俗味的方言土語用於人物描寫，更是
寥寥幾筆，就活靈活現地勾畫出川西北鄉鎮人物的形神。例如，小說《丁跛
公》中的主角丁跛公在向村民勒派獎券款後，一面遲遲沒有等來開獎日期，
一面又不斷受到眾人的揶揄和揩油，於是在有一次大家有了幾分醉意時，他
突然橫了眼睛喝道：「龜兒子！我要毛臉了哇……！」〔註42〕「毛臉」是一個

〔註41〕語言學者李如龍將「方言特徵詞」定義為：「一定地域裡一定批量的、區內大
　　　　體一致、區外相對殊異的方言詞。方言特徵詞是方言之間的詞彙區別特
　　　　徵。……如果沒有共同的詞彙特徵，各個相關的方言點也不能成為同一的方
　　　　言區。」參見李如龍：《漢語方言學》，高等教育出版社 2001 年版，第 105 頁。
〔註42〕沙汀：《丁跛公》，《沙汀文集》（第 4 卷），四川文藝出版社 2017 年版，第 236
　　　　頁。

四川口語詞，意即發火、生氣。古人的「怒髮衝冠」一說已經夠生動了，而四川方言還形容為整張臉面的汗毛都豎立了起來，可謂生動之極。丁跛公難敵眾人的打趣，帶著幾分醉意喊出這句略帶威脅的話，其中「毛臉」一詞的直接引用，非常契合丁跛公地方鄉約的身份，粗俗中自帶幽默意味，其氣急敗壞又敢怒不敢言的模樣如在眼前。《淘金記》中林麼長子為了騙取何人種的好感，故意跟他攀親戚關係，自稱他們是「巴騙親」。《還鄉記》中徐爛狗霸佔馮大生妻子的卑鄙手段和齷齪經過，小說只通過保長的一句話便交代清楚：「先把他老婆拖爛，隨後就連甑子端了。」〔註43〕「甑子」是四川當地竹製的一種烹飪器具，用來蒸煮食物，「端甑子」引申為挖牆腳。由此不難聯想徐爛狗是如何先誘姦金大姐，敗壞她的名聲，待到無法收場時便公然霸佔的惡行。沙汀小說中這樣富有濃郁鄉俗味的詞語還有不少：比如「兩眼墨黑」（比喻十分陌生，四川人特別把不認人、不分人，只看得見利益形容為「兩眼墨黑」），「取草帽子」（四川地區有編制草帽的習俗，此詞本指取回做好的草帽，後來戲稱白跑路、沒有辦成事情），「梅子樹」（遇見了倒楣的事，四川方言俗稱掛到梅子樹），「叫鳴雞」（用來報曉的公雞，四川方言中比喻有能力、有影響力的人物）等等，這些詞語都被四川人賦予了特別的含義。《在其香居茶館裏》面對抓了自己兒子當壯丁的聯保主任方志國，邢麼吵吵板起臉嚷道：「有道理，我也早當了什麼主任了。兩眼墨黑，見錢就拿！」〔註44〕《淘金記》中，林麼長子和他的一夥人聚在一起推測對手白醬丹的行蹤，「有件事我倒忘記說了，上前天到磨家溝去了呢……那他跑去取草帽子呀？……雜種是進城去告狀？」〔註45〕《還鄉記》中馮大生從軍隊逃回來，還戒掉了煙癮，對此張姨娘高呼：「阿彌陀佛！你這下總算把梅子樹卸脫了！」〔註46〕《防空》中，愚生為了在縣裏撈取一官半職，報考了防空訓練班，沒想到待得入學的時候多出其他三個人來，使得愚生先生不免稍稍感覺氣惱，「能夠安慰他的只有這麼一點：那三個人當中並沒有一個『叫鳴雞』，都是沒眉沒眼的角色，是不足

〔註43〕沙汀：《還鄉記》，《沙汀文集》（第2卷），四川文藝出版社2017年版，第103頁。

〔註44〕沙汀：《在其香居茶館裡》，《沙汀文集》（第4卷），四川文藝出版社2017年版，第441頁。

〔註45〕沙汀：《淘金記》，《沙汀文集》（第1卷），四川文藝出版社2017年版，第208頁。

〔註46〕沙汀：《還鄉記》，《沙汀文集》（第2卷），四川文藝出版社2017年版，第22頁。

為慮的」〔註47〕。這些慣用的四川方言詞彙和表達，為沙汀的小說增添了濃重的川地文化色彩。

「大河小說」是李劼人四川方言書寫的成熟之作，也是代表作，小說不管是寫人敘事還是描寫風景、民俗，都熟稔地調用著大量的成都方言詞。這些方言俗詞生動形象，具有濃烈的地方色彩。例如，《死水微瀾》中，「張巴」形容大驚小怪、不沉穩；「精靈」形容人機靈聰明；「笑泥」形容笑容像泥團那樣癱倒了；「家務」指家產、家底；「做活路」泛指從事各種勞動活動。《暴風雨前》中，「馬起臉」意為怒形於色，表情嚴肅，沉下臉來；「磨心」即費心，淘神；「沖殼子」意為說大話、吹牛皮或聊天；「蓋碗茶」是四川地區的一種傳統瓷茶具，上有蓋、下有托，中有碗，分別叫做「茶蓋」「茶船」「茶碗」；《大波》中，「斬齊」即是整齊的意思，但用帶有動作意義的「斬」來修飾「齊」，更添一種力量感；「搞幹」意思是運動、斡旋；「鳩到注」不但有狠狠地、徹底地整人害人的意思，還有要整到自己舒氣解恨方才罷手之意。

四川自貢作家王余杞，以自己的故鄉經驗創作了家族小說《自流井》，其中大量運用了自流井一帶的方言土語，在新文學創作中屬首次全面、細緻地展現井鹽產區的社會風貌。在《自流井》的寫作中，王余杞有意識地採用了大量原生態的方言俗語，為這部作品留下了具有鮮明地域特徵的徽記。四川方言詞語在小說中不僅用來織構人物的對話，也用於敘述故事、描寫景物，同時還承載了自流井地區豐富的地域文化信息，使文本由內而外散發著一種獨有的「鹽味」。單是與自貢井鹽的生產有關的方言詞就有上百個，比如鹽場房舍分「井櫃房」「灶房」「筧櫃房」等；鹽場工人有「管事」「拭蔑匠」「大幫車」「牛牌」「生火」「輥子匠」「白水挑夫」「鹽水挑夫」「燒鹽匠」「桶子匠」「筧山匠」「車水匠」「巡視匠」等；鹽的種類分「花鹽」和「巴鹽」兩大類，其中還有細分；採鹵製鹽的設施則有「天車」「地車」「天滾子」「地滾子」「亮筒子」「筒索」「火龍車」「筧樓」「筧窩」「筧竿」「窠盆」「火井盆」「出山盆」「井圈」等；辦井的流程依次為「取大口」「抽小眼」「下鉋」「燒造」；運輸方式分「囤流」「途流」「幫項」「接儀」「卸儀」。此外，汲水筒之類的工具落入井中叫做「落難」，鑿井成功稱為「建功」，將輸送天然氣的筧管迸裂噴火說成「火筧放炮」，火熄滅了諱稱「火回去了」，還用「花紅」隱晦指稱賺到的

〔註47〕沙汀：《防空》，《沙汀文集》（第4卷），四川文藝出版社2017年版，第390頁。

高額利潤，用「閻王帳」稱高利貸，等等。總之，這些數量眾多的與井鹽有關的詞語，兼具社會方言和地域方言兩種性質，被作家直接運用進小說創作，不僅真實生動地再現了四川鹽業生產的繁榮景象，同時也使這些方言詞本身作為鹽文化的一部分被記錄保存了下來。

（二）方言熟語的直接引用

四川現代小說中有一類非常活躍的語彙形式，即流行於四川地區的慣用語、歇後語、諺語、俗語等，語言學研究中將這些含義豐富、短小而定型的固定短語統稱為「熟語」〔註48〕，四川方言則稱作「言子兒」〔註49〕。由於方言熟語主要來源於人民群眾的口頭創造，體現著民間的智慧與情趣，所以往往不是直接使用字面意義，而是通過比喻、聯想、誇張、對比、雙關、反諷等語言修辭產生出比喻義和引申義，進而與特定的語境發生關聯，在一定的張力關係中實現造語新奇、通俗有趣、精闢凝練、意蘊豐富的效果。四川方言熟語作為民眾日常生活中喜聞樂說的語彙形式，在四川現代小說中更是俯拾即是，是展現巴蜀地域文化、凸顯人物性情的生動語料。略舉幾例，以示概貌：

　　　（1）對囉，你早就該這樣，現在還不遲。不是「打飄飄」呀？也好，你是個穩當人，就這樣買來賣去，包你比什麼織布呀，什麼工業呀好得多……〔註50〕

　　　（2）「我不是他的哥子，有這種打爛帳的兄弟，我氣都會氣死羅」，唐老二生氣地嗓道。〔註51〕

　　　（3）（老何）接著又打趣地說：「今天真是缺牙巴咬蝨子，碰巧遇到一件好的了。平常你想的事情，哪一件不使人為難？」〔註52〕

〔註48〕參見鄧英樹、張一舟：《四川方言詞匯研究》，中國社會科學出版社 2009 年版，第 99 頁。

〔註49〕蔣宗福曾對「展言子」作出過界定：「凡是講諺語、歇後語等統稱為展言子。或作『攢言子』。」參見蔣宗福：《四川方言詞語考釋》，巴蜀書社 2002 年版，第 794 頁。

〔註50〕蕭蔓若：《不走正路的人》，《蕭蔓若小說集》，華文出版社 1994 年版，第 193 頁。

〔註51〕巴金：《兄與弟》，《巴金全集》（第 11 卷），人民文學出版社 1986 年版，第 233 頁。

〔註52〕艾蕪：《我的旅伴》，《艾蕪全集》（第 1 卷），四川文藝出版社 2014 年版，第 178 頁。

（4）也只這樣嘲笑羅歪嘴：「大江大海都攪過來的，卻在陽溝裏翻了船！」〔註53〕

（5）懷疑派的卻反問著：「王老二是鵝石寶滾刺笆林，無礙無掛的光棍，撿了金子，還不遠走高飛？」〔註54〕

（6）「你這個老弟！」那軍官躬下上身，向了連長輕鬆愉快地叫起來，「常言說，婆娘家，洗腳水，洗了一盆又一盆，……」〔註55〕

（7）覺英卻在旁邊笑起來，一面背誦諺語挖苦淑華道：「大懶使小懶，小懶使門檻，門檻使土地，土地坐到喊！」〔註56〕

（8）打個主意喲，年青人，日子不是捱就捱得過的，麻繩子偏往細處斷，喊聲有個病痛呢？〔註57〕

（9）「『屎脹才挖茅廁』，我不幹，」春芝答著仍沒抬起頭，「就完咧，三哥，你請先燒兩口煙。」〔註58〕

（10）我看也是血盆盆頭抓飯吃。〔註59〕

這些由筆者加了著重號的四川方言慣用語、歇後語、諺語、俗語等語彙形式，都是民眾口頭的「現成話」，或是體現著四川方言語音特點，或是表現了四川地區特有事物，或是折射出川人對生活的獨特思考。將方言熟語融入小說創作中，能極大豐富小說語言的表意空間，僅擇例句（4）做一具體分析。例（4）句是袍哥羅歪嘴和蔡大嫂的私情暴露後，大家嘲笑羅歪嘴的話。其中「陽溝裏翻船」是「陰溝裏翻船」最早的一種說法，陽溝裏無風無浪本是不應該翻船的，「陽溝裏翻船」這個比喻就是說在有把握的地方出了問題，不可能發生的事情都發生了。後來陽溝的說法不通行，卻換作說陰溝了，即四川方言歇後語「陰溝裏翻船——該倒楣」。「大江大海都攪過來」也是一個比喻，形容羅歪嘴見過大世面，歷經過大動盪。「大江大海」和「陽溝裏翻船」的鮮明反差引發幽

〔註53〕李劼人：《死水微瀾》，《李劼人全集》（第1卷），四川文藝出版社2011年版，第106頁。

〔註54〕巴波：《黃金百兩》，《巴波小說選》，四川人民出版社1983年版，第42頁。

〔註55〕沙汀：《在祠堂裏》，《沙汀文集》（第4卷），四川文藝出版社2017年版，第294頁。

〔註56〕巴金：《秋》，《巴金全集》（第3卷），人民文學出版社1986年版，第571頁。

〔註57〕羅淑：《生人妻》，四川人民出版社1980年版，第5頁。

〔註58〕王余杞：《自流井》，《王余杞文集》（上），花山文藝出版社2017年版，第311頁。

〔註59〕劉盛亞：《地獄門》，春秋出版社1949年版，第196頁。

默嘲諷的意味，喻指羅歪嘴這次竟然在個人情愛問題上沉迷其中，無法自拔，但也從側面表現出羅歪嘴對蔡大嫂的無限深情與百般服帖。由此一例即可見出四川方言熟語所具有的鮮活表現力，其豐富的修辭義和色彩義在整體上平添了小說語言的幽默諧趣與鄉俗韻味。

此外，四川方言寫作中還流行一種較為固定的四字格俗語，語言學研究中稱其為「俗成語」〔註60〕。四川方言俗成語形式上有著很強的定型性，短小精悍，這個特徵與共同語中的成語相似。但與來自書面語的成語相比，這類方言俗成語更加貼近生活，多流傳於民間因而口語色彩濃厚，寫入文本時常依據方言語音假借漢字。從句法功能看，四川方言俗成語主要是形容詞性的，也有動詞性和名詞性的；從語義上看，四川方言俗成語具有鮮明的修辭性質，除本義外一般都有比喻等派生義，還蘊含著不同程度的貶斥、戲謔等情感色彩。

四川現代小說將大量的方言俗成語直接引用入文，用於人物語言和細節描寫中，生動形象，幽默解頤，成為四川方言書寫的重要語彙形式。比如巴金小說《春》中三房張氏呵斥女兒道：「二女，喊你做事，你就這樣慢條細擺的！」〔註61〕「慢條細擺」即慢條斯理，形容說話做事緩慢拖沓，四川方言表達頗具視覺形象。沙汀《還鄉記》中鄉長談到徐隊副時說：「諢名叫徐爛狗嘛。架子很小很瘦，臉上有幾顆白麻子；人沒來聲氣就先來了；對吧？在老跛那裡的時候，就愛提勁打靶。」〔註62〕「提勁打靶」字面意思是集中精神準確瞄擊，四川方言則引申出說大話、誇下海口的貶斥義。王余杞《自流井》中黃花對不懷好意跟隨她的松六哥說：「人家不認得你，你啥事『無憑罷故』地叫人家的名字咧？」〔註63〕「無憑罷故」即無緣無故的意思，這個詞是對方言語音的書寫。艾蕪小說《某校紀事》中，睡著的張校長被人用手一掀，於是紅起眼睛不高興地埋怨道：「叫什麼？清早八晨的！」〔註64〕這裡的「清早八晨」除了清晨、早晨的意義外，還有時間尚早不用著急之意，更有睡覺未

〔註60〕參見鄧英樹、張一舟：《四川方言詞匯研究》，中國社會科學出版社 2009 年版，第 170 頁。
〔註61〕巴金：《春》，《巴金全集》（第 2 卷），人民文學出版社 1986 年版，第 152 頁。
〔註62〕沙汀：《還鄉記》，《沙汀文集》（第 2 卷），四川文藝出版社 2017 年版，第 89 頁。
〔註63〕王余杞：《自流井》，《王余杞文集》（上），花山文藝出版社 2017 年版，第 413 頁。
〔註64〕艾蕪：《某校紀事》《艾蕪全集》（第 10 卷），四川文藝出版社 2014 年版，第 174 頁。

清醒時被人打擾的不滿之意。四川方言俗成語的通俗性、民間性特質使其意義大都可以根據字面來理解，但其蘊含的深層感情色彩和形象色彩則需結合地方文化，發揮一定的聯想和想像才可體悟。李劼人小說中運用的四川方言俗成語尤其豐富，其方言寫作追求對俗話的雅用，整體語言具有雅致、細膩的特點，言簡意賅的四川方言俗語是塑造其語言個性的重要材料，呈現出豐富的地方文化意蘊，例如：

> （1）並且（鄧麼姑）對大哥說話，也總是秋風黑臉的，兩個月
> 內，只有一次，她大哥從成都給她買了一條印花洋葛巾來，她算喜
> 歡了兩頓飯工夫。〔註65〕

四川地區因地形原因很難有秋高氣爽的體驗，只能感受秋的肅殺，卻少有體會到秋韻的變換，因此「秋」在四川方言中多形容狀態或情況不好，「秋風黑臉」便是形容滿臉不高興或生氣發怒時的神情。《死水微瀾》中韓二奶奶之死打碎了鄧麼姑渴望嫁入成都大戶人家的美夢，「秋風黑臉」一詞形象地表現出鄧麼姑因心灰意冷表現出的不好臉色，與下文一條印花洋葛巾帶來的「喜歡了兩頓飯工夫」形成對照，折射出鄧麼姑注重物質享樂的世俗精神追求。又如：

> （2）早就酒醉飯飽了。不是那個叫啥子阿龍的小夥子還撩著羅
> 二爺、張師，擺談他們顧團總咋樣帶起團丁去打仗，又咋樣打敗了，
> 筋斗撲爬地跑回去，越擺越起勁，恐怕都已挺屍去了。〔註66〕

四川方言「筋斗」和「撲爬」都是「摔跟頭」的意思，「筋斗撲爬」將兩詞並用表現人趕路的匆忙和慌張，極盡誇張之態，與正常狀態相去甚遠，由此產生幽默風趣的意味。這段話是何嫂回答黃太太的話，作為底層傭人，何嫂的語言本來就粗俗土氣，加之她對顧家長年阿龍鄙夷不屑的態度，因而她向太太轉述阿龍的話時，自然附加上嘲弄的語氣，將顧團總打敗仗後的情形描述成「筋斗撲爬地跑回去」，非常具有畫面感。再如：

> （3）王大爺焦躁起來，大聲喊道：「親家母，你我並非外人，
> 說句開心見腸的話，你娶了我的四姑兒，只算你運氣不好，遭著了！

〔註65〕 李劼人：《死水微瀾》，《李劼人全集》（第1卷），四川文藝出版社2011年版，第25頁。

〔註66〕 李劼人：《大波·重寫本》，《李劼人全集》（第4卷），四川文藝出版社2011年版，第703～704頁。

　　如今是你家的人，打由你，罵由你，處死也由你，我沒半句話說。

　　還要我出頭管教，那卻不行！我會管教，早管好了，也不會嫁到你

　　家去了！」〔註67〕

「開心見腸」意即「推心置腹」，四川方言表達比共同語表達更具鄉土氣息和口語色彩，也更契合說話人的身份。王大爺的女兒嫁到伍家後把伍家鬧得天翻地覆，伍太婆忍無可忍跑去找王大爺論理，王大爺既不維護自己的女兒，還「開心見腸」地說了這番話來推卸責任，毫不遮醜，也毫不慚愧，可真算得上是開載布公、真心實意了。方言俗成語「開心見腸」的巧妙使用達到了幽默反諷的效果，讀來讓人忍俊不禁，一詞便寫活了爽直又無賴的「王大爺」這一人物形象。

　　由於四川方言俗成語獨特的文學表現力，四川現代小說作家熱衷將這種語彙形式大量直接引用入文，除了以上所舉的例子外，其他還有一些頻繁出現的詞語，比如：「面紅筋脹」（面紅耳赤）、「假巴意思」（虛情假意）、「大聲武氣」（高聲大氣）、「哭流扒涕」（痛哭流涕）、「拖衣落薄」（衣衫襤褸）、「張花失實」（胡說八道）、「倒瓜不精」（傻頭傻腦）、「仇傷孽對」（冤家對頭）、「打捶角逆」（爭吵鬧架）、「恍兮惚兮」（粗心，不在意）、「作古正經」（一本正經）、「格楞包拱」（凹凸不平）、「黃腳黃手」（不懂行不熟練）、「貓兒攢蹄」（手足無措）、「神戳鬼戳」（莫名其妙）、「皮搭嘴歪」（疲憊不堪）、「鉤子麻搭」（含混不清）、「拋文架武」（掉書袋）、「稀炧爛淡」（食物極熟極爛）、「貼心豆瓣」（心腹之人）等等。四川方言俗成語在四川現代小說中的原生態呈現，顯示出意蘊豐富、節奏明快的特點，大大增強了小說語言的審美效果。雖然大多四川方言俗成語都是書面成語的等義形式，但四川方言的口語色彩更加濃厚，不僅在內涵上使讀者產生新奇、不平常的感受，而且從語音上也能使讀者感受到川話抑揚頓挫的美感。

　　由於四川方言語彙多用在口頭上，口語的特點即是隨意、自由、輕鬆散漫，不似書面語的雅致嚴謹，所以往往是滋生幽默的溫床，久而久之這種俚俗之氣與幽默之味便固化成為四川方言語彙理性意義之外附著的色彩意義。四川現代小說直接將四川方言土語引用入文，方言口語與表達同樣意義的共同語書面語詞相比照，語義和語感上的通俗隨意與典雅莊重立刻形成鮮明反差，由

〔註67〕李劼人：《暴風雨前》，《李劼人全集》（第2卷），四川文藝出版社2011年版，第80頁。

此帶來閱讀的心理落差，自然會產生一種引人發笑的效應。同時，這也與四川人歷來崇尚聰明，排斥憨愚，喜歡調侃，善於譏諷的文化精神密切相關。四川方言語彙中包含的樸素的民間情感，特別是調笑和嘲諷的強烈意味，正是巴蜀地域性格的彰顯。四川小說最吸引讀者眼球，給人印象最為深刻的無疑也是這些鮮活的、帶著泥土氣息的四川方言語彙表達。

三、四川方言句式的潛隱存在

有學者指出：「作家在具體描摹某一地方人事的時候，必然會自覺不自覺地『沉入』描寫對象之中，即向『原型』逼近，因而在創作思維上，要受到對象、『原型』即某一地方人事的潛在影響，這種潛在影響，包括人物語言方面的，也包括一個地方話語習慣方面的。」〔註68〕具有充分方言意識的四川現代小說作家在運用方言寫作時，除了大膽引用方言語彙、再現方言語音，還針對四川方言的話語模式進行了探索，在遣詞造句的過程中不避方言習慣的句式表達，從而在思維深層次上表現出巴蜀地域特徵。

不同地域人群的思維方式的差異非常細微，以語言寫作為職業的作家都難以清楚察覺，因而相對於四川現代小說中方言語彙的顯在出場方式，語法句式層面的方言運用則相對掩蔽一些，作家幾乎是在無意識的狀態下採用了方言語法表達形式，但讀者仔細辨識和體味後方能發現這一現象的大量潛隱存在。四川方言句式語法的運用使方言入文方式更加自然、本真，四川現代小說的語言形態也更加豐富完整。

（一）方言詞引領的句式

四川現代小說中句式的方言化特徵，首先體現在文本話語表達中嵌入一些富有地域色彩的詞彙，以凸顯整個語言意義群落的方言化，即用典型的、高頻使用的方言語詞渲染整個句子甚至語段的方言意味。比如使用「好道」（就是，表肯定）、「自然」（確實）、「認真」（當真）、「未必」（難道）、「硬是」（確實）、「喊聲」（如果）、「橫順」（反正）、「顛轉」（反而）、「爭點兒」（差點兒）、「幸喜」（幸好）等常用方言語氣副詞、連詞來引領整個句子，或者在句中插入使用一些如「老實說」「說老實話」「個」「得」「來」「過」等慣用的口頭詞來凸顯句子的方言化特徵。這些引領詞和插入語成分不僅具

〔註68〕王卓慈：《方言：創作與閱讀》，《小說評論》1999 年第 2 期。

有較獨特的表現力，不少其自身還帶有一定的語氣，因而需要在理解其含義的基礎上，才能準確解讀整個句子的方言特徵和地域內涵。下面舉若干例子具體分析：

（1）「老實說，公館裏間沒有幾個人我看得起。黃媽說一天不如一天，她比我們都明白。」這是倩兒的聲音。〔註69〕

（2）咿呀？只管是單調的嘶喊，但在這時候簡直變成了富有強烈性的催眠曲！〔註70〕

（3）「未必然是天上掉下來的！」周視察想，「未必然鬼使神差，該我發這點偏財麼？」〔註71〕

（4）漲鏊金干你啥事？水漲船高，橫順不是叫你出錢，你去試了再說，如今的人哪一個不是吃一節剝一節！〔註72〕

（5）吳鳳梧把紙煙蒂一丟，端起茶碗咕嚕幾口：「硬是比老虎還歪！老虎，只要我手上有傢伙，我就敢整它。」〔註73〕

（6）「起來！」他（奎五）喊著。「你個挨刀的！只管自己安逸……」〔註74〕

（7）山谷裏的平地依近在江邊，簡直小得來像一隻巨人的手掌。〔註75〕

首先，這些例句中都嵌入了上面提到的慣用方言詞，在句中起到引領和凸顯句子方言色彩的作用。四川方言口頭禪「老實說」，也常說成「說老實話」「講老實話」，相當於「真正的、說真的」，用於語句表述中插入別人或提起自己突然想起的某個話題；方言詞「只管」多用於引出一些姑且承認的事實；「未必然」用於引導反問，意思同「難道」；「橫順」意思是橫豎、反正，強調事實不會發生改變；「硬是」用在動詞性或形容詞性短語之前，也表示「確實、

〔註69〕巴金：《秋》，《巴金全集》（第3卷），人民文學出版社1986年版，第349頁。

〔註70〕李劼人：《死水微瀾》，《李劼人全集》（第1卷），四川文藝出版社2011年版，第2頁。

〔註71〕巴波：《視察》，《巴波小說選》，四川人民出版社1983年版，第29頁。

〔註72〕羅淑：《地上的一角》，《羅淑選集》，四川人民出版社1980年版，第97頁。

〔註73〕李劼人：《大波·重寫本》，《李劼人全集》（第4），四川文藝出版社2011年版，第128頁。

〔註74〕劉盛亞：《地獄門》，春秋出版社1949年版，第189頁。

〔註75〕艾蕪：《羊官與雞》，《艾蕪全集》（第1卷），四川文藝出版社2014年版，第206頁。

的確」的含義，並強調中心語表示的是非常肯定的情況；在名詞性短語前插入的「個」，不是量詞，也不是「一個」的省略，而是四川方言中的一個特殊代詞，指的是「這」「那」。〔註 76〕表音詞「來」插入到形容詞述補結構中，是四川方言的習慣表達，「來」不具有實際意義，夾雜於形容詞和補語之間，起著豐富句子黏合能力的作用。其次，例句中的「干、吃一節剁一節、歪、整、挨刀的、安逸」等詞彙基本都是方言特徵詞，但是由於四川方言屬於官話方言的子系統，可以根據上下文大致推測、揣摩出其意義，而不會存在理解困難。在此基礎上，以上句子都是較簡短的口語化句式，非常貼近唇舌之中流動的原生態活語狀態。四川現代小說方言寫作的描摹對象是川地的人與事，川人的思維方式、情感態度、人生觀念莫不浸染其中，將典型的四川方言語詞作為插入性成分來自然引領句式的方言化表達，便是川語思維對小說語句組織層面產生潛在影響的文本表現。

（二）方言特殊句法

句式層面的方言化還表現為採用與四川方言言說習慣相符的一些句法和表達法，這些方言句子是現代漢語規範語法所沒法囊括和解釋的，初讀起來也有點拗口，但沒有語病，符合四川方言特定的語言思維和表達方式，因而也是四川方言入文的有機組成部分。請看以下例句：

（1）羅歪嘴把書一放，看著她笑道：「說嘛！有啥子話？我聽著在！！」〔註 77〕

（2）這地方原有一隊兵住著在，這隊兵又是素來強悍號稱能戰的隊伍。〔註 78〕

（3）她好像醒著在，地上有火種，我還聞見一股肉香哩！〔註 79〕

（4）在中間的屋子裏女傭和丫頭們將就著席上的殘湯剩肴吃過了飯，忙著在收拾桌子。〔註 80〕

〔註 76〕參見張一舟、張清源、鄧英樹：《成都方言語法研究》，巴蜀書社 2001 版，第225～226 頁。

〔註 77〕李劼人：《死水微瀾》，《李劼人全集》（第 1 卷），四川文藝出版社 2011 年版，第 89 頁。

〔註 78〕李劼人：《失運以後的兵》，《李劼人全集》（第 6 卷），四川文藝出版社 2011 年版，第 235 頁。

〔註 79〕羅淑：《井工》，《羅淑選集》，四川人民出版社 1980 年版，第 51 頁。

〔註 80〕巴金：《春》，《巴金全集》（第 2 卷），人民文學出版社 1986 年版，第 135 頁。

這些例句是以助詞「在」於動詞謂語後表示持續體的四川方言句法，句子基本結構為「V＋著十在」，可居於句中也可以放在句尾。這一句式在四川現代小說中是比較常見的，它不同於一般意義的「在」的存在句用法，「V＋著十在」的四川方言句法主要強調的是表示動作或狀態的正在進行、持續，其中「在」起著補足語氣的作用。

　　　　（5）我們快些動身吧！剛才黑虎關有人回來說，他們挖煤的都開起去了！〔註81〕

　　　　（6）因為在那些倒楣的日子裏，說不定軍隊上會突地抓起夫來，轎夫本身，也很可能被旁人用一種更高的價錢引誘起去。〔註82〕

　　　　（7）像王老師家裏就不同了，只要他說一聲：「某人，我要賣橘羅！」誰都要像撲燈蛾樣連跟三跌的撲起去。〔註83〕

這組例句引用的是帶「起」字的四川方言句法「V起去」，其中「起」表示動作進行或性狀持續，「V起去」結構有以下三種格式〔註84〕：表示人或物在水平方向由近而遠的移動，如例句（5）；表示可產生結果的動作義，如例句（6）；連謂結構「V起＋去」，「V起」表示「去」的伴隨狀態，意思同「V著去」，如例句（7）。這些具有方言特性的句式語法，在共同語中是沒有類似豐富的表達的，其內部結構和語義也與共同語有一定的差異，例如共同語中的複合趨向動詞系列，只有「起來」，沒有「起去」與它配對，而四川方言中既有「V起來」，也有「V起去」的句法，另外，四川方言中「起」字跟在動詞後表示表示持續體，相當於共同語中的動態助詞「著」，但也不盡然。

　　以上只集中引用了「V＋著十在」結構和帶「起」的四川方言句法，這種潛隱存在的特殊方言句式用法還有許多，如「V＋得有」表示已然體，而普通話一般用「V＋有」表動作的實現結果：「他是不是才從州里回來的，你都沒帶得有眼睛麼？！」（《丁跛公》）「帶得有眼睛」意思即是帶有眼睛，中間加上「得」更強調「帶眼睛」這一動作的實現。又如「V得／V不得」，在四川

〔註81〕艾蕪：《山野》，《艾蕪全集》（第 2 卷），四川文藝出版社 2014 年版，第 196 頁。
〔註82〕沙汀：《逃難》，《沙汀文集》（第 4 卷），四川文藝出版社 2017 年版，第 311 頁。
〔註83〕羅淑：《橘子》，《羅淑選集》，四川人民出版社 1980 年版，第 27 頁。
〔註84〕參見張一舟、張清源、鄧英樹：《成都方言語法研究》，巴蜀書社 2001 版，第 402～405 頁。

方言中有三種情形，表示客觀條件的允許或必要：「還有點燙，不過也吃得了。」（《春》）「吃得」表示藥的溫度適宜因而可以餵給孩子吃了；或表示主觀能力的強弱或大小：「往天你吵得，怎麼今天也害怕吵了！你做得，我就說不得！」（《憩園》）這是楊家小孩回憶母親和父親吵架的情景，母親說「你吵得」「你做得」指父親能夠在家大吵，在外嫖賭，那她也就「說得」，即她也能因此訓斥父親；或表示應該或必須：「媽，走得了。」（《寒夜》）空襲警報響起來，汪文宣催促母親必須要走出門躲警報了，「走得」即指必須得走了。再如「V＋得贏／不贏」，「贏」用在動詞後作結果補語，「V＋不贏」意思是「趕不上或來不及做某事」：「五爸看見我們逃都逃不贏，哪兒還敢再來？」（《春》）「逃不贏」意思是逃跑都來不及，克定在茶鋪看見覺民等人趕緊逃開。還有「來」作為經歷體的標記，多用於動詞性短語之後表曾經發生過某事：「我還不是當過掌櫃娘來？」（《死水微瀾》）意思即是強調自己曾經當過掌櫃娘。其他還如「為啥子把他管得如此嚴法」（《暴風雨前》），「坐著休息下子」（《一個女人的悲劇》），「全身衣服格外做價五錢」（《死水微瀾》），「你怕我還不想做下去嘛啥子」（《不走正路的人》）等等帶有明顯方言意味的句式。顯然，這些表達如果以共同語的語法來分析，顯得有些彆扭，但換成四川方言句法來衡量，便會感到它的新穎別致，語言的表達效果也較生動。總之，四川方言句式的潛隱存在及其表達的精妙之處，是為其他方言區的讀者所難以發覺，而又為四川人所習焉不察的。

（三）方言意味的句子修辭

相較於「京腔京韻」重在語言本身的聽覺感受，四川方言更側重語言的達意功能，重在寫物達意的特別性和趣味性。四川現代小說中的句子表達，在比喻、誇張、擬人、雙關等修辭技巧層面，同樣體現了鮮明的地域性和方言意味。比喻本體和喻體之間的想像與聯繫的方式，以及擬人、誇張的對象性因素等等，都與人們的日常生活現實相對應，與巴蜀地區常見事象密切相關。同時，用修辭的方式造成四川方言句式的形象生動和幽默諧趣，也符合巴蜀民眾的認知與表達習慣。

首先看句子表達的比喻性修辭。四川現代小說採用比喻的修辭方式，往往是直接隱去本體，而以方言繪聲繪色地來表現喻體，讓讀者能夠在具體的形象中感知作家所表達的思想情感。如沙汀在《小城風波》中寫到校長和幾位教師討論牆報的情況，在當時恐怖險惡的社會環境中，他們遂以「大炮」

「匕首」「水糖刀刀」和「小插子」等武器工具，來形象地比喻各種性質類型、犀利程度不同的社論文章，新奇又隱晦，折射出特殊的時代形勢。《還鄉記》裏的金大姐本是馮大生的妻子，但馮大生當壯丁後便杳無音訊，金大姐被甲長兼保隊副的徐爛狗誘姦並被迫改嫁。徐爛狗對金大姐非打即罵，沒有半點夫妻情誼，金大姐一直同徐爛狗進行著激烈的抗爭。一次在與徐爛狗爭吵時，金大姐大喊道：「看我七盤八碗端出來你吃不完！」端盤端碗並不是真正的吃飯，而是擺事實、講真相，金大姐的意思就是要把徐爛狗做的壞事全說出來。從冷冰冰的「講真相」到熱乎乎的「擺碗吃飯」，聯想和比喻的修辭手法讓話語表達更貼合一位農家婦女的口吻，也使小說句子表達彰顯出四川方言的生動幽默。又如李劼人《死水微瀾》以「立刻就算從糠篼裏頭跳到米篼裏頭了」，比喻生活窘迫的曾先生因娶到有錢又漂亮的妻子命運由此改變。在《失運以後的兵》中，用「生成貓兒心性，拔一根毛也喵一聲，一把毛也喵一聲」，來比喻在軍閥官僚的不斷橫征暴斂中艱難抗爭的底層百姓。這樣的地方取材用於語言比喻可謂巧妙至極。

　　再看句子中的雙關修辭。沙汀小說《聯保主任的消遣》裏聯保主任因隨意攤派救國公債，被何麼跨子的女人揭發，主任感到自己的威信遭到損害，於是甩出一句頗耐人尋味的話：「我看還是學『場面』（大鑼）痛快一些。」細細品味這裡的「場面」，實際上是一語雙關，言此及彼，明指他手中的胡琴容易斷弦，不如換一個大鑼打得舒暢痛快，更暗指何麼跨子女人之流竟敢公然頂撞自己，應該痛快整治一下膽敢冒犯的人，場面上做得大些可以威懾後來的人。《還鄉記》中，「哪怕你把足都『哭』麻了呢，我才懶得張你！」這句話中的「哭」也是一字雙意，具有諧音之趣，不僅指小說人物金大姐哭泣，而且還指「蹲下」這個動作，所以有腳麻的意思。

　　此外，還有民間形象思維下對事物進行誇張的表達，如「我們可是連蚤子都沒有一匹啊。」（《土餅》）「你去郭金娃館子裏吃二分白肉看吧，——四角！才幾片呀，薄得來一口氣吹得上天！」（《淘金記》）以及擬人修辭手法的運用，如「然而丁廠並沒有困過去呵！」（《井工》）「風玩弄著傘，把它吹得向四面偏倒。」（《家》）「『嘩啦！』菜下了鍋，菜上的水點，著滾油煎得滿鍋吶喊。」（《死水微瀾》）「把他的心笑得好像著嫩蔥在搔的一樣」（《死水微瀾》）都是一種通感的修辭表達。在四川方言中也存在著許多語言的禁忌，如四川的水路出行工具大多是坐船，所以人們忌諱說「沉」這樣的字眼，「盛飯」的

「盛」諧音「沉」，因此就用「添」來代替「盛」的說法，巴金《家》中的「盛飯」就一律寫作「添飯」。又如避諱直接表達「死亡」，四川人也有多種委婉說法，如「父親去了」，「是不是都翹辮子了」，「她過去了」，「她不在了」，「第二床回老家了」，「他真的走路囉」，「素二爺滅嗝嘍」，等等。總之，此類句式表達，或譬喻、或誇張、或擬人，都取自四川地區習見的一些生活事象，方言跳躍思維的幅度並不大。用一種淺顯的道理解釋說明抽象深奧的道理，將難以言說的感覺化為生活中的可觀可感的具體事象，這樣的表達通俗易懂，是巴蜀民間智慧的生動體現，其中的四川方言韻味也相當濃厚。

從整體上審視進入四川現代小說文本中的方言要素，語音、語彙和句式三個系統相互依存又相對獨立，全方位、立體化地渲染出四川現代小說濃郁的川語滋味。四川方言語音通過諧音假借的方式得以實現文本呈現，並且借助語彙和句子形式營造了小說語言的地方韻律和腔調。方言語彙和句式是四川方言入文的基座，方言語彙是四川方言寫作最醒目的標誌，方言句式則是川語思維的最深層體現。川語語音、語彙和句式入文的多樣化呈現形式，也從語言技巧方面反映出四川現代小說中方言運用的原生態特徵和大眾化追求，四川方言寫作的目的是在充分展現出地方審美形態的同時，又能為更多的讀者所理解和接受。

第二節　四川方言進入四川現代小說的表現方式

一般而言，方言和文學語言有較大的差異，文學語言追求「有意味的能指形式」，總是試圖通過有限的文字來包孕豐富的含義，而活在人們口頭的方言則以日常的交流和溝通為主，並沒有刻意地追求表達方式。方言源自民間，其通俗、明快、簡練，但並不低俗、淺薄、簡陋，因而可以直接入文。但在更多情況下，作為一種生活形態的語言，方言口語具有先天的蕪雜、粗劣、語法不規範等特點，要成為富有詩意邏輯和審美品性的書面文學語言，就不能完全簡單地實錄下來，還需要作家進行全面的綜合製作。哪些要刪除，哪些要強化，哪些要改造，方言道白和敘述之間的關係是什麼，如何解決語義的障礙，以及如何融入作家的語言體驗，這都是每位試圖用方言寫作的作家所必須面對的問題。魯迅談到方言入文時，說：「各就各處的方言，將語法和詞彙，更加提煉，使他發達上去的，就是專化。這於文學，是很有

益處的，它可以做得比僅用泛泛的話頭的文章更加有意思。」〔註85〕「泛泛的話頭」應該是指按共同語規範寫出來的，往往是平淡無味的一般化的陳述。依魯迅的寫作經驗，將活躍在人們口頭的方言土語經過「提煉」，使之「專化」，也就是方言的「文學化」，以此發揮方言寫作比共同語寫作「更加有意思」，更能增強文學書寫的形象性和趣味性。這就決定了四川現代小說作家動用方言資源時，堅持對方言的語法和詞彙進行提煉、改造，將方言與共同語協調使用，並對方言進行必要的注釋和說明，從而使之適應現代小說的敘述模式。

一、穿插協調：四川方言寫作的話語策略

由於受到方言自身特質以及時代文化語境的影響，方言進入文學文本不可避免要受到共同語一定程度的制約。在中國現代文學發展歷程中，共同語寫作一直是文學創作的主流，方言寫作雖不時得到提倡，呈現出或隱或顯的趨勢，但相比於共同語的普遍通行性，方言的地域侷限性勢必會影響小說在更大範圍的傳播度和接受度。在近現代的歷次語言運動中，方言也是作為國語的補充物而存在。因此，在共同語主體行文中插入四川方言俗語，是四川現代小說方言寫作常用的話語策略，雖然方言數量在不同小說文本中所佔比重不盡相同，但基本遵循四川方言話語與普通話語融合集結使用、協調配置的規律。

四川現代小說作家具有鮮明的方言寫作策略意識，他們對四川方言的運用不是簡單地將流行於民眾口頭中的方言話語直接鑲嵌、照搬進小說表達中，而是在充分認識到方言入文與普通文學語言之間可能會產生矛盾的基礎上，將進入書面文學的方言話語進行組織和分配。從小說文本的呈現來看，四川方言與共同語相互協調配置的一般原則是：人物對話使用方言，敘事使用共同語。也就是說，四川方言多以對話的形式在小說中出現，人物語言模擬地道的方言口語；有關環境的描寫、情節敘述，以及整體小說的語言建構等部分則主要是通過共同語來完成的。但在描敘語言中，也有不少四川方言語彙以單獨的形式與普通話語出現在同一句話或同一語段中的情形，只是在程度上和比例上有些不同。艾蕪談到如何處理小說敘述語言和人物語言中的方言問題時就曾說：「文學語言和民眾語言，我是兩種都用的。

〔註85〕魯迅：《門外文談》，《魯迅全集》（第6卷），人民文學出版社2005年版，第100頁。

寫對話用民眾語言，寫敘述時卻要加以斟酌。」〔註 86〕艾蕪的意見代表了四川現代小說作家對待四川方言入文的一般態度，即人物語言必須忠實於口語的現實性，而敘述語言應該是一種超越方言的語言，成為高一級、描寫方言的普通語言。

下面以艾蕪小說《一個女人的悲劇》中的四川方言使用情況為例，來看作家是如何將方言口語與共同語敘述進行分工的：

> 大家一靜下來，屋裏嬰孩的哭聲，就更容易聽得見了。彷彿正有人在拿手擤他的頸子似的，哭得很凶。大的孩子金花，忍不住難過地說：
>
> 「媽媽，他一定在吃弟弟了！」
>
> 做媽媽的因為被人詛咒，正感到很是氣憤，便伸起指頭，朝金花額上用力一戳，壓低聲音地罵：
>
> 「死鬼，你牙巴在癢了！喊你不要說話，你偏要說話！」
>
> 金花痛得哭了起來。做媽的連忙用手按著她的嘴巴。一面低聲狠狠地罵：
>
> 「你哭出聲來，看我不掐死你！」
>
> 來人正打苞圢地邊上走過，邊走邊罵：
>
> 「這就躲得脫麼？老子他們黑更半夜都要來的！除非你媽的絕了兜子！當真你把老子惹毛了，看老子不叫鄉公所來抓你！」〔註87〕

再如：

> 周四嫂這才勉強揩乾了眼淚，走出茶鋪子去。她頭昏昏的，心裏說不出的難過：「他要走了，他去犯險去了，一個不釘對，就永遠見不到了！我的天，這咋個得了嘛？！」在人叢中走著。她也不曉得要去哪裏，只是讓背後的人擠著她走。〔註88〕

從以上兩段引文可以看出，小說裏有兩種不同語體，即普通話語和四川方言話語。在一般描寫和敘述中，艾蕪更傾向於採用連詞和副詞連接的歐化

〔註86〕艾蕪、紺弩等：《文學創作上的言語運用問題》，《文化雜誌》1942 年第 1 卷第 5 號。

〔註87〕艾蕪：《一個女人的悲劇》，《艾蕪全集》（第 10 卷），四川文藝出版社 2014 年版，第 2～3 頁。

〔註88〕艾蕪：《一個女人的悲劇》，《艾蕪全集》（第 10 卷），四川文藝出版社 2014 年版，第 48 頁。

句式，這在動態敘事當中，明顯包含有多層意思的過渡和轉換。如例文敘述中的「一……就」「因為」「正」「便」「連忙」「一面」「邊」「這才」「只是」之類的連接詞，就起著中介的作用，使單句連接複句再由複句組成分句，這樣慢節拍的敘事節奏和歐化色彩的表達強化了動作的層次變化，孩子的驚恐心理，做媽媽的氣憤和擔心的情緒，以及由此引發的一系列行為，都得到了細緻生動的表現。艾蕪整體敘事採用通行的共同語，偶而也融入了如「聽得見」「在拿手擠」「勁子」「凶」「按」「揩乾」「茶鋪子」「不曉得」等四川方言表達。但艾蕪對這些方言詞句的安排是非常謹慎的，特意選擇閱讀障礙較小的方言語彙，並夾雜在普通語句式中使用，用共同語敘述來統領這些四川方言。相反在人物語言描寫中，艾蕪使用了更多的如「死鬼」「牙巴」「喊」「躲得脫」「老子」「黑更半夜」「惹毛」（激怒）、「絕了兜子」（斷子絕孫）、「當真」（真是）、「不釘對」（不順利）、「咋個得了」（如何了得）等極為土俗的四川方言詞彙。這些呈現在文本裏的四川方言話語具有獨特的表現作用：周四嫂子罵女兒金花的話，側面反映出底層勞苦人民躲避債務的苦澀，而「老子」「絕了兜子」等方言罵詈語更是凸顯了權勢者的狠毒兇惡。雖然一些方言表達外省人難於準確理解，但其優點是能在特殊的社會文化環境中見出主體所獨有的言辭與心理，符合川地鄉民的身份特徵，也使小說更富於真實感。

　　具體分析四川現代小說的方言寫作實踐，對四川方言與共同語的集結與融合使用大致呈現出三種不同的方式：林如稷、陳翔鶴、巴金、劉盛亞等作家的四川題材小說創作中，敘述語言基本使用共同語，人物道白為了忠實於生活而多用四川方言；周文、羅淑、蕭蔓若、巴波的小說創作以及王余杞的故鄉題材小說中，人物道白採用地道方言，敘述部分也根據需要穿插了一些四川方言語詞；李劼人、沙汀和艾蕪尤其擅長四川方言寫作，地方語言資源的引入讓他們能夠更加自如地表達情感認知和生命體驗，他們小說中的人物道白川味最濃，敘述部分也恰切地融入了不少的方言成分，因此也成為四川方言寫作的成功範例。由此可見，四川現代小說之所以會形成不同的方言表現風格，這是與作家的方言熟稔程度和語言能力密切相關的，同時更是由作家的文學理念與創作追求所決定。

　　在文學創作中調用方言資源，就會出現不同言語形式的映襯和比照。四川現代小說中四川方言和共同語這兩種語言形式的映襯，既豐富了小說語言

的表達，更使文本話語在整體上表現出特殊的意蘊和審美效果：基於傳播接受的層面，四川方言配置與共同語相調和，避免了一些過於生僻的方言語匯出現，消除了部分閱讀障礙，語言置換也使小說的敘述變得更加清晰，顯示出跨文化接受的機智；再從小說語境內部看，占小比例的四川方言與占主體地位的共同語的集結使用，對於語境的協調有重要作用，富有邏輯性和普及化的敘述句保證了句段表意功能的充分發揮，特殊的方言土語在普通話語的環抱下更加凸顯其獨特的川語韻味，小說語言的意義生成過程也更具張力和層次。

二、共同語注釋：四川方言寫作的「副文本」

將生活中的方言口語直接引用入文是四川現代小說作家大膽的語言創新，為讀者提供了「陌生化」、地方性的審美體驗，但從全國讀者的層面考慮，也人為製造了理解障礙。比如小說文本中一些記音方言詞和方言特徵詞，就可能會給讀者造成理解的負擔，人物長篇幅的對話中接連使用的地方慣用語、俗語等，還可能超出讀者的接受能力。為了消除這層語言的隔閡，四川現代小說作家除了將共同語和方言協調配置、穿插使用外，還嘗試運用通俗易懂的共同語對四川方言加以說明和注釋，構成「正文本周邊的一些輔助性文本因素」〔註89〕，試圖通過此種方式聯結起共同語和方言，為四川方言爭取話語表達空間。一方面，文學語言的流通性要求規範著小說用語，四川現代小說文本中添加注釋的主要目的，就是為了四川方言作品的理解與流通。另一方面，方言獨特的語言魅力，以及所承載的對於故土家園的情感，又會激發作家充分利用母語方言資源增加小說藝術感染力。如此一來，為方言加注釋成為文學語言的規範化、流通性與個性化、地方性之間相互折衷的產物。

一般而言，四川方言寫作中通行的注釋辦法是：作家認為語義清晰易懂、流通度高的方言語彙不加以解釋，只有的用引號標示語彙的方言身份；相對冷僻晦澀、會產生語義隔膜的一類方言語彙，則在行文中或文本末加注說明，以幫助讀者理解。從注釋形式上看，四川現代小說對方言的注釋主要是夾註、腳注的形式，尾注相對較少。試舉兩例運用夾註的例子，括號內是對方言語彙的共同語說明：

〔註89〕金宏宇：《中國現代文學的副文本》，《中國社會科學》2012 年第 6 期。

（1）只管僅僅發點伙食錢，只管僅僅吃一碗「白眼飯」（四川
一部分人的土話，無菜的飯叫「白眼飯」）……〔註90〕

（2）怎麼，你要「挪我的肥豬」（綁票）呀！〔註91〕

　　腳注即頁下注，是四川現代小說中最常用的注釋形式，腳注多採用與現
代漢語標準語義相對應的解釋方式。略舉二則腳注的例子：

（1）「不過長得伸抖一點，這也是各人的福氣。」

腳注：成都方言，長得伸抖，長得標緻出眾也。〔註92〕

（2）「……呸，還不是在這裡經圍騾子！」

腳注：經圍，伺候之意。〔註93〕

四川現代小說作家在創作時多採用腳注的方言注釋形式，在新中國成立後興
起的注釋潮流中，不少作家為舊作增添修訂的注釋也多運用腳注。如沙汀《還
鄉記》《淘金記》等小說在1949年之前的版本中，都沒有對方言的專門注釋，
到1950年代，沙汀都為其加了方言腳注。王余杞小說《自流井》在1934年
連載於南京《中心評論》上時採用的夾註形式，後來作家重新整理以單行本
出版時，也將小說中的方言注釋形式改為了腳注。還有李劼人也為其小說建
國後的版本增添和修改了不少腳注。

　　也有個別作家如李開先、劉漣清、黃鵬基等，一律採用尾注形式，如：

（1）「大哥辛苦了！今天出那裡的差？提了多少疋薑？」（注
二）一隊在路口剪徑的老二們笑臉歡迎著說。

尾注：（注二）出差：老二到某處搶劫叫做「出差」。提薑：把
人拖走藉以搶錢叫做「提薑」或「提薑娃」。〔註94〕

（2）叨（注一）我還不說，……你不是說要出去買東西嗎？我
才不跟你們一路。……她叨我哪嘛！叨她媽的□。

〔註90〕李劼人：《失運以後的兵》，《李劼人全集》（第6卷），四川文藝出版社2011
　　　　年版，第230頁。

〔註91〕沙汀：《聯保主任的消遣》，《沙汀文集》（第4卷），四川文藝出版社2017年
　　　　版，第400頁。

〔註92〕李劼人：《死水微瀾》，《李劼人全集》（第1卷），四川文藝出版社2011年版，
　　　　第19頁。

〔註93〕艾蕪：《春天》，《艾蕪全集》（第2卷），四川文藝出版社2014年版，第240
　　　　頁。

〔註94〕李開先：《墁子上的一夜》，《小說月報》1922年第13卷第3號，第17頁。

尾注：（注一）叼人等「罵人」──這上面大部分對話，是四川話。〔註95〕

除了上述常見的策略外，四川現代小說中還有一種方言注釋的高明形式──語境顯義，即方言詞彙與相應的語義成分同時在語篇中出現，構成文本內部上下文之間的同義復現，因而較腳注和尾注等形式更加自然。這種情形通常是在方言的前後添加破折號，或者「所謂」「叫做」「稱之為」「或者」一類的插入語，以此起到限定、提示的作用，將讀者的注意力調動起來。例如：

（1）首先是那一身衣服：藍布長衫，紅青寧綢對襟小袖馬褂，──以前叫做臥龍袋，或阿娘袋的。──馬褂右袖口上織了一條金龍，馬褂紐扣也是盤龍銅紐，這兩樣已很別致了。〔註96〕

（2）人們已經在大喝特喝起來。用當地的土語說，這叫作開咽喉。〔註97〕

（3）店老闆在國內做過袍哥，還常常把袍哥話帶在嘴上。所謂「毛」了，就是殺了的意思。〔註98〕

以上的例句可以看出，四川方言詞與解釋話語之間，不僅是句法的關係，還是語義的解釋關係。此外，同義復現的注釋方式也有一些特殊情形，就是連上述提及的那些提示詞也省去，把方言的注解自然地變成了小說內容的組成部分，方言的文化內涵也融入了作品的敘述中。例如，李劼人的《死水微瀾》中有羅歪嘴、張占魁等不少袍哥人物，他們說起「海底」上的內行話，許多讀者是不明其意的，李劼人便經由第三者即陸茂林這個人物之口進行轉述，「陸茂林因為習久了，也略略懂得一點，知道羅歪嘴他們所說，大意是：天回鎮的賭場，因為片官不行，吃不住，近來頗有點冷淡之象，打算另自找個片官來，語氣之間，也有歸罪劉三金過於胡鬧之處。」普通話語的轉述實現了對方言隱語的說明，也推動小說情節的發展，並且將袍哥隱語置於文本表達的底層，凸顯了小說的地方文化底蘊。又如周文在《煙苗季》中對四川方言詞

〔註95〕黃鵬基：《流浪人的厄運》，《荊棘》，開明書店1926年版，第43頁。
〔註96〕李劼人：《暴風雨前》，《李劼人全集》（第2卷），四川文藝出版社2011年版，第50～51頁。
〔註97〕沙汀：《淘金記》，《沙汀文集》（第1卷），四川文藝出版社2017年版，第4頁。
〔註98〕艾蕪：《野櫻桃》，《艾蕪全集》（第1卷），四川文藝出版社2014年版，第401頁。

「火背兜」（軍隊中的一種酷刑，將油桶背在背上，然後往桶裏加紅炭）一詞的處理，並沒有對其進行直接的語義解釋，而是在一定篇幅內通過人物的交談逐漸顯現語義，使這一折射野蠻時代鏡象的方言詞更加深入人心，在表現軍罰殘暴的同時，深化了小說的現實性批判意味。總的說來，同義復現可謂一種巧妙的方言注釋方式，是作家匠心獨運的具體表現，既要實現對方言語彙的清楚解釋，又要保持上下文之間方言語彙和普通話語的連貫性而不影響閱讀的流暢，從而便使四川方言書寫完全融入共同語敘事中，方言注釋了無痕跡。

對方言的語音、語義進行說明和注釋，無疑是溝通小說的地方性表達與流通傳播的有效方式，因而成為方言小說創作中的流行模式，比如老舍、周立波、吳祖湘等作家的小說都比較典型，他們將地方方言大量運用入文的同時，也毫不猶豫地加上注解。然而，四川現代小說中的方言注釋除了能同樣地化解文本中方言與共同語的矛盾，消除理解障礙之外，有的方言注解還成為四川現代小說文本之外的一種意蘊豐富的副文本。也就是說，作家不僅注音、釋義，還通過注釋文本揭示出四川方言蘊含的地域文化與歷史信息，更接近方言的本真面目，從而給小說帶來多元的闡釋價值。

特別值得關注的是李劼人的四川方言寫作與注釋。李劼人的方言寫作自由揮灑、酣暢淋漓，他從四川大眾語言資源這座寶庫中，發掘提煉出既有生活氣息又有地方情味，既是口頭化、大眾化，又不失文學表現力的文學語言，從而在小說中呈現出四川方言豐富多彩的形態，當然也包括不少冷僻、艱澀的地方土語。也由於此，有學者認為，「《死水微瀾》在大眾中影響力受到制約，一個重要的原因就是因為四川方言和袍哥行話對作品本身美的趣味的遮蔽，極大地減弱了它的傳播效力」〔註99〕。這個問題李劼人在創作時也意識到了，他在小說裏花了很多工夫和篇幅為這些極具地方特色的字、詞進行注解，以幫助讀者理解，其中「大河小說」中專門為方言作注的就有二百多條。除了前面提到的四川方言寫作的常用注釋方式之外，有「古字通」美譽的李劼人更獨樹一幟地將方言的注釋內容拓展到音韻學、文字學甚至是訓詁學等領域，追本溯源對方言進行詳細解析，並留下了關於方言的多種探討意見，

〔註99〕謝應光：《張力與遮蔽之間——談〈死水微瀾〉的語言問題》，成都市文學藝術界聯合會、李劼人研究會編：《李劼人研究：2011》，四川文藝出版社2011年版，第282頁。

讓小說的注釋因此具備了語言學、文化學和民俗學等方面的意義與價值。例如,《大波》中寫到,當時的學生把星期六看得非常重要,因為「第一,這天只有半天課,第二,有些學堂還要打牙祭」。李劼人這樣解釋道:「打牙祭是四川人用來代替吃肉的一個名詞。據說,古代有這樣一個制度:每月初二、十六,軍營中必殺牲以祭牙旗,因而人得食肉。在昔,四川一般人也只在每月初二、十六各食肉一次,故相習於吃肉即謂之打牙祭。打者,即動詞的為字。」〔註100〕再如《死水微瀾》中對「死不開眼的強東西」中「強」的音、義解釋:「強字讀成將字,去聲,意謂小兒不聽大人言語指導,其實即強字本意而聲稍變耳。」〔註101〕還在注解中對方言詞「瘥」進行了探討:「『瘥』字本來是『藥』字,在前,我亦曾寫作『藥』字,還加過注解。後見明朝蜀人李實所著《蜀語》有一條云:『以毒藥藥人曰瘥。』又引《揚子方言》亦曰:『凡飲藥而毒……謂之瘥。』既然字有來歷,而讀音又較確切,因從之。」〔註102〕這類大段的詳細注解,不單是為了讓讀者瞭解小說中較生澀的方言意思,也為讓讀者瞭解當地的風土人情,由此增添了小說的真實性和閱讀的趣味性。添加注解的原意是為了使方言區之外的讀者理解方言的具體所指,是一種補救措施,但由此形成了一種獨特的「副文本」現象,正如學者金宏宇所說:「當注釋作為副文本融入文本的有機構成之後,它們就參與了文本的意義生成,影響文本的結構、主旨的闡釋,充分實現文本意義的增值。」〔註103〕古老邊緣的四川方言及其所攜帶的巴蜀地域文化,借李劼人的小說以此種生動鮮活的方式重新呈現在讀者面前,在強大的現代話語和主流文化的縫隙中極力展現地方的獨特魅力。四川現代小說中為闡明方言而加入的注釋文字,由此構成了具有豐富意義和價值的小說「副文本」。

綜上所述,口語形態的四川方言進入小說文本書寫,是一種極為複雜的想像與實踐,它既有其不可否認的現實性與可行性,又會與共同語產生摩擦與衝突從而動搖其合理性。研究表明:一、四川現代小說作家首先針對方言

〔註100〕 李劼人:《大波·重寫本》,《李劼人全集》(第 4 卷),四川文藝出版社 2011 年版,第 41 頁。

〔註101〕 李劼人:《死水微瀾》,《李劼人全集》(第 1 卷),四川文藝出版社 2011 年版,第 8 頁。

〔註102〕 李劼人:《大波·重寫本》,《李劼人全集》(第 4 卷),四川文藝出版社 2011 年版,第 1177 頁。

〔註103〕 金宏宇:《文本的周邊——中國現代文學副文本研究》,武漢大學出版社 2014 年版,第 232 頁。

入文的書寫難題進行了大膽的語言試驗，主要表現在三個方面：首先，語音方面，通過依音假借漢字、方言語氣詞、語音重疊、「子」尾現象的書寫形態，實現對四川方言語音的原聲實錄，審美化再現川腔川韻；其次，語彙方面，四川方言詞彙的原生態出場、熟語的直接引用入文，賦予小說濃厚的口語化色彩和表達的形象生動性；再次，句式方面，在遣詞造句的過程中採用方言詞引領的句式、方言特殊句法、方言意味的句子修辭，這些符合四川方言習慣的句式表達和修辭方式，體現了語言思維深層次上的地域意識。二、四川現代小說作家還對運用入文的方言要素進行提煉、加工和改造：一方面，在共同語主體行文中穿插進四川方言俗語，一般原則是人物對話使用方言，敘事使用共同語，以此將四川方言與共同語集結使用、協調配置；另一方面，運用通俗易懂的共同語對四川方言加以說明和注釋，化解方言寫作跨區域傳播的困難，形成四川現代小說的輔助性文本因素。這一切無疑豐富了現代白話小說的語言系統，是四川小說創作在語言表現形態上的開拓與創新。

第三章　四川方言運用與四川現代小說的藝術建構

　　四川文學研究專家鄧經武教授在《大盆地生命的記憶——巴蜀文化與文學》一書中對「巴蜀文學」的界定為：「蜀人寫蜀事，記蜀言，體蜀風。」〔註1〕「蜀人」和「蜀事」是對作家主體精神和作品題材內容方面的規定，「記蜀言，體蜀風」則是藝術表現的標準。其中「記蜀言」即運用四川方言寫作，鄧特別指出「蜀言」不僅僅是強調四川方言在構詞、造句、修辭上表現的語言特徵，更主要地是一種「川語思維」，「一種在藝術形象塑造過程中的形象思維」，比如「未能篤信道德，反以好文譏刺」（《漢書·地理志》）、「俗好文刻」（《華陽國志》）等，都是典型的川語思維習慣。四川現代小說中的方言寫作，不僅通過採擷運用大量鮮活生動的方言語彙和句子形式，體現出鮮明的地方色彩，同時，作家的創作思維也深受四川方言的浸染，在川語思維下建構起的四川現代小說具有獨特的藝術表現。本章擬從小說人物塑造、川味敘事、作家個性風格三個方面，具體探討四川方言在四川現代小說文本中的創造性運用對小說藝術建構的影響，並分析其產生的審美效力。

第一節　四川方言採擷與四川現代小說的人物塑造

　　人物塑造是小說創作的中心，寫出的人物性格是敘事作品的靈魂。四川

〔註1〕鄧經武：《大盆地生命的記憶——巴蜀文化與文學》，電子科技大學出版社2005年版，第24頁。

現代小說貢獻了一大批具有永久藝術生命力的人物，比如袍哥羅歪嘴、吳鳳梧，巴蜀女性鄧麼姑、何寡婦、曾樹生，鄉鎮官吏士紳丁跛公、邢麼吵吵、白醬丹，以及文化人兼革命者幼宜、高覺慧、尤鐵民等。這些角色的成功塑造除了故事情節本身的烘托作用外，還得益於作家調用傳神達意、富有個性的語言進行了直接描寫，如丹納所說，「人物的特性固然要靠情節去訴之於讀者的內心，但必須用語言訴之於讀者的感官」〔註2〕。胡適當年推崇《海上花列傳》時，非常強調吳語方言的表現功能，認為「方言的文學所以可貴，正因為方言最能表現人的神理。通俗的白話固然遠勝於古文，但終不如方言的能表現說話人的神情口氣。古文裏的人物是死人；通俗官話裏的人物是做作不自然的活人；方言土語裏的人物是自然流露的活人」〔註3〕，此話儘管說得有些絕對，但它卻明確指出了方言土語在描繪人物形神方面的特殊功能。四川方言是川地人口中的生活語言，質樸、自然，富有活力和表現力，包含著地方情韻、歷史文化、人性人情等內容，自然就成了四川小說作家筆下的人物刻畫的利器。作家在方言的思維中，既與自己筆下的人物同情共思，又靈活運用方言語句對人物進行全方位摹寫，將敘述人化身為小說人物，將描寫語言和人物語言從語調、用詞到精神都內外協調，從而構成一個完整的氣場，共同烘托出形神兼備的川地人物形象。

一、「原汁原味」的人物描寫

為了契合人物身份，準確地描摹人物形與神，使人物栩栩如生，四川現代小說作家選擇從當地人的唇口中汲取原汁原味、生動鮮活的四川方言土語，對人物的外貌、行為、心理、語言等方面進行最貼近人物真實和個性的描繪。

首先，在對人物的介紹性描寫和敘述中，由於恰當運用了符合角色身份四川方言土語，小說人物常常在一出場時就形象鮮明，深入人心。介紹性描述一般包括人物年齡、職業經歷、生活習慣、性情愛好等，四川方言的插入讓讀者對人物產生一種初步、概括但又十分深刻的印象。例如，沙汀小說《龔老法團》一開篇就是對龔春官這一主要人物的概括性描寫：

> 這是一個十分健康的老人，蓄著雪白的牛角鬍子，臉孔飽滿，

〔註2〕〔法〕丹納：《藝術哲學》，傅雷譯，生活·讀書·新知三聯書店2016年版，第433頁。

〔註3〕胡適：《〈海上花列傳〉序》，《胡適文存》（3），華文出版社2013年版，第330頁。

　　黃裏帶黑，眼角布滿了細密的皺紋，看來好像焙製過的黃連一樣。
不管兩三個自命為懂得幽默的青年人，每一望見他走進茶館，就
免不了要抿著嘴笑一笑，其實在縣城裏，老頭兒還算是聲望極好
的人。他當了十一二年公事，但是在功名上，不過是個監生；一
清查起瓜葛來，卻也並非什麼重要角色的「老表的老表」，「舅子
的舅子」。單憑這一點看，我們也就可以知道，輕視他是多麼不公
平了。〔註4〕

細緻的相貌描寫之後，緊接著介紹人物經歷和社會關係，口語化的描述語言，
穿插進「好像焙製過的黃連」「清查起瓜葛來」「老表的老表」「舅子的舅子」
等四川方言表達，完全是鄉鎮人的語言習慣和表達，透露了龔春官無能隨和
的個性和並不顯赫的家庭背景，為下文其漁翁得利的官運形成鮮明對照。作
家採用欲揚先抑的手法，用挪揄和略帶誇張的語氣調侃說「單憑這一點看，
我們也就可以知道，輕視他是多麼不公平了」，讓作為基層雜役的龔老法團昏
庸老朽、尸位素餐的形象在小說開篇便立起來，四川方言的運用也定下了整
篇小說的幽默諷刺基調。

　　第二，四川現代小說中運用方言俗語對人物肖像的精彩描寫，常常產生
形神兼備、自然真切的藝術效果。人物肖像包括長相、體型、服飾和儀態等，
通過運用四川方言描繪人物的外在形象，可以更好地暗示人物性格，表現人
物內心，比如巴金小說《秋》第二十章寫到鄭國光的出現：「來的是芸的姐夫
鄭國光，亡故的蕙便是這個人的妻子。短身材，方臉，爆牙齒，說一句話，便
要濺出口沫來。」〔註5〕在簡短的肖像描寫中，四川方言「爆牙齒」特別奪目，
令人厭惡，緊接著寫鄭國光吹捧馮樂山時又「忽然露出爆牙齒」，就不由得由
厭惡進而為憎惡了，人物的外貌特徵得以凸顯的同時，其虛偽諂媚的神情也
浮現眼前。沙汀小說《淘金記》中，對大糧戶兼袍哥大爺的彭尊三外貌進行
了細緻的描寫：

　　彭尊三是個又白又胖的五十多歲的胖子。加之，頭戴雪帽，衣
服又很寬展，他的堆頭，看起來更龐大了。因為營養得好，又因為
喜歡以刮臉為消遣，他的外貌看起來還很年輕。他是那麼的多肉，

〔註4〕沙汀：《龔老法團》，《沙汀文集》（第4卷），四川文藝出版社2017年版，第
　　　343頁。
〔註5〕巴金：《秋》，《巴金全集》（第3卷），人民文學出版社1986年版，第249頁。

> 以致乍看起來，你會以為他生著好幾個下巴；有時，又一個下巴也
> 沒有了，幾乎同頸子平鋪直敘地連成了一片。〔註6〕

衣服的「寬展」（肥大、寬鬆）與「堆頭」（體型）的龐大，通俗直觀地表現了彭胖的體貌特徵，白描勾勒的基礎上還加以誇張的描繪，如「以致乍看起來，你會以為他生著好幾個下巴」以及「幾乎同頸子平鋪直敘地連成了一片」，更加凸顯彭尊三肥胖臃腫的體態，猶如一幅漫畫肖像，同時也折射出這個土財主陰柔猥瑣的性格特徵，人物形象極具畫面感。李劼人也注意採用凝練精當的語言，真切地表現人物的外貌及性情，如《死水微瀾》序幕中已成為「顧三奶奶」的蔡大嫂，作家對她的肖像描繪是多方面的，但僅「偏她笑起時的彎豆角眼眶中，卻安了兩枚又清亮又呼靈的眼珠」這一句便是傳神之筆，她那「出眾的俏麗」打扮又是「到教堂裏做外國冬至節時」，從「一個洋婆子」那裡學來的。通過四川方言口語的精筆細描，生動立體地展現出蔡大嫂的俊俏、嫵媚的外貌特徵。

第三，行為描寫是人物形象塑造最主要的方式，行動過程中常伴隨著神態和情感的流露，因此作為表現行為動態的主幹詞動詞在人物描寫中常常起到意想不到的作用，如果再加入四川方言詞，便使「川式」的幽默與諷刺意味頓時倍增。例如，沙汀《代理縣長》中的康縣長因清查款子撈不到油水，便以請賑為名到省裏活動費用，而臨時代理縣長職務的秘書賀熙，是奴才做了主子比主子更凶的典型。他詭計多端，充分利用這個機會搜刮民脂民膏，不僅採用禁止災民出境的手段勒索老百姓五角買路錢，還計劃讓災民買票候賑，甚至揚言「瘦狗還要煉它三斤油」。這位自負的代理縣長還假講究，小說特意描寫了他洗臉的細節：

> 他的洗臉有一種特別的派頭的。要滾鍋的水洗，洗的時候把
> 臉全浸在水裏去，拿毛巾按著原是發痠的鼻子揉搓，息裏呼奴，好
> 像在水裏搓洗衣服一樣。隨後還要打掃煙筒似的，用毛巾的一角儘
> 量塞進鼻孔裏去，不住地轉動。「別的不要緊」，他常常這樣愉快地
> 說，「這帕臉非洗舒服不可！」〔註7〕

〔註6〕沙汀：《淘金記》，《沙汀文集》（第1卷），四川文藝出版社2017年版，第25頁。

〔註7〕沙汀：《代理縣長》，《沙汀文集》（第1卷），四川文藝出版社2017年版，第334頁。

作家特意選擇代理縣長別致的洗臉細節，將一極小的生活日常行為用地方化語言進行鋪陳渲染，然而動作描寫越是詳細，嘲諷的意味就越顯露。如果把情節看作人物形象的「骨骼」，細節則是人物形象的「血肉」，沒有「血肉」，人物形象是不可能「活」起來的，所以優秀的作家總是注重細節的發掘和精心的描寫。而在細節描寫中，若能選擇恰當的方言詞語用於人物形神的表現，則更容易於細微處見真性情，甚至於一詞傳神。又如，王余杞小說《自流井》中，勾勒出一位被煙癮折磨得狼狽不堪的煙客形象「大和尚」，他煙癮十足，但又死要面子不甘承認，只能想法設法揩油抽煙。小說特別描寫了他揩油失敗後的失望神情和表現：

> （大和尚）因此泄了氣，挺出的大肚子也縮癟了一點；已經走到床邊，將要躺下，終於扭了扭肥大的屁股，轉過來，一屁股坐在靠近床邊的躺椅上。裝作「作古正經」——嵌在肉縫裏的一對小眼睛卻停在煙燈上戀戀不捨。〔註8〕

作家抓住人物行動中的細節之處，給這個煙客形象以點睛之筆，讀過之後，讓人忘不了大和尚那能挺會縮的大肚子，「鑲嵌在肉縫裏」的小眼睛，特別是他想要「唆松槍」的心理，以及「作古正經」的神情。動態的細節與四川方言的描寫相配合，更顯親切與真實，一個處心積慮、可笑可鄙的小人物形象躍然紙上。再如巴金小說《春》第十一章有這樣的動作細節：陳姨太聽過克明「溫和地勸」之後「也漸漸地止了哭」，克明對淑華說要「好好勸勸」陳姨太——「說罷他就抽開了身子，還伸手在自己的兩隻膀子上拍了一下，好像要拍掉陳姨太身上發出來的那種濃烈香味似的……」〔註9〕「膀子」即手臂，又稱臂膀。克明這個有些誇張的「拍」雖然是個並不起眼的細微動作，但有了「膀子」這一四川方言詞的出現，不僅把克明的「道學氣」生動地展現了出來，也諷刺了他迂腐可笑的性格。

第四，四川方言書寫還提供了一種獨特的心理表現方式。描寫人物的心理活動，是揭示人物最隱秘的精神世界的重要手段，現代文學中對心理活動予以敞露的方式很多，如追蹤心理變化的線索，或以象徵性、比喻性的語言

〔註8〕王余杞：《自流井》，《王余杞文集》（上），花山文藝出版社2017年版，第431頁。
〔註9〕巴金：《春》，《巴金全集》（第2卷），人民文學出版社1986年版，第187～188頁。

再現思緒的混亂與模糊狀態等。四川現代小說方言寫作中的心理描寫的獨特之處在於：由敘述者從自身觀察、理解，對小說人物的心理進行梳理、分析，卻又模擬人物本身的方言，並通過大篇幅的段落描敘來細膩地呈現出來，從而呈現出一種誇張的語氣和語調。比如李劼人小說《死水微瀾》中寫到蔡掌櫃被抓後，顧天成多次帶禮物探望蔡大嫂，從而引發蔡大嫂疑心和一系列聯想。這段心理描寫足足用了一千多字，此處摘錄一小段：

> 光是來看看，已經不中人情如此。還要送東西；聽見沒有鏡匣脂粉，立刻跑去，連更曉夜的買……連來六回，越來越殷勤，說的話也越說越巴適，態度做得也很像……這人，到底是什麼人呢？……看樣子，又老老實實的，雖然聽他說來，這樣也像曉得，那樣也像曉得，官場啦，商場啦，嫖啦，賭啦；天天在城裏混，卻一臉的土像，穿得只管闊，並不蘇氣；並且呆眉鈍眼的，看著人惑癡癡的，比蔡興順精靈不到多少。猜他是個壞人，確是冤枉了他，倒像個土糧戶，臉才那樣的黑，皮膚才那樣的粗糙，說話才那樣的不懂高低輕重，舉動才那樣的直率粗魯，氣象才那樣的土苕，用錢也才那樣的潑撒！〔註10〕

可以看到，這段方言口語化的表達，密集使用了「巴適」「連更曉夜」「曉得」「惑癡癡」「精靈」「土苕」「潑撒」等符合人物身份面貌的方言土語。敘述的口吻還模擬了人物的語態，加上「……那樣地……」句式的重複，類似民歌的表達方式，增強了敘述的表現力，節奏明快，生動活潑，接近中國古代話本小說的「說話」精神。這都使敘述者更貼近被敘述的人物蔡大嫂，將一位落魄少婦在陌生男人的殷勤中傲嬌自得、有所希冀、也有幾分警惕和懷疑的複雜心理點染得活靈活現、淋漓盡致。方言口語化的心理描寫語言也打破了第三人稱敘述者在觀照人物時的冷漠、疏離態度，縮小了敘述者與人物之間的距離，小說的語言表達也更加平易自然。再如艾蕪小說《一個女人的悲劇》中的周四嫂為生活所迫不得不賣掉女兒，於是儘量想些理由來安慰自己不捨的心理：

> 有她姐姐就夠了，要她幫忙做事情，不曉得還要養好久，現在只是磨人，又還愛哭。然而，這卻不能安下自己的心，因為哪一個人的孩子又不磨人呢？哪一個孩子又不哭呢？說她不會做事情，等

〔註10〕李劼人：《大波·重寫本》，《李劼人全集》（第 1 卷），四川文藝出版社 2011
年版，第 201～202 頁。

一兩年，不就跟姐姐一樣肯做事嗎？而她那種依戀媽媽的神情，尤其使她感到不忍，媽媽一坐下就跑來靠著腳腿，在外面多耽擱一陣才回去的時候，便張著雙手，又哭又笑地跑來，更加現出離開不得媽媽的可憐樣兒。可是不賣她，又拿啥子錢來救她爸爸呢？〔註11〕

由「⋯⋯然而⋯⋯而⋯⋯可是⋯⋯」可見這段內心活動的描寫分為四層意思的轉折，很顯然是作家從自己的觀察和思考，對小說人物的心理進行歸納表述，因而使用的是富有邏輯性的概述式語言。但從中我們卻聽到的是小說人物的聲音，似敘述者模擬人物話語的自言自語，這樣的描寫語言為了返回到心理內部，盡可能地接近內心世界本身。

　　最後，在人物形象的塑造中，人物的語言描寫也是相當重要的，對話就是一個最直接呈現聽覺的方式，而對話語言的豐富性與個性化離不開方言口語的描寫。四川現代小說在人物塑造中特別注意在語言細節處使用準確生動的方言詞，如《寒夜》第九章寫到病中的汪文宣與母親的一段對話：汪說「我只請半天假。明天他們公宴周主任，給他祝壽，我還要去參加」，母親卻「不以為然」地說「其實你可以多休息一天」，汪文宣執意要赴宴，說「我明天一定要去，不然他們會看不起我，說我太『狗』，想賴掉份子錢」，而且是在「用力說，臉都掙紅了」〔註12〕。本來表達執意赴宴有了「一定要去」的話就夠了，至多再補充個「不然他們會看不起我」的理由，但是加上「說我太『狗』，想賴掉份子錢」（四川方言中『狗』即吝嗇、摳門之意；「份子錢」，指參加婚、喪宴、生日宴送的禮錢），不僅強化了「我一定要去」中「一定」的決意，也由此凸顯了汪文宣不顧「打擺子」的病體硬要參加這場壽宴的無奈，從而讓讀者更加同情「這個忠厚老實、逆來順受的讀書人」，更加憎恨那個「使善良人受苦的制度」。接著這一細節，又有描寫母親的語言：當母親問及曾樹生，汪說「她是天使啊，我不配她」，母親「氣惱地」反問中也使用了「妖形怪狀」「做女招待」和「哪個」「曉得」「她一天辦些什麼公」〔註13〕等一連串四川話，把母親對曾樹生這個「花瓶」的不滿無時無刻不表現出來的「典型性格」再一次展現出來。

〔註11〕艾蕪：《一個女人的悲劇》，《艾蕪全集》（第10卷），四川文藝出版社2014年版，第48頁。

〔註12〕巴金：《寒夜》，《巴金全集》（第8卷），人民文學出版社1986年版，第474頁。

〔註13〕巴金：《寒夜》，《巴金全集》（第8卷），人民文學出版社1986年版，第475頁。

二、暗合品性的人物「歪號」

　　人名是指稱某個人的特殊語言符號，寄寓著起名人的情感意圖，標示著人在社會秩序中的地位身份。不同地域群體有著不同的感知當地客體的思維方式，從而產生了各地不同的命名方式，那麼，以一定的言語形式存在的人物名稱，就成了我們對特定地域人群的個性、特徵和文化進行探索的良好入口。在四川民間，人們相互之間起外號、別稱，是一種非常普遍且大家樂此不疲的情形，川人常常只用幾個精粹的字眼，就能將一個人的外貌、性格特點，或軼事遭遇、興趣愛好等某個方面的概括出來，可以算得上是一種藝術創作了。就像《暴風雨前》中李劼人借人物之口寫道：「你不懂成都人的風趣嗎？比如說，他恨你這個人，並不老老實實地罵你，他會說你的俏皮話，會造你的謠言，會跟你取個歪號來彩兒你。這歪號，越是無中生有，才越覺得把你彩兒夠了，大家也才越高興。這歪號於是乎就成了你生時的尊稱，死後的諡法，一字之褒，一言之貶，雖有孝子賢孫，亦無能為力焉！」〔註14〕。四川方言中念「歪」為「wai」的上聲，「歪號」指的即是外號、諢名或別稱。川人通過起外號和叫外號來向某人喝倒彩或惡意招呼某人，已成為一種普遍流行的地方民俗心理，由川語思維習慣而產生的外號別稱，自帶強烈的貶斥情感。

　　四川現代小說作家也順應地方語言習慣，對筆下眾多的人物進行命名和稱呼。這些人名根據命名方式可分為三類：第一種是有名有姓，即有正式名字的。諸如《大波》中的楚子材、黃瀾生、尤鐵民，《天魔舞》中的陳登雲、陳莉華、白之時、唐淑貞，《家》中的高覺民、高覺慧、高覺新，《寒夜》中的汪文宣、曾樹生，《代理縣長》中的賀熙，《困獸記》中的孟瑜、吳楣、田疇，等等。第二類不具有正式姓名，只有小名、簡稱，或以職業、職務命名。諸如《死水微瀾》中的鄧麼姑、金娃子、鍾大嫂，《淘金記》中的何寡婦、何丘娃、龍哥、葉二公爺，《阿牛》中的何管事、管山，《煙苗季》中的陳監印官、趙軍需官、余參謀、沈軍醫，《自流井》中的幼宜、迪三爺、如四公等等。第三類是以諢名、外號命名。諸如《死水微瀾》中的羅歪嘴、蔡傻子，《兒時影》中的蠻子老師、哭生、竹竿子，《大波》中的周禿子、王殼子、趙屠夫，《豐饒的原野》中的鋸子、春圓子、邵哈兒、汪四麻子，《井工》中的老瓜，《阿牛》中的

〔註14〕李劼人：《李劼人選集》（第1卷），四川人民出版社1980年版，第461頁。

小阿牛,《淘金記》中的林麼長子、白醬丹、彭胖、季熨斗、狗老爺、何人種、丁酒罐罐、芥末公爺、氣包公爺,等等。一般而言,人們在起大名和乳名的時候有多種因素的考慮,既要遵循一定的命名規範和禮俗,也要能夠體現命名對象的身份地位。外號、諢名則是一種遊戲性稱謂,純粹出於別人指稱的便利以及從中獲得的樂趣與快感,所以命名者更多的是用不雅之詞予以譏諷、嘲弄。〔註15〕

四川方言「歪號」往往按照方言思維習慣,聯想自人物特異的生活嗜好或性格品性,並對其加以誇張、扭曲和放大,因而具有生動形象、詼諧幽默的特點。正式名字與人物發生聯繫的主要作用是指稱,而「歪號」則更具描述性,對對象有著特殊的表現作用,是四川現代小說塑造人物形象的一種重要方式。作家根據對筆下川地人物的經驗性把握,用「歪號」揭示人物性格中最具特色的一面,或喧嘩、或欺軟怕硬、或陰險狡猾、或潑辣悍勇,每個人都有獨特個性,他們的個性又與他們置身其中的地方文化和社會環境有著緊密聯繫。

沙汀小說塑造得最為成功的就是川西北地區鄉鎮政權中的群醜形象,作家對這些人物的命名也別有用心,特意設計了鮮明凸顯人物特點的「歪號」別稱,且極具地方文化色彩。譬如,小說《丁跛公》的篇名即是主人公的外號,丁跛公是穆家溝的鄉約,他年輕時並不跛,倒是他的父親因為是個真正的跛子而被稱為「丁跛公」,父親離世後,他「就接替了父親的職務,並把他那響噹噹的諢號,也都一同繼承過來」。丁跛公是個「渾身有趣」的人,樂觀和氣,愛開玩笑,因此常常遭到外人的揶揄和輕視。丁跛公奉命勒派獎券,他本以為會是一個撈油水的好機會,誰知好不容易等來的一個尾獎,卻被團總截留獨吞。最後一無所獲的丁跛公,還招惹來搶劫的土匪,砸碎了他的右腳骨踝,成了名副其實的跛子。跛腳後的丁跛公「突然間變得很嚴肅了」,「但在半年以後,他可又自己在半邊茶鋪裏找著人開玩笑了,而且比那些流氓還要粗野」,並產生了當土匪來改變處境的想法,叫嚷著「就是當褲子,我也要買兩條槍來幹它一場!」命運的悲劇在兩代人身上延續,生活並沒有絲毫的改善,反而俞顯荒誕可笑,可以說「丁跛公」這個外號既是人物形象特點的一種表徵,也是人物精神性格的隱喻,勾魂攝魄塑造了一個處心積慮地向上爬,

〔註15〕黃濤:《語言民俗與中國文化》,人民出版社 2010 年版,第 157 頁。

又屢次被擠倒在鑽營的泥潭中顛簸掙扎的鄉村雜役形象。再如，長篇小說《淘金記》中也有一個經典的外號「白醬丹」，這是白三老爺的敵手林麼長子給他起的，文本腳注中解釋了「白醬丹」這一方言詞的意思，「這是舊時中醫外科使用的一種丹藥，用之得當，可治惡瘡；用之不當，擴大瘡傷的範圍，好肉也會潰爛。江湖醫生則常用來騙人錢財」。林麼長子把白三老爺視為一味壞事的爛藥，就是因為他常替「掌握著北斗鎮的命運的人物」聯保主任龍哥和地主彭胖出謀劃策，實施種種害人利己的事情，十足的陰險狠毒、詭計多端，北斗鎮的人們見他總是像對待白醬丹藥那樣敬而遠之，因此「白醬丹」成為這個狡詐毒辣的人物性格的概括。同時，「白醬丹」這個外號還暗含深意：在這樣一個充滿貪婪的黑暗腐朽社會，地方權勢們完全不考慮為國效力，反而打著抗戰救國的幌子大肆斂財、滿足私欲，惡棍們相互爭奪算計，相互「下爛藥」，淪為彼此的「白醬丹」，還恬不知恥地將魔爪伸向普通百姓，欺壓勒索，又成為百姓的「白醬丹」。一個人物的外號擴大為特定群體性格的表徵，盡顯幽默諷刺的意味。還如，短篇小說《在其香居茶館裏》中的「邢麼吵吵」之名，源於他是個「不忌生冷」的人，「什麼話他都嘴一張就說了，不管你受得住受不住」，因此這一諢名就成了喋喋不休、蠻橫無理的一種象徵性因素。還有聯保主任方治國，通常稱他為「軟硬人」，因為「碰見老虎他是綿羊，如果對方是綿羊呢，他又變成了老虎了」。方志國在小說中淋漓盡致地演繹了「軟硬人」的雙面性格特點：當聽說新縣長要認真整頓役政時，他趕緊告密，抓了邢麼吵吵緩役四次的兒子，當邢將矛頭指向他要找他理論時，他又矢口否認。雖然身為聯保主任，對於實力派的邢麼吵吵仍忌憚三分，主要是因為邢背後有極有威望的大哥和政府官員的舅子，所以面對邢的囂張氣焰，方志國不敢過於針鋒相對，而是一直不露聲色地與之周旋，即使在打架中吃了虧也沒有撕破臉，這是他「軟」的一面；當面對實力地位不及他，對他不構成威脅的人物如俞視學、陳新老爺等，他的語氣態度則變得強硬傲慢，趾高氣揚，這又顯示出他「硬」的一面。真是人如其名，「軟硬人」與聯保主任欺軟怕硬的性格完全契合，一詞即提挈人物形象的全般。

艾蕪筆下描繪最多的就是西南邊地游民和內陸農村鄉人，這些人都是生活在底層的小人物，大多沒有正式的名字，只有代稱或「歪號」，如「野貓子」「小黑牛」「矮漢子」「老何」「阿三」「石青嫂子」等。《豐饒的原野》中的人物

「鋸子」讓人印象很深，這是一位壓在生活最底層的巴蜀婦女，「她嫁過兩三個鋸木匠，都是嫁一個，死一個，所以人家說她就像鋸子一樣，將每個丈夫如同鋸木頭那麼鋸了的。因此便承襲了鋸子的聲名」。「鋸子」這個外號源自同鄉人的奚落與嘲諷，代表著她悲慘不幸的命運，但勞動工具「鋸子」的鋒利與耐磨，也隱喻著這個人物性情的潑辣與意志的堅韌。當地主易老喜來調戲她時，她敢於堅決冷漠地頂回去；易老喜再生一計，騙說鋸子住的地方是他的田園，要打官司將她趕走，鋸子將兩隻水濕的手叉在腰間，拉下嘴角回罵道：「那就看你有啥本事？這些人不是嚇大來的！打官司，告狀，我陪你！你以為那揩屁股的紙頭，就吃人麼？就是天王老子，也不能趕開我。這地方，誰不曉得，我同小羊的爹，一鋤頭一鋤頭挖出來的。」後來惱羞成怒的易老喜又派兩個兒子和幾個長年去打她，鋸子不顧對方人多，也不管衣衫撕破，拿起菜刀奮力抵抗。鋸子沒有向艱難的生活低頭，反而如鋸子工具那樣不斷地磨練，最終，「必須獨立過活的日子，已把她練尖滑了」。「鋸子」這個外號不僅與人物的性格命運緊密聯繫，恰如其分，而且強化了人物的精神力量，引發讀者對這個堅韌頑強的四川女性形象產生強烈共情。

　　羅淑小說中人物的「歪號」也充分體現出語言的地方色彩和形象的生動真實，尤其是在《井工》《地上的一角》《魚兒坳》這三篇小說中，都有一個共同的人物外號，叫「老瓜」。四川方言中的「瓜」經常被川人用來描述某人憨癡呆傻，好些帶有侮辱性的詞語往往與「瓜」相關，如「瓜娃子」「瓜兒」「瓜兮兮」「瓜戳戳」等。作家交代小說裏的「老瓜」這一名字所包含的含義，「是無力，是懦弱，甚至是憨癡，更由這而來的是訕笑，是揶揄」。小說中的人物老瓜本名叫梧子，自從進了鹽廠後，他就「像一棵生長在山野的植物，一旦被搬到沒陽光，沒溫暖、冷氣陰森的暗室去，它只有逐漸的枯萎下來」，也「像一隻草索編成的柳條籃，載不住任何的湯和水」，他生得臉色蒼白，羸弱不堪，是「一個滑稽而可輕蔑的人」，「是頂不足算的一批當中尤其不足算的一個」。老瓜整天昏昏不清、糊裏糊塗，完全不合於鹽場主人之眼，加上瞎眼老娘以乞討生活，親兄弟挨凍受餓而死，因此他全部的生活都是「汲鹽水、喝酒、困覺和拖起喉嚨唱山歌」。羅淑以「老瓜」這個帶有貶義和嘲笑意味的方言詞來命名這個身份卑微的底層小人物，足以見出他是生活在怎樣一個令人心酸、令人悲撼的境遇裏，真的像川人眼裏的「瓜娃子」，「成為一切人談笑的對象」。然而，恰恰就是這個看上去懦弱呆笨老瓜，卻幹出一件令人驚異的大事，

他劫走了滿載著國稅的鹽船。因為「瓜」，他無所畏懼，不計後果，也因為「瓜」被人瞧不起，他才能在眾人的關注之外悄然奮起。其「瓜」的外表下包裹著抗爭的智慧，潛隱沉默、逆來順受中實則積蓄著反抗壓迫與不公的力量。小說中「老瓜」這個名字已經超越了四川方言「瓜」的字面含義，成為小說人物豐富性格的精練概括，同時還蘊含著作家對人物明貶實褒的情感態度，賦予這個人物形象更加深遠的社會意義。

除此之外，四川現代小說中這種生動形象的「歪號」還有很多，大多帶有打趣與調侃的目的，有些情況下甚至還帶有尖銳的惡意。如《在祠堂裏》那位喜歡嚼舌根的寡婦有「肉電報」的諢名；《防空》中以潑辣膽大出名的督學有「黑賊」的綽號；《獸道》中的魏老婆子因為身材矮小、又多話、喝了酒總要沒頭沒腦地哭罵，被人叫做「朝天椒」；《淘金記》裏有一位和事佬，對於任何人的不舒服和不痛快，他都可以用他巧妙而圓滑的話讓人平服，故人稱之為「季熨斗」；還如《公道》裏朱老娘子的親家張傲因是個殺豬匠，獲得了「豬牙子」的外號；《人物小記》中「麼雞」外號的取得，「因為他看不見天光，看不見一切事物的面貌，白天和黑夜，在他是沒有多大區別的」；《輪下》的穆平先生則因為自己的懦弱而討了一個「莫奈何」的綽號，等等，不勝枚舉。而且四川現代小說中這些人物外號不僅在寓意上轉喻自四川方言，在語言形式也具有鮮明的四川方言特徵，譬如慣用附加「子」尾構成的名字「陳三恍子」「范老婆子」「煤油桶子」「麼跨子」「豬牙子」，還常使用四字結構和疊字形式構成人物歪號，如「丁酒罐罐」「喬面娃娃」「邢麼吵吵」等。總之，這些極富鄉風土味、信息高度濃縮的四川方言外號，正因寫實，轉成新鮮，在客觀地概括人物外貌、性格等特徵基礎上，使名主人形神畢肖，立體感十足，由此取得了「以少總多」的審美效果。

三、「開口就響」的人物語言

語言藝術大師老舍先生非常強調人物語言的表現，他認為對話是人物性格的「聲音」，「性格各殊，談吐亦異」〔註16〕，談到自己在寫話劇對話時，「總期望能夠實現『話到人到』。這就是說，我要求自己始終把眼睛盯在人物的性格與生活上，以期開口就響，聞其聲知其人，三言五語就勾出一個人物

〔註16〕老舍：《話劇的語言》，《老舍文集》（第16卷），人民文學出版社1991年版，第71頁。

形象的輪廓來。」〔註17〕話劇如此，小說亦如此，精彩而貼切的語言表現在人物塑造中有著舉足輕重的作用，不僅標誌著、充分肯定和表現了人物和他的全部歷史，還能很好地摹聲擬態，隨聲傳形，使讀者從說話中看出人物來。在以四川鄉村、市鎮為故事背景的四川現代小說書寫中，登場的人大多是四川人，特別是成都人，自不待言，演說鄉情的最好語言是用鄉音。經過四川現代小說作家的精心設計，人物口中地道的四川話不僅傳遞出濃郁的地方情韻，而且一張嘴就能見出說話者的川人身份，並表現出地域文化背景下鮮明的個性特徵，使讀者聞其聲即如見其人。可見，「開口就響」的人物話語是四川現代小說塑造人物形象的最重要手段，通過聲音、語氣，把人物靈魂與血肉連根連葉一起塑造出來，由此而立的四川土匪、袍哥、軍閥、鄉鎮官僚、川妹子、文化人等系列巴蜀人物形象，都成為現代文學中獨具風采的人物典型。

（一）巴蜀實力派的狡黠言談

在四川現代文學的舞臺上，最顯眼的角色就是土匪棒客、袍哥大爺、軍閥兵痞（從班長到軍長）、地方官僚或霸王（鄉約、鄉長、保長、甲長、聯保主任、縣長、團總、紳糧、縣參議長、商會會長、鹽場主），這些實力派人物非常典型地反映了巴蜀「剛悍生其方，風謠尚其武」（《蜀都賦》），「戎伯尚強」（《華陽國志・蜀志》）、強權稱霸的社會特徵和文化性格。正如楊晦先生所說：「四川的天然物產雖然特別豐富，四川人的生活卻不都特別舒服。四川出產使人飽食暖衣的天然物產，然而，更充滿著比天然物產還要豐富的種種罪惡與黑暗勢力：地主，豪紳，軍閥，官僚等各式各樣的老爺以外，還有許許多多的大爺，結成了『詐欺和剝削』的聯盟，演出『人吃人的把戲』。」〔註18〕從「五四」前後的李劼人、林如稷、陳翔鶴、陳煒謨、李開先，到後來的沙汀、周文、陳銓、艾蕪、羅淑、陽翰笙等小說作家，都塑造了大量四川土匪袍哥、軍閥、基層官僚的形象，並為這些地方實力人物設計了火爆濃烈的語言，一開口便形神俱立。

李劼人長篇小說《大波》裏的袍哥吳鳳梧，是趙爾豐的邊防營中一名軍官，因其手下士兵出了差錯，怕被牽連，便連夜逃跑到朋友黃瀾生的住處求保護。

〔註17〕老舍：《對話淺論》，《老舍文集》（第16卷），人民文學出版社1991年版，第93頁。

〔註18〕楊晦：《沙汀創作的起點和方向》，黃曼群、馬光裕編：《沙汀研究資料》，中國社會科學出版社1986年版，第227頁。

他帶著滿身的江湖習氣出場，向黃瀾生的侄兒楚子材自我介紹道：

> 兄弟賤姓吳，草字鳳梧，……鳳凰的鳳，梧桐的梧，……和黃
> 瀾翁是十年交好，以前在川邊趙大人那裡帶兵，昨天才回來，特來
> 拜訪他的。……老哥尊姓楚，尊章是那兩個字！……雅致得
> 很！……現在呢？……那就好極了；現在看來，還是老哥們能夠讀
> 文學堂的高雅些。如今世道只管說文武平等了，不像以前文官開個
> 嘴，武官跑斷腿，其實，文的還是要高一頭。就拿川邊來說罷，當
> 個管帶，統領四哨人，一見了師爺，就比矮了，還不要說大人身邊
> 的文官。說起來，兄弟還是學堂出身的哩，不過是速成學堂，武的，
> 那就不能與老哥的文學堂比併了！……〔註19〕

這段語言描寫中多處使用省略號來簡化瑣碎的對話程序，將斷續繁複的對話
轉化成為長篇連貫的獨白，通過個人話語的連貫性來放大其庸俗之態，凸顯
了其精於世故、老到圓滑的江湖習性。沙汀也善於表現鄉鎮實力人物，並把
批判的鋒芒隱藏在人物自我揭發的話語中。比如《代理縣長》中的代理縣長
賀熙，是基層政權中慣過爛帳日子、沾滿流氓氣和市儈氣的爛官僚分子，他
頗能耐得住性子，有著精神上的盲目樂觀，常掛嘴邊的口頭禪是：「我這個人
就這樣：沒關係！到哪匹山唱哪個山歌，……」這句看似樂觀放達的話語背
後，實則掩藏著其用盡心機、詭計多端的性情。代理縣長為盤剝民脂民膏毫
不手軟，逼得災民出逃，又勒索逃難者出境的買路錢，還勸慰老科長說：「你
難道一鋤頭就想挖一個金娃娃麼？哈哈……不要慌：久坐必有一禪！」竟將
由小積多的豪取強奪與「禪」聯繫起來，形象又諷刺。敲骨吸髓的壓榨最終
釀成民變，代理縣長卻臨危不亂，本著「管他媽的，弄一個算一個」的理念，
頒令災民買票候賑，還揚言：「嚇，你愁什麼！——瘦狗還要煉它三斤油哩！」
這句話真是擲地有聲，一針見血地揭示了全篇題旨，這位「貧寒老爺」榨取
災民血汗錢的陰毒卑鄙嘴臉，通過其「開口就響」的話語展露無遺，作家諷
刺批判的態度也蘊含其中，不言自明。還有《還鄉記》中的徐榮成，他是林
禽溝的甲長兼十三保隊副，趁馮大生被抓去當壯丁杳無音訊之時，誘姦並霸
佔了其妻子金大姐。馮大生逃回家後，欲找徐榮成報復，父親提醒徐榮成
「擔心大生娃會吃你的肉」，他卻「提勁」道：「借給他娃娃二十四個膽子！

〔註19〕李劼人：《大波》，《李劼人全集》（第 3 卷），四川文藝出版社 2011 年版，第
34 頁。

——那還沒世界了呢？」但接著又自我寬慰說：「自然，雜種有一點孬膽大，我知道他。」當馮大生與徐榮成兩人扭打至廣遊居茶館見鄉長時，小說中寫有徐榮成這樣一段精彩的人物獨白：

> 鄉長！老太爺！各位一式！」叩了頭，他又拱起手向周圍打上咐，「說公事我是個保隊副，私事是個老幾，——他大生娃是對的！只要鄉長，老太爺，各位拜兄夥說我徐榮成該挨呢，我挨了就是了。槍買不起，我針買得起一苗！要是不該挨呢，就請他姓馮的還個點點！……」〔註 20〕

其中「打上咐」是袍哥語言，意思是打招呼、說明白，這一通地道的袍哥話語，活脫脫刻畫出一個派頭十足又仗勢欺人、八面玲瓏又搖尾乞憐的趕山狗形象。

（二）巴蜀女性的俗辣話語

四川現代小說中塑造的巴蜀女性，個個性格強悍，大膽叛逆，說話帶有濃烈的俗辣味。她們言語的「俗」既有「粗俗」之俗，也有「俗世」之俗。《成都通覽》介紹成都地區的「婦女之怨態紹習」，「一哭、二餓、三睡覺，四吞洋煙、五上弔」，「貧家婦人吵罵，俗呼茶壺式。因其以左右手指罵，而以左右手掌彎拍腰脅上，若壺之有柄也」〔註 21〕，足以見出巴蜀女性的強勢潑辣之態。由於四川地區偏居一隅，禮制道德的積澱淺薄，歷史上多次大規模的移民活動改變了以父子關係為綱的傳統宗族機制，越來越多以夫妻關係為主軸組成的小家庭結構。加之清末民初女學的興辦，婦女解放運動納入現代巴蜀社會的文明建設之中，女性獲得了更多的自由和權利，她們不單為整個家庭的生計而殫精竭慮、含辛茹苦，還表現出朦朧的求新意識和抗爭精神。地域環境和時代精神共同鑄就了四川女性的叛逆性格與俗辣言語。

典型川妹子形象如如李劼人小說《死水微瀾》中的鄧麼姑，她在十二歲時就自己纏了一雙好小腳，每當疼痛難忍時母親勸她將裹腳布鬆一鬆，她卻生氣說道：「媽媽也是呀！你管得我的！為啥子鄉下人的腳，就不該纏小？我偏要纏，偏要纏，偏要纏！疼死了是我嘛！」幾句話便凸顯出一個鄉下姑娘不甘認命、任性好強的性格特徵，話語背後是其想要晉身城市的迫切欲望。

〔註 20〕沙汀：《還鄉記》，《沙汀文集》（第 2 卷），四川文藝出版社 2017 年版，第 121 頁。
〔註 21〕〔清〕傅崇矩：《成都通覽》，巴蜀書社 1987 年版，第 112～113 頁。

嫁為「蔡大嫂」後，一次袍哥羅歪嘴與她談起一椿袍哥介入的糧佃之爭的小案子，說知縣官因畏懼教民勢力而倒向糧戶一邊，蔡大嫂聽後很覺氣憤，提高聲音說道：「那你們就太不行了！你們常常誇口：全省碼頭有好多好多，你們哥弟夥有好多好多。天不怕，地不怕！為啥子連十來個洋人就無計奈何！就說他們炮火凶，到底才十來個人，我們就拼一百人，也可以殺盡他呀！」話雖天真，但其表現出的反抗精神和豪俠心腸讓袍哥出身的羅歪嘴都大為驚異，連連感慨她是個「不安本分的怪婆娘」。蔡大嫂先嫁給了蔡傻子，又與羅歪嘴奸姘，她明白現實抵不過理想，於是放縱自己在情慾與物慾中尋找一種生活平衡，也算過得風調雨順。後來袍哥勢力與洋教勢力的鬥爭使她受到牽連，陷入丈夫被抓、情人逃跑、家業倒閉的困境，此時她又毅然決定改嫁給大糧戶顧天成。面對父母的不解，她卻擲地有聲地說道：

> 能夠著羅歪嘴提了毛子，能夠著劉三金迷惑，能夠聽陸茂林的教唆，能夠因為報仇去吃洋教，……能夠在這時節看上我，只要我肯嫁跟他，連什麼都答應，連什麼都甘願寫紙畫押的人，諒他也不敢翻悔！……我也不怕他翻悔！……就翻悔了，我也不會吃虧！〔註22〕

由改嫁前的複雜心理到此時的爽快言談，蔡大嫂的性格進一步展露，特別是她的那句自況，「只要我顧三奶奶有錢！……怕那（哪）個？」一語說盡了其人生總結。這既是一個深深浸染著巴蜀地域性格的四川婦女，有著鮮明的潑辣性情和世俗精神，同時她又是一個複雜意義的新人，果敢靈活，善於把握現實，勇於追求自我。

再如沙汀小說《還鄉記》裏的金大姐，被迫改嫁給徐爛狗（徐榮成外號）後，徐爛狗對金大姐非打即罵，金大姐一直激烈對抗。一次在與徐爛狗爭吵中，金大姐大喊道：「看我七盤八碗端出來你吃不完！」端盤端碗並不指真的吃飯，而是擺事實、講真相，金大姐的意思就是要把徐爛狗做的壞事全說出來。從冷冰冰的「講真相」到熱乎乎的「擺碗吃飯」，方言的修辭性表達使民間語言的形象與生動展現出來。金大姐不同於普通的村婦，她開朗活潑、拙實靈醒，特別敢愛敢恨，剛烈倔強。當她意識到被徐爛狗騙了的時候，她氣憤地哭嚎道：

〔註22〕李劼人：《死水微瀾》，《李劼人全集》（第 1 卷），四川文藝出版社 2011 年版，第 207 頁。

> 不是你今天刁，明天刁，我會鬧到這樣子麼？只等你一過橋，
>
> 就把板子抽了！——還好像我污了你！……〔註23〕

方言動詞「刁」「鬧」「抽」「污」，用得非常準確、傳神，簡明扼要、層層道出自己被副隊欺騙的真相。「刁」蘊含刁唆、慫恿和設下種種圈套的意思，終於使金大姐上當；「鬧」在這個語境中指落到這步田地，陷入這般困境；「抽」本是取下、丟掉的動作，這裡比喻不負責任；「污」則是褻瀆、帶壞的意思。這些四川方言極富表現力，如果改換成「過河拆橋」一類的詞，就頓失四川方言表達的細膩精準與自然貼切。當徐爛狗的母親勸金大姐說：「你就還一個價錢嘞！」意思讓她認個錯討得原諒，金大姐卻毫不屈服，還「輪睛鼓眼」地對徐爛狗說：「你最好一炮把我打了！」質樸有力的方言一出口，立刻就彰顯了金大姐潑辣、強悍又善良、獨立的性格品質。

此外還有羅淑小說《劉嫂》中的女傭劉嫂，因為嗜酒被東家辭退，別人勸她向主人求個情留下，她卻說道：

> 不消！不消！別人不要你，估倒幹也沒意思。幫人的人，一根
>
> 腳杆在裏，一根腳杆在外，對的就踏進去，不對退出來，東家不行
>
> 又走西家。人只要有兩隻腳，兩隻手，到處好找飯吃。我連叫花子
>
> 都當過了！還有什麼事做不來？……〔註24〕

對於艱辛生存環境的選擇，說成只借助於抬抬腳杆的動作就完成了，言語間體現出頑強的求生意志和樂觀的生活態度，沒有一點精神負擔。自從被辭退之後，劉嫂一連找了四個男人，個個都打她，她卻平淡地說：「受不住，或者打不過，我曉得逃開！」她的人生信念是：「過終歸是要過的。好日子壞日子全是一樣過。過不得也要過下去。」「我是撒野慣了的，粗腳粗手，更是細巧不來了，就這樣吧！……那裡黑就那裡息，一個人總不會餓死。」劉嫂言語中帶有一種蜀地山野的原始野性，質樸的話語卻飽含生活的真理，一個粗獷率性、自由樂觀、慣於在險灘惡浪中行走的巴蜀女性形象栩栩如生。

（三）巴蜀文化人的文白夾雜

四川知書明理的文化人的言語則可雅可俗，他們會在日常方言表達中刻意夾帶一些書面語詞或新的術語，在憤怒至極時也會脫口而出一兩句粗話。

〔註23〕沙汀：《還鄉記》，《沙汀文集》（第2卷），四川文藝出版社2017年版，第58頁。

〔註24〕羅淑：《劉嫂》，《羅淑選集》，四川人民出版社1980年版，第41頁。

由於時代的侷限，巴蜀文化人多為「舊也舊不到家，新也新不到家」的角色，
如沙汀小說《困獸記》中的小學教師田疇，向妻子數落一位朋友的行為：

> 沒有一件事情她不忸忸怩怩！……不講別的，那次大家打夥歡
> 迎章桐，她都要使你不痛快。一時說來，一時又不來了；等你吃到半
> 中懶腰，她又摸起來了！不知底細的人，還會以為我在扯謊！〔註25〕

方言話語中夾雜著「講」「痛快」「一時」「不知」等書面語詞，而且一件小事
也能引發如此多的抱怨，通過人物語言表現出一個平庸無聊、心胸狹隘的困
頓文人的形象。至於另一位教師呂康，說話動不動就咬文嚼字，更是透著一
股書生氣息，像「且夫天下，有大人之事，有小人之事」，「吾道不孤！咱們倆
兄弟碰碰杯吧！」之類的文言語句還不時說在嘴邊。

更有李劼人小說《暴風雨前》裏的田伯行，他雖是講授新學的，但腦子
裏仍想著舊法門，他給郝又三傳授的寫作「經驗」，簡直「精彩絕倫」：

> 不管啥子題，你只顧說下些大話，搬用些新名詞……再隨便引
> 幾句英儒某某有言曰，法儒某某有言曰，哪怕你就不通，就狗屁胡
> 說，也夠把看卷子的先生們麻著了！……引外國人說話，是再容易
> 沒有了。日本人呢？給他一個啥子太郎，啥子二郎。俄羅斯人呢？
> 給他一個啥子拉夫，啥子斯基。總之，外國儒者，全在你肚皮裏，
> 要捏造好多，就捏造好多。啥子名言偉論，了不得的大道理，乃至
> 狗屁不通的孩子話，婆娘話，全由你的喜歡，要咋個寫，就咋個寫，
> 或者一時想不起，就把「四書」「五經」的話搬來，改頭換面，顛之
> 倒之，似乎有點通，也就行了……古之人有用以麻住試官者，蘇東
> 坡是也，今之人仿行之而著效者，田老兄、郝老弟是也！……〔註26〕

這段出自晚清四川留洋文人口中的話語，充斥著大量四川方言土語如「麻人」
「啥子」「咋個」「肚皮」「婆娘話」等，還夾用文言的表達句式，也出現不少
新學名詞，李劼人在調用方言寫作時特別注意結合當時的歷史條件，體現了
語言使用的時代特徵。這些看似荒唐滑稽的「秘訣」，卻是那個時候能夠代替
「子曰」之類進入新學堂的一種有效手段。作家用戲謔的筆調和調侃的口吻，

〔註25〕沙汀：《困獸記》，《沙汀文集》（第 1 卷），四川文藝出版社 2017 年版，第 403
　　　～404 頁。
〔註26〕李劼人：《暴風雨前》，《李劼人全集》（第 2 卷），四川文藝出版社 2011 年版，
　　　第 55～56 頁。

活現近代中國知識分子「舊也舊不到家，新也新不到家」的尷尬、荒謬境地，更諷刺了他們作為文化人卻展現出油滑、苟且的醜態。

由此可以看出，四川現代小說作家靈活地運用方言俗語塑造人物形象，充分體現了對作品人物的尊重和藝術還原「文學是人學」的美學原則。四川方言與人物形象的完美匹配和巧妙融合，使塑造的川地系列人物堅實地根植於腳下的土地，極其鮮活、生動、豐滿，堪稱文壇獨步。

第二節　川語「對話」思維與四川現代小說的川味敘事

四川方言寫作不僅重視詞彙的使用，而且更注重表情達意過程中的生動性與趣味性，在「怎樣說」方面下工夫。四川現代小說作家根據四川方言的這個特點採用了富有地方色彩的敘事方法，即以「對話」為主導的「川味敘事」。現代四川方言寫作明顯區分了兩種語言，一種是敘述人語言，另一種是人物對話語言，敘述人語言以共同語為主兼有四川方言語彙，人物對話語言則以四川方言表達為主。從總體上看，四川現代小說中有大量關於人物語言的描寫，方言對話佔有著文本較多篇幅，在小說敘述語言中也不乏模擬對話的語言形態，體現出接近於古代白話小說「說話」的精神。一般來說人物對話是塑造人物性格形象的重要因素，同時也是敘事的重要手段，因而四川現代小說中的對話語言背後，既有小說人物方言思維的顯現，也是作家在川語思維下進行藝術構建的具體體現，通過方言敘事賦予了四川現代小說更多的「川味兒」。

劉半農評論吳語小說《海上花列傳》，認為這部小說中的口白不僅包含有意義，而且還有神味，這種神味又分為「邏輯的」和「地域的」兩種。不同方言所表達的意義和邏輯神味可以相同，但地域神味卻各有偏重，「各人的口白，必須用他自己所用的語言來直寫下來，方能傳達得真確」，「若用乙種方言去翻譯甲種方言，則地域神味完全錯亂，語言的功能，就至少也損失了十之三四了」。〔註27〕劉半農這裡所謂的「地域神味」，是指蘇白作為一種方言暗含的地域性語言韻味，以及作為文學語言帶給讀者的直觀審美感覺。由此觀照

〔註27〕劉半農：《讀〈海上花列傳〉》，《劉半農文選》，人民文學出版社1986年版，第 130～132 頁。

四川現代小說中的方言運用，呈現出的是「特有的形象生動性」「粗直的野味」「詼諧幽默」的地域神味。〔註 28〕這種四川地域神味不僅體現在具體方言語音、語彙或句式的運用中，也貫穿於小說的整體敘事結構和情節組織中。如四川方言中別具地方特色的「龍門陣」「洗腦殼」和「扯筋」的話語表達形式，作為川語神味和川語藝術思維的集中體現，將其用在小說人物對話組織和擬對話形態的敘述中，形成了四川現代小說世俗化、諷喻化和粗野味的敘事特徵。

一、「擺龍門陣」：世俗化敘事格調

　　「擺龍門陣」是四川人十分熱衷的一種日常交流方式和休閒活動，這個方言詞的由來與活動進行之地密切相關，「四川不少地方稱院子大門為『龍門』，人們講故事、談天常在龍門處擺開陣勢進行，因稱講故事、談天謂之『擺龍門陣』。」〔註 29〕四川人的「龍門陣」往往故事曲折，氛圍熱鬧，如有學者總結的，「一是講究故事的來龍去脈，二是不時夾進相關插曲，三是眾人對同一主題或氛圍的參與。」〔註 30〕除此之外，還有一個顯著特色，就是川人在擺「龍門陣」的過程中盡情施展其高超的語言才能，充分發揮四川方言表情達意的優勢，將故事講得跌宕起伏、妙趣橫生。四川現代作家講故事的能力更是超群，正如從小就在「龍門陣」中薰染的李劼人，中學時期就常因善說故事成了大家圍聚的中心，後來他的家又成為朋友們經常聚會的地方，劉大杰對此曾生動描述過一番：「到劼人家去喝酒，是理想的樂園：菜好酒好環境好。開始是淺斟低酌，繼而是高談狂飲，終而至於大醉。這時候，他無所不談，無所不說，驚人妙論，層出不窮，對於政府社會的腐敗黑暗，攻擊得痛快淋漓。在朋友中，談鋒無人比得上他。」〔註 31〕沙汀也給外地朋友留下了愛「擺龍門陣」的印象，臧克家印象中的沙汀「一口四川話」，「精神健旺，很健談，說話帶感情、好激動」〔註 32〕，吳組緗回憶說沙汀「誠篤，川味濃」，

〔註 28〕李怡：《從文化的角度看現代四川文學中的方言》，《西南民族學院學報》1998年第 2 期。

〔註 29〕袁珂：《「龍門陣」出典一說》，《龍門陣》1990 年第 2 期。

〔註 30〕秦弓：《李劼人歷史小說與川味敘事的獨創性》，《西南師範大學學報》2002 年第 1 期。

〔註 31〕劉大傑：《憶李劼人——舊友回憶錄》，成都市文學藝術界聯合會、李劼人研究會編：《李劼人研究：2011》，四川文藝出版社 2011 年版，第 386 頁。

〔註 32〕臧克家：《少見太陽多見霧》，《作家在重慶》，重慶出版社 1983 年版，第 95 頁。

「對熟人能哇啦哇啦，也幽默」〔註33〕。深入人心的「龍門陣」敘述方式和語言藝術，也被四川現代作家廣泛地吸納進小說藝術創造中，一方面是對人物「擺龍門陣」的熱烈場面進行原聲實錄和細緻描寫，另一方面是在敘述中也模擬「龍門陣」對話形式。通過小說中人物和敘事者的「龍門陣」向廣闊的社會生活延伸，理清了眾多人物和事件的發展線索，呈現出豐富的故事細節和民間認知心理，這是「龍門陣」的特點，因而也形成了獨特的四川方言敘事結構，體現了川味敘事的世俗化格調。

（一）對「龍門陣」場景的描寫

四川現代小說所描繪的人情世事，多在日常生活的邏輯範圍內展開。事件繁雜，細節瑣碎，利用「龍門陣」對話方式能將這些豐富的信息在較短篇幅內予以生動而精彩的呈現。同時，「龍門陣」擺談中運用的四川方言，又呈現出俚俗化、家常化的特點，跟時代的風起雲湧刻意拉開距離，小說敘事完全沉浸在日常生活的平淡世俗的氛圍中。比如沙汀小說《模范縣長》裏，除了對「我」和一些茶客的身份交代之外，小說的主體基本就是三恍子、布客、「打鬥的」等茶客的「龍門陣」了。從人物你一言我一語的閒談中，模范縣長如何玩弄手段當上官職，當官時又如何卑怯、吝嗇、貪婪，糊塗辦案及直到最後因過度貪污而被投入大牢的情節隨人物談話層層展開，等到人物的「龍門陣」擺談完畢，故事情節也清楚了，模范縣長的形象也立體起來。還比如李劼人小說《死水微瀾》中的鄧麼姑，從韓二奶奶的「龍門陣」激發了她對成都的嚮往，她們所講的都是成都的街、成都的房屋、廟宇花園、成都的小飲食，以及成都婦女的裝束、娛樂等市井生活細節。通過人物的方言話語和作家的低姿態敘述，給了四川現代小說故事以鮮活生命，充分表現出巴蜀世俗生活的實感經驗。

四川現代小說的「龍門陣」對話描寫中也有對於社會時事、政治事件的關注和談論，人物貫穿於小說所演繹的紛繁複雜的史實事件，並在其中現身說法、評論歷史。但四川人的「龍門陣」無論是擺談國家大事、評說歷史風雲，還是聊說家長里短、雞毛蒜皮之事，談論者的心態都是相同的，那就是閒適、散漫，因而再重大的事件在俗辣川語與熱鬧對聊之中都會沾染上世俗氣息，從而成為民間真實聲音的傳達，而非敘述者立場的議論和說教。

〔註33〕吳福輝：《沙汀傳》，北京十月文藝出版社1990年版，第312頁。

如李劼人小說《大波》中寫到趙爾豐大開紅山屠殺四川群眾，激起了川西平原的各路同志軍起兵圍堵成都，而在郫縣和崇慶縣交界的安德鋪茶館裏，「老牛筋」何麼爺正在與一些人對此「大擺龍門陣」。民眾對封建統治者殘酷壓榨的憎恨，官逼民反的緣由，支持保路同志會和同志軍等眾多內容信息，皆通過這一場精彩的對話全部呈現出來。既渲染出四川鄉鎮茶館中的熱鬧氛圍，又自然傳達出趙爾豐公開屠殺請願群眾後激憤不平的民意。再如周文小說《雪地》裏，夏得海與劉小二在聊天中罵道：「打仗的時候，看見英國軍官他們臉都駭青了，藏民衝鋒來，他們躲他媽的在山後面。」幾句「龍門陣」就揭露出四川軍閥欺軟怕硬、外強中乾的實質。《山坡下》的賴老太婆逃難前還在對兒子兒媳嘮叨：「又逃難，又逃難！我真活夠了！長毛那年，逃難，反正那年，又逃難！前四年鬧『洪憲』，今年又鬧北洋兵。那些要死的光打仗，逼得我們不安生！」也是從「龍門陣」談話中反映出時代大事對普通百姓生活的影響。

除了對熱鬧喧囂的「龍門陣」場面的描寫，四川現代小說中還有很多對人物獨白話語的大段描寫，李劼人、沙汀、艾蕪就常借小說人物之口，長篇大論地交代事情的來龍去脈，繪聲繪色地敘述其曲折過程。這類「龍門陣」式的人物獨白在其他作家筆下也不時出現，且看羅淑《魚兒坳》中二姐如何一本正經地向公公講述張爺家牛的事情：

> 前天禿子不是來討生薑，也說牛不好，要給它洗口麼？過後到好了些，哪曉得昨天就不吃咯。等到上場去把牛太醫找來的時候，牛已經困了槽！我的天，你看它橫熱得冒火，禿子在堰塘裏一連打濕了好幾條麻布口袋鋪在它身上，一忽兒又熱了，一忽又熱了，盡是滾燙的，太醫放了兩針血，血呀，就像熱登了的桑果，烏黑的！太醫大模大樣的不開腔，搖搖頭，開張藥方，就走了。禿子自己說怕打救不起來，打算趁活的殺一刀，容易賣肉，不曉得昨天夜裏怎麼了！……你說呵，爺爺！畜生病了也跟人一樣，看它上氣不接下氣的喘氣，兩個眼珠子鼓挺爆漲的死盯住人，才不曉得人也救不了它！〔註34〕

這段方言獨白可以說是有板有眼、繪聲繪色，充分地展現了「龍門陣」的豐富內涵和獨特魅力。既具有生動曲折的故事講述，又有講述者有理有據的分析判斷（在此之前爺爺不相信那牛會被宰殺賤賣），還有四川方言口語的描述

〔註34〕羅淑：《魚兒坳》，《羅淑選集》，四川人民出版社 1980 年版，第 126 頁。

渲染，世俗生活氣氛濃郁，看得讀者興致盎然，回味無窮。

（二）擬「龍門陣」對話形態的敘述

四川現代小說作家還採用「龍門陣」對話形式改造小說敘述語言，形成「擬對話形態」〔註35〕，正如傳統評書藝術的典型語言模式。其「對話」既是敘述者虛構的，又是模擬人物角色的，虛構的故而內容豐富、靈活自如，更因模擬而真切自然、語態親切。擬對話的語言形態使小說文本敘事呈現出大眾化的通俗色彩，並實現在民間視角和大眾意識中觀官場軍隊、察風俗世態。例如，李劼人《大波》的第二部裏寫到制臺衙門貼出告示，之後有一段「擬對話」敘述：

> 好端端的一個四川省諮議局議長蒲殿俊，好端端的一個四川諮
> 議局副議長、四川省保路同志會會長羅綸，怎麼會忽而突之變成首
> 要？什麼首要？當然匪的首要。匪、那又是什麼樣的匪呢？不說明
> 白，人民怎不驚皇？又怎能安寧？〔註36〕

這一連串的問號顯然是一般市民的閱讀感受，李劼人是在揣摩普通市民的心理特點基礎上有的這段「擬對話」，將嚴肅枯燥的官府公文轉化成世俗化的民間情感表達，並且富於娛樂性和幽默感，使小說敘事在愉悅輕鬆的氛圍中展開。再如王余杞小說《自流井》中有關「月會」的描寫：

> 月會在陰曆每月十五舉行上：族大人多，分散各處，這到是大
> 家一個團聚的機會。……每人每月有十塊錢與馬費，光景應該是很
> 夠的。然而不夠！除非簡直不雇大班不養馬，出門時只沾光井灶上
> 的現成轎馬而外，誰也不夠！大家想想吧，怎麼會夠嘛？大班是挑
> 選過來的，不怕工價高，要緊的是抬得好；講究上坡不打點子，下
> 坡轎頂上能夠擱一碗滿滿的水而不浪出來。四個大班多丟臉，哪家
> 沒有兩三乘轎子？養馬也一樣；好比穿衣服，「四季不下班」豈不笑
> 死人？要是又有轎子又有馬呢，老實的，這樣才夠派頭呀——十塊
> 錢夠個屁！〔註37〕

〔註35〕白浩：《李劼人語言的市民風》，《當代文壇》2011年第S1期。

〔註36〕李劼人：《大波・重寫本》，《李劼人全集》（第4卷），四川文藝出版社2011
年版，第514～515頁。

〔註37〕王余杞：《自流井》，《王余杞文集》（上），花山文藝出版社2017年版，第312
～313頁。

這段描敘也是採用的擬對話形態，既簡潔明瞭，又靈活傳神。小至人物的心理語態，大至地方的民俗風情，均細膩入微、活靈活現。敘述者做出低姿態的敘述，將枯燥的描述轉化為地方化的潛在對白，使文本擁有了內在的寫作視角，從而呈現更加通俗化、大眾化的敘事格調。

由於受方言思維的影響，四川現代小說中隨處可見「擺龍門陣」式的敘述，講故事的方式回到類似說書人的視點上，作家的敘述部分盡量退縮，讓對話和擬對話成為故事的主體，人物性格、社會事件、民情風俗、家長里短都通過四川方言書寫「擺談」出來，從而極大地增強了小說的地方色彩和世俗氣息。而且，當無數家長里短和閒言碎語在川話俗語的牽引下到處流瀉，構成了敘事的主體層面時，家常世俗的品質便以絕對的優勢取代了小說的其他品質，四川現代小說的世俗化格調由此確立。

二、「洗腦殼」：諷喻化敘事方式

「洗腦殼」一詞在四川方言裏並無強行灌輸思想的意思，而是指調笑、開玩笑，其中「洗」帶有取笑、嘲笑的意思。四川人的性格中似乎與生俱來一種幽默感，比起板著臉講大道理，更喜歡用輕鬆詼諧的方式來表達意見。而川人的這種幽默天性之中又帶有一絲狡黠氣質，俗語所謂「川人善機辯、好戲謔」，言稱川人「俗不愁苦，而輕易淫泆」（《漢書‧地理志》），道明了川人喜戲謔、善調侃的傳統。這種「洗腦殼」的精神在四川民間文藝中也表現得十分明顯，如川劇、金錢板、民歌、民間故事、聖諭書都極富幽默詼諧的意趣，還有「鳳歌笑孔丘」的李白、恃才傲物的楊慎，以及張船山、李調元等都是風趣、睿智的文人代表。四川現代小說作家也不例外，他們大多善於辭令，喜歡逗趣說笑，如李劼人、沙汀、劉盛亞等作家都以幽默風趣的性情給朋友留下了深刻的印象。「洗腦殼」的對話形式在四川現代小說文本中更是比比皆是，「洗腦殼」場景的描寫無處不在，川人無論男女老少、身份職業，都喜開玩笑，好說「彩兒話」〔註38〕。

受巴蜀調笑傳統的影響，四川現代小說自有其幽默諷刺的特殊品格。事實上，現代文學中不乏諷刺小說的優秀作家，如魯迅、老舍、錢鍾書、張天翼等，他們的幽默諷刺各有特色。如魯迅是「以其少有的深刻、冷峻建構起重白描，

〔註38〕李劼人對「彩兒」的解釋為，「向你喝倒彩以惡意招呼你的意思」。參見曾志中、尤德彥編：《李劼人說成都》，四川文藝出版社 2001 年，第 413 頁。

突出本質的諷刺幽默話語」，在喜劇的色調中發掘最隱秘的民族性，洞見人生悲涼；老舍則操一口俗白俏皮、逸趣橫生的「京片子」，善於批判舊習積弊和市民文化心理，「以滑稽幽默讓人笑口常開」；錢鍾書的敘述是「機敏、尖刻，充滿深刻的譏諷意味」，幽默性諷刺具有「深、廣、俏、奇」的特點，通過構築整體的隱喻象徵意象和哲理內涵，對文化人作深刻的心理審視和道德批判；張天翼「營造了多樣的諷刺幽默語體，而尤以速寫見長，以峭拔著稱」，對政治人物的諷刺獨樹一幟。〔註39〕到了四川現代小說作家這裡，李劼人的幽默諷刺所呈現的風格「既有自由主義作家的幽默風格和對日常生活習俗的關注，又有左翼作家的尖銳與嚴峻，將批評否定與自己高懸的社會理想相結合」〔註40〕；沙汀的幽默諷刺是以現實生活的真實為基礎，「通過人物戲劇般的表演，暴露其惡棍般的性格，以尷尬的結局顯示嘲諷的力量，文筆冷雋，讀來感到沉滯，透不過氣來」〔註41〕；周文則是「用夾雜著自然主義筆法的現實主義，解剖著川康邊地舊軍隊、舊官場的黑暗」，「形成冷靜、犀利、含而不露卻又有強烈喜劇色彩的諷刺美學風格」〔註42〕。此外，還有陳翔鶴、林如稷、劉盛亞、羅淑等四川作家，都創作有多篇散見於文學史的諷刺性小說，呈現出各自不同的調笑幽默意味。從整體上看，四川現代小說也會通過表現人物、動作、場面的荒唐可笑來產生一種喜劇效果，以此達到諷刺的目的，但是由於四川現代小說敘事中「對話」的主導性，以及大量融入的巴蜀地方特色的「洗腦殼」成為了小說重要的藝術構思和敘述手段，由此呈現出獨特的幽默諷刺品質和諷喻化敘事個性。作家在四川方言書寫中從熟悉的日常瑣事中尋找豐富笑料，從生活語言的細節中嘲弄其筆下的人物，注重諷刺的生活感和含蓄本真，使故事和人物本身呈現出一種荒謬可笑的狀態。

（一）對巴蜀式「洗腦殼」場景的描寫

　　四川現代小說的諷喻化敘事，首先是對巴蜀式的「洗腦殼」場景的描繪。李劼人、沙汀、艾蕪、周文、王余杞筆下都出現了眾多慣於饒舌打趣的四川人，

〔註39〕王衛平：《中國現代諷刺幽默小說論綱》，《中國社會科學》2000年第2期。

〔註40〕李怡：《李劼人對巴蜀幽默傳統的繼承與創化》，成都市文學藝術界聯合會、李劼人研究會編：《李劼人研究：2011》，四川文藝出版社2011年版，第174頁。

〔註41〕王衛平：《中國現代諷刺幽默小說論綱》，《中國社會科學》2000年第2期。

〔註42〕湯偉麗：《論周文的現實主義諷刺藝術》，上海魯迅紀念館編：《周文研究論文集》，上海社會科學院出版社2013年版，第168、177頁。

生動再現他們互相取笑逗樂的場面。作家往往將自我的主觀情緒隱藏其中，儘量不對小說人物、事件發表評說，而讓其在相互的「洗腦殼」中自我表現或自我暴露。在李劼人《死水微瀾》裏，劉三金通過與顧天成調笑，讓他乖乖地中計，被「燙」了毛子；周文《在白森鎮》中，劉縣長故意戲弄打趣著不懂世事又雄心勃勃的施服務員，還同他一起商討縣政改革的計劃。

沙汀的很多小說都體現了諷喻的精神，插科打諢的話語與四川口語的獨特腔調相配合，形成一種川西鄉土獨有的幽默語感，將人物性格活靈活現地展現出來，也顯露出這片土地的文化、風土與人情。譬如，《丁跛公》的主人公丁跛公是一個愛開玩笑的人，周圍的人也經常拿他取笑逗樂。一次他買了王屠夫洗劫逃兵的槍枝，團總周三扯皮風聞此事，他趕緊賠著笑臉將槍送予團總，並連連賠著小心說：「您老人家怎樣咯！」大家從此將這句話當作打趣他的笑料，連小孩子看見他也乳聲乳氣地挖苦他：「您老人家怎麼咯！」當他登上半邊茶鋪的沿階時，五六個茶客都忍不住哧地一聲笑出來，丁跛公不僅不生氣，還自嘲道：「把屁股亮在外面了啊，笑什麼？！」對於丁跛公的中獎鬧劇，其他人更是一直引為笑談。再如，《聯保主任的消遣》中唱曲出名的唐酥元本是個鰥夫，因為靠著他稍有錢財的寡嫂生活，於是旁人經常編造他與寡嫂之間的香豔可笑之事。小說開頭唐酥元詢問主任救國公債的事，而聯保主任卻非要他先承認自己被嫂子騎在身上打才肯回答：「啊，我問你，他們說老臘肉騎在你身上打你，……」唐酥元不承認：「瞎說！我自己的親嫂嫂！」彭主任繼續調侃說：「就要親嫂嫂才好呀！我說是啊，為什麼四十多歲還不討老婆？說是沒人給吧，也並不生的醜，一表人才！」還如，《龔老法團》裏的龔春官晚年才撈到一份閒職，於是他頗有閒情逸致地娶小納妾，旁人以此開他玩笑，常笑問他怎麼能像中年人一樣健康，每當這時他便酣暢地笑一笑，正正經經地答道：「你不記得四書上講過嗎？『小』，補之哉呀！」甚至在他抱病參加考試時，一紈絝子弟調侃他，他也給予回應：「小，補之哉呀。」龔老法團對調侃的反應表現出他迂腐可笑、恬不知恥的性格特徵，同時也折射出川人豁達開朗、開得起玩笑的普遍心理。

艾蕪小說中也充滿著幽默的情趣，他在遙遠的邊地和閉塞的西南農村，找尋到一種勇於反抗世俗壓迫的清新剛健的人生形態，因而他擅長在小說中組織充滿幽默趣味的方言調笑，並在對話中展現這些民間底層人物的性格，推動情節發展。如《南行記》中的一篇《我的旅伴》講述的是「我」在路上

遇到兩位挑夫老何和老朱，三人結伴去緬甸一路上的所聞所見。其中老何是個非常樂觀幽默的人，特別喜歡與人調笑，當老朱提醒「我」這個季節去緬甸容易生病，老何卻認為老朱過於婆婆媽媽，於是兩人進行了一場饒舌打趣：

老何卻嘲笑他道：

「你那樣婆婆媽媽的做什麼嘛？我們出門都還要看皇曆麼？要去就去，雨天瘴氣嚇不了人的！嚇人的還是這個！」他轉身來指一指他的肚子。

老朱責備他道：

「你就只記得你那個肚子，要吃不要命的！……一個人做事總要有點打算！」

老何笑笑地說：

「當然要為肚子，要不是誰肯拿肩頭去當馬，拿腳板心去磨平路呢？」

老朱笑著罵他：

「你天生成的窮命一條，只有那點點窮想頭！」

老何走了一陣說：「我倒不想黃鼠狼吃天鵝蛋，想沒想到手，人倒先難受起來。只要吃的飽飽的，就算了！」

老朱呵斥地說：

「那你不如回你貴州老家去變豬，跑來這裡做個啥？」

老何笑著說：

「可惜就因為不是豬呀！一個人喜歡到處跑跑跳跳，喜歡到處看看稀奇，喜歡能夠自由自在的過日子。呵，一個人喜歡的多著哩！」

……

這說得老朱笑起來了，嘲弄他道：

「好好好，你就寫信回說你在外國地方做滑竿皇帝好了。」

老何嚷叫道：

「呵喲，你猒倒做皇帝的，就不抬滑竿麼？叫花子還要做哩！戲上不是有個皇帝討口麼？唔，是不是叫……媽的，我就是吃虧吃在記性不好！」〔註43〕

〔註43〕艾蕪：《我的旅伴》，《艾蕪全集》（第1卷），四川文藝出版社2014年版，第149～150頁。

這段「洗腦殼」的對話描繪了辛苦趕路卻樂觀豁達的流浪漢形象，傳達了一種來自底層的坦蕩而不羈的精神。相互打趣挖苦以化解人物旅途中枯燥無聊的情緒，日子雖窮苦但懂得苦中作樂、自由自在地過日子，何嘗不是人生的真諦。老何不單與老朱說笑，還與路上熟識的擺攤小販「老女人」和她的丈夫老張調笑，因為「老女人」的老公比她小得多，老何便調侃「老女人」找了個兒子做老公，又打趣老朱怕老婆，而「老女人」和老朱也樂於同他調笑。川人多以這樣一種調笑的態度對待生活，打趣別人也調侃自己。

　　四川現代小說中描繪的「洗腦殼」場面有大也有小，大場面中你來我往、連續不斷、攻守兼備，小場面則零星片語、一語中的。對於可笑之人、可笑之事，流油巧嘴的川人絕對不會放過，而且還要充分發揮他們的幽默天分進行戲謔諷刺，可見巴蜀式調笑的廣泛性與日常性。從小說的調笑敘事中，我們可以深刻地感受到四川人對待生活的樂觀態度，這種詼諧、快意的生活方式並非淺薄、短暫的，而是滲入到巴蜀人骨子裏的。

　　但也應看到，四川人互開玩笑的話題雖然無所不包，卻常常極為瑣碎和無聊，大多只做輕鬆的調侃，以樂觀寬厚的心態博得大家一笑，而且總免不了諸如唐酥元和寡嫂、龔春官和小妾這類的香豔低俗的玩笑。在某種程度上，這雖然是閉塞的鄉民們經營自己精神生活的一種娛人與自娛的方式，卻由於缺乏生活的深度而僅僅流於表面的油滑和輕浮。四川現代小說中也有一些「洗腦殼」言在此而意在彼，通過話語豐富的意蘊揭示出事情的本質和生活的醜態。如《防空》中劉元亮和愚生為了爭奪防空主任一職暗地較量、勾心鬥角，劉元亮終於找到一個機會告了愚生一狀，從而得到防空主任的頭銜，他將辦公地點該改作川劇練習的場所，油大先生看到這一幕爆出了一句頗具諷刺意味的幽默話：「好！你究竟不錯，單憑你那副喉嚨就會把敵機嚇跑的！……」暗暗嘲諷繼任防空會長的愚蒙無能、不務正業，儼然一幕滑稽的政治鬧劇。再如周文《在白森鎮》中，交職的陳分縣長正向施服務員辦理移接手續，他指著歪斜的文件櫃與陳舊的筆架籤筒大方說道：「說句天理良心話，這都是我來以後，自己掏腰包做的。我拿去也沒有，現在送給你！」這句話諷的刺意味不單是作家所展現的分縣長誇大其辭的可笑，更有對這位深諳仕途的老官僚所慣有的虛偽、優越和強橫的揭露。還如艾蕪《某校紀事》中某位小學校長竟然渾身「帶著商人風度」與市井風範，「一手拉合著末扣紐子的藍布長衫，一手捏著一把沒蓋的白磁茶壺」。作家在此處自然也不只是嘲笑他的

不拘小節，更是把我們的視線引向一個嚴峻問題：「這沒受教育的東西，也讓他辦起教育來了！」

（二）對調笑的調笑

四川現代小說的諷喻化敘事還在於，作為敘述者的作家對小說人物和事件的調笑。從日常生活的「洗腦殼」出發，又超越調笑進入到深刻的暴露諷刺之中，可以說得上是一種「對調笑的調笑」。然而為避免個人評價的直露以及對反面人物的簡單醜化，作家很少使用傾向性明顯的詞彙，諷喻效果主要是通過冷靜客觀的語言來實現的。即充分利用四川方言正話反說的特點，有意識地在敘述和描寫中使用「彩兒話」式的諷刺語言，向著四川城鎮鄉村中的各色基層官僚、地痞無賴等喝倒彩。

沙汀《在其香居茶館中》的聯保主任奸狡巨猾又貪婪無恥，但如此惡人卻「在三年以前，他的大門上已經有了一道縣長頒贈的匾額：盡瘁桑梓」。羅淑《賊》諷刺了那個道貌岸然卻私吞公款的事務長劉先生，對於他中飽私囊的事實小說僅有一處暗示，說他委屈地想在學校建築項目中「實在他得的好處並不多」。李劼人短篇《天快亮了》寫的是鄉場「舵把子」陳大爺解放前的窘迫生活，但對其罪惡劣行卻極少敘述，只在結尾處別有意味地綴上一句：「至於陳大爺本人，如其真個『再世當個好』是屬實的話，他應該九歲了吧？」真是巧妙又含蓄。還有沙汀《淘金記》中儘管著重表現了惡霸白醬丹的心狠手辣，但作家並未採用太過誇張的手法，反倒使用「斯文」「和藹可親」「正派」「沉著」等褒義詞來形容他，還多次寫他對天真女兒的「嬌縱」，也因此「感覺到溫暖」。看似如此好人卻又在爭奪金礦中表現出極度的兇惡與狠毒，反差中讓讀者感到觸目驚心，更富嘲弄諷刺意味。沙汀《酒後》中的王保長自私、冷血，不僅盤剝鄉民，而且逼死過自己的兄弟。雖然酒後的他往往失悔自己的冷酷，可是作家卻說這是「失掉了他那份堅韌的好品格」。沙汀《防空》裏，愚生為了撈得一份職務而費盡心機地與縣長套近乎，終於有了防空主任一職，「這就是說，他可以每月拿三十元薪水，而且可以隨意報銷一筆同樣數目的辦公費了。這自然和他的預期相差很遠，但我們這裡最流行的經濟思想是：『家有千貫，不如朝進一文。』」最後這一句簡直精闢又諷刺，沙汀用含蓄質樸的語言將王保長、愚生這類庸庸碌碌、心狠手辣的基層官吏形象刻畫得淋漓盡致。尤其是這些「彩兒話」，明裏誇讚，暗裏打趣，如蜀地的山山水水一般曲折有致、彎來拐去地嘲弄著小說中的反面人物。然而這些機智幽默的

「彩兒話」並不是為了消閒和逗一時的口舌之快，而是作家對黑暗混濁的巴蜀世界喝著的倒彩，是出於揭露社會本質面目的創作目的。

受川地深厚的調笑傳統的影響，四川現代小說作家在創作中始終貫穿著幽默諷刺的方言思維方式，並充分利用巴蜀「洗腦殼」具有的自然生活味，但又不僅止於刻意搞笑、饒舌打趣，而是將局部的人際幽默轉化為作家整體構思中的諷刺對象，從而超越了日常調笑消遣的油滑，由膚淺的戲謔走向深刻的思考。當四川鄉民們在互相調笑著以彌補生活的無趣時，作家卻站在更宏闊的文化視野中嘲弄著筆下的人物，反思著巴蜀地區的人生形態。

三、「扯筋」：粗野味敘事藝術

「扯筋」在四川人的口中與活動筋骨沒有關係，而是指吵架、鬧糾紛，至於蠻不講理的爭辯和爭吵，更叫做「扯橫筋」。「天府之國」的四川盆地歷來物產豐饒，生活相對容易，加上處西僻之地，環境相對閉塞，富饒的天府文明和封閉的盆地文明共同塑造了川人一方面樂觀幽默、安逸享樂，另一方面也吃苦耐勞、尚武倔強的性格特徵。受這種傳統地域文化性格的影響，四川人的語言既帶幽默調侃的意趣，也具粗礪俗辣的品質，兩者常常雜糅一起，在不同的情境中呈現不同的川語滋味。四川現代小說作家都很擅長描寫人物之間的對話，尤其是人與人的語言交鋒，表現得最為精彩，小說故事進展中似乎隨時隨地都可能展開高談闊論，或爆發激烈爭吵，當中還裹挾著大量詈語髒話，由此，強橫、爽直的川人形象躍然紙上，四川方言粗野、俗辣的滋味也撲面而來。

（一）對激烈「扯筋」場景的描寫

相較於北京話的委婉溫雅、吳儂軟語的綿密細膩，四川人說話則大聲武氣、音響洪亮，在滔滔不絕的高聲交談和針鋒相對的「扯筋」中四川方言的粗直野味得以淋漓盡致的彰顯。李劼人曾在小說裏寫到：「我們的四川人，尤其是川西壩中的人，尤其是川西壩中的鄉下人，他們在聲音中，是絕對沒有秘密的。他們習慣了要大聲的說，他們的耳膜，一定比別的人厚。所以他們不能夠說出不為第三個人聽見的悄悄話。」〔註44〕無論是吵架還是勸架的人，都想通過聲音爭個高低，「至於因了極不要緊的事，而吵罵起來，那自然，

〔註44〕李劼人：《李劼人全集》（第1卷），四川文藝出版社2011年版，第51頁。

彼此都要把聲音互爭著提高到不能再高的高度，而在旁拉勸的，也不能不想把自家的聲音超出於二者之上。」〔註45〕川人說話時的音量之高，語調之誇張，再配以表情、手勢以及身體的顫抖、痙攣，無一不顯露著精神的亢奮和性情的火辣。而在坐茶館或趕場時，那更不必顧忌，「可以提高嗓子，無拘無束的暢談，不管你是家常話，要緊話，或是罵人，或是談故事，你千萬不要顧忌旁人，旁人也斷斷不顧忌你。」〔註46〕在四川現代小說的閱讀過程中，讀者似乎能真正聽到趕場人群的大聲叫賣和談天說地，可以看到茶館裏爭論不休的邢麼吵吵各色人等以及「吃講茶」和「喊茶錢」的喧鬧場景。例如，沙汀《在其香居茶館裏》就上演了一出聲音的會合戲，如邢麼吵吵的出場未見其人，先聞其聲，以至於「坐在其香居茶館裏的聯保主任方治國，當他看見正從東頭走來，嘴裏照例叫嚷不休的邢麼吵吵的時候，簡直立刻冷了半截。」作家還不斷描寫這個人物「直著嗓子，乾笑著嚷叫」，「橫著眼睛嚷道」，「放開嗓子在叫嚷了」，從含沙射影、諷刺挖苦到破口怒罵、拳腳相向，邢麼吵吵口中一直振振有詞。小說不僅描寫了邢麼吵吵與方志國的爭吵，還有邢麼吵吵與勸架的余視學的爭吵，方志國與陳新老爺的爭吵，「扯筋」佔據了這篇小說的大量篇幅，可以說「扯筋」構成了這篇小說的主體，小說情節就是在激烈爭吵中推進的。與溫雅、謙恭、醇綿且有著豐富委婉語詞的北京話相比，四川方言的聲腔之高與話語之野，反映的是一種與「禮儀文化」相反的、尚未成熟且缺乏理性的「初民文化」，折射出僻遠閉塞的環境所造就的目光狹隘、精於算計的地域性格。

同時也要看到四川現代小說中的「扯筋」並非總是處於劍拔弩張、唇槍舌劍的狀態，很多爭吵呈現的是一種暗潮湧動的情形，特別是一些有社會地位和身份的人物，他們為了面子和利益常常會選擇隱忍不語或說三分隱七分，但潛臺詞的激烈程度比正面衝突有過之而無不及。如沙汀小說《淘金記》裏，白醬丹請何人種和林麼長子去喝酒，酒桌上白、林二人相互的算計和提防，隱藏在一段極為精彩的對話中：

> 所以當第一壺燒酒已經喝光，堂倌去酒店裏取第二壺酒的時候，他的敵意也就更顯露了。

〔註45〕李劼人：《李劼人全集》（第 1 卷），四川文藝出版社 2011 年版，第 50～51頁。

〔註46〕李劼人：《李劼人全集》（第 2 卷），四川文藝出版社 2011 年版，第 53 頁。

麼長子忽然帶著一種流氓腔的傻笑緊盯著白醬丹。

「怎麼樣，」白醬丹紅著臉含蓄地說，「有二分醉了吧？」

「還早！就是怕把你吃痛了！」

麼長子大笑著回答了。

「不過，不要擔心！」他又做作地安慰他說，好像對方真的有點護痛，「還是我來請客好了！老實說，你的東西，他們說是吃不得的，吃了……」

「難道有毒？」白醬丹大不愉快地截斷他問。

「毒到沒有，——有點兒藥，——他們說是爛藥裏」麼長子慢慢說，說完，便又意味深長地笑起來。

這可有點使白醬丹吃不住了。因為他是最忌諱旁人提起他這個不大榮譽的諢號的；拿來打趣，自然就更加激惱他，使他覺得自己的尊嚴受了損傷。

白醬丹沉默了一會來穩定自己的感情，然後不懷好意地說：

「要得嘛！可是，謹防我給你彈一點在身上呵。」〔註47〕

白醬丹與林麼長子你來我往，互不相讓，兩個流氓對手從語調節奏的變化來揣度對方情緒上的微妙變化，言辭間潛藏著豐富的內涵。而在激烈爭吵一觸即發之時，白醬丹的隱忍使事態沒有進一步激化，但他們潛臺詞的激烈程度堪比表面話語的「扯筋」。

（二）四川方言詈語的大量使用

因為粗野，四川人的談吐中經常充斥著大量的方言詈語。所謂的詈詞，指的即是「粗野或惡意地侮辱人的話，包括惡言惡語、粗言髒語、淫語穢語等等」〔註48〕，四川方言俗稱為「話把子」。詈語作為語言的組成部分，往往是人們情緒化的言語呈現，是強烈情感的真實流露，因而可以真實生動地表現說話人的個性和感情。同時詈語也是一種特殊的民俗現象，「透過詈語更容易看出一個民族的文化心理，更容易看出一個民族的傳統觀念和文化價值」〔註49〕。詈語本身就具有用大聲言語來作為表達方式的功能，如所描寫的袍哥羅歪嘴「說

〔註47〕沙汀：《淘金記》，《沙汀文集》（第1卷），四川文藝出版社2017年版，第40～41頁。

〔註48〕劉福根：《漢語詈詞淺議》，《漢語學習》1997年第3期。

〔註49〕孟昭水：《漢語詈語的致詈方式及文化內涵》，《齊魯學刊》2006年第4期。

話舉動，都分外粗魯，乃至粗魯到駭人；分明是一句好話，而必用罵的聲口，凶喊出來」。四川現代小說中方言詈語的使用，與該地人物「顧盼自雄、目空一切」的盆地意識和實力崇拜有著緊密關係，特別是哥老會、軍閥部隊、土豪劣紳和地方官吏之類的權勢集團，總是自覺或不自覺地蹦出連篇詈語，極端地表達著嘲笑、諷刺、褻瀆、憤怒等意義。詈語髒話成為他們性格的典型表徵，反映了他們身上的草莽氣、鄉野氣、鄙俗氣和霸蠻氣，所謂粗人說粗話是也。

　　一般而言，小說文本中詈語粗話的大量出現，是塑造人物的需要，也是人物發洩情緒的需要，但在四川現代小說方言敘事中，方言詈語的藝術化再現還蘊含著作家的生命經歷與體驗，是作家抒寫情感的一種特殊方式。比如周文小說《煙苗季》以巨大篇幅表現了西康邊地軍閥的各派官員為了謀取「禁煙委員」與「補充團長」的官職而勾心鬥角、相互傾軋的激烈情形。小說通過各路軍閥官兵的話語共同呈現出四川方言的粗魯言辭，文本中充斥著如「肏媽」「吃洋雜碎」「我臊你奶奶！」「哼，媽的兔子！」「娘臊屄的，我幹出一條卵來！」等等眾多粗鄙詈語。還有周文成名作《雪地》則講述了一支西康邊地軍隊奉命換防歸來，在極端惡劣的環境中行軍讓不少士兵瀕臨死亡，營長卻置若罔聞還隨意踐踏，最終士兵們不忍其害而奮起反抗。該小說使用的方言詈罵語更加豐富，既有士兵對自己命運的詛咒：「好雞巴笑人」，「他奶奶個屄，當雞巴的兵！」更多的是軍官對士兵的惡毒謾罵，如「老母子個屄！野卵臊的要掉隊！」對周文而言，其筆下這些軍閥官兵之間的如此多粗魯、不恭的言語，實則也是作家對曾經邊地生活產生的強烈對抗情緒的抒泄，是對軍閥官員專橫殘暴統治的揭露。艾蕪小說人物的語言中也包含大量的方言粗俗語，雖然有些語彙十分地粗野甚至骯髒，但這恰恰是四川方言的鮮活「血液」，是底層人民最淳樸的言語表達方式，最能鮮明反映出小說人物的特殊心理。艾蕪在南行途中遇見的強盜、偷馬賊、游民、鴉片煙販、賣貨郎，常年遊走於山野密林，他們沒有受過良好的教育，說話的聲勢之高，話語之粗野，談話中密集夾雜著「草包」「狗頭」「笨牛」「吃屎狗」「陰談鬼」「龜兒子」「老子們」「端靈牌」「屁相干」「尿罐罐」「入媽的」「雞巴卵毛頭髮」等粗話、狠話。邊地人物都是在刀尖上討生活，卻隨性率真、粗獷頑強地生活著，粗俗話語的使用宣洩著他們遭受壓迫而憤懣不平的情緒，也是他們不向命運屈服的性格特徵和精神風貌的鮮明體現。他們的生存環境和生活方式是懦弱的人不配活的，所以他們必須變得強悍起來，兇狠的話語不僅給其他人一種威懾力量，

也凸顯了西南邊地最本真的生命狀態。對艾蕪來說，小說中那些粗俗的邊地方言同樣也是他流浪生命歷程最好的表達，對流浪生活刻骨銘心的生命體驗和對邊地人生愛恨交織的感情，也只有用這種看似粗糙甚至醜陋的方言文詞才能盡興地抒寫。還有劉盛亞《地獄門》中的塑造的地痞流氓胡奎五，更是滿嘴髒話，「狗×的才不守信用，我×他祖宗！」「×媽，打你媽個×！」「我有個×，那是說給那娃兒聽了耍的」「你個挨刀的！只管自己安逸……」「大爺沒錢，我有個×」這些方言詈語可謂粗野污穢之極，無不顯示他粗莽戾氣的性格特徵。

詈語的使用一般來說有著性別區分，女性運用較少，但性情潑辣豪爽，直率叛逆的四川女性，開口罵人的氣勢毫不遜色於男性。特別是市民階層中未受過教育的普通婦女的語言更是粗俗又火辣，公共場合也不避忌。比如李劼人《大波》中的一群參觀完皇城出來的婦女，毫無顧忌地一路推推攘攘，並大聲地又笑又吵：

> 龜兒子！挨千刀的！你擅你的老祖宗！……張嬸兒，才冤枉哩，擠你媽的這一場，有啥看頭？一點看的也沒有，倒不如在屋頭打我們的鬥十四，還安逸些。……哎喲！老娘的腳呀！瞎了你媽的狗眼，亂竄些啥子！……你龜兒，要找你媽的生門來投生嗎？……王嫂嫂，你看見蒲都督沒有？他龜兒那些死兵囉，硬不准我擠上去。
>
> 他們說蒲都督就在裏頭，他龜兒，偏不要人家進去！……〔註50〕

如「龜兒子」「挨千刀的」「老娘」「找你媽的生門來投生」等許多不堪入耳的粗鄙語詞，毫不避諱地出現在成都女性的日常談話中，說得自然又順暢，足以見出其潑辣剛烈、豪放不羈的群體性格。巴金一些直接寫「吵嘴」「吵架」的對話描寫，更是四川方言詈語的集中展示，例如《小人小事·豬與雞》中，寫一個「三十幾歲的寡婦馮太太」的叫罵：

> 你狗×的天天搞老子的雞兒，總要整死幾個才甘心！老子哪點兒得罪你嘛？你愛耍，哪兒不好耍！做啥子跑到老子屋頭來？你默倒老子怕你！等你老漢兒回來，老子再跟你算總帳。你狗×的，短命的，你看老子整不整你！總有一天要你曉得老子厲害。〔註51〕

〔註50〕李劼人：《大波》，《李劼人全集》（第3卷），四川文藝出版社2011年版，第555頁。

〔註51〕巴金：《豬與雞》，《巴金全集》（第11卷），人民文學出版社1986年版，第211頁。

馮寡婦罵了王家小孩又罵「我」的侄兒，後來又獨自開罵，儘管「沒人答話」，她還在「手舞著，腳跺著」地繼續罵：

> 哪個偷老子雞兒的，有本事就站出來，不要躲在角角頭裝新娘子。老子的雞兒不是好吃的，吃了要你一輩子都不得昌盛，一家人都不得昌盛！……〔註52〕

這一連串連罵帶咒的叫罵聲中，除了幾個連接詞，每個句子全是由四川方言詞彙構成，而且盡是些最具攻擊性、侮辱性的詞語，如「狗×的，龜兒子，死娃子，偷了老子的雞兒，×媽的……」等等，再連珠炮地從這位馮太太那「尖聲尖氣」的大嗓門裏爆出，一個活脫脫的「潑婦」形象便立在我們面前了。四川女性粗野的言語背後不僅僅是貧富、修養的問題，更是一種巴蜀蠻勇的集體無意識，一種歷史文化基因的作用，亦能窺見市井風氣開化中封建觀念的逐漸鬆動。

　　大概由於久居於語言箭簇之下，川人心平氣和的家常聊天也會帶上「把子」。這時的「扯筋」成為創設小說特殊氛圍的需要，體現一種民間生活的情趣。譬如《淘金記》裏有一段林麼長子在家和小孫子土狗娃的對話：

> 「快來幫爺爺擇菜，」他叫道，「吃了飯給你一個銅板！」
>
> 「你那張狗嘴裏的話都靠得住呀？！」
>
> 「嗨，你這個龜兒子娃！」麼長子激賞地大笑了，「你像吃孽了啊！」
>
> 「你不是呀，」因為得到鼓勵，那個頑皮孩子更膽大了，「你向婆婆說了不再賭錢，前天又輸光了！狗嘴，狗嘴！婆婆一直這樣罵你！」
>
> 「雜種，婆婆是婆婆呀！……——謹防火閃娘娘淋了你的尿！」
>
> 「屁！你才騙不倒我，先生說那是電氣！」
>
> 「還疴氣呢，電氣！……趕快來吧，我要叫你媽了！」〔註53〕

本應該是溫情的爺孫倆的談話，展現出來的卻是滿篇的粗野話語和爭吵語氣，對於小孫子的頂撞和忤逆，麼長子不僅不批評，還激賞地大笑。可見嬉笑怒罵

〔註52〕巴金：《豬與雞》，《巴金全集》（第 11 卷），人民文學出版社 1986 年版，第 212 頁。

〔註53〕沙汀：《淘金記》，《沙汀文集》（第 1 卷），四川文藝出版社 2017 年版，第 75 頁。

之中夾帶些粗話髒話已成為川人的語言常態，甚至這些詈語中已不表示實在意義，沒有了罵人的含義反而成為言語笑料。這正是本雅明所謂的「破壞型性格」，「破壞型性格只知道一句格言：騰出地方；只知道一種活動：清除。這是因為他需要新鮮空氣和寬敞空間，而不是因為仇恨」，同時「破壞型性格是年輕和歡樂的」，「具有一種最深刻的和諧的視野」。〔註54〕川人急於想通過語言來宣洩自己內心的感受，於是在嘴上帶上髒話怪話，讓言語來得更衝動和刺激。「扯筋」的對話方式有時候純粹是求嘴巴上過癮，滿足心理上的痛快淋漓，深層則反映的是當地人生命張揚、達觀快意的生活狀態。

雅克阿達利認為：「不是色彩和形式，而是聲音和對他們的編排塑成了社會。與噪音同生的是混亂和與之相對的世界。……在噪音裏我們可讀出生命的符碼、人際關係。」〔註55〕四川現代小說作家筆下的巴蜀世界是一個充滿著喧囂、吵鬧的世界，對「扯筋」的表現，是作家對四川社會尖銳衝突的現實主義基本把握，是對地方語言環境和人物關係的本質概括，營造出逼真的粗野味川語情境。然而，描寫激烈爭吵可能帶來的粗鄙化色彩畢竟不是四川方言寫作的追求，其中的粗話髒語還會對語言環境產生污染，四川現代小說方言寫作在調用詈語粗話時，特別注意到在儘量依其自然、本真面貌的同時，更需要經過藝術的淨化和加工後再用於文本中，避免方言詈語的過於原生態的表現帶來小說語言粗鄙問題。更為重要的是，四川現代小說方言書寫還昇華了「扯筋」這一巴蜀文化現象，將扯筋爭吵的語言思維作為小說的一種重要敘事方式，甚至作為整體的藝術構思，從而帶來了四川方言敘事頗具粗野味的審美風格。

第三節　四川方言的個性化運用

四川方言寫作的個性風格，是作家運用四川方言進行小說創作所呈現出的語言上的藝術特徵，是「川味」語言風格的個性表現。所謂「風格即人」，即指明了作家的精神特質在藝術風格形成中的重要作用，這種精神特質包括了作家個人的閱歷見聞、性格思想、藝術素養以及稟賦才能等，四川方言

〔註54〕〔德〕本雅明：《破壞型性格》，轉引自劉北成：《本雅明思想肖像》，上海人民出版社1998年版，第162頁。
〔註55〕〔法〕賈克・阿達利：《噪音：音樂的政治經濟學》，宋素鳳、翁桂堂譯，上海人民出版社2000年版，第5頁。

寫作風格的多樣態便源自作家的這種精神個性的差異。現代小說作家的語言藝術風格一般由三重素疊合而成：最基本的背景是漢語，其次為一定方言的特色，最後是作家的個人獨創。對於四川現代小說的主體而言，文本的四川方言敘事滋生的濃郁的世俗格調、諷喻意味、粗俗色彩等還只是一種類性特徵，所有運用四川方言寫作的作品都可以喚起熟悉它的人們對這種「地域神味」的回憶和想像，這是方言書寫最表層的功能，而小說語言藝術的真正價值正是在地方色彩之外還有作家自己更多的獨創性，使其方言書寫藝術不同於四川風格突出的其他任何一個作家。個性是隱藏在類性之下的，甚至可以說是融合於其中的另外一種東西，不是所有運用了四川方言的作品都能具有個性風格，四川方言書寫的個性風格取決於作家不同的採擷方言的智慧與思維，以及作家不同的語言觀念與文學追求。

一、沙汀：「活生生的四川土話」

　　沙汀小說最為人稱道的就是他對四川地方色彩的捕捉，對火辣、濃烈的「川味」語言的文本再現。由於沙汀具有鮮明的母語方言意識，他在小說創作中會自覺地調用四川鄉言土語，並進行有意識地加工炮製，從而使小說的方言書寫在整體上呈現出精練謹嚴、含蓄蘊藉的風格特色。事實上，沙汀小說的敘述語言無論是基本的句法組織，還是具體的語詞表達，都是偏重歐化語言的，比如經常採用含有多層意思轉換的、以多個虛詞或副詞連接的歐化句式，呈現起伏跌宕的敘事節奏以及邏輯分析的理性意味，但也讓表情達意稍顯晦澀，還曾在大眾語討論中受到批評。沙汀小說的地域性文學語言效果的產生，是把具有醇厚鄉土氣息的四川方言原生態地呈現在人物語言中，同時也將四川方言經汰選、提純後再揉進歐化句子中。從而使四川方言的運用既具有相對的獨立性，即便在「川味」小說內部亦有獨特個性，精練濃醇、耐人尋味，同時也能和諧融於整體超方言的語境之中，經濟節制。

　　沙汀的四川方言寫作主要體現在對人物語言描摹中熟練靈活使用方言土話，各色人物的言談皆恰如其分，迴蕩著地道濃郁的川腔川韻，雖然一些生僻的詞句外省人比較難以準確理解，但好處在於能見出對象主體受歷史和環境制約所具有的獨特心境和情感。這樣的人物語言表達需要作家精心的省略和錘鍊，選擇最具爆發力和攻擊性的幾句對話。因此，沙汀小說中的四川方言口語並非簡單地堆砌在一起，而是富有個性特徵，凝練含蓄，又喜劇味

盎然，生動再現了四川民間的「洗腦殼」與「扯筋」，活畫了四川人在侃侃而談時唾沫飛濺的情景，營造出聽覺藝術上的現場感。沙汀 30 年代初入文壇時，茅盾便敏銳地覺察到，「他的『對話』部分，是活生生的四川土話，是活的農民和小商人的話；他的農民和小商人嘴裏沒有別的作家硬捉來的那些智識分子所有的長篇大論以及按著邏輯排得很好很齊整的有訓練的詞句」〔註56〕，從而顯現出與當時「公式化」的「革命文學」完全不同的真實圖景和地方韻味。

也正是在這樣的川語思維下，沙汀方言書寫還有另外一個突出特徵，即善於大量運用巴蜀民間智慧結晶的方言諺語、俗語、慣用語等，以闡明人物的特定經驗。試舉幾例：

「投啥票呵！你我都是螞蟥，生來只有聽水響的。」〔註57〕

「常言說，婆娘家，洗腳水，洗了一盆又一盆，……」〔註58〕

「那些都是半邊人臉，半邊狗臉的角色啊。」〔註59〕

「沒有生過娃娃當然會說生娃娃很舒服！今天怎麼把你個好好先生遇到了呵：冬瓜作不得甑子？做得。蒸垮了呢？那是要垮呀，──你個老哥子真是！」〔註60〕

「民國十年，他大伯死的時候給人『空一回簾子』（敲詐），去了他一兩千！後來他爹又給人空了一回，又去他好幾百。還不要說今天這種捐，明天那種捐，就是一河水也攪幹了！」〔註61〕

二大爺沒有張聲，因為他料準了這是一種必然的結果，否則，糧戶便不成其為糧戶，光棍也不成其為光棍了。這恰如俗話所說的，碰見鬼總得燒把錢紙。〔註62〕

〔註56〕茅盾：《法律外的航線》，黃曼君、馬光裕編：《沙汀研究資料》，中國社會科學出版社 1986 版，第 303 頁。

〔註57〕沙汀：《選災》，《沙汀文集》（第 5 卷），四川文藝出版社 2017 年版，第 129 頁。

〔註58〕沙汀：《在祠堂裡》，《沙汀文集》（第 4 卷），四川文藝出版社 2017 年版，第 294 頁。

〔註59〕沙汀：《還鄉記》，《沙汀文集》（第 2 卷），四川文藝出版社 2017 年版，第 127 頁。

〔註60〕沙汀：《在其香居茶館》，《沙汀文集》（第 4 卷），四川文藝出版社 2017 年版，第 444 頁。

〔註61〕沙汀：《消遣》，《沙汀文集》（第 4 卷），四川文藝出版社 2017 年版，第 404 頁。

〔註62〕沙汀：《淘金記》，《沙汀文集》（第 1 卷），四川文藝出版社 2017 年版，第 141 頁。

「螞蟥聽水響」比喻普通百姓只有湊熱鬧的份，起不到任何作用，也分不到任何好處。「婆娘家，洗腳水，洗了一盆又一盆」意思是說女人可以隨意拋棄而不必不值得可惜，軍官們談話中的這句俗語反映了他們殘暴、狂妄、冷血的性格特徵，也是農村女性社會地位低下的表現。「半邊人臉，半邊狗臉」形容那些鄉鎮上的權勢人物的兩面性格，對下級用盡手段，殘忍冷漠，對上級則獻盡媚態，奴性十足。麼吵吵連用兩個比喻「女人生娃娃」和「冬瓜做甑子」，以淺顯的道理挖苦俞視學沒有切身體會，也不瞭解情況便亂講意見，詼諧幽默，也不失分量。「空一回篆子」「一河水也攪幹了」非常形象地揭示了國民黨地方政權以各種藉口和手段竭盡所能地榨取、壓迫底層人民的真相。「碰見鬼總得燒把錢紙」比喻遇到挑釁鬧事的人，總得給他一點利處才能解決問題。這些民間俗語本就言簡意賅、形象生動，加上沙汀結合人物和語境進行精心配置、字斟句酌，方言話語更顯丰韻照人，由俚俗的日常口語昇華到了文學語言高度。

再從語言的質感上看，由於自小得母語方言得天獨厚的浸染，沙汀以四川方言作為語言工具的背後還有一層深意，即對四川方言的本真質料，以及在具體語境中獲得的特定文化內涵的悉心開掘。因而對於川西北人物的刻畫，只需三言兩語，便形神畢肖、栩栩如生，可見四川方言俗語運用的精妙警闢。沙汀對方言的運用，不僅僅是在語言形式上的，而且具有視覺形象上的神韻感，四川方言質樸的肌理和深厚的意味塑造出形象立體的真實感，這是兼具生活真味與作家個性的語言。楊義先生指出：「在現實主義作家沙汀那裡，語言包含著生活，甚至語言就是生活。」〔註 63〕正是沙汀對方言資源有意識地開掘和提煉，才使四川方言書寫與其筆下的川西北鄉鎮世界完美融合，自然貼切，從而形成具有沙汀鮮明個性的語言風格。

沙汀小說的語言個性與他的人生經歷、創作追求是密不可分的。沙汀生於四川安縣，作為川西北鄉土哺育成長的精魂，他在生命的前二十年都生活在巴蜀凝滯沉悶的社會環境中，在故鄉獲得了有關生命與生存的最直觀、最初始的感受，深深浸染著這塊土地獨有的文化傳統。當他走出鄉土接受了新文學薰陶和現代思想洗禮後，仍不斷回望反觀故鄉人、故鄉事，此時一直潛沉於心靈深處的母語方言和文化記憶，便幫助他「擺」出一個個道地的四川故事，

〔註 63〕楊義：《中國現代小說史》，《楊義文存》（第 2 卷・中），人民出版社 1998 年版，第 485 頁。

構建起文學世界中獨特的川西北鄉鎮。沙汀對所描寫的鄉鎮生活和人物都非常熟悉，對鄉鎮社會本質和人心人性更有著深刻的洞察，正如他曾向茅盾誇耀的那樣：「在四川，就是有人打個噴嚏，我都能猜到它的含意。」〔註64〕當沙汀以現代理性的視角觀照地域鄉土時，也能在情感上親近鄉土，無論在細節的表現還是語言的運用上，都自然體現出強烈的地方生活的真實感。「我在創作上長期傾向於現實主義，喜歡寫得含蓄一些，自己從不輕易在作品中流露感情，發抒己見。」〔註65〕，「力圖以冷靜、沉著的現實主義手法，向讀者展示舊中國的黑暗腐朽，揭露川西北農村地主、豪坤、鄉保長、地痞魚肉群眾的罪惡」〔註66〕，這是沙汀創作的準則，也是其四川方言書寫風格的形成原因。沙汀小說向來是嚴格按照生活的本來面貌來進行文學創作的，採用冷峻客觀的現實主義手法描繪生活環境，挖掘人物內心，而作家的思想情感僅隱現於所選擇、描繪的生活場景與人物性格當中，只體現在作品的真實性表現之中。從小說語言形式看，沙汀對於鄉土的這種現實主義表現則主要是通過調用川西北鄉鎮人物與生俱來的方言話語，呈現一種紀實性的文字描述，而將作家個人情感加以適當控制和沉澱避免傾瀉於文字中。為了營造一個人物活躍其中的原生態環境，邏輯性的敘述語言中嵌入一些富有地方特色的方言語彙不可避免，只有這些方言詞才能真實點染川西北獨特的社會情狀；而人物語言中密集使用的原汁原味的方言話語更是成為沙汀小說的一種標誌，得益於對母語的熟稔與良好的語感，沙汀往往能通過凝練蘊藉的人物語言精準攝取人物神髓，使四川方言的運用包孕豐富意蘊和地方旨趣。如果說對人物及外部環境的分析說明，是作家的語言並因此主要使用了現代白話的形式，那麼，當故事中的人物進行談話時，作家則將話語權交還到人物自己手中，用人物自身的語言來演繹故事，最大程度上保留現實本身的原生態。從這一方言運用的效果來看，它們無疑為沙汀小說增添了濃濃的地域鄉土色彩，但作家似乎並不僅僅滿足於此，還更傾向於一種真實感的自覺營造，一種現實主義文學理性表述的主動選擇，由此「活生生的四川土話」鑄就了沙汀方言寫作洗煉、含蓄且「川味」濃郁的個性風格。

〔註64〕沙汀：《沙汀自傳——時代衝擊圈》，北嶽文藝出版社1998年版，第251頁。

〔註65〕周揚、沙汀：《關於〈許茂和他的女兒們〉的通信》，黃曼君、馬光裕編：《沙汀研究資料》，中國社會科學出版社1986版，第159頁。

〔註66〕沙汀：《上海文藝版〈沙汀文集〉自序》，《沙汀全集》（第7卷），四川文藝出版社2017年版，第139頁。

二、巴金：四川方言的「無技巧」運用

　　與沙汀有意識地調用四川方言不同，巴金對四川方言的運用更多地是受到母語方言語感的支配，從而在不自覺與不經意間用於小說之中的。他未表現出對母語方言的過分青睞，也不著意於凸顯語言的地方色彩，而是在整體上規範的共同語敘事中自然地帶入通俗易懂的四川方言表達，在熱烈明快的歐化語言的對照映襯下，小說中的方言書寫因而呈現出自然真切、淺近平常的風格特徵，以及超越地域侷限的通俗化。巴金的小說中影響最大的《家》《春》《秋》，藝術成就最高的《憩園》《第四病室》和《寒夜》也都是以四川（主要是成都和重慶）的人與事為題材的。研究中國文學的著名學者楊義先生在他的代表著作《中國現代小說史》「巴金」一章的結尾也曾特別地指出：「他的小說的最高成就存在於描繪成都、重慶兩地生活的現實主義作品之中」，因為「寫重慶、成都等地題材的作品具備作家生活積累的優勢，傾於客觀寫實」〔註 67〕。「文學是語言的藝術」，這裡所說的「作家生活積累的優勢」，除了作家所熟悉的人與事，當然也包括了作為「四川人」的重要交流工具——「四川話」，即四川方言，所謂「客觀寫實」，自然也包括了作品中所用到的四川方言。筆者以《四川方言詞典》《成都方言詞典》《巴金語言詞典》等重要詞書為依據，查找了由巴金生前親自編定的《巴金全集》中的全部小說，發現有四川方言詞語的小說共六卷，四川方言詞 7641 條，它們是：《家》，802 條（《巴金全集》第一卷）；《春》，1748 條（《巴金全集》第二卷）；《秋》，2017 條（《巴金全集》第三卷）；《憩園》，1407 條（《巴金全集》第八卷）；《第四病室》，404 條（《巴金全集》第八卷）；《寒夜》，321 條（《巴金全集》第八卷）；《抹布》，94 條（《巴金全集》第九卷）；《還魂草》，217 條（《巴金全集》第十一卷）；《小人小事》，541 條（《巴金全集》第十一卷）。〔註 68〕遺憾的是，巴金小說中的方言現象一直未能引起研究者們的特別關注和重視，儘管這近萬條方言詞在巴金小說中的比重不算大，

〔註67〕楊義：《中國現代小說史》，《楊義文存》（第 2 卷・中），人民出版社 1998 年版，第 185 頁。

〔註68〕這個統計是按狹義理解的「四川方言」，主要指四川方言語彙，包括全部的詞和固定短語，即由諸如諺語、俗語、成語、格言、慣用語、歇後語等構成的固定組合。如果從廣義上來理解「四川方言」，巴金小說中方言的數量自然還會更多，因為廣義的四川方言還涉及方言語音、方言語法、方言修辭等等。

但並不如有的論者說的那樣絕對：巴金小說「全是抒情性的標準的書面文學語言」〔註69〕，故作為一種「客觀寫實」的創作現象，仍是四川方言寫作的一種獨特風格的存在。

巴金的方言書寫同其他使用方言書寫的四川作家一樣，都是在「川人寫川事」中呈現出來，都是為描繪人物形象、凸顯人物性格而選擇了那些生動且富表現力的「川味」方言語彙，從而增強了作品的地域特色和藝術感染力量。不過細細品讀，巴金的四川方言書寫仍與其他作家明顯不同，呈現出「無技巧」運用的特徵，這主要體現在三個方面：

第一，四川方言基本都用於成都或重慶市民的日常對話中，具有通俗化、口語化的色彩。精彩的人物對話描寫是巴金小說的重要藝術特色，特別是那些普通人日常生活的作品，更是可以見到多種形式的四川方言。例如《憩園》第二十六章，主要寫了一個小孩對「我」和姚太太講他家人的故事，就是在這個佔了五分之四篇幅的「故事」的實錄中，出現了諸如「吵嘴」「緊吵」「吵起嘴」「吵得凶」「吵得真凶」「吵得更凶」「一回比一回凶」以及「她喊爹做『三老爺』」「爹喊她做『老五』」，以及「說不得」「不曉得」「不回轉來」，還有「蝦子」「雀子」「缸子」「金圈子」……這些組構形式不同的方言，既大大增加了「故事」的真實性，也讓包括「我」和「姚太太」在內的聽眾對「故事」（主要是講小孩父親的不幸遭遇）主人公的命運更加給予同情。另一種對話描寫中的方言詞則更多起著渲染和烘托的作用。如《寒夜》的「尾聲」寫曾樹生從蘭州回到重慶，在一條「陰暗、寒冷、荒涼的市街」去打聽「汪家」去向的情形，在曾樹生與方太太差不多二十段對話中，就出現了十一個「不曉得」，可謂「一問十不知」，即以汪文宣的慘死表達了「我不是在鞭撻這個忠厚老實、逆來順受的讀書人，我是在控訴那個一天天爛下去的使善良人受苦的制度，那個『斯文掃地』的社會」〔註70〕，也具體地描寫了曾樹生此時此刻為何「打了一個寒噤」「又打了一個寒噤」——「夜的確太冷了」！像這樣的對話描寫，無論在《家》《春》《秋》這樣的長篇，還是《抹布》《小人小事》這樣的短篇中，都是很多的。

〔註69〕譚洛非、譚興國：《巴金美學思想論稿》，四川大學出版社1991年版，第231頁。

〔註70〕巴金：《〈寒夜〉挪威本譯文序》，《巴金全集》（第8卷），人民文學出版社1989年版，第707頁。

　　第二，在一些描寫環境的細節中，巴金也不自覺地加入了四川方言，便自然而然地烘托出川地生活氛圍。如《家》第一章開頭寫高覺明、高覺慧兩兄弟出場的背景中，首句便用了「扯破」「棉絮」兩個川語詞：「風刮得很緊，雪片像扯破了的棉絮一樣在空中飛舞……」還有「風玩弄著傘，把它吹得向四面偏倒」中的「偏倒」，「路旁的燈火還沒有燃起來」中的「燃」，都是四川方言中特有的說法，形象生動不說了，最重要的是「景先奪人」，人物還未出場，故事即將開始，先就以風雪交加、「空氣寒冷」的「暮色」預告著「一個希望鼓舞著」的「溫暖、明亮的家」，終究會上演一齣與「希望」完全相反的悲劇來。

　　第三、將四川方言詞語直接運用在日常生活場景的客觀描述中。巴金曾明確說自己的作品「是直接訴諸讀者的」（《靈魂的呼號》），所以他總是在作品中將自己的思想傾向和感情色彩十分鮮明地表達出來，加之他始終堅持「寫真實」的現實主義創作方法，所以讀他的小說總會被其中思想的情感的力量衝擊著，這在語言風格上則表現為像川人「擺龍門陣」那樣與讀者「交心」，真切、自然、樸素、明快，其中也包括了四川方言詞語的直接使用。如《春》第三章寫淑英、覺明、琴、淑華等人吃蒸蒸糕的情形：走進後房，琴和淑英並肩坐下來，「淑華站在背後，給琴梳了頭，挽了一條鬆鬆的大辮子，紮著青洋頭繩，用刨花水把頭髮抿得光光的；琴自己還淡淡地傅了一點白粉。翠環也給淑英梳好了頭……她們還沒有收拾好，覺民和綺霞就把蒸蒸糕端進房來了。一共三碟，用一塊朱紅漆盤子盛著，還是熱氣騰騰的……」其中的「後房」「刨花水」「洋頭繩」「蒸蒸糕」等物名和「抿」「挽」等動詞都是四川話裏常見的，因其常見，生活氣息也自然真實可感。總而言之，由於直接寫「客觀」，相當於現場實錄，融匯其中的四川方言也就不特別「顯山露水」了。

　　我們認為巴金方言書寫的這種看似不明顯不突出，實則也在為形成巴金獨特的語言風格起著重要作用，再深入一步地說，這種現象是作家的創作態度和審美追求所決定的，即與他的「無技巧」——有斧鑿而不露斧鑿痕跡的「技巧」主張是完全吻合的。換言之，「無技巧」地運用四川方言，是巴金小說中四川方言書寫的最大特點。巴金多次說過：「我寫小說不論長短，都是在講自己想說的話，傾吐自己的感情」〔註71〕，所以「我寫小說從來沒有思考過

〔註71〕巴金：《談我的短篇小說》，《巴金論創作》，上海文藝出版社 1983 年版，第307 頁。

創作方法、表現手法和技巧等等問題」〔註72〕。又說：「我認為技巧是為內容
服務的，不可能有脫離內容的技巧」〔註73〕，於是提出了一個著名的觀點：
「藝術的最高境界，是真實、是自然、是無技巧。」〔註74〕與此同時巴金還
提出了另一個「最高境界」說，他說：「我說我寫作如同在生活，又說作品的
最高境界是寫作同生活的一致，是作家同人的一致，主要的意思是不說謊……
我最恨那些盜名欺世、欺騙讀者的謊言。」〔註75〕一句話，就是「我認為作
品的最高境界是二者的一致，是作家把心交給讀者」〔註76〕。我們將這兩種
「最高境界」說結合在一起，便可清楚地看到所謂「無技巧」就是「真實」而
「自然」地寫出作家內心感受到的東西，讓讀者看不到任何運用「技巧」創
作作品的痕跡，而這恰恰是巴金的方言書寫最大的特點，即有方言存在卻讓
人感到「他的話最能顯示那熱情明快的風格……極少採用古語古詞，也不大
用生澀的地方口語」〔註77〕，以至於有研究者斷定「巴金並不靠獵取方言、
俗語以示質樸」〔註78〕。王國維在他的《人間詞話》中對「境界」一詞作過
這樣的解釋：「境非獨謂景物也。喜怒哀樂，亦人心中之一境界。故能寫真境
物、真感情者，謂之有境界；否則謂之無境界。」〔註79〕可見寫「真」即巴
金所說的「不說謊」便是「有境界」，而「自然而然」不露斧鑿痕跡地「寫真」，
便是巴金所說的「最高境界」。

此外，巴金的方言寫作風格還與他創作時的精神狀態有著密切的關係。
有學者將巴金的寫作概括為「激情寫作」〔註80〕，他在創作之前總是在不斷

〔註72〕巴金：《文學生活五十年——一九八〇年四月四日在日本東京朝日講堂講演會
上的講話》，《巴金論創作》，上海文藝出版社1983年版，第16頁。

〔註73〕巴金：《祝〈萌芽〉復刊》，《巴金論創作》，上海文藝出版社1983年版，第570
頁。

〔註74〕巴金：《探索之三》，《巴金全集》（第16卷），人民文學出版社1991年版，第
183頁。

〔註75〕巴金：《我和文學（代跋）——一九八〇年四月十一日在日本京都「文化講
演會」上的講話》，《巴金論創作》，上海文藝出版社1983年版，第725～726
頁。

〔註76〕巴金：《文學生活五十年——一九八〇年四月四日在日本東京朝日講堂講演會
上的講話》，《巴金論創作》，上海文藝出版社1983年版，第10頁。

〔註77〕譚洛非、譚興國：《巴金美學思想論稿》，四川大學出版社1991年版，第230
～231頁。

〔註78〕袁振聲：《巴金小說藝術論》，南開大學出版社1987年版，第135頁。

〔註79〕王國維：《人間詞話》，陳永正注評，上海古籍出版社2016年版，第8頁。

〔註80〕李怡，肖偉勝：《中國現代文學的巴蜀視野》，巴蜀書社2006版，第105頁。

體驗自己的內心，當內心的情緒和體驗越積越厚，發展到不可遏制之時，他才開始拿起筆來創作。正如巴金自己所描述的：「我有感情必須發洩，有愛憎必須傾吐。否則我這顆年輕的心就會枯死。所以我拿起筆來，在一個練習本上寫下一些東西……」〔註81〕，而一旦訴諸筆端，情感便噴薄而出不能自己，「就像扭開了龍頭，水荷荷地流個不停，等到我把龍頭關上，水已經流了那麼一大灘」〔註82〕。在寫作的過程中，巴金幾乎陷於理智失控的狀態，他說：「我的手不能制止地迅速在紙上移動，似乎許多許多人都借我的筆來傾訴他們的痛苦。我忘了自己，忘了周圍的一切。」〔註83〕此時似乎已不是作家想「要」怎樣寫，而是不可制止的情緒「拽」著筆在寫。如上述「流個不停」「不能制止地迅速在紙上移動」等多處的表述，說明巴金在創作進行過程中有一個靈感突發期，理智退讓於來自生命深處的情感激流，使得他根本來不及選擇和推敲語言，便於潛意識之中將蟄伏在心底的家鄉方言連帶著湧現出來，從而呈現出「自然而然」的、「無技巧」的四川方言書寫風格。顯然這樣一種方言思維與表達方式，與經過理性篩選、反覆加工打磨出來的方言話語相比，彰顯著獨異的個性光彩，那些撒落在巴金小說中的近萬條四川方言語彙，雖被激情包裹，卻未被激情淹沒，這是巴金的方言書寫的個性風格，也為我們提供了新的啟示。

三、李劼人：「用著大眾語寫作」的張力與「俗話雅說」

　　郭沫若稱讚李劼人是「用著大眾語寫著相當偉大的作品的作家」〔註84〕，李劼人歷史敘事的最大特點是將晚清民初川西社會的時代劇變與當地各階層民眾的日常生活緊密相連，在故事氛圍進行歷史演繹。同時，李劼人又從四川方言這座地方文化寶庫中，發掘提煉出既有生活氣息又具諧趣與風雅，既是日常化、大眾化，又不失文學表現力的語言，既細緻地描繪出巴蜀市井生活及民俗文化，並深入發掘根植於此的市民文化心理。在四川現代小說方言書寫中，李劼人是使用方言數量最多、川語意識極為鮮明的一位。個中動機，自然有加強地方鄉土色彩、明晰故事背景的因素，但更是為了使敘事貼近生活，

〔註81〕巴金：《談〈滅亡〉》，《巴金論創作》，上海文藝出版社1983年版，第180頁。
〔註82〕巴金：《〈談自己的創作〉小序》，《巴金論創作》，上海文藝出版社1983年版，第177頁。
〔註83〕巴金：《文學生活五十年——一九八〇年四月四日在日本東京朝日講堂講演會上的講話》，《巴金論創作》，上海文藝出版社1983年版，第11頁。
〔註84〕郭沫若：《中國左拉之待望》，《中國文藝》1937年第1卷第2期。

貼近人物。為此，李劼人小說的語言資源就不僅僅侷限於日常方言土語，還有哥老會術語、半文半白的晚清官話、婦女的俗辣言語，以及古代白話小說中具有生命力的語彙等等，均廣收博取，融合化用。不同類型的方言話語交織出現，與幽默、細膩的敘述品格相輔相成，一起構成李劼人小說語言的巨大張力，並呈現出自由揮灑、酣暢淋漓的「川味」風格。

從整體語言看，李劼人小說敘述符合現代語法規則，不乏歐化的長句，但更能見出民族特色，尤其是巴蜀神韻。最突出的就是李劼人選用了眾多充滿活力與生趣的四川方言，這些四川方言從自身的類別和使用特點來考察，主要表現為三類子系統：

第一類是四川地區普遍使用的、富有生活氣息的方言語彙，占小說語言主體的地位。如「醒」（懂事）、「誆」（坑蒙拐騙）、「車」（轉動）、「通方」（圓通）、「張巴」（大驚小怪）、「經事」（經久耐用）、「丘二」（幫工、下人）、「打失悔」（後悔）、「沖殼子」（吹牛）、「整冤枉」（捉弄人）、「一抹不梗手」（毫無阻礙）、「紅不說，白不說」（不問青紅皂白），還有如「為啥子」「未能罷」「得虧」等口頭語。

第二類是袍哥群體所使用的內涵豐富的行話，其中一些已經進入日常用語。雖然李劼人的小說中，講述袍哥的文本並不在多數，但作家精湛的創作手法使筆下的袍哥形象展現出強大的魅力和影響力，特別是《死水微瀾》中羅歪嘴的形象，成為了袍哥敘事中的一個經典人物形象。羅歪嘴說話的特點是總愛使用「海底」術語，《死水微瀾》中寫到一處情節，「羅歪嘴端著酒杯，忽然向張占魁歎道：『我們碼頭，也是幾十年的一個堂口，近來的場合，咋個有點不對啦！……』於是，他們遂說起『海底』上的內行話來。」其中，「碼頭」「堂口」「場合」都是行話，隱指袍哥總部及開設的賭場。接著小說又寫到，羅歪嘴和張占魁商量在賭場上做手腳贏光顧天成的錢，羅歪嘴問張占魁：「你到底摸清楚了不曾？是哪一路的人？將來不會戳到鍋鏟上罷？」張占魁哈哈一笑道：「你哥子太多心了！大家的事，我又為啥子不想做乾淨呢？我想，你哥子既不願背聲色，那嗎，就不必出頭，讓我同大家商量著去做，好不好？」羅歪嘴把煙槍一丟，坐將起來，兩眼睜得大大地道：「你老弟說的啥子話？現在還沒有鬧到叫你出來乘火的時候！……」〔註85〕袍哥隱語「戳到鍋鏟」

〔註85〕李劼人：《死水微瀾》，《李劼人全集》（第1卷），四川文藝出版社2011年版，第62～63頁。

意思是碰上硬東西，不但得不到手反而有後患，「背聲色」意思是落個壞名聲，「乘火」指承擔責任。類似地道的袍哥隱語小說中還有很多，如「湊攏」（幫忙）、「撒豪」（逞強好鬥）、「拉稀」（退縮叛變）、「撒火」（怯懦）、「下黃手」（趁火打劫）。袍哥群體說話通常是隱語與方言並用，因而很多袍哥隱語也逐漸滲透進入四川地域方言，如「丟海誓」（賭咒發誓）、「燥皮」（傷面子）、「栽了」（失敗或出醜）、「識相」（看神色行事）、「擺平」（處理好矛盾）、「撕票」（殺傷或殺死人質），等等，其中有的還被吸納進入了現代漢民族共同語。這些袍哥隱語的出現是袍哥組織的需要，雖然有的意思迷惑不清，但是卻在整體上表現了四川方言的意蘊與張力。

　　第三類則是當時的官話，即晚清民國時期的官吏、文人所使用的半文半白的口語和書面語。李劼人筆下的熱內翁、黃及蔭、郝達三、蘇星煌、周宏道、黃瀾生、尤鐵民等地方政客和文人，雖然嘴裏常有「維新時代」「生存競爭」等新術語，其實大都是「舊也舊不到家，新也新不到家」的角色。無論是談話還是書面，常常使用的是文白夾雜的語言，在方言白話的表達中夾雜個別文言詞句。比如，郝達三對待「革命者」尤鐵民前倨而後恭，這個他所謂的「破壞分子」和「目無法紀的匪徒」先前幾乎被他攆走，現在竟要好好地搏一搏，並且表示要「成成器器地做一桌上等魚翅席，補請他一頓，以盡我作主人的一點敬意」。四年後，對於端方派回成都的朱雲石，兒子郝又三認為他是個有奶便是娘的假志士，為人所不齒，無須招待，而郝達三卻認為：「此一時，彼一時……你只知其一，不知其二！……你可曉得他此次回省，具的是什麼目的？抱的是什麼宗旨？……咳，咳！……不等閒啊！」〔註86〕這類夾雜文言詞句的方言話語反映了語言的時代風貌，顯示出歷史的真實。

　　這些不同的四川方言話語子系統相互獨立又相互交織，構成了李劼人小說方言寫作的整體面貌，呈現出深厚的語言表現力。不同人物，由於其文化水平、生活圈子和身份地位的不同，會有自己的獨特的話語表達，進而形成各自可以自圓其說的話語體系。這些系統有一定的封閉性，但也相互交流並融合，成為公共語言系統的一部分。對於李劼人的四川方言寫作來說，日常方言俗語、袍哥隱語、文人官話、婦女言語等四川方言話語的子系統，有相同的

〔註86〕李劼人：《大波·重寫本》，《李劼人全集》（第 4 卷），四川文藝出版社 2011 年版，第 1024 頁。

使用背景也有各自特殊的使用語境，有相互的接納又有相互的排斥，最終都在作家的調配下穩定平衡地再現於文本中。方言子系統的碰撞使小說語言在「陌生化」的過程中獲得了新的意義，這種信息量的密集和表達方式的彈性與生動，形成李劼人四川方言寫作的張力美，呈現出四川方言話語極為豐富的表現力。

王安憶把優美的漢語劃分為兩大類，書面語一類是經過了歷代文人的錘鍊，變得精緻化、雅化了的漢語言，口語一類則是散播鄉間里巷的民間語言，清新、簡樸、直接。她同時指出這兩類語言也存在各自的缺憾和不足，書面語未免刻板單調，口語則易流於俚俗。如何才能將書面語與口語融合併自如轉換，極大考量著作家的語言功力。因此，王安憶很推崇馮夢龍的《掛枝兒》《山歌》，認為其將俗情俗詞鑲嵌在雅致的格律裏，從而產生出悠遠韻味，而中國傳統話本和傳奇中也具有這樣的語言特點：「要到世俗中去見分曉，必是說些俗話，可讀得的詩書文理都在作底子，其實是俗話雅說。」〔註87〕「俗話雅說」精要地概括出傳統話本小說的語言優長，李劼人的寫作也受到話本小說的深刻影響，其四川方言寫作的另一個鮮明特點即是「俗話雅說」。

李劼人從忠於生活真實的美學觀念出發，一方面筆下的人物對話採用了富有張力感的四川方言話語，另一方面小說的敘述語言則趨向話本小說的語言特點，將俚俗質樸的方言白話與精緻雅化的藝術語言有機結合起來，既營造了地方韻味，又提高了小說的美學格調。李劼人自幼從學，舊學根底深厚，「五四」時期赴法勤工儉學，先後就讀於蒙北烈大學與巴黎大學，專攻法國文學，熟悉西方文學作品。他中學時期就愛好寫作，在「五四」之前已經開始白話小說的創作，後來又擔任報館的主筆、編輯，到1935年創作「大河小說」時，他的語言風格基本上已經成熟了。可以發現，李劼人並未採用純粹「歐化」的語言來寫作，而是熟稔地調用著四川方言，在借鑒話本、四川評書等大眾喜聞樂見的語言表現方式的基礎上，將四川方言提煉、炮製成為富有表現力的藝術語言，通俗風趣而不失蘊藉雅潔。首先，這體現在李劼人四川方言寫作中對四字「俗成語」的特殊喜愛。成語是白話中的「文言」，方言「俗成語」多是現代流行成語的地方口語等義形式，因而算得上方言中的「文言」，可以表達較豐富的意義，形式更是簡潔、明快、雅致，如「仇傷孽對」

〔註87〕王安憶：《美麗的漢語》，《咬文嚼字》2006年第2期。

（冤家對頭）、「冷秋泊淡」（冷冷清清）、「拋文架武」（掉書袋）、「橫開十字」
（仰面朝天）等方言成語，在李劼人小說中俯拾即是。其次，如《死水微瀾》
中的東大街之夜，顧天成視角中的蔡大嫂，「戴了一頂時興寬帽條，一直掩到
兩鬢，從側面看去，輪輪一條鼻樑，亮晶晶一對眼睛，小口因為在笑張著的，
露出雪白的牙齒。臉上是脂濃粉膩的，看起來很逗人愛。但是一望而知不是
城里人，不說別的，城裏女人再野，便不會那樣的笑。」這樣的外貌描寫深得
中國傳統文學的神韻，用筆簡潔、乾淨，少用繁複的歐化句式，也沒有限制
於現代漢語的語法規範，不侷限於主謂賓句式的完整表現，為了突出鼻樑與
眼睛的特點，特意將主謂顛調，形容詞前置。再次，《暴風雨前》寫郝太太剛
去世，郝家就散亂得「好比黃桶箍爆了，各人都在打各人的主意」，大小姐堅
持要將母親的珠寶匣全部放進棺材裏，此時「姨太太不敢說什麼，老爺不便
說什麼，三老爺不想說什麼，賈姨奶奶不配說什麼，少奶奶不肯說什麼」，只
好各自暗懷鬼胎，另作計劃。此處沒有太大的句式改變，僅僅是「不敢」「不
便」「不想」「不配」「不肯」的不同，但就是這五個詞便精確無疑地展現了郝
氏家族崩潰前夕不同人物的心態，濃縮了頗為豐富的內涵，大有幾分文言文
「鍊字」的神韻。總之，無論是四川方言寫作的張力美感，還是方言俗話的
雅用，都是李劼人苦心追求和研究語言藝術的成果，他經常都是「用在書中
的只有一句話」，卻「翻了二十多萬字的文件，搜收了許多證據，拜訪了十
幾個人」〔註88〕。正是由於這樣一絲不苟的態度與千錘百鍊的功力，鑄就了
李劼人四川方言寫作的獨特的個性風格。

　　綜上所述，四川方言寫作不僅表現在採擷運用大量鮮活生動的方言語彙
和句子形式，更主要地表現為一種川語思維，一種在藝術形象塑造過程中的
方言思維習慣。研究表明在四川方言思維下建構起的四川現代小說具有獨特
的藝術表現：一、在人物塑造方面：首先，採擷「原汁原味」的四川方言俗語
對人物進行介紹性描述，並對其肖像、行為、心理、語言進行全方位摹寫，以
此更加契合人物身份和個性；其次，為人物起暗合其品性的四川方言「歪號」，
使名主人形神畢肖，立體感十足，取得「以少總多」的審美效果；再次，描摹
人物「開口就響」的方言話語，如巴蜀實力派的狡黠言談、巴蜀女性的俗辣
話語、巴蜀文化人的文白夾雜等，四川方言語調、語彙、句式的運用與人物

―――

〔註88〕李劼人：《談創作經驗》，《李劼人全集》（第 9 卷），四川文藝出版社 2011 年
　　　　版，第 249 頁。

精神性格內外協調，構成完整的氣場，逐一烘托出形神兼備的川地人物形象。二、在小說敘事方面，川語「對話」思維賦予了四川現代小說更多的「川味」：首先通過對「龍門陣」場景的描寫、擬「龍門陣」對話形態的敘述，使小說「龍門陣」敘事彰顯世俗化敘事格調；其次，通過對巴蜀式「洗腦殼」場景的描寫、對「洗腦殼」的調笑，體現諷喻化敘事方式；再次，通過對激烈「扯筋」場景的描寫、四川方言詈語的大量使用，形成了粗俗化敘事藝術。三、四川現代小說作家對方言的個性化運用，展現出四川方言寫作的不同藝術風格，如：沙汀小說運用「活生生的四川土話」書寫呈現含蓄警闢風格，巴金小說四川方言運用的「無技巧」特徵，李劼人四川方言運用則表現出「用著大眾語寫作」的巨大張力與「俗話雅說」的特點，這都彰顯著四川現代小說作家在語言藝術上的創新精神。

第四章　四川方言書寫與四川現代小說的文化觀照

　　一般而言，方言俗語是描繪地方人物形神、營造地域真實感的一種重要語言工具，但在四川現代小說的創作中，作家往往在運用方言的同時，又超越了方言本身，而直接通過方言寫作觀照地域文化與民俗。從語言內涵上看，語言是記錄文化的一種符號系統，人類學家懷特認為，「全部文化（文明）依賴於符號。正是由於符號能力的產生和運用才使得文化得以產生和存在；正是由於符號的使用，才使得文化有可能永存不朽。沒有符號，就沒有文化。」〔註1〕可見文化是依賴語言的，借語言中介來命名、界定和傳播；同時，語言包含著民族的豐富文化，文化的發展也促進了語言的發展。方言的形成與民族形成發展和區域空間劃分密切相關，正是有了方言和方言所依附的社會，方言才得以保留其獨特的文明因素。這種文明因素中蘊含有豐富的歷史文化信息，包括該地區人群的生存狀態、生活方式、幫會團體、宗教信仰，以及婚喪嫁娶、家庭內部事務，等等，運用方言書寫這些內容時更能表現出其獨具的魅力與底蘊。

　　四川方言是巴蜀地區文化的最外部標誌，也是其最底部的蘊涵，凝結了該地區群體的習俗、民間文化和社會風尚等人文因素。四川現代小說作家對方言話語的自覺調用，超越了語言本身，一方面提示著「情景語境」，另一方面又暗示了「文化語境」〔註2〕，即透過語言從歷史與文化的角度來深度把握

〔註1〕〔美〕懷特：《文化科學——人和文明的研究》，曹錦清等譯，浙江人民出版
　　　社1988年版，第31頁。
〔註2〕在語言學研究中，「語境」可分為狹義和廣義兩類。狹義的語境指話語產生當時

巴蜀社會生活內容。本章重點從作為巴蜀文化持有者的作家角度，探究其運用四川方言寫作的心理和文化動因；具體闡釋四川方言寫作中的地方性知識，深入分析袍哥、茶館、鴉片等巴蜀典型性民俗符號的文化內涵；從民間生活圖景、民間文化心理和作家民間立場三個方面探討四川方言寫作的民間文化意蘊，由此進一步揭示四川現代小說的文化審美價值。

第一節　四川現代小說文化意涵的產生根源

　　吉爾茲在《地方性知識》一書中指出，以往人類學家僅僅是作為一個外來者，用自己的思維、術語、概念來記述對特定文化的見解，而不是通過該文化持有者（native speaker）的內部眼界來描述和理解文化，即他們缺乏對文化持有者自身的社會心理、思維方式、價值觀、審美觀和世界觀的瞭解。四川方言寫作開啟了探索巴蜀精神世界的窗口，生於斯長於斯的作家作為巴蜀文化的持有者，通過小說創作展現了他們對巴蜀文化的描述和詮釋，向讀者敞開了一個視野獨特的文學世界。通過四川現代小說作家群體性的地域意識與方言情感的探究，我們可以看到地域對於作家的價值判斷、文化視野及精神世界的影響，以及作家通過母語方言寫作表達巴蜀文化獨特理解。

一、作家群體的戀鄉情結與地域文化意識

　　故鄉從字面上講就是對於某一時間和空間的指稱，是人遠離故土後對曾經生於斯長於斯的那個地方的一種稱謂。然而在情感的磁場中，故土卻能夠在冥冥中影響人的精神情感世界，使萌發於人類祖先的戀鄉情結作為一種集體無意識代代相傳，並成為人類永遠無法擺脫的精神宿命。四川作家的表現尤為典型，他們在小說創作的過程中總是或隱或現地流露著對故園鄉土的深情眷念與無限關懷。在這些作家生長的歲月裏，巴蜀地區「洄水沱」式的凝滯生活沉重壓抑了這些年輕人心中的熱情，持續不斷的軍閥混戰和黑暗現實束縛了他們自由的心靈，辛亥四川保路運動激蕩著他們自由的心靈，「五四」新文化運動又啟發了他們豐盈的思想，這些都使得他們對聯結生命最初體驗的地域生活與文化，有著反思、表達與突破的共同願望，產生衝出夔門的

　　及緊接在其前後的各種實際事件和具體情景，可稱為「情景語境」（context of situation）；廣義的語境則包括話語產生的整個社會的歷史文化背景，可稱為「文化語境」（context of culture）。

強烈衝動。然而，當他們終於走出巴蜀文化圈，見識了更廣闊的世界，接受了現代文明的洗禮後，他們依然忘了不故鄉，仍時時回望故鄉。對於那些漂泊異地為生活辛苦輾轉的川籍遊子來說，無論他們離開故鄉多遠多久，始終割不斷戀鄉情感，打不破文化心理上的巴蜀情結。

　　李劼人一生扎根本土，留法回國後，曾在少年中國學會的調查表「對於目前內憂外患交迫的中國究抱何種主義」一欄中毅然寫下：「概括言之，可以說是『國家主義』，分析言之，是本於『愛鄉』的感情，推而及於『國』；凡有害於『國』與『鄉』的惡勢力，不論在內在外，一概極端反對到底。」〔註3〕戀鄉之情、愛國之心昭然若揭，並傾注於文學創作之中。李劼人的小說幾乎都是以故鄉四川為背景，並盡了最大努力運用四川方言寫作，他筆下的「川西壩子」因此成為與老舍的「北京古都」和沈從文的「湘西邊城」並立的文學世界。巴金自十九歲離家後，長期身處異鄉，但他一直沒有停止對故里、對年少足跡的尋覓。1941年重返故鄉時，他凝望著「長宜子孫」的照壁，感覺自己「被一種奇異的感情抓住了，我彷彿要在這裡看出過去的十八個年頭，不，我彷彿要在這裡尋找十八年以前的遙遠的舊夢」〔註4〕。直到晚年巴金仍然不住地感歎：「我多麼想再見到我童年時期的腳跡！我多麼想回到我出生的故鄉。」〔註5〕四川人在潛意識中總是以故鄉的生活感受去比照外面的世界，出蜀北上的林如稷、陳煒謨、陽翰笙等人，都不約而同地感慨北地的荒涼與衰落，不斷湧起陣陣鄉情。陽翰笙不喜歡北京名勝香山，他說：「看過樂山大佛，來看這小小的臥佛，只覺得他又小又不合比例，表情也呆板；看過新都寶光寺的五百羅漢，再看這裡的塑像，便不願多停步。」〔註6〕對巴蜀故土的固戀和矜誇可見一斑。還有四川自貢作家王余杞，身為清朝著名的自流井鹽商家族「王三畏堂」的後人，這樣的家族背景是他一生一世都難割斷的情緣。王余杞十六歲就離開故鄉到北平念書，後又長期在天津工作，卻熟練運用四川話創作了反映一代鹽商家族興衰的長篇小說《自流井》。

〔註3〕李眉：《李劼人年譜》，嚴曉琴編：《李劼人與菱窠》，四川文藝出版社1999年版，第87頁。

〔註4〕巴金：《愛爾克的燈光》，《巴金全集》（第13卷），人民文學出版社1990年版，第345頁。

〔註5〕巴金：《願化泥土》，《巴金全集》（第16卷），人民文學出版社1991年版，第459頁。

〔註6〕陽翰笙：《在大革命洪流中》，《陽翰笙選集》（第5卷），四川文藝出版社1989年版，第82頁。

抗戰時期又在自貢《新運日報》上開闢專欄，連載《我的故鄉》系列隨筆，他寫道：「四川是我的故鄉，我自然如別人愛他的故鄉一樣地愛我的故鄉。而且也並非由於感情而偏愛，我的確覺著我的故鄉有可愛處：溫和的氣候，多量的寶藏，豐富的出產，精巧的工藝，奇麗的山水，勤儉的風俗，挺拔的民氣，高尚的文化……在歷史上是有名的『天府之國』，在目前國家危急存亡之秋，又肩負了復興的重任——是一種艱巨的重任，同時卻也是一種無上的光榮。」〔註7〕愛鄉戀鄉之情溢於言表，後又發起編寫《自貢市志》，親自撰寫了有關自貢鹽場的歷史沿革、自貢市容的內容。王余杞也對生他養他的故土一往情深，牽掛終身。

　　四川現代小說作家對故土家園的依戀情結，上升到理性層面實則就是他們對巴蜀地域文化的強烈認同感。如王富仁先生所說：「一個作家首先是在自己地域文化的內部形成了自己的文化傾向和審美傾向。」〔註8〕李怡教授也認為：「在一個作家背井離鄉、匯入中國文化大潮之前的相當長的一段時間裏，與其說他是生活在一個抽象的中國，還不如說是生活在具體而微的鄉土，奠定他生存感受的這最初的日子是在與鄉土文化的廣泛交流中度過的，此時此刻，他對中國文化的接受實際上也就混合著鄉土文化的特殊氣息，鄉土文化（包括地理背景、人文風俗）給予他生存的意象，影響著他思想和性格的發展；就是在他背井離鄉、遠涉他鄉之後，來自鄉土的記憶也依然是擺脫不掉的。」〔註9〕地域文化參與進了整個社會文化的建構，也就對文學的發生發展也產生著重要作用，進而更在地方文學創作主體的自我建構中具有不可替代的作用。成長於巴山蜀水環境中的四川現代作家，自幼就深受獨具特色的文化母體的滋養浸潤，這一地域文化必然深入浸透到每一位作家的血脈之中，並化作文化背景以有形或無形的方式影響著他們的文學品格。因而四川現代小說就成了作家對故鄉生活經歷和生命體驗的書寫，如李劼人筆下的川西壩市井生活，巴金的成都封建世家，沙汀的川西北鄉鎮故事，艾蕪的豐饒原野，羅淑的簡陽桔農鹽工，陳煒謨的川南軍閥，陳銓的富順風情小鎮，周文的西康邊地軍政等等，都表明了作家強烈的戀鄉

〔註7〕王余杞：《我的故鄉》，《王余杞文集》（下），花山文藝出版社2017年版，第31頁。

〔註8〕王富仁：《地域文學與民族文學》，鄧經武：《二十世紀巴蜀文學》，電子科技大學出版社1999年版，第3頁。

〔註9〕李怡：《現代：繁複的中國旋律》，中央編譯出版社2001年版，第305頁。

情結總是與故土這一系列生活意象密切相聯。而語言，尤其是作為特定地域人群觀察和認知世界的思維結晶的方言，更是小說中釋放故土情結和表達文化認同的重要載體。

　　四川方言作為作家的母語，會一直潛沉在作家的無意識深處，依附在作家身體中作「聲音的旅行」，進而在文學創作中自然而然地留下「蹤跡痕」（trace track）〔註10〕。由於語言和文化的天然密切聯繫，在語言習得的同時也意味著文化習得的實現。四川現代作家自幼習得的母語方言作為一種先在的語言和文化，不僅在其心靈上刻下最初的符碼，而且這種記憶深刻的心理符碼還會導致文學中的情感歸依與審美偏好。也就是說，雖然作家年少時期在故鄉獲得了關於生存和生命的最基本、最直觀感受和記憶，隨著年齡和閱歷的不斷增長，也許會被現代理性、西方思想所引導，使他們從文化輸入和批判的高度背離故土的傳統，卻仍不可能斷絕與故鄉根深蒂固的維繫，方言土語恰恰就是承載這一記憶和維繫的符號，是將作家與故鄉永相聯繫的精神紐帶。四川現代小說作家方言寫作的背後，實則是他們對地域文化和地方風貌進行表現的強烈渴望，無論這種表現包含著自我的陶醉迷戀還是反省批評，四川方言的啟用即是作家無法擺脫故土印跡的表現。

二、作家群體的方言情感與「鄉土根性」

　　四川方言是川人語言交流的工具，也是巴蜀歷史文化的一種凝結，它與人們的日常感性經驗和生活形態緊密相關，有著語言表達的生動性和與豐富性。四川人十分看重這份語言的傳承，就如北京人到處都以一口「京片子」為榮一樣，他們無論走到哪裏都操一口地道的四川話，即便說普通話也常常帶有濃重的川味，俗稱「椒鹽普通話」。四川方言經過作家的精心提煉和製作，還成為了現代文學中的一種頗具影響力的地方性語言，表明四川作家的方言情感是強烈的，也是有效的。有學者認為，「方言情感是民族語言集團內部說某種方言的人們對自己歸屬於某一方言集團的自我意識，是對於自己方言在民族語言中的地位以及與民族語言內部其他方言之間相互關係的理解，而這種自我意識和理解表現在人們的思想、感情、意向等等方面。

〔註10〕解構主義創始人德裡達提出蹤跡（trace）和心靈書寫（psychic writing）為語言的發源。轉引自鄭敏：《世紀末的回顧：漢語語言變革與中國新詩創作》，《文學評論》1993 年第 3 期。

簡單地說，方言情感是方言區人們對各種方言的主觀認識和評價。」〔註11〕
四川現代小說作家熱衷方言寫作的心理原因正是源自其強烈的母語情感，出
於對故土家園的情感依戀以及對地域文化的理性追求，他們對自幼習得的母
語方言情有獨鍾，由此產生了在小說創作中自覺採擷運用方言話語的心理傾
向和衝動。

　　語言學家索緒爾提出語言的「鄉土根性」，他認為，「『鄉土根性』使一個
狹小的語言共同體始終忠於它自己的傳統。這些習慣是一個人在他童年最先
養成的，因此十分頑強。在言語活動中如果只有這些習慣發生作用，那麼將
會造成無窮的特異性。」〔註12〕由於巴蜀地域環境和文化的特殊性，四川現
代小說作家的母語方言情感也有其特殊的鄉土根性，正如楊義先生在《中國現
代小說史》中指出的：

　　　　自歷史和地緣的交錯而言，我國鄉土文學從二十年代前期到三
　　十年代，有一個值得注意的由東向西的漸進過程。這股以宗法制鄉村
　　小鎮為基本描寫對象的文學潮流，以魯迅筆下的魯鎮未莊小說為先
　　驅，於二十年代前期出現了許欽文、王魯彥、許傑等浙東鄉土小說家；
　　到了二十年代中期開始向西播遷，在湖南作家彭家煌與許傑並起的
　　同時，出現了華中作家廢名和湘西作家沈從文的帶有牧歌情調的鄉
　　土抒情詩式的小說。略晚於廢名，有貴州作家蹇先艾執著沉實地描寫
　　著黔地風情，他的作品大概可以和「五四」以前四川作家李劼人的
　　《「夾壩」》《盜志》之類描寫四川官場和康藏山地的文言的或白話的
　　小說相呼應。但是李劼人早在1919年旅法勤工儉學，到他1935年
　　再度潛心小說創作，寫出《死水微瀾》等富有四川鄉土特色的作品的
　　時候，沙汀、艾蕪、周文等作家已在上海文壇嶄露頭角了。〔註13〕

封閉的地域環境阻礙了四川現代作家對新思想和信息的接受，當他們走出盆
地接受先進時代思潮之後，再以一種靜觀、眷戀的目光描繪巴山蜀水的鄉風
民情時，比起浙東等地域作家群的崛起雖然晚了一步，但不可忽視的是，四
川作家群是對鄉士題材最鍾情的一批。巴蜀文化的歷史沉積和民間特質，

〔註11〕謝伯端：《試論方言情感》，《湘潭大學學報》1985年增刊2期。
〔註12〕〔瑞士〕費爾迪南·德·索緒爾：《普通語言學教程》，高名凱譯，商務出版
　　　　社1980年版，第287頁。
〔註13〕楊義：《中國現代小說史》，《楊義文存》（第2卷·中），人民出版社1998年
　　　　版，第424頁。

對這個作家群體的創作產生了巨大影響，這些作家不約而同地以熟稔於心的母語方言，專注於描寫故土鄉民的生活環境與生命狀態，展現了巴蜀地域的原生態，典型如其筆下的袍哥、棒老二、保長，以及淘金的風潮、井鹽的產業、抽鴉片的鄉俗、抓壯丁的弊政，甚至作為交通工具的雞公車、滑竿，都帶著鮮明的巴蜀鄉土文化的印記。

通過四川方言在小說創作中的一致運用，我們還可以看到四川現代小說作家們的地域文化意識和對鄉土寫實的堅持。李劼人曾受法國自然主義文學的深刻影響，學習了其「真實的觀察」「赤裸裸的描寫」「如實描寫，並無諱飾」的精神，並將此作為自己小說創作的準則。通過細膩寫實的手法，記錄和還原了一個全方位真實的四川，風土人情、民俗文化、語言狀況盡顯其中。為了資料的真實與描寫的客觀，李劼人「盡力搜集檔案、公牘、報章雜誌、府州縣志、筆記小說、墓誌碑刻和私人詩文」〔註14〕，郭沫若在讀了他的小說後稱頌他為「中國左拉」，「一位健全的寫實主義者」，把其小說譽為「小說的近代《華陽國志》」，並說自己過去在故鄉的生活「都由他的一支筆替我復活了轉來」〔註15〕。沙汀與艾蕪曾就創作問題與魯迅有過書信往來，得到了魯迅「各就自己現在能寫的題材，動手來寫的。不過選材要嚴，開掘要深」〔註16〕的指導，因而艾蕪在創作「南行」小說時，「也發下決心，打算把我身經的，看見的，聽過的———一切弱小者被壓迫而掙扎起來的悲劇，切切實實地給寫了出來。」〔註17〕從1935年起，艾蕪對家鄉表現出極大的眷戀，直接把創作的筆觸伸到了故鄉廣袤的川西平原，他在《春天》的改版後記中闡明了創作意圖，正是這濃得化不開的鄉土情結，使他時常思念故鄉，雖身處上海左翼文化運動之中，但他仍未停息對千里之外的巴蜀鄉親的思念。在艾蕪看來，描寫故鄉生活似可作為鄉愁的一種有效的心理補償，「便決定把那位在岷沱流域的景色人物，移到紙上，也宛如自己真的回到故鄉去一般」〔註18〕。

〔註14〕張秀熟：《李劼人選集·序》，《李劼人選集》（第1卷），四川人民出版社1980年版，第5頁。

〔註15〕郭沫若：《中國左拉之待望》，《中國文藝》1937年第1卷第2期。

〔註16〕魯迅：《關於小說題材的通信（回信）》，黃曼君、馬光裕編：《沙汀研究資料》，中國社會科學出版1986年版，第74頁。

〔註17〕艾蕪：《原〈南行記〉序》，《艾蕪全集》（第1卷），四川文藝出版社2014年版，第6頁。

〔註18〕艾蕪：《〈春天〉改版後記》，《艾蕪全集》（第2卷），四川文藝出版社2014年版，第233頁。

艾蕪在對故土現實的描繪中，試圖通過方言鄉音的書寫來實現自我精神的歸鄉。與艾蕪相比，沙汀的鄉土寫實風格更加明顯，在 30 年代早期開始創作之後，沙汀經過一段時間的摸索，找到了適合自己的創作風格，即用方言寫作反映他所熟悉的川西北城鎮農村的現實生活。沙汀一直認為，「作家應該從所選擇、塑造的人物自己的生活、性格和處境出發來刻畫人物的內心世界」，並強調「我在創作上長期傾向於現實主義，喜歡寫得含蓄一些，自己從不輕易在作品中流露感情，發抒己見」〔註19〕。楊晦因此把沙汀看作「農民派」的代表作家，認為其小說中的鄉土氣氛「才把這在偏遠內地所謂川西北的社會情形，給全盤地呈現在我們的眼前了」〔註20〕。還有其他作家如羅淑、周文、巴波等，都堅持如實地反映自我熟知的生活真實。周文是帶著豐富的人生閱歷開始他的小說創作的，對於初作《雪地》的成功，他認為是「《雪地》的生活也許對於我比較更熟悉了的緣故，所以筆一碰就碰著了吧」〔註21〕，他還深有體會地說道：「一個忠實於現實的作者應該遵守的一個創作上的鐵則就是應該寫他自己所熟悉的生活和人物。」〔註22〕他所熟悉的生活就在於滋養他的川康熱土，感受與體悟到的也是邊荒之域的淒悵和沉重。於是他有意識地提煉既是大眾化的、又富有地方特色的文學語言，描寫大雪山中殘酷的軍旅生活、軍閥為政的兇殘險惡以及底層民眾血淚交織的窘迫生活，讓讀者得以一窺中國西南內陸的黑暗面影。羅淑自第一篇小說開始，幾乎將全部的注意都投向了故鄉岷沱流域的嚴酷、凋敝的農村生活，描寫貧苦農民、鹽井工人等社會底層人物，而這些都是從她年少生活經歷中獲得的有關巴蜀地區的特殊情形。在創作風格上，羅淑選擇了以方言母語為基礎來建構地方鄉土特色的語言形態，「並不依靠自己出頭露面吶喊、呼籲和大發議論來鼓動讀者，主要是用人物本身的言行和內心活動獲致高度藝術效果」〔註23〕，力求展現女性

〔註19〕周揚、沙汀：《關於〈許茂和他的女兒們〉的通信》，黃曼君、馬光裕編：《沙汀研究資料》，中國社會科學出版社 1986 版，第 158～159 頁。

〔註20〕楊晦：《沙汀創作的起點和方向》，黃曼群、馬光裕編：《沙汀研究資料》，中國社會科學出版社 1986 年版，第 228 頁。

〔註21〕周文：《在摸索中得到的教訓》，《周文文集》（第 3 卷），作家出版社 2011 年版，第 37 頁。

〔註22〕周文：《在白森鎮・後記》，《周文文集》（第 1 卷），作家出版社 2011 年版，第 543 頁。

〔註23〕沙汀：《羅淑和她的〈生人妻〉》，衛竹蘭編：《羅淑研究資料》，知識產權出版社 2010 年版，第 118 頁。

鄉土想像中的獨特審美內質。40年代活躍於四川文壇的小說作家巴波,以寫實筆觸深刻地揭露了國統區社會的腐敗黑暗,其中不乏巴蜀人文風情、民俗的描寫,小說語言也富有鮮明濃郁的川味風格。然而,解放後巴波由於留居黑龍江,轉而敘寫北方生活,雖也不乏力作,但總是有一些「隔」的感覺,不似故鄉題材和母語寫作的小說那樣自然親切。創作語境的改變使巴波了悟自己「深入」的「根」仍在故鄉四川,而「這個有三十年生活積累的『根』卻斷了線」,「單是語言,要從四川的變為黑龍江的,就很難。難在語言的結構、節奏、韻味,還有地方性的成語等,都不好掌握,達不到土生土長的那樣自然,更不談其他了。」〔註24〕可見方言與文化的獨特聯結,以及作家與地域之間不可言喻的默契關係。

由於文學創作是一種借助於語言的想像藝術,所以當李劼人、艾蕪、周文、巴波等作家在小說中描摹故鄉的人與事,敘述鄉土的常與變時,他們希望通過文學方式實現精神還鄉的行為,必然演化並具化成為一種語言還鄉之舉。小說中的巴蜀原生意象不僅得到了較多的保留,人物對話中直接使用的民間口語和方言土語,也在最大程度上強化了作品的客觀性,在語言效果上給人以真實感,其意義絕不僅僅是塑造人物、展示人物的性格,同時也是地域精神和風土人情最好的標識。敘述語言即使不為了突出敘述人的方言特色,四川方言對客觀現實的表現能力,特別是在敘述巴蜀一方水土時,往往比規範語言有更大的優勢,更能喚起一系列與巴蜀地域有關的感覺。由此可以看出,認同、固守、體味和運用四川方言,是四川現代小說作家抒發戀鄉情結、實現精神還鄉的一種重要途徑,他們以對巴蜀地域文化的熱愛和對四川方言的熟稔,充分利用寫實的手法,對巴蜀鄉土進行真實、細緻地描繪呈現,從而他們的方言寫作成為20世紀上半葉四川社會的生動畫卷。楊義先生認為:「四川鄉土寫實小說的出現,是三十年左翼文學向現實主義深化的一項重要成果。」〔註25〕確是如此,四川現代小說創作雖然也處於講究文學的政治性、功利性的時代語境中,但與「革命文學」的潮流尚保持著一定距離,作家通過調用母語方言進行文學書寫,從地域文化的角度而不是以單一的政治、階級視角來呈現鄉土真實。

〔註24〕巴波:《學藝簡記》,《風雨兼程》,北方文藝出版社1992年版,第231、232頁。
〔註25〕楊義:《中國現代小說史》,《楊義文存》(第2卷·中),人民出版社1998年版,第427頁。

第二節 四川現代小說方言書寫的地域文化表現

　　每個「地方」，大至一國、一省、一城，細至一個街區、一個村莊，都有各自的文化傳承，它們之間的差別有時是非常細微的。通常辨識一個地方的依據是「地方知識」，古希臘稱之為「米提斯」（Metis），它是指一個地方獨有的無法被轉譯為通識的經驗。例如環境地理、歷史記憶、鄰里關係、身份認同、食物偏好、傳統手工藝等等，它會根據日常生活的需要不斷進行調適，但始終根植於一方水土，幫助形成地方風俗和地方性格。對這種地方知識的獲得，來源於生於斯長於斯的生命經歷以及後天繼發的研究。由於四川一直處於農業社會，受到地理環境的制約相對閉塞，直到近現代西方文明才逐漸滲入巴蜀地域。因此，在風俗人情、生活成規、心理信仰等方面，四川保留了千百年來傳承的古樸因素和歷史遺跡。四川現代小說作家以文化持有者的內部視角，從巴蜀地域文化自身的角度切入四川方言書寫，深入鏈接一方符號系統的內涵，對各種民俗事象以及袍哥、茶館、鴉片等地方性文學符號進行深度闡釋，從而在小說中呈現出豐富、博雜的巴蜀地方性知識。這些地方性知識不僅能增加小說的真實性和生活感，貼近民眾心理，還能幫助讀者瞭解四川的社會習俗和風土人情，達到「看起來是覺得非常開拓眼界，增加知識的」〔註26〕藝術和文化效果。

一、民居生活與婚喪嫁娶的地域特徵

　　在四川現代小說中，不少作家運用四川方言生動描寫了川人的民居生活空間和日常生活活動，如公館門道、茶館飯店、街道商鋪、公園會場，以及趕青羊宮、遊勸業會、逛東大街、坐茶館、擺圍鼓等等，細緻展現了巴蜀城鄉村頗具特色的民俗風情。

　　李劼人的小說集中寫到了成都：既有「三倒拐街」「岳府街」「華興街」「大牆後街」「東大街」「西御街」「春熙路」「學道街」「走馬街」「指揮街」等幾十條街道名，又有「滿城」「皇城」「勸業場」「南較場」「高等學堂」「悅來茶館」等場所，還有「青羊宮」「二仙庵」「武侯祠」「少城公園」「望江樓」等古蹟名勝。特別是寫了四川地區特有的「公館」和「門道」，如李劼人「大河小說」中的郝公館、黃公館，和顧家門道、伍家門道，以及《天魔舞》中的

〔註26〕魯迅：《致羅清楨》，《魯迅書信集》，人民文學出版社 1976 年版，第 469 頁。

「八達號」門道等。在清朝，成都城內的住宅，是有階層、等級之分的，上層社會的官宦人家住的稱為「公館」，沒有功名的普通百姓的住宅叫做「門道」。公館和門道都是成都人飲食起居、娛樂休息、談天說地的日常生活環境，通過這些公館和門道的具體描寫，既突出了人物性格形成的生活環境，更揭示了其中蘊含的文化積澱。如《死水微瀾》中這樣寫郝家公館：首先是公館人的生活禮儀與傳統文化基本保持一致，「處處都在講規矩，時時都在講規矩」——

> 比如，說話要細聲，又不許太細，太細了，說是做聲做氣，高了，自然該挨罵。走路哩，腳步要輕要快，設若輕到沒有聲音，又說是賊腳賊手的，而快到跑，便該挨打了。不能咧起嘴笑，不能當著人打呵欠，打飽嗝。尤其不能在添飯斟茶時咳嗽。又不許把胸膛挺出來，說是同蠻婆子一樣；站立時，手要聾下，腳要併攏。……向老爺太太少爺小姐們說話，不准稱呼「你」，就說到「我」字時，聲氣也該放低些，不然，就是耳光子，或在膀子上糾得飛疼。……此外規矩還多，客來時，怎樣裝煙，怎樣遞茶，怎樣請安，怎樣聽使喚，真像做戲一樣。〔註27〕

這裡，「說話要細聲」「說是做聲做氣」「又說是賊腳賊手」，都是典型的四川方言：細聲即「小聲」，但就「川味兒」講，「細」較「小」還有「微」「弱」之義，說話可以說「細聲細氣」，卻不能說「小聲小氣」，表現的是一種斯文與雅致，而「做聲做氣」（在四川話中，「做」讀如「住」）則「做作」、不自然，也不行。在對人說話「就說到『我』字時，聲氣也該放低些，不然，就是耳光子，或在膀子上糾得飛疼」，再次要求下人說話聲音要小（「放低」），不然就要挨耳光（川語稱「耳光子」「耳巴子」）或者手臂（川語稱「膀子」）被用力扭掐（川語稱「糾」）而感到非常疼痛（川語稱「飛疼」）……這一系列「細節」要求，都無不顯示公館裏的等級森嚴，一切行為都要符合「下人」的身份。由於這一切描寫又是從來自鄉間的春秀姑娘所見的情景著眼的，所以呈現出來的就不只是一般的地域性知識，而是緊緊扣住塑造人物形象的需要而著筆的，也就成為整體作品的有機部分，不可或缺。其二是郝公館的建築格局、庭院布置等，都蘊含著上流社會詩禮之家崇尚風雅的審美理想，同時也

〔註27〕李劼人：《死水微瀾》，《李劼人全集》（第1卷），四川文藝出版社2011年版，第136～137頁。

顯示出四川民居的地方特色：房屋有磚牆、轎廳、天井、堂屋、大院壩、倒坐廳、圍房、客廳、草壩、學堂、花園和假山水池，種植的花草樹木有玉蘭花、梅花、壽星橘、萬年紅、蘭草、藤蘿、白果樹、京竹、觀音竹、冬青、槐樹、春海棠、梧桐、臘梅等。這些都是川西平原才能常見的植被。其三是悠閒、散漫的公館人的生活方式：每天「差不多太陽快出了，才起床。吃早飯，那更晏了，每天的早飯，總是開三道。頭道，是廚房隔間的大鍋菜飯，二道，是大少爺大小姐陪胡老師在學堂裏吃。這一道早飯開後，老爺、太太、姨太太、三老爺才起來，才咳嗽，才吃水煙，才慢慢漱口，才慢慢洗臉，才慢慢吃茶。」到了晚上，「全公館的人，都是夜貓兒」，老爺、太太、姨太太、少爺、小姐，各行其是，念書、寫字、燒煙、擺龍門陣、做活路，直到「打三更了，大少爺大小姐向老爺太太道了安置，才各自進房去睡」。生活如此安逸，每日循環，波瀾不驚，總之把偌大的一座公館藝術化了。

沙汀、林如稷、羅淑等作家則長於描摹散落在「巴山蜀水」間鄉鎮的鄉鎮老場。比如沙汀筆下的川西北「某鎮」（《某鎮紀事》），「河流就在市街的對角，傍著那座高大陡削的老鷹岩流過去，彎彎曲曲的，有如一條粗糙的板帶。」鄉鎮村落的建築風格也自有其特色，「和涪江流域各地的小市鎮一樣，我們只有一條正街，從東邊柵門跑到西邊柵門，包管你身上不會出汗。而且連橫街也沒有。街面是石頭鋪的，中間是紅花石板，兩邊是飯碗大小的青色鵝卵石。」林如稷筆下的玉帶市的街道是用石板鋪成，「市街雖然狹窄，房屋卻很稠密，只精華部分，要算中街，有幾座大廟，座前都設有茶館，米糧店，布店，酒館，也都聚於中街。」（《葵堇》）作家們還不約而同地用濃墨重彩鋪寫了四川鄉民最喜愛的「趕場」活動。由於鄉民居住分散，需要有定期的聚集性、共同性的活動來滿足人們的社會交往需求，鄉鎮集市就成了重要的社交場所，「趕場」便成為鄉鎮生活最熱鬧的活動。「趕場」即趕集，「場期」由各個鄉鎮自行規定，一般十天三場，也有兩天一場，不趕場的日子就叫「閒場」。陳銓《天問》中的富順縣城除了逢十的日子，每天都有場期，「一四七趕西門，二五八趕後街，三六九趕東街」。每到趕場之時，「鄉里的人，一個個都擔起米、豆、麥、布各種的東西來賣。白花的貓兒，……紅冠子，綠尾巴的雄雞，……講價錢的聲音，叫賣的聲音，朋友招呼的聲音，雞聲，貓聲，哄哄地嚷成一片。」羅淑《地上的一角》《魚兒坳》中都有一位二爺，「在鎮上認下口案賣鹽已有兩年光景」，十天中有八天他都是輪流地在幾個場鎮上奔跑。沱江流域的場鎮上，

交易貨物則以當地物產井鹽和柑橘為主。李劼人《死水微瀾》中的天回鎮趕場更是熱鬧非凡，有買賣不菲的活豬市、火神廟內的米市、關帝廟中的家禽市、雜糧市，這些都是川西鄉人所稱的「大市」，在場內交易著黑毛肥豬、玉麥、豌豆、胡豆、水牛、山羊、高頭騾子等十分豐盛的四川物產；「大市之外，還有沿街而設的雜貨攤，稱為小市的」，主要買賣的是家機土布、外國來的竹布、洋布、各種帽子、鞋子和婦女穿戴的小飾物，琳瑯滿目，應有盡有，「本來已經夠寬的石板街面，經這兩旁的小市攤子，以及賣菜，賣零碎，賣飲食的攤子擔子一侵蝕，頓時又窄了一半，而千數的趕場男女，則如群山中的野壑之水樣，千百道由四面八方的田塍上，野徑上，大路上，灌注到這條長約里許，寬不及丈的長江似的鎮街上來。你們盡可想像到齊場時，是如何的擠！」鄉鎮集市除了商品交易，也是人們消遣娛樂的時機，每當散場過後，「茶坊、酒店、煙館、飯店、小食攤上的生意，便加倍興旺起來」。「趕場」作為川人的日常生活方式，更是普遍的經濟、文化活動。作家們將其熱鬧場面藝術地鋪寫出來，不僅顯現了生機勃勃的氣象，更為一個個「四川人」的藝術形象的成功塑造提供了必要的環境。

此外，四川現代作家還寫到了多種多樣的「川菜」。飲食不僅反映著人的生理需要，而且反映著人的物質和精神需要，是人類社會非常平俗有味的文化現象，關涉到飲食原料、調製方法、進食方式、飲食禮儀等眾多內容。成都平原一直享受「天府之國」的美譽，物產的豐饒使四川的飲食獨具特色，吃得講究成為了川人享受生活的方式之一。《華陽國志》中記載，蜀人自古就以「尚滋味」「好辛香」，講究口腹之欲而聞名。

成都人李劼人原本就是個川菜美食家，他開過一家名為「小雅軒」的餐館，並對飲食文化有著頗多的研究，寫了《談中國人的食》《漫談中國人之衣食住行——飲食篇》等文章。在其小說中，所寫到的川菜不計其數，主食有帽兒頭，肉菜有臊子蹄筋、回鍋肉、魚香肉絲、鍋巴肉片、蒜泥白肉、鹽煎生肉、燒臘滷肉、魔芋燒鴨、白斬雞、雞豆花湯、宮保雞丁、豆瓣鱔魚，素菜如灰包皮蛋、清水鹽蛋、泡菜、豆腐乳、豆豉、胡豆瓣，還有小食點心如油炸花生糕、紅油抄手、雲片糕、醪糟湯元、和糖油糕、黃散、小春捲、芙蓉糕、鍋巴糖等。另外，川酒則有重慶允豐正仿紹酒、錢家翁家藏陳年花雕、溫鴨子照水碗（脹死狗酒）、各類大麴酒等，紙煙有地球牌紙煙、三炮臺紙煙、呂宋雪茄煙、水煙、綿煙、福煙、雙金蘭煙，等等。眾多的川菜名、小吃名和煙名、

酒名，本身就是川味兒十足的四川方言語詞，而這些語詞背後蘊含的歷史悠久、川味濃重的飲食文化都被李劼人寫進了小說中。例如《大波》中寫到的小吃「盆盆肉」之所以也被稱為「兩頭望」，是因為「體面人要吃這種平民化的美味，必兩頭一望，不見熟人，方敢下箸」。

王余杞《自流井》也寫到一樣美食特產「鑌鐵桶燉牛肉」，這道菜做法雖然不算太考究，但卻是自流井特有的吃法：「找出一個鑌桶，用火酒燒去那桶裏的洋油味，裝滿了牛肉塊，裝滿了蘿蔔片，又把蓋子蓋上去，焊得清絲嚴縫，叫它不透氣。然後丟進鹽鍋裏，跟鹽水一齊煮，煮了一整天，撈起打開，牛肉蘿蔔，燉得稀爛，因為它沒走氣。」這種川味美食與自流井鹽產有著密切的關係，小說中描寫到井鹽生產過程中推水和銼井的動力都是來自大量牛的使用，「連筒帶索子怕差不多好幾千斤重」，加上高強度的工作，使得大批量的牛累死，而死掉的牛不可能白白扔掉，於是就靠用鹽來加工牛肉了。四川與其他地區飲食文化最大的不同還在於，四川人追求的不只在食物本身，更多的是在食物製作過程中的選料精當、加工精緻、配料精心，吃似乎也不僅僅只在於吃飽，更重在吃的過程中視覺、嗅覺和味覺的多重享受。艾蕪在自傳小說《江》中回憶故鄉小吃「豆粉兒」，「擺的青花碗紅花碗，亮亮的，晃人的眼睛。中間安置一個圓圓的銅鍋，隔成三格，一格是糖水，一格是肉湯，一格是醬油和別種東西煮的香料。鍋側邊有一列小小的木架子，放碗紅油辣椒和一小塊油浸的核桃，一碗和辣椒炒熟的牛肉腺子，一碟切得碎碎碎的大頭菜，一碟切得細細的蔥花，另外是一小竹筒胡椒粉子。這一切，看起來實在是悅目，再經江風微微一吹，散在空氣裏面真是香味撲鼻。」對於中國的飲食文化，李劼人曾發表過如此一番言論：「一直到今日，可說一般中國人在吃的方式和態度上，簡樸是簡樸了，認真也很認真了，只是嫌其不甚暸解吃於人生的意義，而往往過於苟且，除了正正經經的大宴，稍存雍容的禮貌外，無論大布爾喬亞、小布爾喬亞，乃至平民……對於吃，只能說是暴殄與撈飽作數。至於作為有意義的享受，那真說不上。」〔註 28〕四川現代小說作家筆下的四川人確如李劼人所說，對於吃的態度顯然跟其他中國人不一樣，他們認識到「吃」是「不可輕蔑之事」，也是「人生之要義」，並能夠用欣賞、沉迷且雍容的態度製作、品味美食，在口腹的滿足中真正享受世俗人生。

〔註 28〕李劼人：《漫談中國人之衣食住行》，《李劼人全集》（第 7 卷），四川文藝出版社 2011 年版，第 366 頁。

　　婚喪嫁娶都是每個時代生活中的大事，有著歷史傳承下來的儀式規範，巴蜀文化自然也承續著這種禮性，四川現代小說方言寫作中對婚喪祭祀風俗文化的描寫，正是對巴蜀文化深層結構的集中展示。

　　四川地區普遍流行的婚姻習俗，在歷史傳承過程中雖然有些變化，但基本上沒有離開「六禮」（納采、問命、納吉、納徵、請期、親迎）的內容。四川現代小說對晚清至民國時期的結婚禮俗進行了生動的描寫，成為四川方言書寫展現巴蜀民俗文化的一個重要窗口。巴金小說中多次出現結婚的情節，《家》中覺新和瑞珏的舊式婚禮，《春》中蕙小姐的出嫁，《秋》中枚少爺的迎娶等。巴金對這些結婚嫁娶的流程儀式進行了詳細描寫，如挑人戶、批八字、下定、過禮，以及撒帳、撒紅錢、聽房、吃喜餅、安席等環節，真實呈現了成都地區流行的婚嫁習俗。

　　李劼人還描寫了各階層不同形式的婚禮，如官紳人家少爺郝又三的舊式婚禮，鄉鎮掌櫃蔡興順與鄧麼姑成親的儀式，蔡大嫂再嫁顧天成的婚事，以及維新人士周宏道的「帶有革命性的新式婚禮」。特別是《暴風雨前》中郝又三的婚事，從定親到成親，從婚事的排場到繁縟禮節，李劼人都一一寫來，詳細備至，把那場婚禮氣氛描繪得濃郁生動，情趣盎然，不僅描敘了邀媒、求八字、相郎、下定、擇期、報期、過禮、回禮、鬧花宵等前期程序，還詳細地寫到正式迎娶及跪拜謝禮的儀式，包括發花轎、開臉、回車馬、撒帳、飲合卺酒、正經大拜、鬧房、聽房、圓房等幾乎所有的流程細節：

> 　　一直到夜晚。新娘是穿著新衣，戴著珠冠，直挺挺坐在床跟前一張交椅上，也不說，也不笑，也不吃，也不喝，也不走，也不動；有客進來，伴娘打個招呼，站起來低頭一拜，照規矩是不准亂看。雖然葉文婉是那樣爽快的人，這裡又是熟識地方，雖然郝香芸香荃要時時來陪伴她，要故意同她說話取笑，雖然姨太太來問了她幾次吃點什麼，喝點什麼，雖然春蘭傳達太太的話，叫她隨便一點；但是規矩如此，你能錯一點嗎？〔註29〕

由於每一個細微動作都必須照「規矩」辦，使得原本「那樣爽快」的新娘是萬不可「隨便一點」的，因為「規矩如此」，歷史的傳承是如此，「自己的母親是如此的教，送親吃酒的女長親是如此教，乃至臨時雇用的伴娘也如此教」！

〔註29〕李劼人：《暴風雨前》，《李劼人全集》（第2卷），四川文藝出版社2011年版，第40～41頁。

這一連串迫使人必須「如此」的「規矩」，無疑是封建社會遺留下來的「禮教」，作家對這些繁文縟節寫得越細，越能體現郝家這類「公館」大家與眾不同的經濟與社會地位。

羅淑《生人妻》中還描寫了四川鄉村迎娶「生人妻」的一套儀式、規矩，比如迎娶的時間定在夜晚，接親途中如果踩了別人的地界要「掛紅放炮」，進門之後的「生人妻」須得洗澡換衣，謂之「洗晦氣」。巴蜀地區的「生人妻」與浙東一帶的「典妻」風俗制度相似，都是一種把婦女當作商品進行買賣的野蠻習俗，但「典妻」到了約定的期限後，仍被許可回到原來的家庭，而一旦做了「生人妻」，那夫妻便永無再次相見之日。這是殘酷、野蠻的川西農村落後風俗的遺留，卻也成為貧苦人家解脫困境的一種無奈之舉。

民間社會非常看重人的死亡，對喪葬的重視程度甚至超過婚姻之事，喪葬大禮完備而繁瑣。四川現代小說的方言書寫中對喪事、喪葬、喪禮、喪俗都有描寫，形象全面地展示了四川的喪葬民俗。巴金的《家》寫有梅表姐之死、高老太爺之死和瑞珏之死的情節，並詳細展示了相關禮俗，如葬禮由「禮生」主持，「靈堂裏有女人哀哭；經堂裏有和尚念經。靈堂裏掛起了輓聯和祭幛；經堂裏掛起了佛像和十座閻羅殿的圖畫」，死者家人「頭上戴著麻冠、腦後拖著長長的孝巾、穿著白布孝衣和寬大的麻背心、束著麻帶、穿著草鞋、拿著哭喪棒……」王余杞在《自流井》中寫到迪三娘「發靷出葬」的情景，「幼宜領著幾個兄弟，戴上蔴冠，穿上蔴衣，低著頭，躬身拄著哭喪棒，走在靈柩前面，上坡下跪，下坡下跪，轉彎下跪，過橋下跪；連走帶下跪，一直跪倒墳地。靈柩入土，新墳堆上。磕完頭，脫下蔴衣，只穿孝服。」

李劼人在《暴風雨前》中，對郝太太的喪葬儀式用筆最多，描寫更為詳細。郝公館「在一場送終號哭之後，大家就按部就班地辦起大事來」，燒頭紙、下罩子、淨身、穿壽衣、置辦殉葬品、開路法事、屍首入棺、小斂、大斂、成服、和尚念經、逢七哭靈、守喪……一項不缺，紋絲不亂，從郝太太去世之時到守喪的儀式活動，以及器物文化，都有具體描繪。這場喪禮時間長，耗費大，禮節講究，場面氣派，形象反映出成都官紳人家隆重的喪葬禮俗。而《死水微瀾》中顧三娘子的喪事，雖然流程也嚴格遵循鄉間舊俗，但在規模和陪葬物的豐儉方面都與郝太太有著顯著差異。比如，絕氣時燒頭紙，下帳，放出三魂七魄，接著左鄰右舍、三親六戚來治喪，然後人大斂，供頭飯，做法事等，一切都是隨鄉間習俗而行。還有對「哭喪」的描寫，鄰居鍾麼嫂平時雖然

與顧三娘子有矛盾，這時卻放聲大哭道：「真是呀，顧三奶奶，那裡像短命的！平日多好，見著我們，總是和和氣氣的，一句話不多說！……心又慈，前月一個叫花子走來，我才說一聲可憐，天也冷了，身上還是披的那件破單衫。你們看，顧三奶奶當時，就把三貢爺一件爛夾衫取出跟了他。……像這樣的好鄰居，那裡曉得就會死哩！……」娘家嫂嫂也哭訴道：「你平日怕娘家人來沾你一點光；你現在死了！能把家當帶走麼！」「哭喪」習俗一般專擇死者的長處優點來說，而此一番哭訴卻也透露出鍾麼嫂的虛情假意與娘家嫂嫂的別有用意，這都是農村風俗人情的生動體現。然而，鄉間習俗也逐漸不大講究成服、做法事這等治喪之事了，顧天成家做法事的和尚半夜必要清唱一二齣高腔戲或絲絃來休息一下，這成為鄉下人難得的聽戲娛樂，連顧天成「一見鑼鼓敲打得熱鬧，竟自使他忘記了這在他家裏是一回什麼事，興致勃勃，不待他人慫恿，公然高唱了一齣打龍袍」，川人通脫樂觀的生活態度可見一斑。總之，四川現代小說在展示四川城鄉不同的婚喪習俗時，既寫出了這些習俗的流程，也在一定程度上展現了人物的性格特徵。

　　此外，四川現代小說還寫了四川的歲時節令，這些歲時節令頗能代表各地的地域特色。人們在長期的生產和生存活動中逐漸掌握物候變化和時序節令之間的聯繫規律，遂將其與社會活動相結合，發展出帶有祈福、紀念、祭祀、娛樂等功能的節日民俗。民間節日作為一種文化事象，具有複合性的特點，如鍾敬文在《節日與文化》一文中所說：「民間的許多節日，是包括著社會的多種活動事項在內的。從社會文化的門類說，它包括著經濟、宗教、倫理、藝術、技藝等活動。它是許多文化活動的集合體，是民族文化的一種展覽會。」〔註30〕近現代的四川地區處於鄉土社會，人們以農業生產為生活的主調，只有在節會上得到文化享受，滿足更高層次的精神需求，有關節歲的風俗、儀式及其文化創造一直在民間傳承。

　　四川現代小說方言書寫幾乎記載和展現了巴蜀鄉民的各種節慶活動，可以說是巴蜀文化的「展覽會」。正月初一成都人家都有「出天方」和「走喜神方」的習俗，「天色黎明時候，燃香明燭，敬祀天神地祇和五方之神」（《大波》）；還要「走出大門，到了街上，向著本年的『喜神方』走去」（《家》）。正月十五元宵節，「觀燈」是一大節日活動，李劼人和王余杞工筆細描，再現了

〔註30〕鍾敬文：《節日與文化》，《民俗文化學：梗概與興起》，中華書局1996年版，第258～260頁。

當年的盛況。成都地區伴隨觀燈活動還有「燒龍燈」「放花炮」「出大令」「趕東大街」(《死水微瀾》),自流井地區則是「鬧花燈」「車車燈」(《自流井》)。二月十五日「趕青羊宮」,「這一天,青羊宮的香火是很盛的,而同時又是農具竹器以及各種實用對象集會交易之期,成都不稱趕廟會,只簡單稱為趕青羊宮,也是從這一天開始,一直要鬧到三月初十邊」(《死水微瀾》)。後來經周道臺新政改革,「趕勸業會」(《暴風雨前》)成為青羊宮神會的後身,風尚更盛。三月清明掃墓祭祖,《死水微瀾》描寫的成都私塾在清末仍保持著清明放假掃墓的習俗,每年清明節,「我」「不但有三天不讀書,而且還要跑到鄉下墳園去過兩夜」,全家人祭祖供飯,上香燒紙,磕頭禮拜,以慰祖先之靈。五月初五端午節,清末成都盛行「撒李子」的習俗,「大家都於東校場中,撒李子為樂」(《死水微瀾》);《暴風雨前》裏住下蓮池的伍家,掛菖蒲和陳艾,做艾虎和香荷包,搽雄黃酒,包粽子,煮鹽蛋、雞蛋和大蒜,敬祖宗,拜節,既保持著端午節的祭祀和紀念意義,又體現了成都地域的特點。艾蕪《端陽節》中的川西壩子鄉村盛行的是「趕韓林」和「遊百病」的節日活動。七月十五中元節,要「撕錢紙」,「燒袱子」,祭祖供飯,「直到六點鐘,三獻三奠,男女主人盛妝麗飾,連振邦、婉姑都打扮齊整,叩頭送神之後,大家換了便衣,方把菜肴撤到倒坐廳內,共享福餘」(《大波》)。十二月冬至節,自流井地區在祠堂舉行祭祀,包括「鳴金」「發擂」「奏樂」等儀式。十二月二十三至除夕為年節,家人一起團年、祭灶、拜賀、守歲。

巴蜀人們的節日慶祝活動中還總是夾雜著有關宗教崇拜的儀式。比如《大波》中寫到辛亥年間的中元節,「中元祀祖,在當時的四川習俗中,是一件家庭大事,它的意義好像比清明、冬至的掃墓、送寒衣還重要。」由於民間把中元節稱為「鬼節」,因而在祭祀鬼魂的活動中,「從前忌諱女人撕錢紙,說女人是陰人,與鬼同類,經手的錢紙,燒化仍是錢紙,變不成錢,騙不了鬼;甚至說女人身上不乾淨,經手的錢紙有穢氣,即使燒化了成錢,鬼也嫌髒。」「撕錢紙」還得細心耐煩,「撕破了還不好,據說,燒化了是破錢,鬼不要。」然而隨著時代的轉變,有些儀式的禁忌也發生了變化,「自從維新之後,越到近年,破除迷信、提倡女權的學說越得勢。黃瀾生對於燒錢紙騙鬼,已經有了懷疑,但他又說:『不信鬼神可也。祭祀自己祖宗,是儒家慎終追遠的道理,說不上迷信。今天燒錢紙,即是古人化帛,只能說是一種禮節。』」祭鬼演化為祭祖,而且黃瀾生也能夠尊重女性,不再像從前那樣有所忌諱,黃太太、

婉姑、菊花、何嫂等人也來插手幫忙,這種民俗的轉變算得上是中元節的進化。艾蕪小說《端陽節》又為「某鄉風俗記」,由篇名可知風俗描寫會成為敘述故事的主體。小說中所描繪的四川農村地區的端陽節似乎與紀念屈原毫無關係,變成了「趕韓林」的活動。韓林傳說是統率群鬼的鬼王,在端陽節的時候將他趕走,小鬼們就無法存身,於是全鄉便清吉平安。人們依照傳說,「上午把一個花子裝扮起來,大家歡迎他,奉承他,給他酒食,讓他喝醉,做鬼中的王子。下午便驅逐他,圍捕他,最後還把他抓來拷打,趁此出一口人類受鬼和瘟疫欺壓的惡氣。」可見,大眾宗教儀式已成為巴蜀鄉民節日慶典的重要組成部分,艾蕪運用四川方言繪聲繪色地描敘了「趕韓林」的風俗場面,氣氛十分地熱烈而歡快。但小說中此次「趕韓林」的起因,竟是倚仗團總勢力的財主向農民瘋狂逼債,農人便於暗夜在躲在河邊葦叢裏向他撒沙子,他害怕是從前被他告發的革命者變了鬼來報復他,於是向團總建議辦了這場風俗盛事。這樣的巴蜀節令民俗的描寫中還展現著窮人在現世的血淚揭示了富人對冥界的恐懼,從而更顯一種悲涼沉鬱的氛圍。

二、四川「土特產」:「坐茶館」與「抽鴉片煙」

在近現代四川,茶館與鴉片都是人們日常生活的必備之物,「坐茶館」和「抽煙片煙」也發展成為普遍流行的民俗風尚。文化批評家雷蒙·威廉斯認為:「文化的意義和價值不僅在藝術和知識過程中得到表達,同時也體現在機構和日常行為中。」〔註31〕茶館和鴉片既展示著巴蜀生活的世俗性,也折射出巴蜀文化中的某些晦暗與積弊。四川現代小說方言寫作自然繞不開這兩種事物,透過四川民間的坐茶館生活與抽鴉片風俗的片段描寫,再現了四川地域的生存景觀,也由此觸及巴蜀文化的某些內在肌理與精神狀態。

(一)「坐茶館」與「吃閒茶」

四川種茶、飲茶的文化有著悠久的歷史傳統,近代以來川人的飲茶風氣尤盛,茶館也逐漸成為許多四川人的重要公共活動空間,坐茶館更成為川人不可或缺的生活內容。無論是在城鎮還是鄉場,隨處可見或大或小的茶館,四川現代小說方言書寫中也高頻出現對茶館生活的描繪,通過各色人等聚集的茶館上演一個個悲喜故事,展示了獨特的地域生存景觀,折射出巴蜀民間的世態人情。

〔註31〕〔英〕雷蒙·威廉斯:《文化分析》,轉引自羅鋼,劉象愚:《文化研究讀本》,中國社會科學出版社 2000 年版,第 125 頁。

　　川西平原生活相對容易且節奏舒緩，因此養成了當地人喜愛「坐茶館」「泡茶館」和「吃閒茶」的習慣，充分展現了其閒散、恬淡的生活方式與態度。李劼人的小說生動描寫了成都茶館的豐富多彩生活，如《大波》中寫到晚清幾個受過良好教育的年輕人聚會，其中一個人建議：「我們先去勸業場吃碗茶，可以看很多女人，地方熱鬧，當然比少城公園好。」作為受過教育的年輕人，他們囊中羞澀，想找一個合適的地方聚會，去茶館看戲則既體面，花費亦不多，然後再到餐館享口福，也是可以承受的消費。該小說還寫了楚用去了武侯祠，只見古木參天中有一個道士開的茶館，門前擺放著方桌和八仙桌。但是楚用來到船房一看，「巧得很，所有方桌都被人佔了；還不像是吃一碗茶便走的普通遊人，而是安了心來乘涼、來消閒的一般上了年紀的生意人和手藝人；多披著布汗衣，叼著葉子煙竿，有打紙牌的，有下象棋的，也有帶著活路在那裡做的。人不少，卻不像一般茶鋪那麼鬧嚷，擺龍門陣的人都輕言細語。」可見普通民眾比知識文化人更需要經常使用茶館，他們在茶館裏消閒與做工兩不誤，在四川可以說沒茶館便沒有生活。「有著上等職業和沒有所謂職業的雜色人等，他們也有自己的工作日程，而那第一個精彩節目，是上茶館」〔註32〕，沙汀小說中對川西北鄉鎮人「喝早茶」情景的描寫比比皆是：

　　　　人們已經在大喝特喝起來。用當地的土語說，這叫作開咽喉。因為如果不濃濃地灌它兩碗，是會整天不痛快的。有的則在蘇蘇氣氣地洗臉，用手指頭刷牙齒，或者蹲在座位上慢慢扣著紐扣。手面揮霍的人，也有叫了油茶或醪糟來吃喝的。那個來得最早去得最遲，算是湧泉居的主人的林麼長子，已經把半斤豆芽菜的菜根子摘光了。〔註33〕

　　　　各人都按照老規矩一早起床，於是一路扣著紐扣上茶館去。等到賣豆芽的來了，就抓幾個錢豆芽，攤在茶桌上一根根撕著。吃過早飯，又上茶館，而且說著照例的話：「換一碗！」或者：「茶錢這拿去！」他們多是懂一點牌經的，不是參加賭局，便是站在牌客後面給當「背光」，發揮著參謀的作用，簡直比當事人還熱心。〔註34〕

〔註32〕沙汀：《淘金記》，《沙汀文集》（第1卷），四川文藝出版社2017年版，第3頁。
〔註33〕沙汀：《淘金記》，《沙汀文集》（第1卷），四川文藝出版社2017年版，第4頁。
〔註34〕沙汀：《某鎮紀事》，《沙汀文集》（第4卷），四川文藝出版社2017年版，第261頁。

人們不僅白天在茶館裏消磨光陰，晚上茶館的活動也吸引著他們，如沙汀小說《某鎮紀事》中寫到的，「有些夜晚，若果有人『打圍鼓』或『講聖諭』，這才可以使大家一天來的生活變動一下」。林如稷《故鄉的唱道情者》中也描寫了「我」故鄉的當地人，夜生活仍然是坐茶館，「鎮上的習俗，黃昏過不多時，茶鋪內來的人很多，一直到二更巡鑼敲過才漸漸各自散去」。而且這樣的茶館生活天天年年如此，甚至在抗戰時也沒有絲毫改變，沙汀小說《磁力》就描寫了這樣的情形，一九三八年的川西小鎮上仍和往常沒有兩樣，「聲張大娘依然一面紡著棉花，一面守著自己的麻糖花生攤子；永興號的胖老闆則在長聲吆吆地哼唱著聖諭書。茶館的人物也無改變，永遠是那一批角色，一切似乎都與神聖的民族戰爭無關。」

　　茶館不僅是休閒的最佳場所，也是一處最好的社交場所和信息交流之地，體現出四川茶館文化的平民性特徵。作為成都本土作家，李劼人十分瞭解成都的茶館文化，他在《暴風雨前》中述說了茶館於川人生活中所具有的多重功能與作用：

　　　　茶鋪，在成都人的生活上具有三種作用。一種是各業交易的市場。貨色並不必拿去，只買主賣主走到茶鋪裏，自有當經紀的來同你們做買賣，說行市……一種是集會和評理的場所。不管是固定的神會善會，或是幾個人幾十個人要商量什麼好事歹事的臨時約會，大抵都約在一家茶鋪裏，可以彰明較著的討論、商議、乃至爭執……一種是很普遍的中等以下人家的客廳或休息室。不過只是限於男性使用，坤道人家也進了茶鋪，那與鑽煙館的一樣，必不是好貨……〔註35〕

可見晚清時期的成都市民普遍對茶館十分依賴，「下等人家無所謂會客與休息地方，需要茶鋪，也不必說。中等人家，縱然有堂屋，堂屋之中，有桌椅，或者竟有所謂客廳書房，家裏也有茶壺茶碗，也有泡茶送茶的什麼人，但是都習慣了，客來，頂多說幾句話，假使認為是朋友，就必要約你去吃茶。」小說也同樣寫到，「如其你們無話可說，盡可做自己的事，無事可作，盡可抱著膝頭去聽隔座人的談論，去靜觀內內外外的形形色色，較之無聊賴的呆坐家中，既可以消遣辰光，又可以聽新聞，廣見識，而所謂吃茶，只不過存名而已。」

〔註35〕李劼人：《暴風雨前》，《李劼人全集》（第2卷），四川文藝出版社2011年版，第51～52頁。

由此可見，喝茶本身於成都人而言並非第一重要，最主要的意義在於同茶館里許多人們的交往。同樣地，住在川西鄉場上的人們也像成都人一樣依賴茶館，這些平時散居耕種為生的鄉鎮人甚至比城里人更需要茶館進行交易、會友、娛樂等活動。就像沙汀《淘金記》中所刻畫的小小北斗鎮，雖然只有一條正街，還有兩條因布滿了尿坑、尿桶和尿缸而被稱作「尿巷子」的橫街，但這樣一個小鄉場卻擁有八九個茶鋪，趕場天還增至十多個，茶客們「在那裡講生意，交換意見，探聽各種各樣的新聞。他們有時候的談話，是並無目的的，淡而無味的和煩瑣的。但這是旁觀者的看法。當事人的觀感並不如此，他們正要憑藉它來經營自己的精神生活，並找出現實的利益來。」這基本就是四川鄉鎮茶館生活的全部寫照，三教九流都可以自由地使用這個公共空間，各個階層人物都可在此會友、做生意、閒聊、休息、打望行人、娛樂等，充分展現出不同於其他地區茶館的平等性與世俗性的巴蜀特質。

不過，四川茶館生活的平等性與包容性也是相對的，四川茶館從布置、茶客和活動都體現出一定的階級分野和幫派之別，但這排他性實則也是茶館的包容性使然，即茶館可以以類似的設施滿足各種人不同目的的需求。李劼人《暴風雨前》寫了幾位精英去「同春茶樓」喝茶：幾個顧客進門，發現茶館客人盈門，熙熙攘攘，他們走上樓去，卻發現安靜得多，只有稀稀拉拉七八個人，談話也都很小聲。房間裏還有十幾張麻將桌，上面鋪著桌布，還有一張大八仙桌，中間放有一個花瓶，周圍有好幾張新式扶手椅。樓上的茶貴得多，他們一坐定，「一個乾淨利落的堂倌便端著一個茶盤，從樓下飛奔上來，一直走到大餐桌前。一面把三把洋磁小茶壺，和三隻也是洋磁的有把茶杯，一一分送到各人面前，一面笑容可掬地向郝又三打招呼道：『老師好久不來吃茶了。』」茶錢付了三角，其中一人說道：「我這個土生土長的成都人，竟不曉得成都有這樣茶鋪，這樣貴的茶！」而對於下等茶館，小說的描寫更加精彩：「不大的黑油面紅油腳的高桌子，大都有一層垢膩，腳栓上全是抱膝人踏著的泥污，坐的是窄而輕的高腳板凳。地上千層泥高高低低，有如江面波濤。頭上樑桁間，免不了的灰塵與蛛網。茶碗裡，一百個之中，或許有十個是完整的，其餘都是千巴萬補的碎瓷。而補碗匠的手技也真高，他能用多種花色不同的破茶碗，並合攏來，不走圓與大的樣子，而且包你不漏。也有茶船，黃銅皮捶的，又薄又髒。」四川鄉場上的茶館同樣也有著級別和關係之分，每個茶館都有自己的固定茶客，這個劃分是由社會地位、個人關係及其他利益

所決定的，「所以時間一到，就像一座座對號入座的劇院一樣，各人都到自己熟識的地方喝茶去了」〔註36〕。沙汀小說《某鎮紀事》寫到的官店附設的茶館中，「茶客全都是上色人，沒眉沒眼的角色一向少」，而一般茶館的茶客也幾乎固定不變，「你在古泉亭碰不見麻子斗行，正如你在官店裏碰不見泥水匠老王一樣」，甚至連座位也很少改變，「斗行是常常坐在張寡母茶館里第三根柱頭邊喝茶的，泥水匠卻愛坐古泉亭的爐灶邊喝，便在熱天也少改變」。由於茶館裏等級和幫派的存在，使得一些人通過出入「高級」茶館來抬高自家身價或謀取某種利益。如在《淘金記》的北斗鎮，有許多人寧肯在話語和金錢上吃虧，也要到暢和軒茶館去周旋，原因就在於暢和軒是「龍哥一般當權者的活動圈子」。由此看來，四川茶館所謂吃茶，只不過存名而已，整天沉溺於茶館中消磨時光，就是四川民間日常生活的常態，平庸瑣碎而鄉俗味卻是濃濃的。

（二）「吃講茶」與「喊茶錢」

四川茶館具備斷是非、判公道的民間法庭功能。四川俗語「一張桌子四隻腳，說得脫來走得脫」，形容的就是「吃講茶」的茶館習俗，也說「講理信」。「當民間在房屋、土地、水利、山林、婚姻等方面發生糾紛，爭執不下時，便由雙方當事人出面，共同邀請地方上的頭面人物作為主持人，通過在茶館說理，以調解和處理糾紛。這就是在舊時四川民間流行最廣的一種勾兌方式」〔註37〕。比如沙汀小說《獸道》中魏老婆子的媳婦被大兵強姦後自殺，親家母找魏老婆子算帳，兩人扭打起來，於是一旁的看客便建議她們去「吃講茶」。《淘金記》中的白醬丹等人經常通過「吃講茶」為人評理，小說寫他「擠了好一會，他才摸進暢和軒茶館裏去；但也全被鄉下人佔據了。有一批人在等候講理信，公斷處是就設在這茶館裏的。白醬丹算是公斷主任，他一進去，那些男男女女的莊稼人就嚷叫起來，要他主張公道」。《在其香居茶館裏》裏的邢麼吵吵與聯保主任方治國產生了激烈的矛盾衝突，於是請來「當過十年團總，十年哥老會的頭目，八年前才退休的」陳新老爺調解，因為他雖已很少過問鎮上的事情，但是「他的意見還同團總時代一樣有影響」。可見在「無訟」的四川鄉鎮，「吃講茶」是一種民間調解糾紛的相對有效的方法，而且四川茶館

〔註36〕沙汀：《淘金記》，《沙汀文集》（第1卷），四川文藝出版社2017年版，第4頁。
〔註37〕陳世松：《天下四川人》，四川人民出版社1999年版，第211頁。

作為一個公共開放空間，大批旁觀的茶客在某種程度上使公斷具有了監督性質。這就與趙樹理筆下晉東南鄉間「吃烙餅」所在的莊嚴神聖的廟堂，以及魯迅筆下愛姑離婚的高大威嚴的慰家堂庭，在場所及氛圍方面完全不同。在《暴風雨前》的描寫中，「吃講茶」的結果一般是誰方人多勢大誰就能贏，先由大家「大聲武氣吵一陣」，中間人「兩面敷衍一陣」，便判勢弱一方為輸，而輸者「卻也用不著賠禮道歉，只將兩方幾桌或十幾桌的茶錢一併開消了事」。因而這項民間活動免不了會引發鬥毆：

> 如其兩方勢均力敵，而都不願認輸，則中間人便也不說話，讓你們吵，吵到不能下臺，讓你們打，打的武器，先之以茶碗，繼之以板凳，必待見了血，必待驚動了街坊，怕打出人命，受拖累，而後街差啦，總爺啦，保正啦，才跑了來，才恨住吃虧的一方，先賠茶鋪損失。這於是堂倌便忙了，架在樓上的破板凳，也趕快偷搬下來了，藏在櫃房桶裏的陳年破爛茶碗，也趕快偷拿出來了，如數照賠，如數照賠。所以差不多的茶鋪，很高興常有人來評理。〔註38〕

這段文字生動幽默地表現了「吃講茶」時的緊張氣氛和混亂局面，爭執雙方完全不給主持公道的袍哥大爺顏面，僵持不下直至大打出手，必待官府出面強制收場，從而讓「吃講茶」逐漸失去其作為「民間法庭」的作用和聲望。

雖然說「吃講茶」是一項廣泛流行的民俗，但它也不可能徹底解決所有的糾紛，除了暴力衝突外還存在著不公正的裁決，這往往是因中間調解人的偏見與偏袒所致，由此反映出「吃講茶」的侷限性。茶館在四川現代小說中經常被描述為社會衝突和地方權利鬥爭之地，許多精彩情節都發生在那裡。比如《公道》裏的親家雙方因抗戰陣亡士兵妻子的去留問題產生了矛盾，雙方的激烈話語交鋒加上茶館裏其他茶客的添言加語，讓這臺「講茶」進行得跌宕起伏、熱火朝天。雙方據理力爭，都希望求得鄉長的公正解決，但令人意外的是，出面主持「公道」的鄉長竟然就是長期侵吞抗屬優待穀的罪魁禍首，由此揭穿了所謂「公道」的實質。《在其香居茶館裏》更加生動地再現了一場「講茶」的全過程，逐步展開了鄉鎮基層政權把持者方志國與邢麼吵吵之間矛盾的來龍去脈，但因雙方背後都有其依仗的強大地方勢力，本來是「吃茶講理」，卻演變成一場「龍虎鬥」。結局甚至戲劇性地發展為對立雙方彼此

〔註38〕李劼人：《暴風雨前》，《李劼人全集》（第 2 卷），四川文藝出版社 2011 年版，第 52 頁。

勾結，鄉鎮官紳再次達成「默契」，由此可見鄉鎮權勢人物沆瀣一氣，假借抗戰之名行一己之私的醜惡嘴臉，其實質都是魚肉百姓的鬼把戲。還如《淘金記》中的何寡婦為了達到維護自身利益的目的，也寄希望於「吃講茶」來解決，「主任怎麼說怎麼好，求個公平就是了」，然而事與願違，聯保主任龍哥不僅偏袒對方而「講彎刀理」，還判她「賠出一千五百元開辦費」。「講理信」成為實力人物之間的相互勾結與利用，以及對弱勢方的蠻橫欺壓和赤裸裸搶劫。在沙汀的小說中，近乎處處都能看到「吃講茶」這種特殊的處理糾紛的民間方式，而看似合理公正的「吃講茶」背後隱藏的著卻是營私舞弊、仗勢欺人的文化積習，這也是巴蜀社會習風的一個縮影，帶有極強的地方文化色彩。

　　四川茶館還流行一種「喊茶錢」的地方風俗，也說「招呼茶錢」，即茶客主動向堂倌表示要為熟人付茶錢，這既可算是打招呼，也表示出對對方的尊敬。「喊」這一動作還比單純地打招呼多了一份情味，讓被喊者在眾人面前覺得頗有面子，如果見面互不「喊茶錢」，則說明雙方關係惡化。大多數時候「招呼茶錢」僅作為一種禮節表示，往往是只「喊」而不一定真要給「茶錢」，這種情況需要堂倌靈活得體地處理，如李劼人《暴風雨前》描述的一個「喊茶錢」的場景。兩個朋友在「第一樓」茶館裏相遇，雙方都虛情假意地爭嚷著要為對方給茶錢，這時堂倌便打著慣熟的調子高喊道：「兩邊都道謝了！」而不去收任何一邊的錢。這是淳樸重義的巴蜀民風的一種體現，也是川人愛好面子的心理作用使然，因為如果一個人不這樣做，就會丟面子，而為某人「喊茶錢」的人越多，這個人就越有面子。久而久之，「喊茶錢」的「人數的多寡，嗓門的高低，以及態度的真假，常常成為衡量人們地位尊卑、權勢大小和關係親疏的一種微妙尺度」〔註39〕，甚至被茶客利用為趨炎附勢，曲意巴結的手段。還如李劼人《大波》裏吝嗇自私的何麼爺也十分地好面子，他走進茶館面對左鄰右舍的熟人，仍要假惺惺地大聲喊著：「茶錢！茶錢！」然後把「葉子煙竿交代給左手，空出滿手是筋疙瘩的僵硬的右手，虛張聲勢地伸到裏肚兜裏，直等有人把錢給了，才抓了幾十個制錢出來疊在自己的桌邊上做樣子」，其虛偽、好面子的心理通過「喊茶錢」的細節表露無遺。更有甚至，沙汀小說《在其香居茶館裏》一直忍氣吞聲過日子的方治國，自從當了聯保主任後，

〔註39〕李慶信：《沙汀小說藝術探微》，四川省社會科學院出版社 1987 年版，第 65 頁。

他走進茶館時明顯「招呼茶錢的聲音也來得響亮了」。而一向德高望重的陳新老爺更是剛一露面，就立刻成為茶館的焦點，大家都以高聲「喊茶錢」來贏得他的注意：

> 茶堂裏響起一片零亂的呼喚聲。有照舊坐在座位上向堂倌叫喊的，有站起來叫喊的，有的一面揮著鈔票一面叫喊，但是都把聲音提得很高很高，深恐陳新老爺聽不見。其間一個茶客，甚至於怒氣衝衝地吼道：「不准亂收錢啦！嗨！這個龜兒子聽到沒有？……」於是立刻跑去塞一張鈔票在堂倌手裏。〔註40〕

「喊茶錢」的場面充分展現出人與人之間複雜的交往關係，沙汀對茶客們招呼茶錢時各種態度的真假、姿態的各異進行窮形盡相地描寫，自然地顯示出陳新老爺舉足輕重的大面子，更將眾人爭相巴結的醜態表現得入木三分。還如沙汀小說《淘金記》裏，由於新來這位茶客是「代表一個銀行收買金子的委員」，所以大家都提高嗓子「招呼茶錢」不說，還爭先恐後地讓出好位置，大家都想從他這裡占一點便宜撈一些好處。甚至於「麼長子的首席是從來不讓人的，便是城裏的紳士來了，他也僅僅乾叫兩聲茶錢，至多抬抬屁股」以示客氣，但現在他卻從座位上挺直地站起來，將右手一攤做出謙恭的邀請姿態，並歡快地連聲說道：「坐起來吧！」「不要客氣！」生動傳神地揭露出麼長子企圖巴結討好新茶客，以撈取利益的卑瑣面目。

（三）「抽鴉片煙」

川西北山區的土壤氣候條件適宜鴉片生長，在清代已大面積種植鴉片，北洋軍閥統治時期，四川各派軍閥為了榨取高額利潤和稅收，繼續強制農民種植鴉片，並勾結奸商賣毒販毒，致使四川產煙之多，煙民之眾，煙毒泛濫之深廣。煙館世界、煙鬼人生在巴蜀社會具有普遍性與典型性，因而在四川現代小說方言書寫中也得以真實呈現和深度描寫。

在近現代的四川，「抽鴉片煙」的普遍及嚴重程度是無法想像的，無論是上層的官僚、軍隊，還是土匪、袍哥和普通百姓，都離不了鴉片煙燈煙槍。沙汀《淘金記》寫到北斗鎮以上的一些山區，「正以產煙聞名，拿煙招待客人，就像請人吃碗便茶一樣普通」。小說人物彭胖本來是沒有鴉片嗜好的，

〔註40〕沙汀：《在其香居茶館裡》，《沙汀文集》（第4卷），四川文藝出版社2017年版，第445頁。

「但為聯絡某些重要人物，他卻有著一副漂亮行頭」；狗老爺也是沒有癮的，但為了拉攏關係，他也喜歡「靠燈」，但並不自己燒煙而是為大人物代理「槍手」的服務；何寡母擔心她的獨養子何人種加入袍界，也為防範他讀書升學後離家不歸，於是在兒子十六七歲的時候，「這做母親的，便只好求救於煙槍和女人了。她趕快替他做了喜酒，又備辦了一副十分考究的煙具」，何人種從此就沉醉在「閨房之樂和那煙毒的嗜好」中，「而且覺得躺在煙館裏抽上幾盒更要夠味一些，不願再在家裏過癮」。無獨有偶，王余杞《自流井》中的椿芝大爺年輕時也想上省城讀書，卻遭到家人反對，於是強迫他燒煙上癮，目的竟是「上了癮就啥子都不想幹，別說上省讀書，就是嫖賭兩門，也都無心沾染」。四川地區的煙毒之害可見一斑，令人愕然。四川軍閥們為了苛徵煙稅，強制農民棄糧種煙，結果導致煙館林立，「全省各縣各鄉，每個角落，即便沒有旅棧，沒有飯店的地方，也有煙館」〔註41〕。四川幾乎每家每戶都有煙榻，如李劼人《死水微瀾》中有著相當長煙齡的郝達三，最大的嗜好就是躺在自家煙榻上邊吸煙邊妄論時事，他的煙具也尤其講究，煙簽頭上還有「粟米大一個球，把眼光對準一看，可看到一個精赤條條的洋婆子，……兩寸來高，毛髮畢現」。然而自家煙榻還不能過癮，一些士紳、袍哥以及痞子、破落戶都更願意去煙館「抽葷煙」。《淘金記》中的龍哥、白醬丹之流就時常光顧范大娘家煙館，雖然這家的「床鋪上擺著一副醜陋的燒煙家具。燈，是用膏藥釘補過的，一張草紙權且代表套盤。但這並未減低大家的興趣」，因為彼此的目的原不在煙，而在「那個滿臉是粉、上唇有著一顆黑痣的遊娼」，她正一面裹煙一面應付著客人們的調笑。

　　黑褐煙膏和氤氳繚繞象徵著巴蜀文化中的晦暗與積弊，四川方言書寫中有一系列的生活故事就是圍繞著鴉片煙而發生、展開的，體現出近現代四川民眾共有的一種自我消耗、自我腐化的意味。李劼人《好人家》中的趙麼糧戶有著「三十多年的老癮」，因擔心「生坭吃完了，不好買」，於是「在宣統二年鴉片煙尚不大貴時，他便撥了一筆銀子，買了好幾百碗生坭，藏在極穩妥之處，預計可以吃幾代人」。結果兩個兒子都「吃了一副大癮」，收房丫頭春梅「由於服伺老頭子，晝夜燒煙，也吃了一副大癮」，兩個兒媳婦「也學會了燒兩口來消遣」。一家人成天就在這煙霧繚繞中過著「簡直與儒家的『道』

〔註41〕匡珊吉，羊淑蓉：《四川軍閥與鴉片》，西南軍閥史研究會編：《西南軍閥史研究叢刊》（第3輯），雲南人民出版社1985年版，第259頁。

一樣，『天不變』，『道』亦是不變的」凝滯閉塞、自我麻木的生活。周文《父子之間》的荀福全，「抽鴉片煙」時要使出吃奶的勁，「使勁一吸，蒼白的兩頰都凹了進去，只讓兩個黑洞洞的鼻孔在透不出氣來時漏出絲絲的白色煙霧」，而且在吸完後，還要「翻身爬起，趕忙跑到旁邊地板上的一方黃草席上站定，一彎身，兩隻手掌撐住席中心，頭向下，兩腳跟朝上一蹺，在空中劃一個半圓形，啪啦噠一聲翻了過去，鼻尖冒出細點的汗珠來」，才算過癮了，這樣奇特的抽煙方式簡直令人瞠目結舌。然而，整天沉溺於鴉片煙霧之中的荀福全，在現實世界卻是個軟弱無不堪、任人宰割的痞子。「抽鴉片煙」不僅同「坐茶館」一樣地消磨時光，更是內耗著體力瓦解了精神，實在是在大規模地鑄造著愚昧且虛弱的國民。再如沙汀的《炮手》寫參議員彭玉書因言論失當而得罪了權貴，當縣長追究其抽煙之罪時，他被迫「自動辭職」，卻憤憤不平地嚷叫道：「參議員當中只有我一個在燒煙嗎？」「哪個不知道我們的副議長就是個籬笆癮？申長子不只燒煙，還販煙運煙！張品三單是臉上都刮得下來幾兩煙灰！」話語中揭露了包括自己在內的鄉鎮機關的空虛腐敗，基層官吏在禁煙的幌子下卻幹著貪贓枉法的勾當，鴉片煙不僅腐蝕了人性，而且瓦解著鄉鎮統治的根基。

此外，四川軍隊也因對鴉片的狂熱嗜好而喪失了進取意志和能力，戰爭也由此淪為一場場鬧劇。周文《第三生命》所描寫的軍閥部隊裏，「大家都抽鴉片煙。操場是很少上的，因為排長抽，連長抽，營長也抽」，後來「抽來抽去，一個個都抽得像廟子裏的小鬼似的，皮子吸進去，骨頭吸出來，如果脫下軍服，讓他們站在太陽光下，你可以看見一堆堆怕人的骷髏」。軍官罵人不是罵「沒有吃飽麼」，而是「癮沒有過足麼！」更有甚者，在三四月間兩軍激戰時因發了餉有錢買煙，於是在戰鬥中出現了如此荒謬的場面，「讓一部分人開著槍，其他一部分人就退到稍後方的幾步，躺在麥田旁邊，幾個換替著擋風，把燈燃好就抽了起來。抽好了，又上去調其他一部分人來換班。」因為鴉片煙癮的折磨，軍隊打仗就像是兒戲，「火線上常常有著這樣的事情：在兩邊相持不下的一個橋頭，大家是可以互相望著談天的。互相間一把休息的交涉話辦清，就都安心地抱著槍坐了下來。『那邊的兄弟！我們這邊有白米飯呵，過來麼！』這邊這麼說。『我們這邊有臘肉呢，你們過來好了！』那邊又這麼說。『弟兄，講好的呵！等老子們抽口煙呵！不要開玩笑呵！』『好的，抽好了。』大家於是躺著抽了起來。如果誰先抽足了，就把槍端好，瞄著橋那邊的

煙燈，吧……！就可以登時聽見雙方都亂嚷起來了。『媽的！要打麼！』於是
劈啪劈啪又開始。」任白戈對此評價道：「這真是世界絕無，中國僅有的大笑
話，令人哭笑不得。像這樣的川貨，可以稱為四川的土特產。」〔註42〕正是
這樣的「土特產」，在四川方言書寫當中形成了一道奇異的風景，構築了四川
文學的「鴉片世界」。

三、四川方言書寫中的「袍哥」文化

　　在歷史進程中，袍哥勢力曾扮演過非常重要的角色，成為近現代巴蜀社
會發展和政權結構中的一支特殊力量。袍哥也叫「漢留」，多稱「哥老會」，從
清初至民國經歷了三百多年的歷史。作為一個相當有領導、有組織、有綱領
的民間秘密社會，「反清復明」為其最初的宗旨。由於巴蜀社會遠離封建王權
統治中心，加上「天府之國」的物產優勢和西僻之所的地理條件，還因袍哥
豪俠重義的精神與川人野性未泯的生命強力和反叛自由的性格一拍即合，明
清不少忠臣義士也紛紛逃避入蜀以圖東山再起，遂使巴蜀成為袍哥勢力最盛
的地區。作為辛亥革命前奏的四川保路運動，就有袍哥勢力的積極參與，並
起到了十分重要的作用。這以後，袍哥力量發展迅猛，組織規模也空前壯大，
逐漸由地下的秘密活動轉為公開參政，甚至勾結控制了官場和軍閥。周文小
說就描寫了許多「軍閥袍哥」，他曾在自傳裏說到，「川邊軍的整個隊伍都是
哥老會系統，連總司令、副總司令都是哥老會的『龍頭』，所以在那裡邊做事
都得入哥老會。在雅安時，經另一個親戚的介紹，參加了哥老會。」〔註43〕
在川人眼中，不懂得袍哥就不懂得社會，而四川作家也大都同袍哥有著這樣
那樣的聯繫。如李劼人的兒子被綁架，最後還是通過袍哥的關係得以解決；
陽翰笙則說：「太平天國、哥老會、保路運動……是我人生啟蒙時所讀的幾本
大書。」〔註44〕沙汀岳父李豐庭曾為當地的龍頭大爺，舅父鄭慕周出身袍哥
後來官至旅長，而幼年沙汀也跟隨著參與了袍哥的「跑灘」等多種活動；艾
蕪的父親和一位叔父都參加了袍哥，叔父還收藏了很多俠義小說，艾蕪常去
借來閱讀。總之，袍哥的語言行為規範和價值準則，幾乎可以成為四川地區

〔註42〕任白戈：《周文選集·序》，《周文選集》（上卷），四川人民出版社1980年版，
　　　　第6頁。
〔註43〕周七康整理：《周文自傳》，《新文學史料》2002年第2期。
〔註44〕陽翰笙：《出川之前》，《陽翰笙選集》（第5卷），四川文藝出版社1989年版，
　　　　第20頁。

傳統民風習氣的具體概括與典型表現，四川現代小說方言書寫的地域文化特色即在某種程度上體現為袍哥文化精神的影響。

（一）袍哥隱語

袍哥作為一個秘密組織，其政治和經濟各項活動都具有反政府的性質，必然遭到政府的禁止和鎮壓，他們逐漸在日常生活、儀式和聯絡等活動中建立起一套群體內部交際的「隱語」，也稱為「黑話」，它既保護了身份和行動的秘密性，也是袍哥身份認同的一種工具。有學者總結了袍哥隱語產生的三種主要方式，一是在標準語的基礎上創製「隱字」，二是把人們日常所用詞語賦予新的意思，三是把地方方言、行話等為己所用。〔註45〕袍哥隱語也是以主流語言為基礎，但結合了方言、江湖行話的因素，再經過一定的處理或重新創製而構成，成為四川民間語俗的一種特殊社會變體，具備群體性、隱秘性的特質。而隨著袍哥組織的發展和消亡，不少袍哥隱語也演變成大眾、通俗的四川口語，滲入大眾日常生活中。

由於袍哥身份的陌生化和神秘性，使得隱語比主流語言更具隱喻性，為此在四川現代小說的創作中，為了更生動地塑造袍哥形象，彰顯袍哥文化精神，可以看到作家們運用袍哥隱語和方言的自覺。尤其是李劼人和沙汀，是其中最突出的代表。在他們的作品中，對於隱語方言的熟練運用，形成了他們小說創作的一大特徵，為他們的小說打上了鮮明的地域印記，彰顯了濃厚的地域文化色彩。

四川現代小說方言書寫中對袍哥隱語的應用主要呈現在以下三個方面：

1. 標示身份和地位

袍哥內部有著明確的等級制度和身份區分，「舵把子」是哥老會各公口總攬大權的頭目，又稱「大爺」或「龍頭大爺」，地位尊崇。《死水微瀾》的羅歪嘴就是「本碼頭舵把子朱大爺的大管事」，排位第五，故被人尊稱為「羅五爺」，「以他的經歷，以他的本領，朱大爺聲光越大，而他的地位卻也越高」。羅歪嘴手下的張占魁、田長子、杜老四等人則為六排，屬於哥老會的一般成員，多負責巡風探查之事。

四川袍哥經常自稱是「跑灘匠」，意思就是外省所說的「跑江湖」的人。

〔註45〕參見王笛：《袍哥——1940 年代川西鄉村的暴力與秩序》，北京大學出版社 2018 年版，第 111～115 頁。

四川叫「跑灘」，因為「灘」多指水淺石多且水流很急的地方，更突出其地勢艱險；「灘」與「攤」諧音，又有奔走八方以擺攤求生存的意思。羅歪嘴是典型的四川「跑灘匠」，小糧戶出身，也曾讀過一些書，但「因為性情不近，讀到十五歲，還未把《四書》讀完；一旦不愛讀了，便溜出去，打流跑灘從此就加入哥老會」。「跑灘」和「操」本是混跡社會、跑江湖的意思，沙汀筆下的袍哥卻常用這兩個詞來抬高自己的身份或對他人進行恐嚇。《在祠堂裏》中的連長得知自己強佔得來的妻子與別人偷情，大為惱怒地咆哮道：「我十五歲就在外面『跑爛灘』，沒有人敢這樣欺負我！」於是和幾個軍官同夥在晚上偷偷將妻子活活釘死在棺材裏。《淘金記》中一無是處的何人種發酒瘋時也向白醬丹吹牛：「我現在就要認真操一下子！又看那個把我撞得彎麼？」由此可見袍哥這一身份本身就自帶權力與強勢的意味。

　　《淘金記》寫到辛亥革命前後的五六年間，川西鄉鎮最流行的事除了淘金，就是「恭而敬之地送上半錠紋銀，幾個響頭，取得一個光棍」，很多人通過向哥老會首領「捐」一定數量的錢銀來獲取「光棍」的身份，由此便算「入流」了。「光棍」即隱語「袍哥」之謂，「入流」是指參加袍哥組織，與之對應的沒有參加袍哥組織的人稱為「空子」，因為袍哥認為這類人平庸愚昧、不求作為。《巡官》中的馮二老師當上巡官後，想大力整治鄉里違法的賭攤和煙館，卻處處遭到哥老會的阻礙，最終接受了父親的建議，在本鄉袍哥首領的手下「捐了一名光棍」，「自此以後，巡官的處境就好多了」。受此社會風氣的影響，連《淘金記》中衣食無憂的何人種也想「拿出一百元入流，開個五排」，以此提高自己的社會地位。《還鄉記》裏，當隊副和馮大生扭打進茶館之時，隊副立馬裝腔作勢向周圍人訴苦，接著又連連用地道的袍哥派頭下禮，使得旁邊幾個聲音一齊嚷叫起來：「這才怪呢，空子都把光棍打了！」隊副就因袍哥身份而得到各種袒護與支持。隨著許多地主豪紳和基層政權頭目的湧入，哥老會的實權便落到了這些人手中，性質也隨之發生了改變，袍哥的活動完全公開化、世俗化。一方面，袍哥組織已經淪為地方惡勢力，向上勾結官紳，向下欺壓百姓；另一方面，鄉鎮人想要依靠外部的強權勢力來保護自己或欺壓他人，袍哥也成為他們所看中的一個身份。

　　2. 規約行為方式

　　袍哥非常遵循重義氣、講團結的價值觀，「殺內場子」「花包袱」「拉稀」「撒豪」等隱語就是袍哥內部行為規範的體現，這些詞規約著袍哥該怎樣做

與不該怎樣做的行為，體現了他們的文化認同與價值取向。如沙汀《某鎮紀事》中黃、王兩家，既是全鎮上的頭面人物又是袍哥人家，一旦發生衝突許多人都會去排解，因為「拿江湖話講，這叫殺內場子，是不冠冕的」。《淘金記》裏共同開發筲箕背金礦的林麼長子與白醬丹，兩人本是利益上的死對頭，但由於「哥老會裏存在著這樣一種成規：凡是破壞自己人的生意，叫花包袱，是最大的忌諱」，於是兩人只能各守地段，互不侵犯。《還鄉記》中，被打的隊副在茶館裏控訴馮大生道：「我承認，是我先打了他一耳光。大小一個光棍，這點事都拉稀？笑話！可是他才狠不狠毒不毒呢，劈眼睛就給我一拳頭！」「拉稀」意思即是臨陣退縮、不敢承擔，這種行為為袍哥所不齒。

李劼人《死水微瀾》中羅歪嘴講起余樹南袍哥大爺的豪俠事蹟，說道：「余大爺要言不繁，只說：『王立堂王大爺雖然是栽了，以我們的義氣，不能不搭手。』」「栽了」意思是落馬，具體指王大爺被捕。「搭手」即幫忙，體現袍哥義氣當先的精神。郝家大小姐遊青羊宮時被流氓滋擾，羅歪嘴和幾個袍哥兄弟拔刀相助，厲聲呵斥鬧事者：「不行，莫放黃腔！大路不平旁人鏟，識相的各自收刀檢卦，走你的清秋大路，不然，拿話來說！」「放黃腔」意思是說外行話，「識相」指行事觀形勢懂規矩，「收刀檢卦」喝令鬧事者停止胡作非為。幾句話便顯示了他們的袍哥身份，嚇得鬧事少年落荒而逃，盡顯袍哥身上見義勇為、愛打抱不平的精神品質。《大波》中侯保齋決定出來率領同志軍，「他既然出了山，去給他湊擺的，光拿邛、蒲、大那幾洲縣的哥弟夥來說，就不曉得有好多。」可見袍哥大爺的影響力和袍哥組織的團結重義的精神，「湊擺」即指贊助支持、助威幫忙。

這種袍哥隱語還有「踩水」（《淘金記》）指行動前事先摸底探風、勘查環境；「撒豪」（《死水微瀾》）隱指逞強好鬥，行為蠻橫，什麼都敢做；「撒火」（《大波》）隱指畏懼、怯懦；「丟海誓」（《大波》）隱指賭咒發誓；「下黃手」（《大波》）隱指乘人不備，趁火打劫，等等。

3. 日常口語交際

袍哥日常交際中主要用四川方言，但在談及關鍵秘密信息時，便會夾雜進隱語詞彙。比如《淘金記》中季熨斗同白醬丹聊天，幸災樂禍地說道：「你還不知道麼？王玉成的老婆，叫人挖了熱瓢子了！」其中的「挖熱瓢子」隱指強姦，袍哥隱語將嘴巴稱為「瓢兒」，女性的生殖器則稱為「熱瓢子」。《死水微瀾》中羅歪嘴在賭局中設計騙光了顧天成的錢財，「顧天成原有幾分渾的，

牛性一發，也不顧一切，衝著場合吵了起來。因為口頭不乾淨，說場合不硬錚，耍了手腳，燙了他的毛子。」「毛子」是指被袍哥玩弄欺詐的對象。後來羅歪嘴遭遇官兵追殺，當他奔至蔡大嫂住處抓住她的兩個肩頭，嘶聲說道：「我的心肝！外面水漲了！……」「水漲了」隱指風聲危急，大禍臨頭。

作為秘密社群，袍哥最初會選擇比較隱秘的地方進行活動，但隨著袍哥勢力和影響日益變擴大，組織的活動便日趨公開化，袍哥便將聯絡的據點直接設在其經營的茶館等公開場所，稱為「公口」或「碼頭」，並負責化解該地段的矛盾衝突維持公共安定，保護經濟等各方面的利益。同時，袍哥還通過開設茶館、大擺賭局以及搶劫勒索等方式獲取錢財收入。在沙汀的小說裏，便有不少賭博和土匪行話都與袍哥語言相關，諸如「褲子過籠」（《趕路》）指土匪的一種狠心搶劫方式，甚至連褲子都不放過；「見豬不整三分罪」（《淘金記》）指碰到可以被騙錢財的人就應理所應當地去敲詐；「掐過眼睛」（《某鎮記事》）指土匪轉而加入袍哥；「翻稍」（《替身》）指把賭博中輸的錢再贏回來；「扯招」（《某鎮記事》）指出謀劃策，給點子；「骰子還是沒有定盆」（《上等兵》）指賭博還沒有定勝負，比喻事情還未見結果。

總之，袍哥隱語是理解袍哥組織運行和精神文化的重要窗口，而方言隱語在小說中的靈活運用則使文本表達言有盡而意無窮，體現了濃郁的生活氣息和地方文化色彩，賦予了四川鄉鎮的歷史書寫獨異的審美體驗。同時，袍哥語言進入小說文本，也是實現袍哥隱語「通用化傳承」〔註46〕的重要方式，在一定程度上延續了方言隱語的生命力與影響力。

（二）袍哥精神與習性

在四川現代小說方言書寫中，李劼人和沙汀的創作給了歷史上的袍哥群體最為真實和細緻的展現。李劼人所描寫的是辛亥革命前後的袍哥人物，在晚清封建專制統治岌岌可危、民生凋敝之時，袍哥組織的誕生源自於一種「反抗」與「正義」的訴求，因而李劼人筆下的袍哥表現出「亦正亦邪」的精神品性。而沙汀所描繪的主要是抗戰前後的川西北鄉鎮的袍哥人物群體，他筆下的袍哥多活躍在辛亥革命之後，並滲透進黑暗腐敗的統治階級中，到處施展著其「又爛又惡」的袍哥習性。

〔註46〕郝志倫：《四川地區袍哥隱語通用化傳承初探》，《中華文化論壇》2013 年第3 期。

1.「亦正亦邪」的袍哥精神

《死水微瀾》裏塑造的羅歪嘴是李劼人筆下的袍哥形象的典型,代表著那個時代的袍哥精神。有學者認為羅歪嘴「貌似豪俠仗義,實則過著設賭場、玩娼妓、霸佔人妻的靡爛生活」〔註47〕;也有觀點認為對於羅歪嘴與顧天成,作家「都是把他們作為惡勢力的代表人物來加以揭露、批判的」,他們的衝突不過是「大水沖了龍王廟」〔註48〕而已。這兩類代表性的觀點各有其道理,但未免陷於偏頗。尤其是袍哥羅歪嘴,其性格因素比較豐富複雜,他身上既體現了傳統性的一面也具備有時代精神,是「亦正亦邪」的袍哥形象的代表,這種性格特徵主要表現在其行事風範和情感生活中。

羅歪嘴一個瑕瑜互見的人,其生性豁達、豪氣衝天,多年來一直過著放浪形骸的獨身日子,公開地吃喝嫖賭,完全無視禮教秩序的約制,行事為人頗具江湖豪俠之氣,「年紀已是三十五歲,在手上經過的銀錢,總以千數,而到現在,除了放利的幾百兩銀子外,隨身只有紅漆皮衣箱一口,被蓋卷一個,以及少許必用的東西。他的錢那裡去了?這是報得出帳目來的:弟兄夥的通挪不說了,其次是吃了,再次是嫖了。」〔註49〕每當談起余樹南袍哥大爺的俠義之舉,羅歪嘴都表露出無限崇敬之情,盡顯其對「義」的看重。羅歪嘴集江湖人的匪氣與義氣於一身,雖幹著不少違法的事體,卻也十分遵從江湖規矩,不行欺男霸女的不義之事。所以當手下袍哥兄弟計謀騙取顧天成錢財時,他也懷有一些顧忌,不過一旦涉及其實際利益之時這種顧慮便轉瞬即逝,小說這樣寫到:「羅歪嘴到底是正派人,以別種手段弄錢,乃至坐地分肥,凡大家以為可的,他也做得心安理得。獨於在場合上做手腳,但凡顧面子的,總要非議以為不然,這是他歷來聽慣了的;平日自持,都很謹飭,而此際不得不破戒,說不上良心問題,只是覺得習慣上有點不自然;所以張占魁來問及時,很令他遲疑了好一會。」〔註50〕

在羅歪嘴的情感生活中,他更將袍哥的「正」與「邪」的兩種精神特質

〔註47〕唐弢:《中國現代文學史》(第2冊),人民文學出版社1979年版,第277頁。

〔註48〕艾蘆:《略論〈死水微瀾〉中羅歪嘴與顧天成形象的塑造》,《社會科學研究》1982年第6期。

〔註49〕李劼人:《死水微瀾》,《李劼人全集》(第1卷),四川文藝出版社2011年版,第18頁。

〔註50〕李劼人:《死水微瀾》,《李劼人全集》(第1卷),四川文藝出版社2011年版,第62頁。

表現得淋漓盡致。羅歪嘴雖沉迷女色，但也嫖之有道，絕不侵擾良家婦女，對於跟隨他的妓女劉三金亦照顧有加。因早年曾得到姑父照拂，便頗為關照表弟蔡興順一家，特別是在蔡興順娶了漂亮的蔡大嫂之後，也是他挺身而出發了話才阻止了許多人對蔡大嫂的騷擾。別人也勸他正正經經討個老婆，他卻說「老是守著一個老婆，已經寡味了，況且討老婆，總是討的好人家女兒，無非是作古正經死板板的人，那有什麼意思？」羅歪嘴喜歡的是同他一樣不受道德教條束縛的「活生生」的女人，因而他與蔡大嫂之所以能很快墜入愛河實則是因為他們倆人在性情習氣方面的契合一致。正如小說中寫到羅歪嘴起初並不太瞭解蔡大嫂，甚至刻意保持著禮節距離，初見也只覺得她「長得伸抖一點」，直到有一天與蔡大嫂在空壩中展開了一番有關教民和洋教的談話，他才突然心中頗為詫異：「這女人倒看不出來，還有這樣的氣概！並且這樣愛問，真不大像鄉壩裏的婆娘們！」心中不免暗生情愫。但他也考慮到此人為自己的表弟媳婦，於是只將這份感情藏在心底，表面上依然保持著應有的禮數和距離。而跟從他的妓女劉三金看破一切並從中撮合，最終使羅歪嘴和蔡大嫂相互確認心意，之後兩人便徹底放開心中的道德戒律，肆無忌憚地盡情釋放著內心的情慾。從傳統倫理看，羅歪嘴同蔡大嫂的勾結相好是違背倫理道德的，體現出其作為袍哥的「邪」的一面。然而這兩人又都是重情重義、真情實意之人，他們的結合改變了羅歪嘴過去「無情嫖客」的姿態，他甚至說「人生能有幾個三十幾歲？以前已是恍恍惚惚的把好時光辜負了，如今既然懂得消受，彼此又有同樣的想頭，為啥子還要作假？為啥子不老實吃一個飽？曉得這種情味能過多久呢？」由此在追求真愛認證真情的方面說，又彰顯著袍哥精神中「正」的一面。可見混亂的世道給了袍哥更大的活動空間，他們讓民間下九流生活裏也充滿著江湖道義，羅歪嘴形象塑造成功與深入人心的原因，就在於體現出袍哥精神的複雜性與完整性，是人性善惡的結合體。

2.「又爛又惡」的袍哥習性

在沙汀小說故事發生的四川安縣，其袍哥勢力更盛。被稱為「袍哥通」的沙汀，在他的絕大多數小說中都描寫了袍哥人物，很多重要情節也都與袍哥勢力密切相關。沙汀寓政治時局的變化於袍哥組織的描寫之中，通過北斗鎮特殊的袍哥風尚展現了時代的風起雲湧，凸顯了袍哥群體習性中又爛又惡的一面，自成獨特的藝術世界。

　　《淘金記》在描寫環境、刻畫人物和敘述故事情節中，對袍哥的來龍去脈、發展演變也作了真實具體的描敘。辛亥革命之後，袍哥組織已經發展成為川西北農村社會中的一支特殊勢力，北斗鎮就是其中的一個縮影。在這裡，有著各式各樣手握各種權力的袍哥角色，首先是能呼風喚雨的一類強勢袍哥形象，如掌控基層政權的龍頭大爺龍哥，在野派的袍哥首領林麼長子；其次是雖已無實權也無影響力卻仍舊自視甚高的袍哥形象，如已經破落不堪的紳士派大爺白醬丹，隱退的元老派大爺葉二爸，以及「閒」大爺芥茉公爺和氣包大爺等，這類袍哥一樣的處處作惡，事事爭利。川西鄉鎮上的袍哥勢力如此之盛，以至於出身書香門第的女流之輩何寡母，為了撐持自家門戶也得「經常和鎮上的名人，主要的是哥老的家庭維持著聯絡，甚至攀扯一點瓜葛關係」。有錢人通過「捐光棍」獲得特權和保護，袍哥頭目則通過拉人「入流」來收斂錢財，林麼長子手下的「光棍」，「多半是鄉下那批勉強可以過活的老好人，被他用呵、哄、嚇、詐拉入流的」。林麼長子作為「曾經是有名的哥老會的首領」，已然屈居政治權力中心之外，但由於他本性中的幫派流氓習氣和狠毒貪婪之心，他總是能想盡各種恐嚇、欺詐與脅迫的手段從普通農民身上斂財。自抗戰以來，蔣介石勢力向四川地方的軍閥力量滲透，並影響了袍哥組織。小說中寫到，由於各種野心家的吹捧，袍哥組織「似乎又像反正前後一樣為人所看重了」，每到舊曆年節，就有不少人請求加入。白醬丹還介紹了好幾個游蕩無業的知識分子和小學教員加入哥老當中，成為「別致的光棍」，為的是「把全鎮的優秀分子網羅到袍界中來」。而同意這批人加入袍界也是權勢者順應新時勢的舉措，其中的理由自然是「除開袍哥，你就休想維持後方的治安」。袍哥身份完全淪為權錢交易、政治利用的買賣和勾當。

　　除此之外，沙汀筆下還呈現出最為豐富的袍哥群像，他總是能用寥寥數語就勾勒出一個逼真的袍哥人物，通過生活細節的描寫真切表現出袍哥的爛惡習性。如《還鄉記》中的徐容成，「在哥老中也只是一個老九，沒有什麼地位」，「但他幹得來頂認真」，而且由於平時「尾巴甩得圓」，他還落得一個副保長的差事，甘心充當著保長的走狗。沙汀對這個人物的形象描述如下：「隊副個子又瘦又小，但很精幹。因為久已不做莊稼，近年又染上煙癮了，面貌白淨，看起來不像個鄉下人。他諢名爛狗，因為他喜歡囂張。而對於每一個地位高過他的角色，只需他們支一個嘴，他就立刻按照吩咐行動了。而且十分帶勁。但也容易壞事，街上的哥老頭子們已經很少使喚他了，於是只好

屈處在野貓溪十三保，死心塌地替保長做幫兇。」〔註51〕雖然徐爛狗行事猥瑣卑下為人所不齒，但也就是因其袍哥身份庇護他在茶館與馮大生「吃講茶」之時，可以得到茶館眾袍哥對他的幫腔與聲援，身為袍哥大爺的鄉長同樣明顯偏袒著他。還有《代理縣長》中的賀熙，也是一個出身「跑灘匠」的流氓縣長，他當過小學教員，又在招安軍隊裏混過很長一段時間，常常自誇為一個老「跑灘匠」。可身為代理縣長的他，面對餓殍遍地的災區小縣，不僅見死不救，反而成天挖空心思在災民身上撈錢。他自己一邊處心積慮地斂財斂物，一邊卻是每天吃飯時拎塊鹹肉「飄飄蕩蕩地從街面上經過」，「挨門挨戶」去別人家借灶火以混取一頓豐盛飯菜。在這些細節描寫中，袍哥縣長成為禍害一方的爛惡之人，其無賴鄙俗的形象深入人心。袍哥群體成員多數是來自社會底層人物，他們極少受儒家傳統和道德文化的束縛，沙汀的四川方言書寫充分展現了袍哥之間的激烈較量，實則就是赤裸裸的實力對決，不需要虛假的道德和無謂的掩飾，壞、爛、惡、毒就是其慣有的性格習性，強權就是公理才是其奉行的生存原則。

第三節　四川現代小說方言書寫的民間文化立場

　　歷來文化人與底層勞動者之間都是有隔閡的，所以毛澤東《在延安文藝座談會上的講話》中號召文藝工作者要與勞動人民打成一片，要用勞動人民的語言書寫勞動人民創造的偉大業績，這就把文化人與底層勞動者即「民間」的關係揭示了出來。文學要表現民間，是依託語言來實現的，要真實生動地表現民間文化空間，最有效的方法便是借助於民間自身的話語。方言的實質就是這樣一種生存活躍在民間的話語形式：首先方言與共同語相較而言，其所受到的政治權力規訓較少，其二方言更貼近於人們的生活，多以自由活潑的口語形態存在，其三方言中語言的精華與糟粕同在，也存在有各種粗鄙話語。因而方言本身即具備了「民間」的特點，同時其也是地域民間文化的組成部分和重要載體。四川現代小說中力圖表現出來的地方化的俗風鄉情、生活方式、思維模式等，也即是作家在整體創作中所著力描繪、展現的鄉鎮民間世界，由此呈現出四川文學世界的民間性特徵。

〔註51〕沙汀：《還鄉記》，《沙汀全集》（第2卷），四川文藝出版社2017年版，第47頁。

　　四川方言書寫中的袍哥、茶館、鴉片、軍閥、鹽井等眾多承載著巴蜀地域文化的文學符號，在超越於真實歷史的基礎上，構築起一系列具有文學價值的地方性知識，從而使四川地區的自然地理、歷史傳統、風俗人情、生活方式等民間生活圖景得以文學性再現。同時，這些地方性知識又是關乎於人生的，也就是說，對於濃郁地方色彩和風土人情的表現與民族文化心理結構的探索有著和諧的對應關係，所以這些地方色彩的表現方式，使得四川現代小說的方言書寫有了更為深層的對於民間文化心理的表達。另外，四川方言作為巴蜀民間語言，作家對方言的有意識運用，還彰顯著個人視野的民間立場。

一、再現民間生活圖景

　　方言被稱為人類文化歷史的活化石，四川現代作家運用方言話語資源進行文學創作，自然由方言這口古井通達巴蜀文化和民間生活的方方面面，強化著小說的民俗色彩和地域文化色彩。清代李光庭在《鄉言解頤·言語》中言：「言語不同，繫乎水土，亦由習俗。如齊之邱蓋，楚之夥頤，固是方言。」這種由於不同水土與風俗所致的言語不同，很大程度上表現為方言詞彙的不同。與地方民間活動有密切關係的語言元素是語彙，而方言中涵蓋的民俗內容也主要反映在詞彙和熟語之中。四川現代小說中，隨處都可以看到方言和民俗相依相存的影子，在這些發生在西南之域的故事敘述中，作家大量地使用了產生於巴蜀大地的方言俗語，並且圍繞著方言的民俗意蘊塑造環境、刻畫人物、展開故事，從而實現了四川方言的創造性書寫與民間審美效應。

　　首先，方言的本土性再現作用，是建立在當地特色語詞的基礎上，其間往往隱藏著本土民眾對客觀世界的感受、認知與理解。四川現代小說通過鄉土寫實展現了巴蜀民間的生活空間、生活場景及各種活動，其間大量的民俗方言詞的運用，使帶有巴蜀地域色彩的風俗民情得以鮮活生動地再現。小說中民居生活相關的方言表達如公館、門道、場鎮、趕場、雞公車、臥龍袋、緊身、闌干、家公鞋、帽兒頭、十二象、鍋盔、麻婆豆腐、米糖開水；撒紅錢、吃喜餅、回車馬、撒帳、生人妻、燒頭紙、下罩子、成服、哭喪等方言詞展現了巴蜀地區婚喪嫁娶的禮俗；出天方、燒龍燈、趕東大街、出大令、趕韓林、燒袱子、歌詩等方言俗語反映的是巴蜀地區歲時節令的遊賞活動和祭祀活動；

端公、觀花、燒仙蛋、掛紅、潑水飯、照水碗、扶乩等方言詞語記錄了巴蜀民間信巫尚鬼的宗教信仰活動。此外，小說中的土匪黑話和袍哥隱語，以及金夫子、抽壯丁、吃閒茶、坐茶鋪、吃講茶、喊茶錢、靠燈、籮筐隱、葷煙、煙籤子等一些列方言詞則直接再現了巴蜀社會的特殊時代風尚。從衣食住行到精神娛樂，這些四川方言詞彙勾勒出一幅幅巴蜀之地獨有的民間生活圖景。由於方言與人類社會相伴發展，因而有著當下性與即時性的特點，四川現代小說中的許多特殊方言詞都是特定時期的產物。例如沙汀小說《龔老法團》裏的「法團」一詞，本來指四川地區被政府承認的群眾團體的統稱，但這個方言詞及其意義現已被時代淘汰；還有《替身》裏的保長太太說到「光棍已經擱了」，其中「光棍」指的是袍哥身份，現在這個含義已不再使用。有些語言是因為牽涉到「行話」而不為人所知，如李劼先的小說《埂子上的一夜》中使用的四川地區的土匪黑話，沙汀、李劼人小說中的哥老會語言，羅淑、王余杞小說中有關四川井鹽產業的相關方言術語，以及李劼人、周文小說中出現的軍閥部隊中常用方言，等等。這些特定的方言是特殊歷史階段的產物，隨著社會歷史的發展，已經不多使用，有些則滲入到當代四川方言當中，並發展出新的用法。如果用共同語對方言語詞進行改變替換，就意味著與這些詞語民俗生活的相關聯想的消失，而四川現代小說作家在創作中大量使用這些方言詞語，正是要恢復與此相關的巴蜀民間生活狀態的聯想。結合四川方言語詞所反映的民俗文化，可以更深刻地理解文本，更好地把握小說的意象與主題。例如李劼人《死水微瀾》中，陸茂林跟顧天成談起蔡大嫂時如此說道：「哈哈！你連蔡大嫂都不認得！她是我們天回鎮的蓋面菜，認真說來，豈止是天回鎮的蓋面菜？恐怕拿在成都省來，也要賽過一些人哩！」其中「蓋面菜」的本意源自四川地區的心意民俗，在物質匱乏的年代，如家中來客，熱情好客又愛好面子的四川人一定會好菜相待，無奈條件有限，於是把精華的部分放到了一道菜肴的最上層，既表現出對客人的尊敬，又遮掩了主人的尷尬。後來「蓋面菜」又進一步引申為「人或事最精華的部分」。「蓋面菜」一詞可謂精練傳神地表現出蔡大嫂過人的美貌。還有竹子，作為巴蜀人民重要的生活和生產資料，在川西壩子和川南、川東丘陵地帶，有人家之處一般有竹林，巴蜀文化中有諸多與竹相關的習俗與方言表達。沙汀《還鄉記》中，徐爛狗逗小女孩帶娃子說了一句話：「我總要預備根大吹火筒給你做陪嫁嘛！」因四川地區竹子產量豐富，農村灶間使用的吹火筒用一段竹子打通其間隔製作

而成，舊時常被婆母當作責打兒媳用具。當然以吹火筒作陪嫁是不可能的，說讓婆母責罵也是慣說的調笑話。

其次，除了直接引述方言民俗詞外，四川現代小說中更多地是對民間風情的深入描繪，運用民俗事象刻畫人物形神，通過風俗人情來反映當時社會的原生態，體現歷史發展的進程。例如，四川現代小說對普遍存在的民間習俗「坐茶館」的描寫和深度闡釋，構築了人物活動與情節發展的社會人文環境，揭示了特定的歷史風尚。茶館生活幾乎關涉巴蜀民間生活的方方面面，各種身份的人在其中實現了自身對政治、經濟的參與。沙汀就通過其香居茶館中的一場精彩紛呈的「講茶」，徹底揭露了川西北鄉鎮基層的「兵役」黑幕，同時還透露出這個小鎮上流行著的「這樣一種風氣」：「凡是照規矩行事的，那就是平常的人，重要人物都是站在一切規矩之外的。」小說中的陳新老爺，就是個不按規矩辦事的人，他並不缺錢，但地方上有些需要湊份子的活動，如「打醮這類事情，他也沒有份的」。這裡所謂「打醮」，就是指四川鄉鎮的一種敬神活動。這裡所謂「沒有份」，並非他不參與這種活動，而是他不必湊份子，因為他的出現就已經讓活動生輝，人們並不在意他是否出錢了，「否則便會惹起人們大驚小怪，以為新老爺失了面子，和一個平常人沒多少區別了」。〔註52〕邢麼吵吵在茶館裏由吵罵發展成了打架，固然是因為心痛兒子被抓了壯丁，更重要的還是「因為當著這許多漂亮人物面前，他忽然深痛地感覺到，既然他的老二被抓，這就等於說他已經失掉了面子」。沙汀說，「面子在這鎮上的作用」當然是至關重要的。由此可見都是巴蜀民間普遍存在的心意民俗其實起了非常關鍵的作用。李劼人的《死水微瀾》則是以羅歪嘴為代表的袍哥形象塑造的，袍哥和教民這兩種勢力之間的衝突較量，反映出辛亥前後四川地區的社會形態與時代氛圍。鴉片戰爭後，西方傳教士開始對中國進行文化侵略，排斥了當地的人生禮儀、宗教禁忌、歲時節令等民間文化，西方宗教與中國民間文化產生了激烈的衝突。四川地區的「風俗之戰」尤為突出，「教會與農民真正意義上的衝突實際上是從風俗之戰開始的」〔註53〕。《死水微瀾》反映的就是西方宗教對四川社會傳統生活方式的嚴重衝擊，鄉鎮居民的精神結構、文化心理和民俗習慣遭遇極大挑戰，可以說，顧天成所代表的

〔註52〕沙汀：《在其香居茶館裡》，《沙汀文集》（第4卷），四川文藝出版社2017年版，第445頁。

〔註53〕張鳴：《鄉土心路八十年》，生活·讀書·新知三聯書店1997年版，第101頁。

教會勢力與袍哥在內的四川民眾之間的矛盾鬥爭，實則是由文化衝突導致的鬧劇。另外，小說對袍哥的組織結構、日常運作等細節的描敘，尤其是對青羊宮「燈市」的詳盡描述，更顯其深厚的民間文化積澱。

二、揭示民間文化心理

　　「方言是一種地域文化最外在的標記，同時又是這種文化最底層的蘊涵，它深刻地體現了某一地域群體的成員體察世界、表達情緒感受以及群體間進行交流的方式，沉澱著這一群體的文化傳統、生活習俗、人情世故等人文因素，也敏感地折射著群體成員現時的社會心態、文化觀點和生活方式的變化。」〔註54〕從這一角度來看，方言寫作不僅是地域性的表達，更是對民間文化心理的一種揭櫫。

　　四川方言書寫與巴蜀文化心理的表現是相互維繫、互為表裏的，四川現代小說所表現的民間生存現實與生命形態，正是受巴蜀地域的獨特精神氣質所薰染而成，在整體性的巴蜀文化氛圍中，正負兩方面的文化心理相互滲透、融合。遠古的巴蜀，「戎伯尚強」，是不服「王化」的「西僻之鄉」，「辟陋有蠻夷風」〔註55〕。漢代《蜀都賦》記載，「剛悍生其方，風謠尚其武」。漢以後，巴蜀與中原文化相融合，但巴蜀地區遠離中央政權，處於正統儒家的「文化邊緣」，因而根底深厚的「西戎」文化得以頑強地保存下來，並影響廣遠。宋代時，「中州人謂蜀人放誕不遵軌，輒曰：川蕩直。」〔註56〕「蕩直」的意思是不規矩、不成熟，灑脫放誕。北宋張俞也如此寫道：「益為西南之都會，外戎內華，地險物侈，俗悍巧勁，機發文詆，窺變怙動，湍湧焱馳，豈其性哉！」〔註57〕在「邊緣意識」的影響下，巴蜀成為長期割據動亂的地方，「天下未亂蜀先亂，天下已治蜀未治」，大大小小的地方實力人物不服王法，紛紛離經叛道。明清以來，巴蜀戰亂不止，劫後餘生的巴蜀人，「反清復明」為避禍入蜀的仁人志士，還有「填四川」的外省移民，在巴山蜀水之間戰天鬥地，「剛悍」「尚武」的民族特點尤其明顯，川人因此被外省人呼為「川蠻子」。清朝末年，

〔註54〕汪東如：《漢語方言修辭學》，學林出版社2004年版，第26頁。
〔註55〕班固：《漢書》，中華書局1962年版，第3625頁。
〔註56〕黃庭堅：《涪翁雜說》，轉引自程民生：《宋代地域文化》，河南大學出版社1997年版，第54頁。
〔註57〕張俞：《送益牧王密朝觀序》，劉琳、王曉波點校：《全蜀藝文志》，線裝書局2003年版，第867頁。

四川民間的袍哥幫會勢力蓬勃發展，蠻夷統治風氣甚囂塵上。近代整整二十年時間四川都一直處在地方軍閥割據的「防區制」時期，官兵、土匪、袍哥沆瀣一氣，強權稱霸之風更盛，也「培育」出無數的武力強人。這樣的地理環境和歷史條件孕育了巴蜀文化，與中原文化、荊楚文化、齊魯文化或吳越文化所不同的是，巴蜀地方文化具有包容和矛盾的特點：既封閉保守又叛逆自由，既精明狡黠又豪爽粗野，艱苦奮鬥的同時又耽於自足享樂。如四川方言書寫中的川味飲食、茶館生活、抽鴉片煙等這些具有代表性的生活特色，就典型地體現了川人的享樂趣味與閒適心態。而軍閥的爭鬥傾軋，地方官吏的狡黠殘忍和一般黎民百姓對一時一事的斤斤計較，則反映了川人缺乏道德理性的生活境界以及陳腐麻木的精神狀態。還有遍及全川的袍哥力量，展現了巴蜀文化中粗獷野性的一面。羅歪嘴的跋扈、林麼長子的刁蠻、龍哥的粗魯個性，都展示了一群少受正統文化浸染的半自然狀態的人群，還有官僚、鄉紳、軍閥和袍哥的相互勾結利用，將上層階級拉回到了世俗層面，他們之間的對決直接表現為赤裸裸的實力較量。這些都是貫穿四川現代小說的地方文化元素，它們的結合就是巴蜀地區生活的外部表現，更是粗獷、野性的半放恣狀態的巴蜀生存狀態和民間文化心理。

　　民間世界具有自己獨立的價值判斷與生活觀念，而只有屬於民間的方言話語體系才能更好地表現這種判斷與觀念。蘇珊·朗格認為：「方言的運用表現出一種與詩中所寫、所想息息相關的思維方式」，「方言是很有價值的文學工具，它的運用可以是精巧的，而不一定必得簡單搬用它的語彙；因為，方言可以變化，並非一種固定的說話習慣，它能微妙地轉化為口語，以反映妙趣橫生的思維。」〔註58〕語言是思維方式的表現，而作為民間語言的方言，其背後隱藏的是民間大眾的思維方式，是底層民眾渴望發聲的話語體現。但一直以來，民間話語一直都是處於邊緣和弱勢的地位，被主流官方話語所排斥、遮蔽。四川現代小說作家以置身民間的寫作姿態，試圖還原民間話語的本來面貌，真實展現方言中所寄寓的民間人物的情感想像、價值判斷和心理期待。下面即以艾蕪「南行」系列小說為例說明民間話語對於民俗個體文化心理的表達的重要作用。

　　艾蕪自幼深受民間文學的薰染，祖母經常給他講「二十四孝」中的故事，

〔註58〕〔美〕蘇珊·朗格：《情感與形式》，劉大基等譯，中國社會科學出版社1986
　　　　年版，第251～252頁。

還有「安安送米」「魏小兒西天問活佛」等民間故事,「把千百年來我國勞動人民的強烈的正義感、樸素的人生哲理,潛移默化地灌輸到了孩子的心裏,也啟發了艾蕪豐富的想像力」〔註59〕。這不僅孕育了艾蕪的流浪行為,也影響了作家的精神氣質與審美情趣,在一定程度上使他能夠以人道主義的情懷和民間文化的立場,自覺地關注和同情受難者。艾蕪在《南行記》中所描寫的民俗個體多為流浪漂泊之人,如「盜馬賊」「賣藝人」「趕馬人」「私煙販子」「抬滑竿的」「小偷」和「打團夥的行竊者」等,他們的「職業」並不正當,但他們卻擁有正直善良、樂觀通達的人心人性。艾蕪選擇以方言俗語來描寫人物的話語和心理,使小說具有內在的寫作視角,同時也代表著一種民間聲音,這種民間聲音從它的語音、音調、表達方式和詞彙等方面都擁有巴蜀民間的特點,從而在情感層面更能激發讀者的共鳴。比如《森林中》《我的旅伴》和《私煙販子》等小說都描寫了「私煙販子」這一流浪群體,他們雖然幹著非法買賣,但他們卻活得坦蕩真誠。從《私煙販子》老陳的話中可以強烈感受到他的誠實和坦率,當有人挖苦他賣鴉片煙害人,他氣得臉紅筋漲地說道:「你才說黃話喃!……就依你說,鴉片煙有毒,也是人家甘願吃的,我還會逢人亂吹,欺人哄人,說鴉片是人參果,吃了長生不老?我賣鴉片煙就說賣鴉片煙,並沒有說我在賣靈芝草!無論你咋個說,我們賣鴉片煙的,都是天字第一號的誠實人。我這十幾二十年,就一直叫作陳家私煙販子,還怕哪個笑麼?是私煙販子就是私煙販子,怕啥子?」〔註60〕艾蕪完全站在民間立場上,通過這種另類民間群體自己的話語,揭示了他們善良誠實的人性和開朗樂觀的民間精神。尤其值得關注還有「偷馬賊」這群特殊的流浪漢,有《森林中》的馬頭哥、《山中送客記》中的大老楊、《偷馬賊》中的老三等。偷馬賊的職業在此地並不可恥,反而「偷馬賊的招牌,在這邊是值錢的」。比如《偷馬賊》中的老三因偷馬摔成了重傷,但他卻因此感到滿足與自豪,因為這樣他才會出名,才能贏得那些馬頭哥和店主人的尊敬。這就是西南地區風俗的「異化」,不惜以人格、聲譽甚至生命作為換取生活的資本,也是《南行記》最具代表性和引人注目的主題。艾蕪透過小說主人公老三之口,揭示出這種普遍的「異化」現象,其根源在於鄉土社會的土地兼併現狀,「我們這輩子人,

---

〔註59〕譚興國:《艾蕪的生平和創作》,重慶出版社1985年版,第17頁。
〔註60〕艾蕪:《私煙販子》,《艾蕪全集》(第1卷),四川文藝出版社2014年版,第24頁。

一落下娘胎，就連針尖大的地方也沒有。雙肩抬一張嘴巴，誰也不肯讓你插腳下去。到處都聽著這樣的話：這是我的呀！老哥，請讓開！⋯⋯媽的，這世道簡直岩石一樣，總是容不下你我乾雞子！⋯⋯你想，我該怎麼樣呢？那還消說，只要裂出一條縫，我就要鑽進去。」〔註61〕即便如此，艾蕪借助民俗事象揭示民間文化心理時，所看重的仍然是這些流浪人所葆有的善良真誠的美德。長期漂泊流浪的生活經歷，使艾蕪深刻體驗到了社會下層民眾的痛苦與不幸，他以一種立足民間的情感判斷取代知識分子的或社會道德的價值判斷，通過民間方言話語的文學書寫，探索和反映了西南邊地另類群體的生命形態與善良人性。通過《南行記》的解讀，我們可以看出，小說中的各種流浪者往往出自作家的民間生活經歷和親身體驗，他的四川方言書寫正是對邊地民間人物文化心理的最真切傳達。正如張新穎所說：「用民間語言來表現民間，民間世界才通過它自己的語言，真正獲得了主體性；民間語言也通過自由、獨立、完整的運用，而自己展現了自己，它就是一種語言，而不只是夾雜在規範和標準語言中的、零星的、可選擇地吸收的語言因素。」〔註62〕只有民間語言才能更好地傳達民間人物的聲音，重視民間語言就意味著尊重研究對象的主位立場和主體性表達；而通過對民間語言的自由、獨立、完整的運用，民間世界更進一步彰顯了方言口語的自然生命力和存在的必要性。

三、彰顯作家民間立場

語言作為小說的基本構成要素，承載著作家長期形成的思維方，因此作品中的方言不僅是一種寫作技巧或寫作策略，也是作家深層次思維方式和價值立場的外在表現。民間立場作為作家的價值立場和文化姿態的一種選擇，必然要依託其作品，構成小說文本的語言要素便首當其衝成為彰顯作家民間立場的武器。作為「大地之音」的方言，承載的是地方在小說中的詩性言說，因而方言書寫體現出的就是作家的語言藝術與民間文化、地方根性之間的血脈聯繫。二十世紀初的白話文運動中，胡適、周作人、劉半農都主張從民間語言中獲取資源進行國語建設，在三、四十年代倡導文藝「大眾化」和「民族形式」

〔註61〕艾蕪：《偷馬賊》，《艾蕪全集》（第1卷），四川文藝出版社2014年版，第239頁。

〔註62〕張新穎：《行將失傳的方言和它的世界——從這個角度看〈醜行或浪漫〉》，張新穎、〔日〕阪井洋史：《現代困境中的文學語言和文化形式》，山東教育出版社2010年版，第24頁。

的時代語境中，知識分子回歸民間，與民眾打成一片，方言成為檢驗作家為誰服務的試金石，成為啟迪民眾、團結民眾的工具。四川左翼小說作家和其他進步作家受時代感召自覺將方言納入文學創作之中，不斷探索試驗如何運用四川方言創造獨特的審美效力。他們不僅如初期新文學倡導者那樣把方言作為豐富國語寫作的一種素材，更是切實站在民間大眾的立場，力爭呈現四川方言書寫所承載的豐富深厚的民間內涵，四川現代小說作家因此成為啟用方言寫作的傑出代表。無論是其小說中隨處可見的四川方言詞彙、方言句法、方言聲音，還是四川方言所展現的地方民俗文化，都可視作是四川現代小說作家發現民間，為民間大眾寫作的突出表現。

　　民間立場的選擇決定了四川現代小說作家是根據巴蜀民間生活的真實存在而寫作，因而作為民間日常生活中不可或缺的方言能夠大量進入小說文本。在運用四川方言進行小說創作的所有作家中，作為自由進步作家的李劼人，其民間立場無疑是最為鮮明和堅定的。他的小說創作，特別是「大河小說」，呈現了明顯的地方志傾向，把它作為一種民俗資料來看待也毫不過分。李劼人長期從事各種方志、風俗志的收集工作，20 世紀 40 年代，他創辦了《風土什誌》和《華陽國志》副刊，還與郭沫若、馬宗融創辦了《蜀風》，並撰寫了一系列文章《漫談中國人之衣食住行》《說成都》《成都歷史沿革》《成都的一條街》《話說成都城牆》等，詳盡考據和介紹成都的城市街道、名勝古蹟、歷史掌故、風土人情等。他對巴蜀民間文化的研究使他並沒有把四川方言作為小說的地域色彩來裝飾點綴，而是真正實現了方言書寫與創作動機、創作立場的水乳交融。

　　在方言書寫中融入自己對成都風物的癡迷，是李劼人民間世俗情懷的生動體現，也是他堅守民間立場的獨特價值所在。他的小說也因此成為研究四川近現代民俗最生動的資料。方言俗語雖然不是再現民間世界的唯一途徑，但它們與民間世界的天然親和力決定了民間世界藝術表現的準確性和生動性，長期被公眾語言所遮蔽的民間話語更能展現出同樣被遮蔽的民間獨特空間。如有學者形容四川方言天生的能力是，不用我們怎麼費力，就能自然並快速地把我們領進鑼鼓喧天、鍋碗瓢盆、家長里短的沸騰生活。〔註 63〕李劼人方言書寫的最大特點就是與川西日常事件緊密相關，生動、

〔註63〕 參見敬文東：《被委以重任的方言》，中國人民大學出版社 2010 年版，第 114
　　　　～116 頁。

鮮活、極富野性，全方位真實地展現了清末民初的市井生活。他在方言書寫中津津樂道於成都的名勝古蹟、茶鋪戲園、酒店商號、大街和小巷，饒有興致地記載了當時的各種交通工具、衣著服飾、娛樂活動、節慶宴會，將自己對民間文化的摯愛與熟稔最大程度地表達出來，彰顯出別具一格的文化韻味和方言書寫風格。

李劼人在對四川方言的採擷運用中，還往往寄寓著一種個人視野的民間立場，那就是通過民間尤其是鄉鎮市民階層的政治、經濟、文化生活來反映當時的社會歷史發展，並非用知識分子的啟蒙眼光和現代意識僅僅對民間落後的文化因素進行批判，而是站在視閾更加開闊的民間立場去體察和展現「當時歷史的真實」。小說中也不乏對蜀中社會愚昧、因襲、狡詐的精妙描寫，其中顯然夾雜著他對故土文化的批判，但他常常因沉迷於對家鄉風土世態的描繪之中而減弱了批判的聲音，凸顯的是他對民間的讚美與欣羨。李劼人方言書寫中展現出來的自在自足的市民日常世界，沒有沙汀川西北小鎮中令人窒息的壓抑和黑暗，也沒有巴金大小家庭中年輕生靈受封建倫理秩序傾軋的慘烈，而是富有人世的溫情和日常的真實，散發著濃郁的巴蜀市井文化情趣。李劼人將現代知識分子的人文理想與審美追求鎖定在巴蜀大地上，摒棄了民間固有的「藏污納垢」，以一種近乎欣賞的態度來描摹家鄉風土人情，從豐富的市民生活以及精神世界中發掘了具有現代意義的民間文化價值。他對民間的認知和態度，在很大程度上獨立於官方主流話語，打破了知識精英的趣味與清高，將藝術創作的興趣點自覺地靠向民間市井文化，在強大的現代話語中自在地展現著四川方言口語的多彩魅力，讓作為邊緣文化的巴蜀文化在主流文化的縫隙中尋找到展示自身的機會。李劼人這位「寫實的大眾文學家」，寫的是民間社會之實，其大眾是世俗化的市民之眾，其「大眾語」也正是民間市井之語，顯示出游離於主流價值系統之外的邊緣姿態。故而李劼人的方言書寫完全可視作其個人視野的民間立場之表達。

綜上所述，四川現代小說的方言寫作超越了對人物方言俚語的簡單模擬，而是深入到其文化意蘊之中進行開掘。研究表明：一、四川現代小說中文化意涵的產生根源，首先源自作家群體的戀鄉情結與地域文化意識，認同、固守和運用四川方言，是四川現代小說作家抒寫戀鄉情思、展現巴蜀文化的重要途徑；其次還源自作家群體的方言情感與「鄉土根性」，四川現代小說作家對自幼習得的母語方言和文化傳統情有獨鍾，從而產生了在小說創作中自覺

採擷運用方言話語的心理傾向和強烈衝動。二、四川現代小說方言書寫的地域文化主要表現在：民居生活與婚喪嫁娶的地域特徵，「坐茶館」「吃講茶」「抽鴉片煙」等四川「土特產」，以及四川「袍哥」的隱語、「亦正亦邪」的袍哥精神、「又爛又惡」的袍哥習性等袍哥文化方面。由此，四川方言寫作在確保歷史真實的基礎上，鋪展了眾多豐富的具有文學價值的地方性知識。三、從民間文化的角度看，四川現代小說方言書寫還具有鮮明的民間文化立場：首先，四川方言書寫藝術地再現了四川地區的自然地理、歷史傳統、風俗人情、生存方式等民間生活圖景，強化了小說的民俗色彩和地域文化色彩；其次，四川現代小說作家以置身民間的寫作姿態，通過還原民間話語的本來面貌，揭示出方言中所蘊含的民間世界的真實文化心理和價值觀念；最後，在主流文化和地域文化、共同語書寫和四川方言書寫的衝突與調和中，作家對四川方言的選擇與使用彰顯了作家個人視野的民間立場，體現出深刻的方言精神。四川現代小說作家對四川方言俗語的創造性、超越性使用，表明方言之於文學的意義不再是「表」而是「本」的一種屬性，正如薩丕爾所說，「語言背後是有東西的」，這是四川方言與四川現代小說互生互進的根性精神聯結。

結　語

　　通過正文的論述，本書已從四川方言寫作的演進歷程、表現形態、藝術
建構、地方文化意涵四個方面闡釋了四川方言與四川現代小說之間密切又複
雜的聯結關係，較為全面而系統地梳理了四川現代小說中的方言運用狀況，
從而展示了四川方言話語作為文學語言形式所具備的特殊的審美品質。不論
是對四川方言入文的整體風貌、共性特徵的綜合性闡述，還是對作家運用四
川方言寫作的個性實踐的分析，筆者都力求展示現代四川現代小說因整體語
言結構上的口語化、大眾化傾向，而與原生態方言所保持的緊密關係。本書
的研究結果也充分表明，四川現代小說積極吸納與融合四川方言的寫作現象
在文學史、漢語史、文化史方面都產生著重要影響。

　　不言而喻，四川方言寫作有著非常重要的文學史意義，四川方言的運用
之於四川現代小說和現代漢語文學的發展創新，發揮著巨大補充力量與活
力作用。方言是由一方水土滋養孕育而成的話語資源，凝結了豐富生動的
民間底層文化，有著共同語不能代替的美學特質，因而在對地方事物和情
感觀念進行描繪和表述時，自然要比一般意義上的通用語言更能營造豐盈
真實的審美空間，更容易實現文學文本與地域文化精神的合一。四川方言
作為巴蜀民眾的語言，是在民間的日常生產生活中生根發展起來的，既有
民間話語與生俱來的剛健之力和質素之美，更獨具地域文化滋養而來的形
象生動性、粗直野味和幽默趣味。四川方言在四川現代小說中的創造性使
用，變革著四川現代小說的語言形式和內容表現，推動了四川現代小說大眾
化和本土化發展的趨向。四川方言的豐富、多元的文本表現形態，是四川現
代小說作家語言創新的一種體現，使四川方言口語適應現代小說的敘述模式，

進而豐富了現代漢語文學語言的表達體系。川語思維主導下建構的四川現代小說，在人物塑造、小說敘事和作家個性風格等方面具有獨特的藝術表現，實現了四川方言的文學審美化再現。而具有強烈文化意識的四川現代小說作家，總能從自己的文化積澱中深入挖掘和發揮方言對文學創作的積極作用，他們對四川方言敘事的熱衷及其創造的「川味小說」，成為現代文學史中的一大文化景觀。

從文學評論與文學創作的良好互動關係著眼，四川現代小說中方言運用的成功經驗，對引入方言要素的文學實踐有一定的借鑒意義。特別是隨著新時期「尋根文學」的熱潮帶來了地域文學的繁榮，以「文學湘軍」的崛起為訊號，「京派文學」全面復蘇，「文學陝軍」「文學晉軍」「海派文學」努力跟進，而「文學川軍」卻在相對穩定甚至滯後的情形中徘徊，未能產生群體性的影響力。因而，如何在當代地域創作熱潮中佔據一隅之地，如何打造更有四川文化特色的方言小說，是文學評論和文學創作都應面對的一個艱巨話題。本書通過對四川方言與四川現代小說的良性動態關係的研究，不僅充分展現了四川方言寫作的獨特審美品質，更細緻分析了四川方言運用的成功之處。比如如何從方言口語中提煉出有表現力的方言要素，如何將四川方言融入共同語敘述，如何進行獨特的川味敘事，以及如何實現方言寫作的文化意蘊等等，這無疑為四川當代作家乃至其他地域的作家恰到好處地調用方言要素，通過提煉精巧的文學方言經營更有價值的方言文學提供了借鑒。

還值得關注的是，四川方言與四川現代小說的深度聯結及相互作用，其意義實際上超越了文學史的單一層面，在漢語史和文化史方面具有重要價值。首先，從現代漢語的發展來看，文化中心城市的語言已滲透到邊緣地區，共同語的廣泛傳播改造了地方語言，這可能是不可阻擋的趨勢。在這種文化環境下，方言生存的空間越來越小，一些方言詞語已經消失或正在消失，對它們的搶救記錄是非常必要的。而文學作品則是保護方言的強有力的載體。由於四川現代小說創作對四川方言土語和俗話諺語的自覺運用，袍哥隱語和場合上的應對話適機介入，地方行業語和市井中的風趣話等方言話語，因此獲得有效的傳播平臺，在一定程度上擴大了方言的影響力，延續了方言的生命力，為方言的保護與發展提供了空間。同時，四川方言中鮮活生動的語言因素也逐漸地滲入到通用語言中，這對於豐富現代漢語、煥發民族共同語生機活力大有裨益。另外，作家對於方言話語的真實記錄和

創作性使用，保存下珍貴的語言發展的歷史面貌，也成為了語言學、方言學研究的重要語料來源。這都是四川方言與四川現代小說相聯繫所具有的漢語史意義。

　　再從文學的文化價值上看，四川現代小說對四川方言文化意蘊的表現，對研究地方文化、民俗文化和社會歷史也有著重要價值。在四川現代小說的發展進程中，與四川方言入文首先相關聯的是 20 世紀追求大眾化和民間化的文化語境，四川方言寫作的選擇就是對文學對社會文化思潮的反映。更重要的是，方言俗語是地域文化的直接載體，其背後往往包含著與之相應的地方經驗和民俗文化。如果與共同語聯繫在一起的是社會共性價值觀，是一種經過融合和調和的共同文化，那麼同方言聯繫在一起的則是社會民間的價值觀，具有明顯的草根性和區域性。在一個有著數千年大一統思想的國度裏，保持區域性的非主流文化，保護多元化的民族文化，具有極其重要的意義。四川現代小說作家積極地調用方言，深層心理是他們想要表現巴蜀地域文化的強烈渴望，他們在小說寫作實踐中大膽運用四川方言俗語和方言思維習慣，以方言書寫構築小說文化背景和傳統，使小說的圖景鮮活了起來，不僅傳遞著豐富的地方性知識，還通過描繪特有的民俗風情，真實再現出民間生活、文化精神和人心人性。四川方言寫作的形象性具有非方言小說中所沒有的感性魅力和異質力量，因而成了小說在文化層面接近原生態生活、開拓藝術新境界的重要途徑。因此，四川現代小說中的方言語詞和方言表述，不僅是小說史和漢語史的對象，也是研究巴蜀地域文化與社會歷史的寶貴史料，更是傳承豐富多元的中華文明不可或缺的。

　　雖然四川方言寫作內含著獨特的地域魅力和審美意趣，並產生著多方面的積極作用和意義，但同時也要看到，四川方言寫作總體上還不夠成熟。由於方言話語與原生態地域文化環境相依附，方言凝聚的語言精華和自生的糟粕同在，方言寫作的美學品格也和語言的地域侷限性是共存的。雖然四川現代小說中的方言都是經作家的篩選、提煉、改造而成的，但由於各種複雜因素和方言的天然特性，四川方言寫作仍有一定的限制性。胡適指出：「方言的文學有兩個大困難。第一是有許多字向來不曾寫定，單有口音，沒有文字。第二是懂得的人太少。」[註1] 這是方言寫作中普遍性的癥結所在，四川方言

〔註 1〕胡適：《〈海上花列傳〉序》，《胡適文存》（3），華文出版社 2013 年版，第 331 頁。

寫作也不例外。四川現代小說的方言實踐寫作昭示了其語言創新的努力，同時也顯示出一些不成熟之處。

首先是四川方言口語書寫形式問題。從方言寫作技巧層面來看，一直存在著口語形態的方言向書面形態的方言轉換的難題。對此，四川現代小說作家多採用「拿來主義」的態度，綜合利用已有語言成果，並大膽自我創製，不避生造的方言字詞，諧音的字詞順理成章地為我所用，運用同音和近音假借的方法把四川方言口語用漢字忠實地記錄下來，保留下語言的神韻。但依音假借必須十分慎重，如果草率待之，隨意造字，往往會造成音、義不符的矛盾，從而增加言語理解的困難。四川現代小說中就有不少方言詞難以根據其字面書寫直接推測其方言含義，如文本中經常出現的「煞果」（結束）、「伸抖」（舒暢或漂亮）、「相因」（便宜）、「嚕蘇」（囉嗦）、「車」（轉）、「沖殼子」（吹牛）等方言表達的意義就不同於對應漢字的意義，這樣的方言書寫形式雖較為真實地記錄了方言原聲，但詞義卻有不透明性，會給非本地域的讀者帶來難以接納的隔閡之感。另外由於四川方言中那些沒經過文人在紙筆上定形記錄過的字詞，作家各自書寫入文的時候有時還會出現一個語詞寫成了各種形體的現象，如「諳到」（料想）在四川現代小說文本中也被寫作「諳道」或「諳倒」，「慣失」（溺愛）有時也作「慣使」，「煞果」（結束）也有寫成「煞角」等，這種方言書寫形式不統一的情形更增加了讀者的理解負擔。由此可見，如何在小說文本中恰切地記錄書寫四川方言是一種有難度的文學實踐，需要作家進行精心創製，並加以適當解釋，才能讓方言寫作凸顯川語聲韻，帶給本地讀者親切感的同時，也能帶給外地讀者可以理解接納的「陌生化」審美感受。

其二是四川方言寫作的傳播與接受問題。在四川現代小說創作中，作家為了尋求對現實生活的真實記錄，將許多地道卻相對生僻的方言語彙和表達融入了文本，從而在不同程度造成了外省讀者語言接受障礙的窘況，並影響作品的文學史地位。比如，李劼人的小說幾乎都是用四川方言寫成，特別是「大河小說」更是以四川方言寫成的鴻篇巨製，很早就被郭沫若譽為「小說的近代史，至少是『小說的近代《華陽國志》』」〔註2〕。但事實上，陳思廣教授的有關研究表明，在1937至1977年的這40年間，李劼人和其「大河小說」曾一度受到冷落，直至1976年之後，李劼人才逐漸成為研究者聚焦的對象；

〔註2〕郭沫若：《中國左拉之待望》，《中國文藝》1937年第1卷第2期。

同時，其在川外的傳播乃至在全國的影響與川內相比也反差巨大，此現象成為學界的「李劼人難題」。〔註3〕個中原因必然有社會、政治、時代等多方面的因素，但作為以語言為形象載體和傳播媒介的文學作品而言，李劼人小說中大量的四川方言土語、行話俗語，更是影響李劼人小說傳播接受與文學史地位的一個重要原因。艾蕪也曾遭受到因方言使用造成接受障礙的批評，1941年在桂林舉行的「文學創作上的言語運用問題」集體討論會，就艾蕪小說中方言的運用，產生了各種不同意見。邵荃麟認為，「艾蕪先生的作品中常常用『偕』字代替『還』字，『默倒』代替『以為』，在我們江浙人讀起來卻完全不懂。」宋雲彬也同意邵荃麟的觀點：「『默倒』這種方言，範圍就太小，我們都不懂，所以我也是反對這種用法的。」但持方言本位看法的聶紺弩，卻認為：「『默倒』，我卻覺得很好，這句話在四川、湖南、廣西都通行的，範圍不能算小，而且它有它特別的風味，我認為沒有更好的字眼可以代替它。」〔註4〕同樣，對於沙汀的四川方言寫作，1950年4月11日，巴金在給沙汀寫的信裏說：「您的小說中土話較多，外省人常說不懂，因此在北方銷路較少。但我們四川人或西南人讀起來卻覺得生動，真實，親切。」〔註5〕巴金沒有迴避沙汀方言寫作的問題，認為使用過多的方言土語會影響外地讀者對作品的認識，但也認為濃烈的四川方言與本土風味，恰是沙汀小說的一大特色。可見，四川方言運用的藝術表現力和方言土語接受的地域侷限性是一對相伴相生的矛盾體，一方面四川方言寫作帶來原生態地方圖景和異域風味情調得以高度評價，另一方面方言的冷僻生硬造成的傳播障礙又受到批評。為了消除這層語言的隔閡，四川現代小說作家進行了多種語言試驗，如將四川方言俗語和共同語協調配置、穿插使用，對特殊的方言語詞和表達加以注釋，或者在上下文語境中予以說明。這樣的方言表現策略極力融合了四川方言話語與現代小說敘述，但仍未徹底解決方言寫作傳播的侷限。

　　具體分析四川方言的地域侷限性造成的傳播與接受問題，又呈現兩種不同情況。一種情況是由客觀上地域文化的差異性造成方言內涵理解的困難。

〔註3〕參見陳思廣：《審美之維：中國現代經典長篇小說接受史論》，四川大學出版社2012年版，第133～141頁。

〔註4〕艾蕪、紺弩等：《文學創作上的言語運用問題》，《文化雜誌》1942年第1卷第5號。

〔註5〕巴金：《一九五〇年四月十一日致沙汀》，《巴金全集》（第24卷），人民文學出版社1990年版，第55頁。

一種語言總是與其相應的文化背景密切關聯，方言語彙的運用意味著地方知識系統的啟動。四川方言的文化內涵是巴蜀地域歷史文化的長久積澱，讀者缺乏相應的地域文化背景，就難以領悟方言寫作的準確語義和深層意蘊。如沙汀《淘金記》中，林麼長子與他的同夥聚在一起推測對手白醬丹的行跡，「有件事我倒忘記說了呢……上前天到磨家溝去了呢……那他跑去取草帽子呀？……雜種是進城去告狀？」因為四川地區有編制草帽來戴的習俗，所以「取草帽子」就是指在趕集的時候上街取回做好的草帽，後用來戲稱白跑路、沒有辦成事情。如果不瞭解這個方言詞背後的地域生活內容和民俗文化，恐怕就難以領悟其中的微妙語義。另一種情況則是，作家在主觀上缺少嚴格地汰選和提煉過於冷僻、土俗的方言語詞，不僅不利於意義表達，反而會導致過於晦澀、難懂從而影響文本理解。真正優秀的方言作品，可以超越語言的界限，也可以擴展方言的傳播範圍，而創作主體的加工製作，則是充分發揮方言俗語的審美價值，幫助方言寫作突破地域性因素，進而獲得更廣泛影響力的關鍵因素。

與老舍、王朔的京話小說創作，沈從文、韓少功為代表的湘方言寫作，以及陳忠實、路遙為代表的陝西方言寫作相比，四川現代小說家們沒有形成自己獨立、成熟的語言觀，也缺乏有關方言寫作的理論表述，因此留有論者闡釋上的缺漏與空白。但無論四川方言的運用是為四川現代小說帶來了藝術效力和文化價值，抑或是在一定程度上阻隔了小說意義的傳達，都不可否認的是四川方言對四川現代小說研究的影響及其之間相輔相成的緊密聯結，正是四川方言資源的創造性運用，得以成就現代文學史上獨具魅力的「川味小說」。另外，四川方言的寫作情形也是其他地區方言寫作的一個縮影，因而本書的研究也希望通過重新審視方言寫作的經驗，能為當下提倡民族風格和「中國故事」的文學創作提供思想和藝術資源，為全球化語境中的文學方言實驗提升到一個新的美學和歷史高度提供一些新的啟示。

參考文獻

一、作品類

1. 艾蕪：《艾蕪全集》（1～19卷），成都：四川文藝出版社，2014年。
2. 巴波：《巴波小說選》，成都：四川人民出版社，1983年。
3. 巴波：《風雨兼程》，黑龍江：北方文藝出版社，1992年。
4. 巴金：《巴金全集》（1～26卷），北京：人民文學出版社1986～1994年。
5. 陳銓：《陳銓文集》，北京：華夏出版社，2000年。
6. 陳銓：《彷徨中的冷靜》，上海：商務印書館，1935年。
7. 陳銓：《天問》，南京：江蘇文藝出版社，1928年。
8. 陳煒謨：《陳煒謨文集》，成都：成都出版社，1933年。
9. 陳翔鶴：《陳翔鶴選集》，成都：四川人民出版社，1980年。
10. 高世華：《沉自己的船》，《淺草》，1923年第1卷第3期。
11. 黃鵬基：《荊棘》，上海：開明書店，1926年。
12. 李劼人：《李劼人全集》（1～17卷），成都：四川文藝出版社，2011年。
13. 李開先：《在埂子上的一夜》，《小說月報》，1922年第13卷第3號。
14. 林如稷：《林如稷選集》，成都：四川文藝出版社，1985年。
15. 林如稷：《太平鎮》，《文藝旬刊》，1923年第7期。
16. 劉漣清：《黑屋》，上海：商務印書館，1937年。
17. 劉漣清：《我們在地域》，《清華週刊》，1933年第40卷第3、4期。
18. 劉盛亞：《地獄門》，北京：春秋出版社，1949年。

19. 劉盛亞：《劉盛亞選集》，成都：四川人民出版社，1983 年。

20. 劉盛亞：《夜霧》，上海：文化生活出版社，1948 年。

21. 羅淑：《羅淑選集》，成都：四川人民出版社，1980 年。

22. 木斧：《汪瞎子改行》，成都：四川文藝出版社，2000 年。

23. 沙汀：《沙汀文集》（1～10 卷），成都：四川文藝出版社，2017 年。

24. 邵子南：《邵子南選集》，成都：四川人民出版社，1980 年。

25. 王余杞：《王余杞文集》（上、下），石家莊：花山文藝出版社，2017 年。

26. 曾蘭：《孽緣》，《娛閒錄》，1914 年第 7、8、9 冊。

27. 蕭蔓若：《蕭蔓若小說集》，北京：華文出版社，1994 年。

28. 周文：《周文文集》（1～4 卷），北京：作家出版社，2011 年。

二、論著類

（一）方言學類

1.〔美〕愛德華・薩丕爾著，陸卓元譯：《語言論》，北京：商務印書館，1985 年。

2. 崔榮昌：《四川方言與巴蜀文化》，成都：四川大學出版，1996 年。

3. 鄧英樹、張一舟：《四川方言詞彙研究》，北京：中國社會科學出版社，2009 年。

4.〔清〕傅崇矩：《成都通覽》，成都：巴蜀書社，1987 年。

5.〔瑞士〕費爾迪南・德・索緒爾著，高明凱譯：《普通語言學教程》，北京：商務印書館，1980 年。

6. 黃仁壽、劉家和等：《蜀語校注》，成都：巴蜀書社，1992 年。

7. 黃尚軍：《四川方言與民俗》，成都：四川人民出版社，2014 年。

8. 蔣宗福：《四川方言詞語考釋》，成都：巴蜀書社，2009 年。

9. 蔣宗福：《四川方言詞源》，成都：巴蜀書社，2014 年。

10. 李如龍：《漢語方言學》，北京：高等教育出版社，2001 年。

11. 李小凡、項夢冰：《漢語方言學基礎教程》，北京：北京大學出版社，2009 年。

12. 梁德曼、黃尚軍：《成都方言詞典》，南京：江蘇教育出版社，1998 年。

13. 梁德曼：《四川方言與普通話》，成都：四川人民出版社，1982 年。

14. 羅韻希、冷玉龍等：《成都話方言詞典》，成都：四川省社會科學院出版社，1987 年。

15.〔德〕馬丁・海德格爾著，孫周興譯：《在通向語言的途中》，北京：商務印書館，2004 年。

16. 繆樹晟：《四川方言詞語彙釋》，重慶：重慶出版社，1989 年。

17. 且志宇：《四川方言與文化》，北京：中國國際廣播出版社，2015 年。

18. 曲彥斌：《中國民俗語言學》，上海：上海文藝出版社，1996 年。

19. 申小龍：《漢語與中國文化》，上海：復旦大學出版社，2003 年。

20. 四川省地方志編纂委員會編：《四川省志・方言志》，北京：方志出版社，2013 年。

21. 孫和平：《四川方言文化：民間符號與地方性知識》，成都：巴蜀書社，2012 年。

22. 唐樞：《蜀籟》，成都：四川人民出版社，1982 年。

23. 汪如東：《漢語方言修辭學》，上海：學林出版社，2004 年。

24. 王浩：《自貢方言研究與社會應用》，成都：西南交通大學出版社，2016 年。

25. 王文虎、張一舟、周家筠：《四川方言詞典》，成都：四川人民出版社，2014 年。

26.〔德〕威廉・馮・洪堡特著，姚小平譯：《論人類語言結構的差異及其對人類精神發展的影響》，北京：商務印書館，2009 年。

27. 刑福義：《文化語言學》，武漢：湖北教育出版社，2000 年。

28. 楊月蓉：《重慶市志・方言志》，重慶：重慶出版社，2012 年。

29. 游汝傑：《漢語方言學導論》，上海：上海教育出版社，1992 年。

30. 張紹誠：《巴蜀方言淺說》，成都：巴蜀書社，2005 年。

31. 張一舟、張清源、鄧英樹：《成都方言語法研究》，成都：巴蜀書社，2001 年。

32. 張永言點校：《續方言新校補 方言別錄 蜀方言》，成都：四川人民出版社，1987 年。

33. 周振鶴、游汝傑：《方言與中國文化》，上海：上海人民出版社，1986 年。

34. 曾曉渝：《重慶方言詞解》，重慶：西南師範大學出版社，1996 年。

35. 〔英〕鍾秀芝（Adam Grainger）編著，楊文波等校注：《西蜀方言》，上海：上海大學出版社，2017 年。

（二）文化、文學類

1. 《艾蕪研究》編委會編：《艾蕪研究》（第一輯），成都：四川大學出版社，2017 年。

2. 〔美〕愛德華‧W‧薩義德著，彭淮棟譯：《格格不入——薩義德回憶錄》，北京：生活‧讀書‧新知三聯書店，2005 年。

3. 陳世松：《天下四川人》，成都：四川人民出版社，1999 年。

4. 陳思廣：《審美之維：中國現代經典長篇小說接受史論》，成都：四川大學出版社，2012 年。

5. 陳思廣：《四川抗戰小說史（1931～1949）》，北京：中國文聯出版社 2015 年。

6. 陳思和、李輝：《巴金研究論稿》，上海：復旦大學出版社，2009 年。

7. 成都市文聯、成都市文化局編：《李劼人小說的史詩追求》，成都：成都出版社，1992 年。

8. 成都市文聯編研室編：《李劼人作品的思想與藝術》，北京：中國文聯出版社，1989 年。

9. 成都市文學藝術界聯合會、李劼人研究學會編：《李劼人研究：2007》，成都：巴蜀書社，2008 年。

10. 成都市文學藝術界聯合會、李劼人研究學會編：《李劼人研究：2011》，成都：四川文藝出版社，2011 年。

11. 鄧經武：《大盆地生命的記憶——巴蜀文化與文學》，成都：電子科技大學出版社，2005 年。

12. 鄧經武：《二十世紀巴蜀文學》，成都：電子科技大學出版社，1999 年。

13. 鄧儀中：《沙汀評傳》，重慶：重慶出版社，1993 年。

14. 董正宇：《方言視域中的文學湘軍》，北京：中國社會科學出版社，2008 年。

15. 〔美〕段義孚著，周尚意、張春梅譯：《逃避主義》，石家莊：河北教育出版社，2005 年。

16. 高玉：《現代漢語與中國現代文學》，北京：中國社會科學出版社，2003 年。

17. 郜元寶：《漢語別史——中國新文學的語言問題》，上海：復旦大學出版社，2018 年。

18. 龔建明：《文學本體論——從文學審美語言論文學》，桂林：廣西師範大學出版社，1998 年。

19. 龔明德、袁庭棟編：《艾蕪紀念文集》，成都：天地出版社，2014 年。

20. 郝榮齋、劉奕：《走進巴金〈家〉的語言世界》，石家莊：花山文藝出版社，2006 年。

21. 花建：《巴金小說藝術論》，上海：上海社會科學院出版社，1987 年。

22. 黃曼君、馬光裕編：《沙汀研究資料》，北京：中國社會科學出版社，1986 年。

23. 敬文東：《指引與注視》，北京：中國文史出版社，2001 年。

24. 〔美〕克利福德‧吉爾茲著，王海龍等譯：《地方性知識——闡釋人類學論文集》，北京：中央編譯出版社，2003 年。

25. 靳明全主編：《區域文化與文學》，北京：中國社會科學出版社，2003 年。

26. 〔美〕蘇珊‧朗格著，劉大基等譯：《情感與形式》，北京：中國社會科學出版社，1986 年。

27. 李凱：《巴蜀文藝思想史論——一種區域文化視域下的考察》，北京：商務印書館，2016 年。

28. 李臨雅、余啟瑜選編：《再論木斧》，成都：四川文藝出版社，2017 年。

29. 李慶信：《沙汀小說藝術探微》，成都：四川省社會科學院出版社，1987 年。

30. 李榮啟：《文學語言學》，北京：人民出版社，2005 年。

31. 李士文：《李劼人的生平和創作》，成都：四川省社會科學院出版社，1986 年。

32. 李怡、肖偉勝主編：《中國現代文學的巴蜀視野》，成都：巴蜀書社，2006 年。

33. 李怡：《四川現代文學的巴蜀文化闡釋》，長沙：湖南教育出版社，1995 年。

34. 林立：《巴金語言詞典》，成都：四川辭書出版社，1990 年。

35. 劉進才：《語言文學的現代建構》，北京：北京大學出版社，2015 年。

36. 劉進才：《語言運動與中國現代文學》，北京：中華書局，2007 年。

37. 劉恪：《中國現代小說語言史》，天津：百花文藝出版社，2013 年。

38. 魯樞元：《超越語言──文學言語學芻議》，北京：中國社會科學出版社，1990 年。

39. 魯樞元：《文學的跨界研究：文學與語言學》，上海：學林出版社，2011 年。

40.〔瑞典〕馬悅然：《另一種鄉愁》，北京：生活·讀書·新知三聯書店，2004 年。

41. 毛文、黃莉如編：《艾蕪研究專集》，成都：四川文藝出版社，1986 年。

42. 彭超：《巴蜀作家與中國現代文學的發生》，北京：中國社會科學出版社，2014 年。

43. 上海魯迅紀念館編：《周文研究論文集》，上海：上海社會科學院出版社，2013 年。

44. 沈瓊竹：《袍哥文化與四川現代小說研究》，重慶：西南師範大學出版社，2017 年。

45. 四川省作家協會編：《沙汀艾蕪紀念文集》，成都：四川人民出版社，1999 年。

46. 四川文化藝術志編纂委員會：《四川省志·文化藝術志》，成都：四川人民出版社，2000 年。

47. 譚洛非、譚興國：《巴金美學思想論稿》，成都：四川大學出版社，1991 年。

48. 譚興國：《艾蕪的生平和創作》，重慶：重慶出版社，1985 年。

49. 譚興國：《蜀中文章冠天下──巴蜀文學史稿》，成都：四川人民出版社，2001 年。

50. 唐躍、譚學純：《小說語言美學》，合肥：安徽教育出版社，1995 年。

51. 王斌：《四川現代史》，重慶：西南師範大學出版社，1988 年。

52. 王笛：《茶館──成都的公共生活和微觀世界 1900～1950》，北京：社會科學文獻出版社，2010 年。

53. 王笛：《跨出封閉的世界：長江上游區域社會研究（1644～1911）》，北京：中華書局，2001 年。

54. 王笛：《袍哥──1940 年代川西鄉村的暴力與秩序》，北京：北京大學出版社，2018 年。

55. 王浩：《自貢方言研究與社會應用》，成都：西南交通大學出版社，2016 年。

56. 王佳琴：《文學語言變革與中國文學文體的現代轉型》，北京：中國社會科學出版社，2018 年。

57. 王金柱：《語言藝術大師巴金》，天津：天津社會科學院出版社，1994 年。

58. 王素：《讓文學語言重歸生活大地：論方言寫作》，北京：中國社會科學出版社，2017 年。

59. 王汶成：《文學語言中介論》，濟南：山東大學出版社，2002 年。

60. 王曉明：《沙汀艾蕪的小說世界》，上海：上海文藝出版社，1987 年。

61. 王一川：《語言烏托邦──20 世紀西方語言論美學探究》，昆明：雲南人民出版社，1994 年。

62. 王毅：《艾蕪傳》，北京：北京十月文藝出版社，2005 年。

63. 王瑩、何儼朝主編：《再論周文》，北京：中國文聯出版社，2005 年。

64. 王中：《方言與 20 世紀中國文學》，合肥：安徽教育出版社，2015 年。

65. 衛竹蘭編：《羅淑研究資料》，北京：知識產權出版社，2010 年。

66. 文貴良：《話語與生存──解讀戰爭年代文學（1937～1948）》，上海：上海書店出版社，2007 年。

67. 吳福輝：《沙汀傳》，北京：北京十月文藝出版社，1990 年。

68. 顏同林：《方言與中國現代新詩》，北京：中國社會科學出版社，2008 年。

69. 楊義：《中國現代小說史》，北京：人民出版社，1998 年。

70. 袁庭棟：《巴蜀文化志》，成都：巴蜀書社，2009 年。

71. 袁振聲：《巴金小說藝術論》，天津：南開大學出版社，1987 年。

72. 張繼華：《北京地域文學語言研究》：成都：四川人民出版社，1999 年。

73. 張建峰：《現代巴蜀的文學風景》，北京：中國戲劇出版社，2007 年。

74. 張衛中：《20 世紀中國文學語言變遷史》，北京：中國社會科學出版社，2013 年。

75. 張衛中：《漢語與漢語文學》，北京：文化藝術出版社，2006 年。

76. 張新穎、〔日〕阪井洋史：《現代困境中的文學語言和文化形式》，濟南：山東教育出版社，2010 年。

77. 趙園：《北京：城與人》，北京：北京大學出版社，2014 年。

78. 趙園：《地之子》，北京：北京大學出版社，2014 年。

79. 周曉風、張中良：《區域文化與文學集刊》，北京：中國社會科學出版社，2010 年。

80. 曾志中、尤德彥編：《李劼人說成都》，成都：四川文藝出版社，2011 年。

三、論文類

1. 鄧經武：《東西方文化碰撞中的二十世紀巴蜀文學》，《蜀學》2008 年第 3 輯。

2. 鄧偉：《運動‧白話文運動‧方言文學語言——論清末民初文學語言建構中的若干邏輯》，《雲南社會科學》，2009 年第 4 期。

3. 董正宇、孫葉林：《民間話語資源的採擷與運用——論文學方言、方言文學以及當下「方言寫作」》，《湖南社會科學》2005 年第 4 期。

4. 郜元寶：《現代中國文學語言論爭的五個階段》，《南方文壇》2015 年第 1 期。

5. 葛兆光：《方言‧民族‧國家》，《天涯》1998 年第 6 期。

6. 官晉東：《結構與語言風格的最初建構——沙汀抗戰前小說創作兩面觀》，《社會科學研究》1988 年第 5 期。

7. 何錫章、王中：《方言與中國現代文學初論》，《文學評論》2006 年第 1 期。

8. 何言宏：《二十世紀九十年代以來中國小說中的民間話語》，《江蘇社會科學》2004 年第 3 期。

9. 李春陽：《方言和方言寫作的價值》，《現代中國文化與文學》2013 年第 1 期。

10. 李勝梅：《方言的語用特徵與文學作品語言的地域特徵》，《福建師範大學學報》2004 年第 5 期。

11. 李怡：《從文化的角度看四川現代文學中的方言》，《西南民族大學學報》1998 年第 2 期。

12. 李怡：《文學的區域特色如何成為可能——以巴金與巴蜀關係為例》，《社會科學研究》2010 年第 5 期。

13. 李怡:《成都與中國現代文學發生的地方路徑問題》,《文學評論》2020 年第 4 期。

14. 劉進才:《從「文學的國語」到方言創作》,《文學評論》2006 年第 4 期。

15. 劉曉軍:《近代語言革新與小說語體的變革》,《文藝理論研究》2019 年第 4 期。

16. 馬學永:《沙汀對現實主義小說的多元探索》,南京師範大學博士學位論文,2013 年。

17. 潘建國:《方言與古代白話小說》,《北京大學學報》2008 年第 2 期。

18. 錢乃榮:《論語言的多樣性和「規範化」》,《語文教學與研究》2005 年第 2 期。

19. 秦弓:《李劼人歷史小說與川味敘事的獨創性》,《西南師範大學學報》2002 年第 1 期。

20. 孫國亮:《方言寫作與「飛地」抵抗的文化願景》,《文藝爭鳴》2011 年第 14 期。

21. 田豐:《左翼鄉土小說語言及句法的本土化》,《蘭州學刊》2017 年第 6 期。

22. 王春林:《二十世紀九十年代以來的方言小說》,《文藝研究》2005 年第 8 期。

23. 王卓慈:《方言:創作與閱讀》,《小說評論》1999 年第 2 期。

24. 顏同林:《方言入詩的書寫形式與語言試驗》,《廣東社會科學》2017 年第 4 期。

25. 楊觀:《當代方言寫作的民俗觀照》,《當代文壇》2007 年第 6 期。

26. 於根元:《文學作品的方言使用》,《語文研究》1983 年第 3 期。

27. 張紅娟:《方言進入小說的策略》《揚子江評論》2017 年第 4 期。

28. 張琦:《方言:他者的虛妄與真實》,《東北師範大學學報》2006 年第 2 期。

29. 張瑞英:《地域文化與現代鄉土小說生命主題研究》,山東師範大學博士學位論文,2007 年。

30. 張衛中、江南:《新時期文學創作中方言使用的新特點》,《學術研究》2002 年第 1 期。

31. 張延國、王豔：《方言文學與母語寫作》,《小說評論》2001 年第 5 期。

32. 張永：《「四川作家群」鄉土小說的民俗學意蘊》,《南京師大學報》2003 年第 4 期。

33. 左人：《論〈淘金記〉的語言藝術》,《中國現代文學研究叢刊》1984 年第 4 期。

34. 曾毅平：《略論方言與共同語的關係》,《學術研究》1997 年第 4 期。

後　記

　　本書稿是在筆者博士論文基礎上稍作修訂而成的。方言是生活的語言、大地的聲音，是地域文化的「活化石」。作為一個土生土長的「川妹子」，我將學術研究扎根於生養我的巴山蜀水，選擇從地域方言的視角切入四川現代小說研究，這既因本人大學本科學習和兩年語言學專業碩士學位課程的學習基礎，也源自個人的興趣愛好與人生體驗。此論題本身較為宏大，涉及語言學、方言學、敘事學、民俗學、心理學等多種學科知識，具有一定的交叉性，而本人由於學識有限，雖勉力為之，仍留有一些不足甚至偏頗之處，只能留待日後研究中進一步補充和修正了。

　　作為博士學位論文，這是本人此段求學生涯的最好見證和重要成果，承載著只有自己方才了然的回憶與感念。2013年我自四川外國語大學中文系畢業後考入四川大學語言學及應用語言學專業碩士，2015年提前攻讀中國現當代文學專業博士，迄今已到七個年頭。七年時光匆匆而過，於我卻是「脫胎換骨」的轉變。學做學問的「冷板凳」生活不僅提升了我的專業素養和科研能力，更重要的是在學術探索中培養了獨立思考和不斷進取的奮鬥精神！

　　我的博士論文寫作過程較為曲折，其中有困惑有苦惱，也有幸福。從論文的選題、設計、撰寫到答辯，幾經易稿，反覆修改。每一次的大修大改既是對論文重思重構的過程，也是一次次自我發現、自我重塑的過程。在發現自己的未知與不足中不斷充實專業知識，在克服焦慮煩躁等不良情緒中學會接納自己，並在此基礎上做出解決問題的調整和改變。解除困惑、消除苦惱的結果終究是幸福的，在此過程中，幸福也常常與之伴隨。此種幸福便源自我有幸遇見諸多良師益友——

　　首先要深深感謝著名學者李怡教授。李老師既是兩門博士學位課程的

任課教師，又是我論文答辯委員會的主席，還是確定選題負責人。在近六年的學習中，李老師的學術風範與人格精神，在課堂內外的言傳身教和耳濡目染中都深刻地教育、影響著我，沒有李老師的正確指引和大力提攜，特別是在我最困難時的及時鼓勵，我是不可能堅持走完全程的！

其次要特別感謝年逾七旬的老教授曾紹義先生和他的夫人，他們像我的另一雙父母，給予著我女兒般的呵護和關愛。我是十年前與曾老師相識的，那時他在給幾名考研生補習專業課，我是其中之一。曾老師的認真負責令我十分感動，每一篇習作上批改的密密麻麻的紅色字跡，都凝結著老師對我們的無言教導與殷切期盼；我的博士論文從選題到定稿，曾老師都給予了切實指導，包括標點符號的修改，他都提出了具體意見，其嚴謹的治學精神鼓舞著我在學術道路上迅速成長。

自然還要感謝陳思廣教授。作為指導老師，他對學生必是高標準、嚴要求，儘管有時嚴苛到讓人難以接受的程度，但其良苦用心仍是值得銘記的。

在這裡，我還要感謝我攻讀碩士學位階段的導師劉榮老師，是她的包容與鼓勵，助我走上跨專業提前攻博的道路。還要感謝崔榮昌、張一舟、李存光、李光榮、周立民、劉福春、張放、周維東、段從學、白浩、妥佳寧等諸位老師，他們在我博士論文進展的各個環節中給予我的悉心指點和無私幫助，讓我獲益匪淺。也感謝論文的五位匿名外審專家，他們對論文的肯定和建議，助我建立起不小的學術自信，也為論文的修改帶來許多啟發性的思考。

感謝所有關心、支持我一路走來的長輩親友。特別感謝我的父母，再美好的詞語都不足以形容他們給予我的無私的愛、充分的信任與自由。父親在異國他鄉辛苦工作，母親犧牲自己的愛好來照顧我的日常生活，是他們讓我在這段艱難的人生旅途中有了最溫暖最踏實的心靈歸依，他們傾盡自己的所有力量為我能夠順利完成學業提供了巨大的支持與幫助！另外，感謝我的一群熱愛「集思廣益」的同門師兄弟姐妹們，我們在一起交流學術、分享生活、相互幫助，這是美好的緣分。

最後，再次感謝李怡教授將本書稿納入他主編的「民國文化與文學論叢」，由臺灣花木蘭文化出版社出版，這是對我的更大鼓勵，我一定繼續努力，堅持學術理想，不負老師和家人們的期望！

二零二二年三月八日於成都